태백산맥

조정래 대하소설

태백산맥

1

제1부 한의 모닥불

선물이 되었으면

올해로 등단 50주년이 되었다. 반세기 동안 글을 써온 그 세월이 언뜻 실감이 되지 않았다. 흘러간 세월 앞에서 으레껏 느끼게 되는 무상감이었다.

그런데 마침 출판사에서 『태백산맥』 『아리랑』 『한강』의 개정판 발간 의사를 표해왔다. 그것이 무상감을 '유상감(?)'으로 바꿀 수 있는 의미 있는 일이기도 해서 합의를 이루게 되었다.

『태백산맥』부터 펼쳐 읽기 시작했다. 완간 후 31년 만의 일이었다. 『아리랑』도, 『한강』도 다시 읽기는 역시 처음이었다. 한 줄, 한 줄 읽어나가는 감회는 낯선 듯 새롭고, 경이롭기도 했다.

다시금 '퇴고'를 하는 마음으로 손질을 했다. 그 작업의 결실이 독자 여러분들께 드리는 선물이 되었으면 좋겠다.
이 개정판을 정본으로 삼고자 한다.

2020년 여름
오대산자연명상마을에서

1994년 10월 22일로 소설 『太白山脈』이 완간된 지 만 5년이 되었다. 그 세월 동안 나는 새 소설 『아리랑』 쓰기에 몰두하고자 했다. 그러나 『太白山脈』에 얽힌 여러 가지 좋은 일, 궂은일들로 꽤나 시간을 낭비한 안타까움을 지금까지도 씻지 못하고 있다.

사람이 살면서 좋은 일만 있을 수는 없겠지만 궂은일들이 남기는 상처는 시간낭비와 함께 정신적 육체적인 손상까지 입힌다. 사람에 대한 실망과 사람에 대한 회의, 그러나 그것마저 삶의 피할 수 없는 내용으로 받아들이며 소설의 자양으로 소화하려고 애썼다. 인간의 역사 위에 분명 훌륭한 사람들은 존재했고, 소설은 어찌할 수 없이 인간 긍정의 작업이니까.

한 아이를 놓고 두 여자가 서로 자기가 어머니라고 법정에서 다투게 되었다. 두 여자의 주장이 너무 팽팽해 법관은 판결을 내릴 수가 없었다. 고심하던 법관은 마침내 아이를 똑같이 갈라 가지라고 했다. 똑같이 갈라 가지라니? 그러려면 아이를 희생시키는 수밖에 없는 일이었다. 그때 한 여자가 울먹이면서 아이를 상대방 여자에게 넘겨주었다. 아이의 목숨을 소중히 여긴 것이었다. 진짜 어머니인 생모는 바로 그 여자였던 것이다.

1년 반 동안 책 발간이 중단된 불상사 앞에서 2년을 더 연장시킬 것인가 어쩔까를 놓고 나는 고심해야 했다. 결국 나는 그 생모와 똑같은 결심을 하지 않을 수 없었다. 『太白山脈』은 내가 낳은 또 하나의 자식이되, 그 나름의 독립된 생명체였던 것이다. 그래서 『太白山脈』은 다시 생명을 이어 독자들을 만날 수 있게 되었다.

최근 사오 년 동안에 터무니없이 범람하고 남용되는 단어가 '문화'와 '철학'이다. 그 두 단어는 아무 말에나 붙어 복합명사를 이루면서 허위성을 그럴듯하게 포장하고, 모호성을 가중시켜 혼란을 일으키게 한다. '출판문화'라는 말도 그중의 하나이다. 말의 진실성과 분명성을 저버리는 그 추상적인 단어들이 유행하고 있는 우리 사회현상은 무엇을 뜻하고 있는가. 그런 모호한 치장을 즐기는 사회심리는 무엇일까.

『太白山脈』은 새 출판사에서 제2판을 발간하게 되었다. 표지도 새로 하고, 내용 조판도 새로 하여 새 모습으로 독자들을 만나게 되어 기쁘다. 문장도 좀 손질하고 싶은 욕심이 있었지만 새 작품 『아리랑』을 쓰는 시간을 쪼개낼 수가 없어서 뒤로 미루기로 했다.

『아리랑』과 더불어 『太白山脈』이 '해냄' 출판사를 통해 독자들과 행복한 만남을 갖기를 빈다. 열 권의 책을 새로 만드느라 애쓰신 '해냄' 가족 여러분들의 노고에 감사드린다.

1995년 1월 3일
趙廷來

매달 월말이면 보따리를 싸들고 열흘 정도씩 집을 비웠다. 그러다 보니 3년 세월이 흘러갔다. 그것은 太白山脈을 넘는 동반자 없는 등반이었다. 그 세월은 이제 4,500매의 원고로 쌓여 작품『太白山脈』의 제1부가 되었다.

일단 등반을 멈추고 숨을 돌이키며 되돌아보니 해야 할 마땅한 말도 별로 없음을 느낀다. 1만 5천 매 정도의 분량으로 쓰자고 마음 정하게 되기까지, 그리고 4,500매를 써오는 동안 나 자신에게 무수히 되풀이했던 질문들 앞에 다시 서는 까닭이다. 분단에 대해서, 민족에 대해서, 역사에 대해서, 그리고 굳이 그것을 쓰고자 함에 대하여, 무엇을 쓰느냐에 대하여, 어떻게 쓸 것인가에 대하여 질문은 무성했다. 그 질문에 대한 일부분의 대답이 바로 4,500매인 것이다.

나는 작가생활을 시작한 이후 「청산댁」「황토」「유형(流刑)의 땅」「불놀이」 등을 통해서 우리 민족이 겪은 역사적 수난과 아픔을 쓰고자 했다. 그러나 내 의식의 허기는 채워지지 않았고 가셔지지 않았다. 의문과 회의와 질문이 많았던 때문일 것이다. 그것들을 올올이 간추리고 엮어 베를 짜기로 한 것이 『太白山脈』이다. 그 베는 소수인의 치장을 위한 비단이 아니라 다수인의 살을 감싸는 삼베나 무명이어야 했다.

민족분단의 삶을 날줄과 씨줄로 엮어 민중의 상처와 아픔을 감싸고자 하는 베짜기 작업이 어떻게 종합되고 통일을 이루어, 잘려진 太白山脈의 허리를 잇는 데 얼마나 기여할지는 나도 잘 모른다. 그 짐을 나는 지고 있는 것이다. 민족의 '허리잇기' 염원이 언제인가는 성취될 것을 믿으며, 앞으로도 동반자 없는 등반을 계속해 나가는 길밖에 없을 것이다.

우리의 분단된 삶을 통찰함에 있어서 1948년 10월 19일에 여수·순천을 중심으로 일어난 사건은 분단비극의 시발점으로서 그 의미를 지니고 있다. 『太白山脈』 제1부는 바로 그 시기를 배경으로 하고 있다.

얼마나 역사의 소금을 뿌렸으며, 객관의 현미경으로 살폈는지 염려스러울 뿐이다.

1986년 7월

趙廷來

제2부 출간을 계기로 하여, 그와 함께 찍혀지는 제1부는 11판에서 몇몇 부분을 정정하거나 보충하였다. 이는 작품의 충실에 최선을 다해야 하는 작가의 책임이며 의무인 것이다. 필자는 앞으로도 그 작업을 계속할 것이다. 그때마다 그 사실을 밝히고자 한다.

1987년 10월

　제3부 출간을 계기로 제1부 세 권과 제2부 두 권의 각 권마다 100매 정도씩 삽입 보충하였다. 1권은 22판, 2권은 20판, 3권은 20판, 4권은 12판, 5권은 11판부터 개정판이 되며, 이를 정본으로 삼고자 한다. 이러한 보충작업으로 독자들의 역사이해를 더 구체적으로 돕고 아울러 작품의 충실도를 더할 수 있도록 정치·사회상황이 달라지고 있는 것을 한없이 기쁘게 생각한다.

1988년 11월

태백산맥 제1부 한의 모닥불

1권

1

일출 없는 새벽

언제 떠올랐는지 모를 그믐달이 동녘 하늘에 비스듬히 걸려 있었다. 밤마다 스스로의 몸을 조금씩 조금씩 깎아내고 있는 그믐달빛은 스산하게 흐렸다. 달빛은 어둠을 제대로 사르지 못했고, 어둠은 달빛을 마음대로 물리치지 못하고 있었다. 달빛과 어둠은 서로를 반반씩 섞어 묽은 안개가 자욱이 퍼진 것 같은 미명을 만들어내고 있었다. 그 아슴푸레함 속으로 바닷물이 실려 있는 포구와 햇솜 같은 흰 꽃의 무리를 이루고 있는 갈대밭이 아득히 멀었다. 바닷가를 따라 이어지고 있는 긴 방죽 위의 길은 희끄무레한 자취를 이끌며 뻗어나가고 있었다. 그 끝머리에 읍내가 잠들어 있었다. 읍내 너머의 들녘이나 동네는 켜켜이 싸인 묽은 어둠의 장막에 가려 자취가 없었다.

끼룩, 끼룩, 끼룩…….

문득 기러기떼의 울음소리가 정적을 깨며 파문을 일구었다. ㅅ자를 옆으로 누인 대형을 이루며 기러기떼가 동쪽으로 날아가고 있었다. 그다지 높게 뜨지 않은 것으로 보아 철교쯤의 갈숲에서 날아오른 모양이었다. 어느 사냥꾼의 위험스런 그물을 피해 새벽잠을 팽개친 피난길인지도 모른다. 기러기가 날고 있는 방향으로는 바다가 넓어지고 갈대숲도 한결 깊었다. 기러기떼는 유리알처럼 맑고 투명한 음향의 울음을 허허한 공간에 쉼 없이 뿌리며 지혜롭게 느껴지는 대오를 정연하게 지어 날아가고 있었다.

갈숲이 희디흰 꽃더미로 나부끼고, 그 속에 기러기며 또다른 철새가 깃들이면 어느덧 가을은 깊어져 있었다. 그때쯤이면 방죽을 따라 질편하게 펼쳐진 들녘도 황금의 옷을 빼앗기고 황량하게 변하게 마련이었다.

정하섭은 약간 오르막진 산굽이 길을 민첩하게 걸어올랐다. 등성이를 기점으로 외줄기 산길은 구불구불 아래로 흘러내리고 있었다. 정하섭은 등성이에서 걸음을 멈추고 휴우 숨을 몰아쉬었다. 그의 다리가 약간 흔들리는 것 같다가 이내 똑바로 균형을 잡았다. 10월 하순으로 접어들고 있는 새벽 대기는 카랑하게 매웠지만 그의 윗도리 단추는 세 개나 풀어헤쳐져 있었다. 정결한 느낌의 희고 반듯한 이마에는 땀이 진득하게 배어나 있었고 숨을 쉴 때마다 입에서는 열기 묻은 단내가 뿜어져나왔다. 정하섭은 주머니 속을 더듬었다. 몇 개비 남지 않았을 찌그러진 담뱃갑이 손에 잡히는 순간 담배를 피워서는 안 된다는 사실을 꿈 깨듯 깨달았다. 어둠살을 타고 길을 걷기 시작하고부터 열 번도 더 넘게 되풀이한 부질없는 몸짓이었다. "정 동무, 성냥은 나한테 넘기도록 하시오. 한 개비의 성냥이 정 동무의 목숨을 살해하는 치명적인 무기가 될 수 있소." 꼬박 60리 길을 걸으며 단 한 번도 쉬지 못했던 것과 마찬가지로 그 간절한 한 모금의 담배연기도 빨아들일 수가 없었다. 위원장의 처사는 백 번 옳은 것이었는지도 모른다. 만약 성냥을 회수하지 않았더라면 그 무의식적으로 발동하는 흡연욕구를 끝까지 이겨낼 수 있었을까. 처음 몇 번은 가능했을지 모른다. 그러나 횟수가 거듭되다 보면…… 그래도 끝까지 성냥을 그어대지 않았을 것이라는 확신을 정하섭은 자신의 의식 속에서 선뜻 건져올릴 수가 없었다. 왜 나는 자신 있게 내보일 그런 의지를 갖추지 못하고 있을까. 그 의문에 답하기라도 하듯 돌의 표피처럼 딱딱하고 무표정한 위원장의 얼굴이 불쑥 다가들었다. 그럼, 위원장은 그런 내 마음을 이미 간파하고 성냥을 회수했단 말인가. 이 불길한 생각을 뒤좇아 바늘 끝처럼 예리한 충격이 머리끝에서부터 등줄기까지 찌르르 관통하고 있었다. 그건 위원장에게 그렇게 의지박약한 인간으로 취급되었다면 당성(黨性)인들 제대로 인정받고 있을 리가 없잖은가 하는 두려운 생각이었다. 정하섭은 갑자기 전신이 옥죄어오는 공포를 느꼈다. 당성을 의심받는다는 것, 그건 두말할 필요 없이 마지막이란 의미였다. 정하섭은 두 손으로 얼굴을 꼭 눌러 감싸며 신음처럼 긴 숨을 내쉬었다. 그러면서, 밤새껏 걸어 여기까지 와 있지 않느냐고 스스로를 일깨우고 있었다. 그때 구원처럼 들리는 목소리가 있었다. "암호는 백두산, 한라산, 복창하시오." "백두산, 한라산." 지난 밤 위원장에게 하달받은 암호가 정하섭의 가슴에 안도의 따스한 빛을 뿌리고 있었다. 암호는 곧 생명이었다. 암호의 누설은 조직의 동맥을 끊는 것이나 다름없었다. 자신에게 독립공작을 부여하고 암호까지 하달했다는 것은 당성을 의심하기는커녕 당성을 얼마나 신뢰하고 있는가 하는 좋은 반증이었던 것이다.

"내가 너무 신경과민이군."

정하섭은 스스로를 안심시키듯 분명한 어조로 혼잣말을 하며 머리칼을 쓸어올렸다. 위원장은 사소한 실수로 야기될지 모를 큰 사고를 미연에 방지하고자 했던 것이다. 위원장다운 주도면밀한 조치였다. 그는 거의 웃는 일이 없이 냉혈적인 침착성을 가진 사람이었다. 그런데 그가 정하섭을 불렀을 때는 다소 당황한 빛을 감추지 못하고 있었다. "사태가 우리한테 약간 불리하게 전개되고 있소. 지금부터 내가 하는 말 똑똑히 들으시오. 이건 당의 명령이오." 당의 명령이라는 전제 앞에서 정하섭은 반사적으로 부동자세를 취하며 긴장했다. 당의 명령은 '사태가 약간 불리한' 정도가 아니었다. 자신들이 취해야 하는 행동은 결정적인 패주였던 것이다. 그러나 정하섭은 묵묵히 명령을 수령하는 자세를 지켰다. 명령 앞에서는 그 어떤 이의제기나 회의적 질문이 용납될 수 없다는 불문율 때문이 아니었다. 직감적으로 느끼기에도 자신들이 처한 상황은 너무나 급박해져 있었다. "날이 새기 전에 목적지에 도착해야 하고, 임무수행을 하는 동안 몸은 계속 은폐시켜야 하오." 그리고 큰길을 버리고 산길을 타면서도 담배 한 대를 피울 수 없다는 사실은 사방이 적의 감시 속에 에워싸여 있다는 증거였다. 그런 위기의식에 쫓기며 60리 길을 내달아오는 동안 정하섭의 곤두선 신경은 산소용접기에 닿은 쇠붙이처럼 무수한 불똥을 튀기며 타들었다.

습관적인 몸짓인 듯 정하섭은 흘러내리지도 않은 머리칼을 쓸어올렸다. 손바닥에 닿아오는 이마의 감촉이 싸늘했다. 그리고 전신에 소름이 끼쳐오는 오한을 느꼈다. 정하섭은 윗도리의 단추를 꿰며 두 어깨를 부르르 떨어 오한을 털어내려 했다. 추위는 불현듯 집생각을 간절하게 했다. 긴 방죽길을 따라 빠르게 옮겨진 정하섭의 시선은 그 끝, 읍내의 어느 지점에선가 멎었다. 집이 보일 리 없었지만 그의 눈길은 아슴하게 멀어져 있었다. 그의 눈앞에는 집 모습이 어리고, 집 언저리에 감돌고 있는 특이한 냄새까지 맡고 있었다. 그건 술도가가 내뿜고 있는 진득진득한 술냄새만이 아니었다. 어머니가 지니고 있는 그 소박하고도 아늑한 냄새가 집에는 언제나 훈훈하게 서려 있었다. 아교풀처럼 끈끈하게 도배된 술도가의 냄새는 오로지 아버지의 냄새였다. 정하섭은 그 두 가지 냄새를 확연히 구분해서 맡을 수가 있었다. 그러나 읍내는 이미 접근할 수 없는 위험지대였다.

정하섭은 자르듯이 고개를 돌려버렸다. 그의 팽팽해진 눈길이 박힌 지점에 기와집이 서너 채 잇대어 있었다. 그가 선 지점에서는 측면만이 드러나 보였다. 그러나 그 집들의 규모가 얼마나 큰지를 가늠하기에는 그 측면만으로도 충분할 정도였다. 기와집들은 흉물스럽게 엎드려 있었고, 그 둘레를 따라서는 키 큰 나무들이 팔짱을 끼듯 에워싸고 있었다. 희끄무레한 달빛 아래 칙칙한 어둠을 드리우고 있는 나무숲과 불빛이라고는 전혀 없는 덩치 큰 기와집들 언저리에는 음산한 괴기가 서려 있었다.

정하섭은 주의 깊은 눈길을 왼편 언덕 쪽으로 옮겼다. 거기에 반원을 이루고 있는 대숲이 작고 낮은 한 채의 기와집을 보듬듯 하고 있었다. 그 집에도 불빛이라고는 없었다. 정하섭은 긴장된 눈길을 그 집을 향해 쏘고 있다가 깊게 숨을 들이켰다. 그리고 몸을 낮춰 내리막 외길을 민첩하게 달려내렸다.

그 기와집들은 현 부자네 제각(祭閣)과 부속 별장이었다. 그 자리는 더 이를 데 없는 명당으로 널리 알려져 있었는데, 풍수를 전혀 모르는 눈으로 보더라도 그 땅은 참으로 희한하게 생긴 터였다. 산줄기가 경사를 이루며 흘러내리다가 문득 다리쉼이라도 해야겠다는 듯 중턱 조금 아래에다가 평퍼짐한 평지를 이루어놓고는 다시 아래로 내리뻗친 것이었다. 그러니 그 터는 후덕한 부인네가 치마폭을 펼쳐 떨어지는 아이를 받아올리는 형상이라는 것이었다. 죽어가는 목숨을 구해올리는 터이니 부귀와 영화는 더 말하여 무엇하며, 정남향에 좌청룡 우백호를 거느리고 앞에 물길까지 트였으니 이에 더할 명당이 또 어디 있느냐는 것이었다. 이 풀이는 결코 과장되었거나 말쟁이의 말만은 아니었다. 그 터의 맞은편으로 뻗어가고 있는 방죽 위에서 건너다보면 그 풀이가 아주 그럴싸했다. 두 줄기의 산등성이가 양쪽으로 뻗어내리고 있는 사이에 포근하게 감싸이듯 자리 잡은 그 터는 눈여겨보는 사람으로 하여금 신묘함을 느끼게 했다. 그러나 자연의 조형에 대해서 느낀 감정이 으레 그 터에 버티고 선 터무니없이 큰 기와집들로 손상되고는 했다. 원 돈푼깨나 있다고, 쯧쯧쯧. 명당 탐허는 것이사 인지상정이지만서도……. 사람들은 현 부자네 제각을 짓게 되면서부터 이런 말들을 무수히 입에 올리기 시작했다. 사람들의 이런 시샘 탓이었을까. 아니면 현 부자네의 기(氣)가 그 명당의 기에 꺾였다는 풍수쟁이의 말대로일까. 현 부자네는 제각을 짓고 5년이 다 못 되어 살림이 거덜나고 말았다. 그것도 아니면, 조상의 위패를 모시고 제사를 올리는 제각 앞에 살림집을 지었으면 의당 정실을 들어앉혀야지 소실들을 끌어들여 별장을 삼고 주색잡기나 즐기니 조상들이 벌을 안 내릴 리 있느냐는 많은 사람들의 말이 맞은 것일까. 현 부자네는 일제치하에서 장사로 거부가 된 사람이었다. 그의 치부가 일본 관의 비호를 받았다는 파다한 소문이 거짓이 아닌 것은 신작로에서 제각에 이르는 넓고 긴 진입로 양쪽에 하필이면 '사쿠라'를 줄줄이 심은 것이었다. 현 부자네가 망한 이유에 대해서 분분한 소문이 떠도는 가운데 그 '고래등 같은 기와집들'로 불리어지던 호화로운 별장은 일시에 밤마다 귀신이 나오는 폐가로 변하고 말았다. 현 부자의 소실들이 거처했던 기와집들은 인적이 사라진 채 문이 꼭꼭 닫혔고, 잉어가 뛰놀던 인공 연못의 물은 썩어가고 있었으며, 가무(歌舞)와 풍악이 울리던 정자의 구석에는 거미줄이 엉키고 단청은 퇴색해 갔다. 몰락한 부자의 비참상이 숨김없이 드러나 있는 그곳에는 낮에도 음산한 바람이 감돌고 있었다. 어른들마저도 밤에는 근접하기를 꺼릴 정도였다.

그래도 봄이 오면 벚꽃은 흐드러지게 피었고, 밤마다 온갖 귀신들이 나온다는 흉흉한 소문 같은 것은 아랑곳없이 두 여자가 거기서 줄곧 살고 있었다. 무당 모녀였다. 현 부자가 제각과 별장을 신축하면서 그들이 거처할 조그만 집을 바깥 터에다 마련해 준 것이다. 그러니까 그들은 현 부자네 전속 무당인 셈이었고, 무당 월녀(月女)의 굿은 신통력이 높기로 근동에 소문이 짜했다. 그녀는 일찍부터 보성·고흥 일대를 발판으로 삼고 있는, 가락 좋고 춤사위 좋기로 그 이름을 떨친 당골네였다. 그녀는 굿판도 굿판이지만 그 미모가 빼어났다. 고운 얼굴뿐이 아니라 정갈한 춤으로 단련된 그녀의 몸매는 가냘픈 듯하면서도 탄력이 넘쳤다. 마흔이 넘기 전까지만 해도 수많은 남자들의 비릿한 눈길이 그녀의 몸을 더듬어내리고는 했지만 그래도 견뎌낼 수 있었던 것은 무당이었던 까닭이다. 무당을 탐하거나 잠자리를 잘못했다가는 귀신 붙어 급살을 맞거나 병신을 면치 못한다는 속설 때문에 남자들은 함부로 범접하지를 못했던 것이다. 그녀가 딸 소화(素花)에게 대물림굿을 장만한 것은 해방되기 2년 전이었다. 그 굿판은 근동 사람들의 더없이 좋은 구경거리가 되었다. 현 부자가 굿판을 푸지게 차려주기도 해서였지만 사람들의 관심은 열일곱 살 난 소화가 대물림을 받아 무당이 되는 데 있었다. 그 굿을 구경한 사람들은 하나같이 기구한 운명의 아픔과 그 비애의 멍울을 가슴에 담아야 했다. 어미의 미모를 타고난 소화는 그대로 한 떨기 꽃이었고, 어미의 눈웃음과 수다스러움이 자칫 천박으로 빠지기 쉬운 데 비해 소화는 웃음이 없고 말수가 적은 품이 어떤 기품까지를 느끼게 했다. 그런 처녀가 무당이 될 대물림굿을 받는 것이고 마흔아홉 살의 늙은 어미무당은 울며울며 굿춤을 추었는데 그건 춤이 아니라 차라리 몸부림이었다. 대물림을 받은 열일곱 살 소화가 춤을 추기 시작했을 때 겹겹으로 둘러선 여인네들은 하나같이 콧등 매운 눈물을 찍어내지 않을 수 없었다. 그때 정하섭은 중학생의 몸으로 차마 가까이 가지 못한 채 먼발치에서 그녀의 춤추는 몸짓만을 바라보고 있었다. 어릿거리기만 하는 그녀의 몸짓은 그의 마음을 더 안타깝게 만들었고, 주술성이 강한 풍악소리들은 그녀에게 걸쳐진 그의 마음을 매몰차게 끊어내는 것만 같았다.

정하섭은 나무 그림자가 드리운 어둠에 몸을 숨긴 채 월녀네집 동정을 살폈다. 산의 침묵과 밤의 정적에 묻힌 조그만 기와집은 사람의 거처 같지가 않았다. 그는 민첩한 동작으로 어둠을 벗어나 월녀네집 처마 밑으로 파고들었다. 방 셋에 부엌 하나인 집 구조는 오래도록 눈에 익은 것이었다. 부엌과 붙은 방이 그녀들의 안방이었고, 그 옆방은 신을 모신 신당이었다. 부엌에서 꺾여 붙은 것은 헛간방이었다. 정하섭은 안방 쪽으로 빠르게 몸을 움직여 문에 귀를 기울였다. 전혀 인기척을 느낄 수가 없었다. 혹시 어디로 굿 떠난 것은 아닐까. 정하섭은 일순 낭패감에 빠졌다. 굿이 성할 계절이기도 했던 것이다. 그는 손가락에 침을 묻혔다. 그리고 격자문의 창호지에 구멍을 냈다. 구멍을 통해서 들여다보이는 방 안은 바깥보다 한결 어두웠다. 그러나 두 사람이 잠들어 있는 어렴풋한 윤곽은 이내 파악할 수 있었다. 정하섭은 안도하며 문고리에 손을 뻗치다가 멈칫했다. 부엌과 신당으로 빠른 눈길을 보냈다. 그는 기민한 동작으로 부엌 안을 확인했고, 신당의 문에 구멍을 뚫어 샅샅이 살폈다.

"여보시오, 여보시오……."

문고리를 흔드는 정하섭의 손이 떨렸고, 낮은 목소리는 팽팽하게 긴장되어 있었다. 방 안에서는 아무런 기척이 없었다.

"여보시오, 여보시오."

"누, 누구요!"

잠기운을 전혀 느낄 수 없는 겁 질린 목소리가 짧은 절규처럼 다급했다.

"어서 문 좀 여시오. 급한 일이오."

"누군디요, 누구……."

젊은 여자의 허둥대는 목소리는 이쪽의 신원을 알고자 하고 있었다. 외딴곳이기도 했지만 그만큼 뒤숭숭한 시국이기도 했다.

"보면 알 만한 사람이오. 어서 문부터 열어요."

정하섭은 간략하게 자신이 누구인가를 밝혀야 된다고 생각하면서도 막상 마땅한 말이 생각나지 않았다. 자신의 이름을 대자니 상대방이 알 것 같지 않았고 그렇다고 아버지의 직업을 빌려 '술도가집 아들'이라고 하기는 싫었다.

"금메, 이 밤중에 누구신지 알아야제라. 존 일 헌다고 누군지부텀 말씀허시씨요."

방 안의 목소리는 애원을 하고 있었다.

"얼굴을 보면 안다니까. 해치지 않을 것이니 문부터 열어. 밖에
이러고 있을 수가 없는 사람야."

정하섭은 방문을 부술 듯한 기세로 거칠게 흔들었다.

"쪼끔 있으씨요, 열겄구만이라, 열어요."

문고리가 벗겨지는 것을 기다려 정하섭은 서두르는 기색 없이
방문을 잡아당겼다. 여자를 더 이상 공포스럽게 만들어선 안 된다
고 생각했다.

"안심하시오, 해치지 않을 테니까. 마음 가라앉히고 내 얼굴부터
봐요. 누군지 알아보겠는지."

정하섭은 방으로 들어서지 않고 자신의 얼굴을 흐린 달빛 쪽으
로 돌렸다.

"저그 저…… 술도가집, 아니, 양조장댁 정 사장님……."

젊은 여자는 달빛 아래 드러난 남자의 얼굴을 알아보는 순간 자
신도 모르게 얼굴을 방문 밖으로 내밀며 더듬거렸다. 정하섭은 그
녀가 얼결에 술도가집이라고 한 말을 양조장댁으로 고치는 것에
는 신경 쓰지 않았다. 그건 아버지나 신경 쓸 문제였다. 모든 사람
들은 아버지가 없는 자리에서 술도가집 또는 술도가 주인이라고
불렀다. 그런데 아버지는 그 호칭을 딱 진저리 치며 싫어했다. 자기
를 모독하는 것이라고 생각했다. 그 대신 아버지는 양조장 정 사장
님이란 호칭을 존칭이라고 믿고 있었다. 정하섭은 일찍부터 그런

아버지를 마땅찮아했다.

"이대로 실례해야겠소."

정하섭은 구둣발인 채로 방으로 들어섰다. 그녀가 얼른 옆으로 비켜서며 저고리섶을 여몄다. 방문이 닫힌 방 안에는 서로의 표정을 읽을 수가 없게 진한 어둠이 들어찼다. 정하섭은 그때서야 그녀의 어머니가 없다는 것을 깨달았다.

"어머니는 어디 가셨소?"

"……."

"또 같은 말 하게 하지 마시오."

정하섭의 목소리는 낮았지만 역정이 묻어나고 있었다.

"어두버 잘 안 뵈시는 모양인디, 저 아랫목에 앓아누셨구만요."

그녀의 음성은 잠겨들고 있었다. 정하섭은 비로소 방바닥으로 시선을 돌렸다. 그리고 아까 문구멍을 통해서 들여다보았을 때 어렴풋하긴 했지만 두 사람이 누워 있는 윤곽을 확인했던 사실을 떠올렸다. 정하섭은 그녀의 어머니가 중태라는 것을 직감했다. 그러지 않고서야 그동안 그렇게 무반응일 수는 없는 일이었다.

"중태인 모양인데, 어디가 편찮으시오?"

정하섭은 풍악소리들에 맞추어 신명나게 춤을 추는 무당 월녀의 모습을 떠올리며 물었다.

"중풍을 맞었구만요."

"중풍을……? 병세는 어느 정도요?"

정하섭은 무당으로서 월녀가 진정 안되었다는 생각을 했다. 그녀는 귀신춤을 추는 무서운 무당으로서가 아니라 자신의 소년시절부터 보아온 어머니보다 잘생긴 여자이기도 했었다.

"사지를 못 쓰고 말도 못허시구만요."

그녀의 기어드는 것 같은 말끝을 따라 가느다란 한숨이 흩어졌다.

"얼마나 됐소?"

"한 서너 달······."

정하섭은 더 물을 말이 없었다. 치료는 어떻게 하느냐, 차도는 있느냐 하는 등속의 말이 없는 것은 아니었지만 가족이 아닌 입장에서는 필요한 물음이 아니었던 것이다. 그리고 자신은 해야 할 다급한 일에 쫓기고 있는 상태였다.

"좀 앉읍시다" 하며 정하섭은 먼저 주저앉았다. 그리고 주머니 속을 더듬어 담뱃갑을 찾았다.

"성냥 좀 주시오."

그녀는 앉으려던 엉거주춤한 자세를 고쳐 윗목으로 옮겨갔다. 어렵지 않게 성냥갑을 찾아 정하섭의 앞에 밀어놓았다. 그동안 그의 눈도 어둠에 익어 있었다. 그는 몸을 잔뜩 웅크려가지고 성냥을 그어댔다. 그런데도 불빛은 소스라칠 만큼 밝았다. 그는 재빨리 담뱃불을 붙이고 성냥불을 불어 껐다. 그가 담뱃불을 붙이는 그 짧은 시간 동안 그의 얼굴은 불빛에 남김없이 노출되었고 소화는 그의 당황하는 몸짓에서 그가 왜 밤중에 외딴 자기 집을 찾아들었는지 깨달았다.

정하섭은 두 번 세 번 거푸 담배연기를 빨아들였다. 흡연욕구가 굶주림과 하나도 다를 바 없는 절실함이라는 것을 그는 비로소 경험하고 있었다. 폐부 깊숙이 빨려들어간 담배연기가 온몸에 퍼지면서 의식이 아른아른해지고 팔다리의 긴장이 풀려나가는 그 아련하고도 아늑한 편안함. 그는 고개를 뒤로 젖혀 머리를 벽에 기대고 눈을 내리감은 채 밤새껏 시달려온 초조와 긴장으로부터 놓여나고 있었다. 그리고 자신이 해야 할 일도 잠시 망각 속에 버려두고 있었다.

"내가 왜 이 밤중에 여길 찾아들었는지 알겠소?"

정하섭은 담배연기로 나른하게 풀려 있는 감정을 애써 거머잡으며 물었다. 그는 비로소 미명 속에서나마 윤곽을 드러내고 있는 처녀무당 소화의 얼굴을 똑바로 쳐다보고 있었다.

"……"

소화는 충분히 짐작은 하고 있으면서도 말은 할 수가 없었다. 화살처럼 박혀오는 그의 눈길을 피해 고개만 좀더 떨구었다.

"나에 대한 소문은 들어서 알고 있지요?"

"……"

"또 같은 말 하게 하지 마시오."

"예에, 쪼끔 알고 있구만요."

그녀는 앉음새를 고치며 얼른 대답했다.

"그게 뭐요. 말해 보시오."

"긍께…… 좌, 좌익……"

그녀는 더 이상 말을 계속할 수가 없었다. 그가 좌익활동에 미쳐 있다는 것을 읍내에서 모르는 사람이 없었고, 그의 아버지 정 사장은 속을 있는 대로 끓이고 살았다.

세상에 부러울 것 없는 정 사장에게 그의 존재는 쳐낼 수도 물리칠 수도 없는 액운이고 횡액이었다. 경찰들 앞에서 꼼짝없이 죄인 노릇을 해야 하는 것이 정 사장으로서는 제일 견딜 수 없는 굴욕이었다. 경찰서장과 맞먹기에도 뭔가 손해 보는 것 같은 지체였는데 아들놈이 좌익에 빠져들고부터는 말단 순경들에게까지 굽신거리는 신세가 된 것이 정 사장으로서는 그렇게 분하고 원통할 수가 없었다.

정 사장은 아들이 좌익에 미친 것은 악귀가 씐 탓이라며 굿을 요구해 왔었다. 소화는 오랜 정리(情理) 때문에 차마 거절하지를 못하고 굿을 하긴 했지만 그 굿이 제대로 되었을 리가 없었다. 그때 굿을 했다기보다는 자신은 정하섭이란 남자를 그리워하고, 그가 무사하기만을 빌었던 것이다. 자신의 머릿속에는 몇 년 전 통학열차에서 만났던 기억만이 그리움의 눈물과 체념의 아픔으로 가득 차 있었다.

무당이 되고 얼마 지나지 않아 순천에서 넘어오다가 정하섭과 마주치게 되었던 것이다. 검은 학생복을 단정하게 입은 정하섭은 눈길이 마주친 순간 멈칫하는 것 같다가 이내 똑바로 다가왔다. 자신은 금방 숨이 막히는 것만 같아 고개를 숙였다. 얼굴이 뜨겁게 달아오르고 가슴이 쿵쿵 울리고 있었다.

"이렇게 만나다니 반갑소. 일행이 있소?"

굵은 듯하면서도 맑은 소리였다. 자신은 고개만 저었다.

"잘됐소. 저쪽으로 갑시다."

끌리기라도 하듯 정하섭의 뒤를 따랐다. 정하섭이 걸음을 멈춘 곳은 사람이 아무도 없는 열차의 맨 뒤칸 문밖이었다. 기차가 달리며 일으키는 바람으로 황급히 치마폭을 여며야 했고, 머리카락도 수습을 할 수 없도록 나부꼈다. 정하섭도 어느 틈엔가 모자를 벗어 구겨쥐고 있었다. 사방의 경치가 빠르게 도망질치고 있었고, 두 줄로 뻗어나간 철길도 어지러울 정도로 빠르게 도망가고 있었다.

"어디 갔다 오시오?"

정하섭이 한참 만에 입을 열었다.

"순천에 볼일이 좀 있어서요."

"굿이오?"

정하섭의 목소리가 갑자기 커졌다.

"아니구만이라, 딴 일이구만요."

자신은 고개까지 저으며 다급하게 대답했다.

정하섭은 말이 없었다. 그의 눈길이 자신에게로 쏟아지고 있는 것을 느끼며 도망치는 두 줄기 철로만 내려다보고 있었다. 어지러워 속이 메슥거리기까지 했다. 그래도 정하섭은 말이 없었다. 어지러움을 면하려고 눈을 감았다. 자신에게 황금빛으로 익은 비파 두 개를 내밀던 어린 날의 정하섭의 모습과, 그것을 하나씩 나누어 먹었던 기억이 어제의 일인 듯 선연하게 떠올랐다. 알 수 없는 슬픔이 울컥 목을 채웠다.

"나 대물림굿 하는 것 봤소."

"야아?"

자신은 너무 놀라 얼결에 고개를 치켜들었다. 바로 눈앞에 정하섭의 화가 난 것 같은 얼굴이 있었고, 그 눈이 불이라도 붙은 듯한 뜨거움으로 자신을 지켜보고 있었다. 그 눈길을 받아낼 수가 없어 다시 고개를 떨구었다.

"왜 무당이 됐소?"

"……."

"엄니가 시켜서 그랬소?"

"……."

"되고 싶어서 그랬소?"

"……."

눈물을 참느라고 목이 메었다. 정하섭은 또 한참이나 말이 없었다. 자신은 눈물을 넘기고 또 넘기며 '니같이 이뿐 애가 워째 무당딸이 됐는지 몰르겄다' 했던 어린 날의 정하섭의 말을 생각하고 있었다.

"답답하게 그러고 있지 말고 왜 무당이 됐는지 대답 좀 해보시오."

정하섭이야말로 정말 답답한 말을 묻고 있었다. 그럼 나더러 어쩌하란 말인가…… 자신은 입술을 깨물며 대답을 마련하지 않을 수 없었다.

"고것이 지 운명이구만요."

"운명…… 운명…… 운명……."

정하섭의 중얼거리는 소리가 바람에 날아가고 있었다. 그리고 자신의 가슴은 새로운 눈물로 젖고 있었다.

"소화가 무당딸만 아니었더라면 얼마나 좋았을까."

정하섭은 그런 말과 함께 자신의 손을 덥석 잡았다. 소스라치게 놀라 손을 빼려 했지만 빠지지 않았다. 자신이 또 한 가지 놀란 것은 그가 자신의 이름을 알고 있다는 사실이었다. 자신은 이름만 가졌지 그건 좀체로 누가 불러주지 않는 이름이었던 것이다. 자신은 어렸을 때부터 그저 '무당딸'이었을 뿐이다.

"그래요, 우리 두 사람의 운명도 저 레일 같을 거요. 저 레일은 두 줄로 뻗어갈 뿐이지 영원히 만나지도, 합해지지도 못하게 돼 있소."

정하섭이 손을 잡은 채 한참 만에 한 말이었다. 그 말이 너무 황감하면서도, 마디마디가 돌멩이가 되어 가슴을 쳤다.

언제 손이 풀렸는지 기억이 없었다. 뻣뻣이 굳어버린 듯한 팔에 오롯이 남은 그의 뜨거운 체온을 간직한 채 기차를 내렸고, 역을 나오면서는 전혀 모르는 사람이 되어 헤어졌다. 그리고 그는 중학교를 졸업하고 서울로 떠나갔던 것이다.

"그렇소, 제대로 맞췄소. 내가 바로 빨갱이요."

정하섭은 의미 모를 웃음을 피식 웃더니 성냥불을 켰다. 아까와는 달리 여유 있게 담배에 불을 붙였다. 불빛에 드러난 남자의 얼굴을 소화는 빠른 눈길로 훔쳐보았다. 저리도 준수하게 잘생기고 서울에서 대학까지 다니는 부잣집 아들이 뭐가 모자라서 좌익을 하는 것일까. 좌익은 지주나 부자들을 원수로 삼고, 가난한 농부나 불쌍한 노동자를 한편으로 한다고 하지 않던가. 부잣집 아들이 좌익을 했으니 아버지를 원수로 삼을 것인가. 아니, 저 사람은 부자로 사는 것이 싫단 말인가. 풀기 어려운 수수께끼만 같았다.

"당신은 빨갱이를 어찌 생각하시오?"

너무 뜻밖의 질문이었다. 소화는 대답 대신 고개를 들어 남자를 쳐다보았다. 그와 눈길이 마주쳤다. 그의 눈은 햇살처럼 부신 빛을 내쏘고 있었다. 소화는 눈이 부셔 고개를 떨구고 말았다.

"대답하시오."

"잘 모르는구만요."

"이건 잘 알아서 하는 대답이 아니오. 경찰들처럼 빨갱이는 모두 총살시켜야 된다고 생각하는지, 그렇지 않은지, 그것만 대답하면 되오."

"가난허고 불쌍헌 사람덜 편이라는디 나쁘기사 허겠는가요?"

소화는 평소부터 가지고 있던 생각이라 자신 있게 대답했다.

"그게 정말이오?"

정하섭은 자리를 고쳐 앉으며 되물었다. 그러면서 거점확보는 일단 성공 가능하다는 안도감을 느꼈다.

"지 맘이 그런 쪽으로 가는구만이라."

어디쯤에서인지, 닭 우는 소리가 멀게 들렸다.

"됐소. 그럼 지금부터 내 말 똑똑히 들으시오."

정하섭은 문고리를 걸어잠갔다. 소화는 흠칫 놀라 저고리섶을 여미며 조금 물러앉았다. 순간에 이루어진 그녀의 반사적인 몸짓에서 정하섭은 여직껏 의식하지 못했던 여자의 냄새를 강하게 맡왔다. 그리고 한줄기 빛처럼 그의 뇌리를 스치는 기억이 있었다. 그가 첫 수음을 했던 중학 3학년 때, 죄의식과 부끄러움과 전신 마디마디가 시리도록 저릿거리며 퍼지는 어지러운 자극의 쾌감에 신음하며 보았던 두 여자. 하나는 책방집 딸 정님이었고 다른 하나는 바로 소화였다. 꼭 필요한 것도 아닌 책을 사들고 나오곤 했던 것은 누구 때문이었던가. 그 정님이가 떠오른 것은 당연한 것이었지만, 소화의 얼굴이 그 위에 겹쳐진 것은 너무도 뜻밖의 일이었다. 남자답지 못하게 아버지가 굿을 즐겨서 소화를 가까이서 볼 수 있었던 것은 어렸을 때부터였다. 그 예쁜 아이가 무당의 딸이라는 걸 어린 마음으로도 무척 안쓰러워했던 것이다. 그녀가 대물림굿 하는 것을 먼발치에서 지켜보았던 것도 그 마음의 변모였다. 그러나 기차에서 그녀를 만나게 된 다음부터 마음을 정리하려고 했고, 정님이와의 관계가 시작되어 그녀는 마음에서 완전히 지워졌다. 그런데 연정을 느끼고 있는 여자의 환상 위에 소화의 모습은 느닷없이 겹쳐진 것이었다. 그 뒤로도 얼마 동안 그 부끄러운 짓을 할 때마다 정님이의 얼굴과 소화의 얼굴이 엇갈렸다. 무당의 딸이다, 무당의 딸이다. 그는 소화의 얼굴을 떨쳐내려고 안간힘 하며 스스로에게 일깨웠다. 언제부터인지 모르게 소화는 의식 속에서 다시 물러갔고, 그 기억은 오랜 시간의 누적 속에 잊혀져버렸다. 그런데 숙성한 여자의 냄새를 의식하는 순간 그 기억은 의식의 저 어두운 심연으로부터 한줄기 빛으로 뻗어올라와 확 불을 켠 것이다.

그는 거칠게 꿈틀거리는 감정을 억제하느라고 주먹을 말아쥐었다. 그리고 자신은 목숨과 바꿔야 될는지 모를 위기상황에 처해 있음을 스스로에게 일깨우며 피를 역류시키고 있는 격정의 정수리에 냉수를 끼얹었다.

소화는 남자의 충동적 감정변화를 예민하게 감지하고 있었다. 그녀는 남자의 괴로운 인내를 차가운 눈으로 지켜보며 마음의 옷을 하나씩 하나씩 벗어던지고 있었다. 그녀는 남자의 격정이 끝내 봇물로 터지고 말 것 같은 예감에 지배당하고 있었고, 결국 그의 남성을 순순히 받아들여야 할 것이라는 생각을 신내림의 전율처럼 느끼고 있었다. 그런 그녀의 의식 속에는 오래고 먼 기억이 한 장의 선명한 사진으로 떠올라왔다. 그가 소학교 4학년 때이던가 그랬다. 그의 할아버지 사십구재 굿이 벌어지고 있었다. 어머니는 다른 집 사십구재와는 달리 미친 듯이 굿판을 벌이고 있었다. 그때만이 아니라 임종을 앞두고 차렸던 굿에서는 어쩌나 무서운 기세로 춤을 추었던지, 굿을 끝내고 어머니는 며칠을 앓아누웠다. "엄니, 그렇게 미친 거맹키로 굿허고 요리 아파불면 무신 소양이 있당가. 돈도 더 많이 받지도 못험스로." 그녀는 어머니 이마에 물수건을 얹으며 볼멘소리를 했다. "워디 고것이 나 맘대로 된다디냐. 다 신령님이 시켜서 허는 일이제." 어머니는 탄식 섞어 말하고는 고개를 돌려버렸다. 그런데 어머니의 눈에서는 눈물이 흘러내렸다. 영문을 알 수 없었지만 왜 우느냐고 묻지는 않았다. 다만 사람들이 입을 모으는 것처럼 돌아가신 정 참봉어른과 어머니는 전생의 연이 닿은 것인 모양이라고만 생각하고 말았다. 그런데 어머니는 또 사십구재 굿판에서 미친 듯 혼백을 태우고 있었다. 그녀는 너무 졸려서 조용히 굿판을 빠져 마당으로 나왔다. 안개 같은 어둠이 내려앉고 있었다. 그녀는 마당가의 채송화 옆에 쪼그리고 앉았다. 채송화 꽃잎을 손톱 위에 잉끄리며 얼마나 앉아 있었을까. "야아." 퉁명스러운 남자애 목소리에 그녀는 발딱 일어섰다. 하섭이라는 이름의 그 집 아들이 우뚝 서 있었다. 그런데 그가 내밀고 있는 손바닥 위에는 황금빛으로 익은 비파가 두 개 놓여 있었다. 그녀는 어찌할 줄을 몰라 그의 눈만 빠끔 쳐다보았다. "니 묵어라." 남자애는 무뚝뚝하게 말했다. 그녀는 사양할 수조차 없는 위압을 느꼈다. 그녀는 숨이 멎는 것 같은 답답함을 느끼며 간신히 손을 뻗쳐 비파 한 개를 집어들었다. "두 개 다 묵어라." 남자애가 말했다. 그녀는 잠시 망설이다가 도리질을 했다. "둘 다 묵으랑께." 남자애는 좀더 큰 소리로 말했다. 그녀도 좀더 세게 도리질을 했다. 그러자 남자애의 얼굴이 일그러지며 비파를 든 손을 높이 치켜들었다. 곧 땅바닥에 내팽개칠 기세였다. "아녀, 나랑 항께 하나썩 묵잔 것이여." 그녀는 얼결에 남자애의 팔을 붙들며 울먹였다. 남자애의 일그러졌던 얼굴에 금방 웃음기가 퍼졌고, 그녀는 남자애의 팔을 후닥닥 놓았다. "껍데기는 못 묵는 거이다." 남자애는 그렇게 말하며 먹는 법을 가르쳐주듯 비파의 껍질을 벗겼다. 비파는 딱 한입에 찼고, 그 달고 연한 맛은 뭐라고 형용할 수가 없었다. 그런 맛있는 열매를 장독대에 있는 나무에서 마음대로 따먹을 수 있는 남자애가 더없이 부러웠다. "니같이 이뿐 아그가 워쩨 무당딸이 됐는지 몰르겄다." 남자애는 불쑥 말하고는 비파 껍질을 담장 너머 어둠 속으로 내던졌다. 그녀는 그 말에 가슴을 치고 지나가는 아픔을 느꼈다. 눈물이 왈칵 솟아올랐다. 그녀는 마당을 가로질러 바라소리가 친친 얽혀 감기고 있는 대청을 향해 뛰었다. 그녀는 그후로 그의 집에서 벌이는 굿에는 한사코 가지를 않았다. 그녀가 열일곱의 나이로 대물림굿을 받게 되었을 때 남자애의 말은 달구어진 인두가 되어 그녀의 가슴을 지짐질해 댔다.

정하섭은 산란한 마음의 고삐를 틀어쥐고는 임무수행 계획부터 정리했다. 일단 안전하다고 판단되는 은신처를 확보한 것이나 다름없으니 그 다음 일은 신중을 기해야 했다. "어디까지나 선을 따라 행동하는 것이 정상이지만 현재는 위급상황이라 어쩔 수가 없소. 조직의 선은 구룡까지만 연결되고 그 다음은 끊겼소. 벌교에서의 활동은 정 동무가 임시 대처하시오." 위원장의 말이었다. 소화를 집으로 잠입시키는 일이었는데, 지금 곧 실행할 것인가 아니면 날이 밝은 다음에 할 것인가를 결정해야 했다. 몇 번 생각을 굴린 끝에 날이 밝은 시간을 이용하기로 했다. 언뜻 생각하기에는 어둠을 이용하는 것이 안전할 것 같지만, 이미 집 근처에는 잠복이 행해지고 있을지도 모를 일이고, 그렇다면 외따로 사는 무당이 어둠을 타고 나타난다는 것이 심상찮게 보일 수 있었다. 그러나 낮에는 무당이 여염집에 드나드는 것은 예사로운 일일 수 있었다.

그 다음 문제가 소화에 대한 신뢰였다. 그녀를 어디까지 믿어야 좋을지 알 수가 없는 것이다. 조직형성에 있어서 제일 긴요한 것이 사람이었고, 제일 두려운 것도 사람이었다. 사람처럼 확실한 것이 없었고, 사람처럼 불확실한 것도 없었다. 소화는 이미 경찰의 끄나풀이 되어 있는지도 모른다. 외딴 독립 가옥, 그리고 무당, 그녀가 갖춘 조건은 경찰의 이용가치가 충분했다. 그녀는 마음만 먹으면 밤과 산을 무대로 삼는 자신들의 정보를 누구보다 빨리 탐지해 낼 수 있을 것이다. 자신이 소화를 이용하고자 했다면 경찰도 마찬가지일 것이었다. 만약 그녀가 경찰의 끄나풀이라면 자신은 불구덩이에 뛰어든 토끼였다. 그녀가 경찰과 전혀 관계가 없다 하더라도 좌익에 대한 감정이 어떠냐가 문제였다. 한쪽에 대한 감정이 나쁘면 다른 쪽에 호감을 표시하게 마련이었다. 그녀가 좌익을 나쁘게 생각하지 않는다는 말을 하긴 했지만 그 한마디로 그녀를 다 믿을 수는 없었다. 경찰의 끄나풀일수록 그런 말은 번드르르하게 잘할 수 있는 일이기도 했다. 그녀를 확실하게 믿을 수 있는 근거를 마련해야 했다. 그녀를 세뇌시킬 수만 있다면 앞으로도 두고두고 이용할 수도 있는 일이었다.

"임무수행 중 특히 경계해야 할 것이 두 가지가 있소. 술과 여자요. 그건 둘 다 독이오. 술은 감정을 해이하게 만드는 독이고, 여자는 의지를 약화시키는 독이오. 철저히 경계하라. 단, 냉철한 당원의 이성으로 판단했을 때 사업에 절대이익을 줄 수 있는 여자까지 포함시키는 건 아니오. 그 판단기준은 당원의 이성에 맡기겠소."

서울에서 세뇌교육을 받을 때 임철수라는 중간간부가 전혀 감정이 섞이지 않은 낮고도 일정한 음향의 목소리로 한 말이었다.

정하섭은 천천히 고개를 들었다. 기다리고 있었던 것처럼 소화의 눈길이 바로 앞에 열려 있었다. 그는 그녀의 눈을 들여다보았다. 그는 가슴 한복판이 푸드득 경련하는 것을 느꼈다.

저 여자는 당의 사업에 절대이익을 줄 수 있는 여자인가. 아니다, 그런 목적 이전에 저 여자는 너무 먼 옛날부터 나를 괴롭혀왔었다. 저 여자는 내가 어렸을 때부터 내 넋을 빼앗아갔는지도 모른다. 저 여자를 아무런 목적 없이 갖도록 하자. 만약 거부한다면 그 뜻을 따르는 것이다. 긴장과 초조에 쫓기며 먼 길을 걸어온 피로를 떠밀어내며 솟구치는 저 여자를 갖고 싶은 마음은 무엇인가. 해답처럼 떠오르는 말이 있었다. "버마 전선에서 꼬박 나흘을 자지도 먹지도 못하면서 싸웠네. 모두 지쳐 쓰러져 있는데 소대장이 한다는 소리가, 지금 밥을 먹겠느냐 여자를 갖겠느냐, 하고 묻는 것이야. 그런데 다 여자를 갖겠다고 했네. 그게 상식으로 이해가 안 되는 인간의 기묘한 심리네. 인간이란 그렇게 복잡미묘한 것인데 어찌……." 김범우 선생의 말이었다.

그는 천천히 팔을 뻗쳐 그녀의 앞에다 손바닥을 폈다. 그녀는 그의 손바닥에 황금빛의 비파가 두 개 나란히 놓인 것을 보았다. 그녀는 그 비파를 잡으려고 손을 뻗쳤다. 그 손을 그가 꼭 감싸잡았다. 그리고 그들은 일어섰다. 그녀가 문고리를 벗기고 그를 마루로 이끌었다. 그녀는 소리 없이 마루를 걸어 옆방으로 갔다. 그리고 방문을 열었다.

2

가슴으로 이어진 물줄기

등잔불꽃이 그을음을 긴 꼬리로 남기며 가물가물 타고 있었다. 등잔불빛은 온기 없는 반딧불처럼 허전하고 미약했다. 그 불빛은 세 사람이 넉넉하게 자리잡기에도 비좁은 방 안 어둠을 사르는 것도 힘겨운 듯싶었다. 등잔 주위만 가까스로 밝혀졌을 뿐 천장 구석구석에는 묽은 어둠이 그대로 도사리고 있었다. 그런 불빛마저 새어나가는 것을 저어했음인지 지게문에는 남루한 이불이 무겁게 쳐져 있었다. 미동도 없이 바짝 쪼그리고 앉은 세 사람은 돌덩이였고, 어둠을 이겨내지 못하는 미약한 불빛은 그들 세 사람의 그림자만을 터무니없이 크고 진하게 찍어내고 있었다. 그들의 그림자는 세 벽을 가득가득 채운 채 불꽃이 흔들릴 때마다 괴물스럽게 일렁이고는 했다. 늪처럼 잠겨드는 방 안의 침묵은 무슨 견고하고 무거운 물체처럼 그들을 압박하고 있었다.

윗목에 앉은 하대치는 큼큼 밭은기침을 만들어내며 자리를 고쳐 앉았다. 자정이 넘어가고 있을 것이고, 언제까지 그렇게 앉아 있을 여유가 없었다.

하대치의 그런 몸짓의 의미는 두 사람에게 전류보다 빠르게 전달되었고, 전등에 반짝 불이 켜지듯 확실한 반응이 나타났다. 아랫목에 앉은 노인은 허리를 꼿꼿이 세우며 방바닥에 놓인 곰방대를 더듬더듬 주워들었다. 그 손이 완연하게 떨리고 있었다. 노인의 옆, 반닫이를 등지고 앉았던 여자는 꺾어세운 무릎을 더 단단히 가슴팍으로 끌어안듯 하면서 윗목의 하대치에게로 눈길을 쏟아부었다. 눈물로 젖은 그 눈길에 두려움과 초조가 엇갈리고 있었다.

"그려……." 노인은 힘겹게 말을 꺼내놓고는 목이 타드는지 삐쩍 마른 목을 길게 빼듯이 해서 침을 삼키고, "가먼 워디로 갈 것이다냐?" 안타까운 듯이 물었다.

하대치는 얼른 대답하지 않았다. 방바닥을 내려다본 자세 그대로 한참을 앉아 있다가 마지못한 듯 대꾸했다.

"지도 잘 모르겠구만이라."

자식의 정이라곤 명주 실오라기만큼도 느낄 수 없는 그 무뚝뚝한 말을 듣자, 니가 모르면 고걸 누가 알어, 하는 호통이 목구멍을 치받쳐올랐지만 판석 영감은 어금니를 깨물며 말을 억눌렀다. 그건 앞에 앉은 것이 자신의 말을 고분고분 듣던 옛날의 자식이 아니라는 슬픈 확인이었고 절망적인 체념이었다.

그려, 자석은 품안엣적 자석이 자석이제 몸 크고 생각 커서 품

벗어나불면 지 자석이 아닌 벱이여. 옛말 이른 것이 틀린 디가 하나또 읎어. 한사코 아래로만 쏟아져내리는 부정(父情)의 물줄기를 그만 돌려야 된다고 생각하며 판석 영감은 스스로를 다스리려고 애썼다. 아들을 향한 체념을 가슴에 심기 시작한 것이 결코 하루 이틀의 일은 아니었던 것이다.

스무 살 나이가 가까워질 임시부터였으니까 아들의 열 받친 행동거지는 일정(日政) 때부터 시작되어 이미 10년이 가까워 있었다. 일본인 지주한테 대항해서 소작쟁의를 벌이면서 아들은 가도가도 목마르고 허기진 소작농군의 길을 벗어나기 시작했다. 일반 소작쟁의도 삭신 녹아내릴 매타작에 콩밥신세가 확연한 죄로 정해진 세상에서, 일본인 지주를 상대로 한 소작쟁의가 어떤 결과를 부를지는 너무나 빤한 노릇이었다. 그것은 맨주먹으로 닛뽄도 휘두르는 순사한테 덤벼드는 것이나 진배없었고, 불구덩이 속으로 뛰어드는 성미 급한 나방이나 다를 바 없었다. 피걸레가 되어 내던져진 아들을 업고 집으로 돌아오며 판석 영감은 제 살이 찢겨나가는 아픔에 떨며 울었고, 차라리 죽지 못하고 살아 있는 목숨의 구차함이 비통해서 울었다. 축 늘어진 아들을 수십 번 추슬러 업어가며 판석 영감은 피물림하듯 대대로 이어진 소작농의 비애와 운명을 씹었다. 대를 물리는 가난이라는 것처럼 무서운 죄가 없었고, 견디기 어려운 벌이 없었다. 아들은 그 죄를 타고나서 이제 철든 나이가 되면서 그 벌을 받기 시작하고 있는 것이었다.

"아부지, 지발 암 말도 마씨요. 목심 내걸고 독립운동허는 사람들도 있는디, 뺏긴 지 밥그럭 찾아묵는 일도 못헌다면 고것이 무신 사내새끼다요. 그라고 우리가 허는 짓이 계란으로 바우 치기라는 것도 다 알고 있당께요. 그려도 허고 허고 또 혀야지라. 작인 없는 지주놈들도 읎는 법잉께요.”

몸져누운 아들의 눈빛은 매타작을 조금도 두려워하지 않았고, 그 소견 멀쩡함에 판석 영감은 더 할 말이 없었다. 그러나 아들이 마음을 단단히 먹을수록 몸은 멍든 옹기가 되어가다가 끝내는 산산조각으로 깨어지고 말리라는 불안감이 먹구름으로 가슴을 덮고 있었다.

나흘째 되는 날 순사가 들이닥쳤고, 경찰서에서 하룻밤을 새운 아들은 다음날로 기차에 떠밀려 실려졌다. 징용으로 끌려가는 것이었다. 아들과 함께 쟁의를 벌였던 소작회의 다른 열두 명도 함께였다.

“열 분 백 분 참고 또 참어야 쓴다. 목심 지키는 일이 젤 중헌 일잉께. 홀몸 아닌 니 시악씨 생각혀서라도 몸 성히 돌아와야 써. 애비 말 명심혀, 알아듣겠지야?”

판석 영감은 아들의 소매를 잡아 흔들며 애타게 말했지만 아들은 아무것도 없는 하늘 그 어디를 보고 있는지 아무런 반응이 없었다. 아들은 순사에게 등을 떠밀려 기차에 오르고, 기차가 움직이기 시작해도 말 한마디 없었다. 말은 고사하고 한 번 쳐다보지도 않고 떠나가고 말았다. 기차가 산굽이를 돌아갈 때까지 맞바람이 통하는 가슴으로 서 있던 판석 영감은, 아 저것이 옛날 자식이 아니구나 하는 생각이 불현듯 떠올랐고, 그 최초의 깨달음은 아들이 자신에게서 한정도 없이 멀어져가는 거리감을 느끼게 했다. 그것은 장성한 자식의 모습을 확인하는 대견함도 있었지만, 그러나 자식을 잃어버리는 것 같은 허전한 상실감이 주는 슬픔이 더 컸다. 그것은 자신의 가슴 저 밑바닥에 깔려 있는 씻겨지지 않는 죄의식이 고개를 드는 탓인지도 몰랐다.

그려, 다 이 못난 애비 죄여. 이 애비 원망을 속 풀릴 때꺼정 혀. 근디, 불쌍헌 내 새끼야, 니 팔자는 애비를 원망헌다고 풀리는 것이 아녀. 피 타고남스로 매듭매듭 맺힌 한(恨)인디, 고걸 워쩌야 쓸끄나. 한은 맺히기만 혔지 풀리는 것이 아닝께 한인 법인디, 고건 풀라고 발싸심허면 헐수록 헝클어진 실꾸리맨치로 얽히고설키다가 종당에는 지 명(命)꺼정 끊어묵는 법인디…….

판석 영감의 뇌리에는 아버지의 기억이 예리한 아픔으로 찡하게 떠올랐고, 그 기억을 몰아내듯이 그는 고개를 설레설레 저으며 기차가 사라져간 산굽이에서 시선을 거두었다.

"요리 밤중 채비럴 혀야 헐 만치 헹펜이 다급허게 되았냐?"

판석 영감은 군이 대답을 듣자고 하는 말이 아니었다. 그건 아들에 대한 일종의 힐책이었다. 예끼 숭헌 눔덜아, 열흘을 못 채우고 요리 야반도주럴 헐 신세밖에 못 돼묵은 것들이 그리 험허게 사람들 목심을 해치다니, 천하에 몹쓸 눔들. 판석 영감은 이런 말을 대신하고 있었다. 아들은 그런 자신의 마음을 아는지 모르는지 미동도 하지 않았다. 도무지 자신의 자식이라고 믿어지지 않을 만큼 변해버린 아들을 판석 영감은 침침한 불빛 속으로 물끄러미 건너다 보았다. 북해도 탄광으로, 여기저기 비행장을 닦는 데에 5년여를 끌려다니다가 해방과 함께 돌아온 아들은 이미 마음이 변해 있었다. 판석 영감은 그 사상에 깊이 물든 아들의 마음은 충분히 이해했지만 그 물불을 가리지 않는 행동은 이해할 수가 없었다.

"그려, 형편이 다급허먼 떠야제⋯⋯." 판석 영감은 입을 가리고 잔기침을 하고는, "인자 떠나먼 살아 니럴 다시 볼란지 몰르겄다." 목소리가 잠겨들었다.

"고것이 무신 말씸이다요?"

하대치는 고개를 번쩍 치켜들며 아버지를 쏘아보았다.

"아녀, 그냥 허는 소리여. 내 나이 생각허고 그냥 허는 소리여."

판석 영감은 예사로운 듯이 말하며 아들의 시선을 피해 눈을 내리감았다.

"오래 안 걸릴 것이구만요. 금세 되짚어올 것잉께 아무 걱정 마씨요."

아들은 낮은 음성이었지만 다부지게 말했다. 그러나 판석 영감은 전혀 그 말을 믿지 않았다. 나라가 금하는 일을, 그것이 제아무리 옳고 바르다고 해도 나라와 맞서 이기는 것을 보지 못했던 것이다. 그건 판석 영감이 칠십 평생을 통해서 겪어온 경험이었다. 동학란이 그러했고 일정 때의 독립운동이 그러했다.

"니넌 이름땜 허니라고 그리 드세게 사는갑다. 큰 대(大)에, 다스릴 치(治), 애시당초 가당찮은 이름이었제. 느그 할아부지의 택없는 욕심이었는디, 고 이름을 그대로 붙인 나가 더 큰 잘못을 저질른 것이여……."

"쉿!"

하대치는 판석 영감의 말을 제지하며 문 쪽으로 바싹 다가앉았다. 그리고 한쪽 귀에 손바닥을 오목하게 만들어붙이고 밖으로 신경을 모았다. 그때 밖에서 이름 모를 새소리가 두 번 들렸다. 하대치는 잽싸게 문에 쳐진 이불을 약간 들치고 신호를 보냈다. 풀꾹, 풀꾹. 그건 의심할 여지없는 풀꾹새소리였다.

하대치는 튕기듯 일어섰다. 그때까지 돌덩이처럼 앉아 있던 여자가 따라 일어섰다. 하대치의 아내 들몰댁이었다.

"갈 길이 급헌께 나서지 말어. 불 끄고."

하대치는 싸늘하게 아내의 배웅을 막았고, 불 끄기를 기다리지 않고 자신이 허리를 굽혀 단숨에 불을 꺼버렸다.

"마실 댕겨오대끼 금세 올 것잉께."

하대치는 먹물 같은 어둠 속에다가 불쑥 이 말을 던지듯 하고는 방문을 차고 나갔다.

그가 토방으로 내려서는데 헛간 쪽에서 두 개의 그림자가 마당을 가로질러왔다. 그들의 등에는 그다지 커 보이지 않는 짐이 매달려 있었다.

"싸게 뜨세."

하대치는 낮게 말하며 그들의 앞장을 섰다. 그들은 사립문을 버리고 집을 끼고 돌아 어둠이 밀집해 있는 대숲으로 들어섰다. 그들이 빠른 걸음을 옮기는 데 따라 바닥에 쌓인 대이파리와 죽순 껍질들의 서걱거리는 소리가 대숲의 농도 짙은 정적을 흔들었다.

"사태가 워찌 돼가는고?"

하대치가 대숲을 벗어날 즈음에 입을 열었다.

"주력부대가 깨져부렀당마요."

뒤따르는 그림자의 침울한 대꾸였다. 그리고 그들은 더 말이 없이 키를 낮춰가며 길을 피해 동네를 벗어나고 있었다.

판석 영감은 곰방대에다가 꽁꽁 담배를 재었다. 성냥을 득 그어 담배에 불을 붙이려다가 그때까지 윗목에 그대로 서 있는 며느리를 의식했다.

"아가, 인자 이불 걷어내고 건너가서 눈 잠 붙이거라와."

판석 영감은 며느리에게 미안하고 면목이 없어 이 말조차 하기가 거북스러웠다.

며느리는 소리 없이 문에 쳐진 이불을 걷어냈고, 조심스럽게 문을 밀치며 "아부님, 주무시써요" 하고는 방을 나섰다. 그 음성이 여느 때 없이 풀 죽고 물기 젖어 있어서 판석 영감은 무어라 대꾸할 말을 찾을 수가 없었다. 평소 같았으면 잘 자라거나 편히 쉬라고 했겠지만 지금의 정황으로는 전혀 필요한 말이 아니었다.

판석 영감은 벽에 등을 부리고 앉아 곰방대를 뻑뻑 소리나게 연거푸 빨아댔다. 그리고 담배연기를 가슴속 깊이깊이 빨아들였다. 올올이 맺힌 회한과 주체할 수 없는 서러움으로 미어질 것만 같은 가슴을 담배연기로나마 적시지 않고는 견딜 수가 없었다.

판석 영감은 원래 벌교(筏橋)사람이 아니었다. 그의 고향은 나주였다. 그의 아버지는 나주벌의 대지주 송 진사댁의 대를 물리는 가복(家僕)이었다. 그런데 그의 아버지는 가복이라는 미천한 신분에 어울리지 않게 글을 깨치고 있었다. 그건 신분에 씌워진 금기를 파괴하는 위험스런 일이기도 했다. 물론 글을 깨쳤다고 해보았자 천자문을 막히지 않고 욀 수 있고, 땅바닥에다 획 틀리지 않고 쓸 수 있는 정도에 지나지 않았다. 그러나 가복의 처지로서는 그 정도만으로도 대단한 학식을 갖춘 셈이었고, 더군다나 천자문을 깨친 것이 순전히 어깨너머로 귀동냥 눈동냥한 결과였다는 것은 그의 타고난 총명이 어느 정도인지를 입증하는 것이었다.

"이눔아, 종눔 신세에 설깨친 글 아는 게 우환 불러들이는겨. 꿈에라도 글 아는 거 티내지 말어. 고것이 명 재촉허는 길잉께."

그의 할아버지는 기쁨과 슬픔이 교차하는 얼굴로 아들에게 못박고는 했다. 그런데 그의 할아버지의 우려는 마침내 현실로 나타나고 말았다. 그의 아버지는 남몰래 동학사상에 물들어 있었던 것이고, 동학도의 분노가 행동으로 불붙기 시작하자 그는 그 불씨의 하나로 정체를 드러냈다. 그의 아버지는 가복의 사슬을 스스로 끊고 동학의 선봉물결이 되었다.

"이눔이 기엉코 일얼 저질러뿌렀구나. 이 일을 워째야 쓸꼬, 이 일얼……."

그의 할아버지는 안절부절못하고 나날을 보냈다. 새끼를 어떻게 단속했길래 그 꼴이 되도록 몰랐느냐고, 꼴도 보기 싫으니 눈앞에 얼씬거리지도 말라는 송 진사의 노발대발한 호통을 들은 다음이었다. 그의 할아버지는 어깻죽지를 잔뜩 웅크리고 기가 꺾일 대로 꺾여 지내면서도 바람 탄 불길처럼 번지고 있는 동학도의 기세에 속으로는 열렬한 응원을 보내고 있었다. 그건 결코 아들 때문만이 아니었다. 기왕 터진 봇물이었고, 동학이 이기는 것만이 자기네 같은 가랑잎 신세들이 사람답게 살아볼 수 있는 길이라는 확실한 믿음을 가지고 있었다. 동학도의 피흘림은 곪고 곪은 고름이 터진 것이라는 정도는 익히 알고 있었다. 급기야 송 진사가 피난짐을 싸지 않을 수 없게 동학의 기세는 뻗어나갔다. 그러나 그것도 길게 가지는 못했다. 청국과 일본 군대가 서로 다투어 관군을 대신해서 동학군과 맞서게 되면서부터 전세는 일변하기 시작했다. 동학군은 곳곳에서 패배했고, 흰 무명옷에 피범벅이 된 동학도들의 시체가 아무 데나 나뒹굴기 시작했다. 동학군이 뿔뿔이 흩어져 산중으로 패주했고, 그와 반대로 산중 어느 절로 피난을 떠났던 송 진사네가 돌아왔다. 송 진사의 서슬은 예전과 다르게 시퍼런 날을 세우고 있었다. 아랫것들의 기를 완전히 꺾어놓기 위함일 것이었다. 송 진사네는 인명의 피해는 입지 않았지만 재산의 피해는 적잖이 입고 있었던 것이다. 행랑채에는 여느 때 없이 썰렁한 바람이 감돌았다. 그러던 어느 날 밤이었다. 잠을 자다 말고 그는 할아버지와 함께 사랑채로 불려나갔다.

"인자 내쫓기는갑다."

그의 할아버지는 사랑채로 통하는 문을 넘어서기 직전에 한숨을 토했다. 그 한숨이 어찌나 깊고 진한지 할아버지의 기운이 모두 뽑혀져 나오는 것만 같았다. 사랑채 마당에서는 덕석말이 매타작이 한창이었다. 매타작을 얼마나 당했는지 둘둘 말린 덕석 안에서는 비명조차 들리지 않았다.

"저눔이 인자 오는구나. 고만 덕석 풀어라!"

마루에 버티고 선 송 진사가 그의 할아버지를 손가락으로 겨냥하며 소리쳤다. 덕석을 동여맨 새끼줄이 낫으로 끊기고, 두 사람이 둘둘 말린 덕석 끝을 치켜듦과 동시에 덕석은 추르르 펼쳐져나갔다. 그 속에서 드러난 것은 피투성이가 된 그의 아버지였다.

"진사 나으리, 살려주시씨요."

그의 할아버지는 울컥 피를 토하듯 울부짖으며 피범벅이 된 아들의 몸을 덮쳐 안았다. 그러나 그의 아버지는 이미 숨이 끊긴 뒤였다. 그 사실을 깨달은 그의 할아버지는 그대로 혼절하고 말았다. 다음날 새벽 그는 아버지의 시체를 가마니쌈해서 지게에 짊어져야 했고, 하룻밤 사이에 십년살이를 해버린 것처럼 변한 할아버지는 흡사 허깨비처럼 휘뚱거리며 지게 뒤를 따라왔다. 그의 아버지 나이 서른넷이었고, 판석의 나이 열다섯이었다.

"전라도땅에서 누구 땅 얻어부치고 살 가당찮은 생각 묵지럴 말어라. 느그눔덜은 머슴살이도 못해묵게 맹글 것이다. 산골짝에 들어가서 솔잎이나 뜯어묵고 살어. 요리 사대육신 멀쩡허게 내보내는 것만도 큰 은혜 입은 줄 알어야 헐 거이다."

그래서 그랬던 것일까. 다섯 식솔을 거느리고 쫓겨난 맨주먹의 할아버지는 온 하루를 말 한마디 없이 땅만 내려다보고 걸었다. 해가 뉘엿뉘엿해서 어느 개울가에서 보리밥 뭉치를 풀었다. 눈앞에는 숲이 깊은 산이 다가와 있었다. 그때부터 산 골짝골짝을 타넘는 화전생활이 시작되었다. 그의 할아버지는 일을 하려고 기를 썼지만 무슨 중병이라도 깊이 안은 듯 식은땀만 쏟을 뿐 기운을 쓰지 못했다. 그리고 벙어리가 되어버린 듯 말도 하지 않았다. 어찌어찌 1년을 살아내고 그의 아버지 제삿날이 찾아왔다.

"양반, 고 숭악헌 놈덜. 쇠포리맹키로 징허고 징헌 놈덜."

그가 제상에 절을 하고 물러섰을 때 할아버지가 내뱉은 말이었다. 그건 할아버지가 실로 1년 만에 처음으로 한 말이었는데, 할아버지는 그 말을 칡뿌리를 질겅질겅 씹는 것처럼 했던 것이다. 그는 섬뜩한 기분이 들어 얼른 할아버지를 쳐다보았다. 할아버지는 향이 타오르는 푸른 연기를 넋놓고 바라보고 있었는데, 이상하다 싶게 주름살투성이의 여윈 볼이 심하게 씰룩였다. 그의 할아버지는 결국 앓아눕더니 며칠 만에 숨을 거두었다.

"요것은 니 애비가 동학 따라 집 떠남스로 이 할애비헌테 넘긴 겨. 나가 살아서 니 아들헌테 붙여줬어야 헐 이름인디, 앞자가 큰 대자, 뒷자가 다스릴 치자라고 혔다. 고것이 느그 애비가 생전에 품은 한스런 맴이었는디……."

'大治'라는 두 글자는 한지에 큼지막하게 적혀 있었다.

골골 병을 앓는 할머니는 살아생전에 고추 달린 증손자 한번 보고 싶다는 말을 무슨 타령 읊조리듯 했다. 할메 소원 풀고, 일손도

하나 더 벌어들인다 셈치고 같은 화전민의 딸과 결혼했다. 그 고추
달린 아들은 쉽게 얻어지는 것이 아니었다. 연이어 딸 둘을 낳았
고, 할머니는 기다리기에 기진했는지 어느 날 문득 눈을 감고 말았
다. 염치도 없이 딸은 그 뒤로도 둘이나 더 불거졌다. 별다른 산고
도 치르지 않고 애를 낳는 마누라의 암팡진 엉덩짝이 부실할 리는
없고, 아무리 생각해도 부실한 것은 씨 쪽이었다. 그렇게 생각하자
그의 마음은 한결 초조해졌고, 크게 다스린다는 뜻의 그 이름을
영영 써먹지 못하는 것이 아닌가 하는 방정맞은 생각이 불쑥 일어
나고는 했다. 아들은 다섯 번째로 태어났다. 참 어렵게 얻은 아들이
었고, 늦은 나이에 구경하는 고추였다. 그의 나이 서른아홉이었다.
너무 당연하게 '대치'라고 이름 붙였다. 그 뜻이 사내다운 이름일
뿐만 아니라 아버지의 냄새를 역연히 맡을 수 있어 좋았다. 이름을
따라 아들이 어떤 큰 인물이 될 것 같은 알큰한 예감에 젖기도 했
다. 그러나 산짐승이나 다름없이 산골짝이나 타넘는 화전민 신세
라는 자각 앞에서 그는 한없이 초라한 자신을 발견할 수밖에 없었
다. 그는 아들을 위해 무언가 해야 한다는 아버지로서의 책임 같
은 것을 막연하게나마 느끼고는 했다. 드문드문 구경하는 세상이
어서 그런지 그동안 세상은 정신을 차릴 수 없이 변하고 있었다. 무
엇보다도 그를 놀라게 한 것은 나라 주인이 바뀐 것이었다.

　산을 타넘으며 거처를 옮기다 보니까 백운산을 거쳐 조계산에
이르러 있었다. 그는 산채 말린 것을 한 지게 가득 지고 쌍암장에
나갔다가 벌교 소식을 듣게 되었다. 중도(中島)라는 일본인이 포구

에 20리가 넘는 방죽을 막아 논을 만드는 간척사업을 벌이고 있는
데 대대적으로 사람을 모은다는 것이었다. 그런데 그 조건이라는
것이 귀에 솔깃했다. 노임은 따로 지불하고, 공사가 끝나면 소작논
을 우선적으로 배당한다는 것이었다. 그는 국밥이 식는 줄도 모르
고 골똘한 생각에 빠져 있었다. 방죽 쌓는 노동이 제아무리 힘들
다 한들 화전 일구는 것보다 더하진 않을 것이고, 논농사를 짓게
되면 화전처럼 새 밭을 일굴 필요가 없고 떠돎을 하지 않아도 된
다. 그러나 그런 것들보다도 그의 마음을 더욱 달뜨게 하는 건 아
들을 산속에 처박아 산짐승처럼 키우지 않아도 된다는 점이었다.
전깃불이 번쩍번쩍하는 읍사무소가 있는 곳, 아니 양반이고 상것
의 차등을 두지 않고 글을 가르치는 학교라는 것이 있는 곳, 그런
별천지에 뿌리내리고 살면서 아들을 사람답게 키우고 싶었다. 상것
들도 당당하게 글을 배울 수 있게 된 그동안의 변화가 그에게는 나
라 주인이 일본인들로 바뀐 것보다 더 놀라운 것이었다. 그 사실을
알게 된 것이 몇 년 전이면서도 그는 도무지 믿어지지가 않았다. 벌
교로만 나오면 아들 대치도 학교에 보낼 수 있게 되는 것이 아닌가.
그는 주모가 일깨워서야 국밥을 마구 퍼넣다가 그만 가슴이 컥 막
혀 주먹으로 가슴팍을 퍽퍽 두들겼다. 매운 눈물이 삐쭉 배어나온
눈앞에 어린 대치의 방싯거리는 모습이 어릿어릿 떠올랐다. 그는
마디 굵은 손으로 눈을 씩 훔치면서 헤벌쭉 웃고 있었다.
　할아버지를 뒤따라 그리도 암담하고 캄캄한 마음으로 산으로
들어갔던 것과는 반대로 겨드랑이에서 날개라도 돋치는 듯 곧 날

아갈 것 같은 기분으로 산을 등졌다. 그러나 그는 깊은 마음까지 들떠 있는 것은 아니었다. 가진 것 없고, 배운 것 없는 목숨이 한 세상 살아낸다는 것이 얼마나 팍팍한 것인지를 그는 잘 알고 있었다. 자신을 한 마리 황소이거니 생각하고 닥쳐올 고난을 이겨낼 각오를 단단히 하고 있었다. 참으로 한 마리의 미련하고도 끈질긴 황소처럼 그는 공사장 일을 이겨나갔다. 아들 대치가 무병하게 커가는 것만이 그의 유일한 위안이고 빛이었다. 그는 담배는 피웠지만 술은 가까이하지 않았다. 술을 마셔서 될 살림살이가 아니었다. 나날의 생활이 아무리 고되어도 세월은 흘러가는 맛이 있어 살아지는 것인지도 모를 일이었다. 도저히 가망 없어 보이던 방죽 쌓는 일이 시나브로 시나브로 이어져나가더니 마침내 완성의 날이 온 것이다. 포구를 따라 뻗어나간 장장 20리가 넘는 방죽은 절로 탄복이 터져나올 만큼 장관이었다. 돌덩이를 져나르고, 흙을 퍼나른 모든 일꾼들은 하나같이 그 기나긴 방죽이 자신들의 손으로 만들어졌다는 사실에 경이하는 반면 구체적 실감을 느끼지 못할 정도였다. 성벽처럼 완강하게 바닷물을 차단시키고 있는 방죽은 읍내 심장부와 봉림리를 직결시키고 있는 소화(昭和)다리에서부터 동쪽으로 뻗어가기 시작해서 순천만을 향해 차차 넓어져가는 포구 20리를 치달아 호동리 선수머리에 그 꼬리를 대고 있었다. 순천만의 바닷물은 그 방죽을 따라 하루 두 차례씩 횡계다리(홍교) 밑까지 깊숙이 파고들었다가 물러가고 하면서 방죽을 쌓아올린 네모난 무수한 돌들을 찰싹찰싹 쓰다듬었다. 방죽 위에 닦여진 길은 바다가 밀물이면 밀물인 대로, 썰물이면 썰물인 대로 유난히도 희게 드러나 보였다. 왜냐하면 벌교포구는 그 바닥이 모래라곤 구경할 수 없을 지경으로 온통 뻘밭이었는데, 그것이 다른 데 것과는 달리 질기고 차져서 한번 발목이 빠졌다 하면 빼기가 어려울 정도였다. 그래서 그런지 그 색깔이 검은색에 가까운 흑회색을 띠고 있었다. 그 위에 바닷물이 밀물져 와도 그 색깔이 우중충함을 면할 길이 없었다. 그래서 긴긴 방죽 위의 길은 언제나 풀기 상그러운 옥양목 필을 펼쳐놓은 것처럼 희게 빛났다. 그 방죽이 동서로 팔을 벌려 보듬고 있는 벌판은 회정리 1·2·3구와 장양리에 걸쳐져 끝이 아슴하도록 드넓게 펼쳐져 있었다. 일정 기간 동안 간기를 빼야 농사를 지을 수 있는 땅인데도 불구하고 사람들은 그 질펀하게 펼쳐진 땅을 보는 것만으로도 배불러하고 넉넉해했다. 그러나 그런 기분도 잠시였다. 그건 어디까지나 일본인 중도의 땅이었지 그들의 소유라곤 단 한 평도 없었다. 방죽을 막으면서 개통한 다리에 '소화'라는 이름을 붙여도 그 누구 하나 반대를 하지 않았듯이 그 방죽의 이름도 '중도방죽'이 되었다. 중도의 간척지는 예로부터 경작되어 온 북쪽의 낙안·고읍들에 비하면 그 면적으로나 토질로나 비교할 것이 못 되었다. 그러나 고읍들을 첫째로 꼽고, 장좌리와 칠동리에 걸쳐 있는 서쪽의 벌을 두 번째로 친다면 중도의 간척지는 벌교의 세 번째 농토로 손색이 없었다. 중도라는 인물은 재산을 다소 가지고 있기는 했지만 그런 엄청난 간척사업을 벌일 만큼 큰 재산을 소유하고 있지 못했고, 그 사람됨도 의롭지가 못했다. 그의 이름을 내걸어 추진된 간척사업의 뒤에는 저 유명한 동양척식주식회사의 돈줄이 닿아 있었다. 고리대금업으로 축재를 하는 중도가 그런 장기사업에 투자한다는 것이 처음부터 의아한 점이었고, 또 그런 내막을 아는 사람은 다 알고 있었다.

처음 약속대로 판석 영감은 소작지를 배당받았다. 끝도 없이 허기지고 고달픈 소작농의 길이 열리게 되었다. 그는 곁눈질하지 않았고 딴생각하지 않았다. 그저 땅만 파고 땅만 다독거렸다. 6할을 지주에게 바치고 나머지 4할에서 농지세, 물세, 비료대, 종자대, 기본소작료 등등을 빼고 나면 뭘 먹고 사느냐고 입 달린 소작인이면 누구나 떠들어댔다. 그러나 그는 단 한 번 그런 불평에 동조하지 않았다. 속으로나마 불만스럽게 여긴 일도 없었다. 분명 그런 조건은 입에 풀칠하기가 어려운 것이었지만 그렇다고 어찌할 것인가. 해결이 안 될 불평만 서로 씹어대다가 그 기분으로 술이나 한잔씩 걸쳐대는 습관을 들이다 보면 농사는 그나마 소출이 줄게 마련이고 생활은 더 꼬이게 되는 것이었다. 그는 땅만을 믿었고 땅에다 온갖 정성을 쏟아부었다. 땅은 그에게 남들보다는 다소 나은 생활의 여유를 돌려주었다. 그 여유가 아들 대치를 학교에 보낼 수 있는 힘이 되었다. 같은 조건에 처한 남들이 못해내는 일을 자신이 성취시키고 있다는 사실에 그는 끝없는 긍지와 보람을 느꼈다. 그리고 할아버지·아버지께도 그 이상 면목이 서는 일이 없을 것 같았고 자랑스럽기까지 했다. 그러나 학식을 깨우친다는 것이 병이 되는 것일까. 아들 대치는 그가 소망하는 것과는 거리가 멀게 변해간 것이다. 아버지가 관군을 상대로 한 싸움에 목숨을 내걸고 뛰어든 그 용기는 어디서 생긴 것일까. 아들놈 대치가 일본을 바람벽으로 삼고 있는 지주 중도를 상대로 소작쟁의를 벌인 용기는 또 어디서 생겨났을까. 아들놈은 저희들이 하는 일이 계란으로 바위 치기라는 것을 알지만, 하고 또 해야 된다고 했었다. 아버지도 그런 마음으로 동학에 가담한 것일까. 판석 영감은 확연히 잡히지 않는 그런 어릿거림 속에서도 결코 아들을 원망하거나 서운해하지는 않았다. 다만 아들이 겪는 고초가 아버지로서 안타깝고 가슴 아픈 것이었다. 그런데 아들은 소작쟁의에서 끝난 것이 아니었다. 일본이 망했고, 떵떵거리던 중도가 그 넓은 땅을 고스란히 남겨놓고 줄행랑을 쳐버린 마당에 아들은 새로운 싸움을 시작했던 것이다.

동백나무 숲은 어둠이 한결 짙었다. 얼굴을 촘촘히 맞대고 있는 동백나무의 윤기나는 두꺼운 잎들이 달빛을 야멸차게 막아내는 탓인지 몰랐다.

"하 동무, 무사하게 왔구만."

염상진이 하대치의 손을 덥석 잡았다. 자신의 손을 움켜잡은 염상진의 손이 부르르 떨었다. 그 파장이 하대치의 심장을 일직선으로 찔러왔다. 그건 단순한 동지애의 표현만이 아니었다. 하대치는 사태가 절망적임을 직감했다.

"후퇴할 수밖에 없게 됐소. 뜨기 전에 수행할 임무가 있소."

염상진은 무슨 의미인지 모르게 고개를 약간 갸웃했다. 무언가를 주저하는 태도였다. 하대치는 그런 것에 신경 잘게 쓰지 않았고, 상황이 어느 정도인지도 묻지 않았다. 염상진이 위원장 직책을 맡고 있기는 했지만 그도 명령에 의해 움직이고 있을 뿐 속 시원할 만큼 구체적으로 알 리는 없을 것이었다.

"우린 앞으로 투쟁자금이 필요헐 것이오. 그걸 당장 조달해야 되겠소."

하대치의 머릿속에 그 조달방법이 번개처럼 스쳐갔다. 그건 염상진의 주저하던 태도가 풀어준 답이었다.

"필요허먼 해야제라."

하대치는 염상진의 마음을 북돋는 기분으로 짱짱한 어조로 말했다.

"고맙소, 하 동무."

염상진은 어둠 속에서 약간 웃어 보였다. 하대치는 언제나 염상진을 그런 식으로 대했다. 그건 저절로 우러나오는, 염상진에 대한 존경의 표현이었다.

"우리는 세 사람씩 1개조가 되어 독립운동을 하겠소. 내가 1조, 하 동무가 2조, 강 동무가 3조를 지휘하시오. 하 동무는 서울상회 윤가네럴, 강 동무는 학교 뒤 김가네를, 나는 정미소 최가네를 맡도록 하겠소."

"머시냐, 큰돈 뽑자먼 술도가 정가를 빼먼 안 될 것인디요?"

하대치는 염상진을 일깨우듯 말했다.

"술도가집 아들 정하섭은 우리 동지요."

염상진의 말에 하대치는 그렇구나 싶었다. 정하섭은 읍내가 장악되고 나서 얼핏 다녀갔을 뿐 자신들과 함께 행동하는 것이 아니어서 그의 존재를 잊고 있었던 것이다.

"정하섭 동무를 봐서 술도가집을 빼주는 게 아니오. 우리가 손대지 아니해도 정하섭 동무가 틀림없이 자금조달을 하게 될 것이오."

염상진은 불필요한 오해를 막기 위해 설명을 첨가시켰다.

"그렇겠구만이라."

하대치는 염상진의 치밀한 계획에 충분히 수긍이 갔다. 그리고 위원장과 정하섭 사이에는 무슨 연락이 되고 있는지도 모른다고 생각했다. 한다하는 지주로서 화를 면한 것도 술도가집이었다. 잠시 얼굴을 내비쳤던 것이 자기네 집을 다치지 않게 하기 위해서였는지도 모른다는 생각이 하대치의 머리를 뒤늦게 스쳤다.

"작전은 한 시간 이내에 완료하고, 두 시간 이내에 고읍들 끝머리 옥산 입구 서낭당에 집결토록 하겠소. 현찰이나 금반지 같은 것 모두 좋소. 자금조달이 목적이니 절대로 살상은 없도록 하시오. 불가피한 경우를 빼고는. 암호는 전과 동일. 자 출발합시다."

염상진이 홉 소리가 나도록 숨을 크게 들이쉬며 일어섰다. 그의 껑충한 키가 어둠 속에서 쓸쓸할 정도로 커 보였다. 하대치는 자신보다 곱절은 커 보일 것 같은 염상진의 머리끝을 올려다보며 그는 아무래도 이런 일에만은 어울리지 않는다고 생각했다.

"조심허시씨요."

그런 생각을 해서 그런지 하대치는 무심결에 이 말을 하며 몸을 추슬렀고, "하 동무도." 염상진이 하대치의 어깨를 살짝 잡으며 말을 받았다.

하대치는 염상진과는 반대방향으로 길을 잡았다. 어둠에 몸을 적시듯 자세를 낮추고 다리에 힘을 모았다. 일순간 그의 몸은 한 덩어리로 팽팽하게 긴장되었다. 그 힘을 분출시켜 노를 젓듯이 어둠의 물결을 헤쳐나갔다. 그는 이런 긴박한 상황에 처하게 되면 몸 그 어디에서인지 모르게 힘이 솟구치는 것을 느끼곤 했다. 그리고 불두덩인지 겨드랑이인지, 위치가 분명하지 않은 몸 어딘가가 근질거리는 것 같은 쾌감을 느꼈다. 키꺽다리 염상진은 아마 자기와 같은 기분은 아닐 듯싶었다.

염상진은 큰 키에 비해 싱거운 사람이 아니었다. 맵고 차지고 단단한 사람이었다. 하대치는 염상진 같은 사람과 깊은 관계를 맺고 있다는 사실이 더할 수 없는 기쁨이고 자랑이었다. 하대치가 오늘에 이른 것은 모두 염상진이 끼친 영향에 의한 것이었다. 두 사람이 관계를 맺어온 것도 10년 세월이 넘어 있었다. 사범학교까지 나온 염상진은 하대치의 여백 많은 머릿속에다가 많은 모종을 이식시켰다. 기질적으로 피의 농도가 짙고, 환경적으로 불만요인이 많고, 태생적으로 자학성이 강한 하대치는 그런 나무가 자랄 수 있는 최적의 기름진 토양이었는지 모른다. 하대치는 양질의 화선지였고, 염상진은 솜씨 탁월한 화공이었다. 화공은 유려한 선을 긋고 현란한 채색을 했고, 화선지는 그 물감을 흠뻑흠뻑 빨아들였다.

"정지, 쩌그 저 집이다."

하대치는 담 그늘에 바짝 붙어섰다. 윤 부자네집은 기왓골의 윤곽을 드러낸 채 큰 몸체를 어둡게 웅크리고 있었다. 그의 뇌리에 윤부자의 얼굴이 문득 떠올랐다. 진땀을 뻴뻴 흘리는 모습이었다. 그 눅진눅진한 진땀은 물로 만들어진 땀이 아니라 그가 평소에 포식한 고기의 기름기가 빠져나오는 것만 같았다. 그는 엄청난 돈을 내놓고 목숨을 애걸했지만 결국은 죽었다. "친일도, 포악한 지주 노릇도, 더러운 고리대금업도 다 용서해 줄 수 있다 치자. 그 짓을 하고도 살아남길 바라다니, 저 짐승만도 못한 놈!" 위원장 염상진의 처형 결정이 떨어졌다. 윤 부자의 그 짓이란 모르는 사람이 없었다. 근동 소작인들에게 고리로 돈을 빌려주고는 도저히 갚지 못하게 된 집의 딸을 범하는 것이었다. 그것이 네 처녀에 이르렀고, 그는 범한 처녀들을 소실로도 들어앉히지 않았다. 그는 난간이 없는 소화다리(해방이 되고 나서도 사람들은 부용교라는 이름으로 고쳐 부를 줄을 몰랐다) 한가운데서 눈을 감아야 했다.

"하 동무, 얼굴을 워쩔께라?"

뒤에서 복면을 하느냐고 묻고 있었다. 하대치는 순간적으로 생각했다. 아직 읍내는 자신들의 손아귀에 들어 있는 셈이지만 날이 새면 달라지게 될 것이었다. 단순한 강도로 위장시키는 게 좋을 것 같았다. 그런데 왜 그 치밀한 염상진이 이 점을 지시하지 않았을까. 그만큼 사태가 위급에 처해 있는지도 모른다. 하대치는 한줄기 차가운 긴장이 찌르르 심장을 찔러오는 것을 느꼈다.

"싸게 얼굴 개리고, 행동개시."

하대치는 목에 감긴 삼베수건을 풀어 복면을 지었다. 그리고 담그늘을 타고 앞으로 내달았다. 그의 작달막한 키는 거의 땅에 붙다시피 해서 더욱 작아 보였다.

뒷담을 넘었다. 문단속은 철저하게 되어 있었다. 변을 당하고 난다음이니 당연한 결과였다. 하대치는 안방 마루로 서슴없이 올라섰다. 뒤따르는 두 사람이 각기 칼을 들고 마당 쪽을 경계했다.

"문 열어, 싸게 문 열어!"

하대치는 격자문을 툭툭 치며 예사 크기의 목소리로 말했다. 그러나 그 소리는 밤의 정적을 큰 파문으로 깨고 있었다. 마당 쪽을 경계하고 있던 두 사람은 그런 돌발적 상황에 화닥닥 놀라며 동시에 그를 돌아보았다. 하대치는 부하들에게 안심하라는 손짓을 해보였다.

"잠 깼으면 싸게 문 열어!"

하대치의 말투는 방 안의 동정을 환히 알고 있다는 투였다.

"누, 누군디요?"

하대치의 예상은 그대로 적중하고 있었다. 문단속을 그렇게 철저하게 한 사람들이 그 정도의 큰 목소리에 잠을 깨지 않을 리가 없었던 것이다.

"요런 밤중에 찾아올 사람이 누군 누구겄어. 싸게 열어."

문고리 벗겨지는 소리를 들으며 뒤를 돌아본 하대치는 두 부하가 복면을 벗어버린 것을 발견했다. 그들은 하대치의 태도를 보고 복면이 필요 없다고 판단한 것이었다. 하대치가 윤가네 식구들에게 노린 점이 바로 그것이었다. 그는 부하들에게 빨리 복면을 하라는 손짓을 해보였다.

"빨갱이가 무섭긴 무선 모냥이구만. 말 한마디에 문을 척척 따준 거 보니께. 싸게싸게 돈이고 금반지고 다 꺼내여."

하대치는 방으로 뛰어들면서 강도로 돌변했다.

"워메 요 일얼 으짤끄나."

윤가 마누라는 칼끝을 피해 벽 쪽으로 밀리며 속았다는 탄식을 물었다.

"으짜기는 멀 으째. 싸게 돈만 내."

하대치는 칼을 바싹 디밀었다.

"금메 말이요, 빨갱이, 빨갱이눔덜헌테 사람 뺏기고 돈꺼정 다 뺏긴 거 모르시고 오셨는게라?"

윤가 마누라는 예사 배짱이 아니었다. 목에 칼끝이 닿아 있는 경황 중에서도 능청스런 거짓말을 꾸며대고 있었다. 그건 돈 많이 가진 자의 탐욕스러움이 그대로 드러난 어처구니없는 대담성이었다. 하대치는 그 기름기 많은 굵은 목줄기에 칼을 푹 박아버리고 싶은 신경질적인 충동을 느꼈다.

"요런 잡년, 새살(잔소리)은 무신 쎄 빠질 새살이여. 모가지 팍 도려내뿔기 전에 말 들어."

하대치는 칼끝에 힘을 모아 윤가 마누라의 목덜미를 약간 찌르 듯 했다.

"워메, 엄니!"

윤가 마누라는 뻣뻣이 굳어졌다.

"인자 푹 쑤셔뿔까!"

하대치는 칼을 휙 소리가 나도록 치켜들었다.

"쩌그, 쩌그……."

윤가 마누라는 농 쪽으로 벌벌 기어가며 숨이 잦아들고 있었다.

윤가 마누라가 내놓은 돈은 의외로 적었다. 두 부하에게 농이고 문갑을 다 뒤지게 했지만 금붙이 하나 구경할 수가 없었다. 보나마나 변을 당한 후에 전부 어딘가에 깊이 숨겼을 것이었다.

"야들아, 저 늙은 년은 목심보다 돈이 더 중헌 모냥잉께 느그 둘이서 맡아 푹푹 쑤셔 저승으로 보내뿔러라."

하대치는 차갑게 말했고, 두 부하는 칼을 꼬나잡고 윤가 마누라에게 다가들었다.

"숨킨 디 말헐랑께 살려줏씨요, 살레만 줏씨요."

윤가 마누라가 방을 나서 손가락질한 곳은 한 가마 쌀이 들어가는 뒤주였다. 쌀이 반나마 찬 그 바닥에서 돈이며 패물들을 넣은 자루가 나왔다.

하대치는 5척 반이 될까 말까 한 단구(短軀)였다. 그러나 타고난 뼈대가 굵었고, 어렸을 때부터 농사 잡일을 거들며 단련된 그의 몸은 옆으로 딱 바라져 있었다. 그의 견고하게 뻗은 어깨와 짱짱하게 버팅긴 두 다리는 한눈에 기운깨나 쓰는 몸으로 보였다. 모계(母系) 쪽을 빼박은 체형이었다. 하대치는 소학교 적부터 씨름에 남다른 장기를 나타냈다. 그가 제일 싫어한 운동이 도수체조였다. 그는 운동이라면 싫어하는 것이 하나도 없었지만 그 맨손을 휘휘 젓고 빙빙 돌리고 하는 도수체조라는 것은 춤도 아니고 운동도 아니고 영 시장스러워 할 맛이 나지 않았다. 그의 생각에 운동이라는 것은 갈비뼈가 뻑적지근하게 기운을 쓰는 것이라야 했다. 그래서 씨름은 그의 기분에 썩 드는 쓸 만한 운동이었던 것이다. 그는 열일곱 살 때부터 내리 3년을 읍내 장사 씨름대회에 나갔다. 뼈가 실하게 틀을 잡기에는 아직 이른 나이이기도 했지만 소를 타내는 장사가 되기에는 타고난 키가 너무 작았다. 그러나 하대치의 이름은 소를 탄장사보다 더 짜하게 알려졌다. 키에 어울리지 않게 기운씀이 놀라웠고, 다양한 기술이 구경꾼들을 환호하게 만들었다. 배지기, 옆물치기, 다리후리기 등 못하는 기술이 없었는데 특히 허리치기는 일품이었다. 별다른 기술 없이 큰 떡대만 믿고 씨름판에 나선 자들은 하대치의 번개 같은 허리치기에 걸려 공중바퀴를 돌아 쿵쿵 나가떨어졌다. 하대치가 더욱 유명해진 것은 씨름대회 출전 3년째 되던 해에 결승전 막판에서 상대방 부자지를 걷어찬 사건 때문이었다. 하대치는 그 상대에게 연속 두 번을 패해 소를 빼앗겼고 다시 3년째 맞붙은 것이었다. 하대치는 그동안 자신은 뼈도 더 굵어지고 기술도 늘어난 대신 상대방은 그만큼 나이 들었으니, 이번에야말로, 하는 자신감이 있었던 것이다. 그러나 막상 샅바를 틀어쥐고 맞붙어보니 형편이 그게 아니었다. 상대는 6척이 넘는 키에 기술까지 제대로 익힌 그야말로 제격을 갖춘 장사였다. 그는 작년과 다름없이 짱짱한 기운을 쓰고 있었다. 그는 예년과 마찬가지로 먼저 공격을 하지 않았다. 우람한 덩치로 떡 버팅기고 있다가 하대치가 이런저런 공격을 가하면 슬슬 피하듯 쳐냈다. 그러다가 하대치가 허점을 보였다 하면 순식간에 들어 던지거나 메다꽂았던 것이다. 하대치는 번갯불 치듯 빠른 동작으로 몇 번 그의 정갱이를 걸어찼다. 그러나 그는 꿈쩍도 하지 않았다. 하대치는 가망 없음을 알았다. 그렇다고 세 번째마저 개구리 패대기쳐지듯 모래밭에 나가떨어질 수는 없었다. 그의 마음을 팽팽히 뻗질러오르는 오기가 그것을 용납하지 않았다. 무슨 수를 써서라도 그놈을 모래밭에 처박아야 2년 동안 거푸 당한 분이 풀릴 것 같았다. 아니, 어렸을 때부터 키 작은 연유로 받아왔던 놀림의 창피스러움과 철이 들어서도 남들 앞에 선뜻 나서기가 왠지 주저스럽던 그 지랄 같은 기분이 씻어질 것 같았다. 하대치는 전신에 힘을 돋우며 그를 밀치는 듯하다가 오른쪽 다리로 상대방의 다리를 감을 듯했다. 그건 누가 보나 다리후리기를 하려는 자세였고, 상대방도 그에 맞선 방어태세를 취했다. 그런데 하대치의 다리는 그대로 물러나는가 싶더니 다시 파고들었다. 그리고 상대방이 억 비명을 토하며 나가떨어졌다. 구경꾼들은 와아 함성을 터뜨렸고, 패자는 몸부림치듯 모래밭을 뒹굴며 아이고 아이고 황소울음 같은 신음을 토하고 있었다. 그런 그의 두 손은 사타구니를 움켜쥐고 있었다. 구경꾼들은 그때서야 그가 부자지를 채였다는 사실을 알았다. 하대치는 당연하게 반칙패를 당했고, 상대방은 부자지를 싸잡은 승자가 되어 엉기적거리며 소를 몰고 갔다.

하대치의 씨름대회 출전이 세 번으로 끝난 것은 소작회사건 때문이었다. 일본인 지주 중도를 상대로 쟁의를 벌였다가 강제징용에 끌려가 5년여를 혹사당하고 돌아왔을 때는 이미 나이가 들어 있었다. 뿐만 아니라 힘자랑을 하고 싶을 만큼 그의 정신은 풋과일이 아니었다. 일본 식민정치는 소작회 같은 모임을 철저하게 불법화하고 있었고, 그런 모임에 가담했거나 연루되어 검거된 사람들은 반국가적 공산주의자로 취급되었다. 그러나 그런 종류의 모임은 상호 유대관계는 없었으나 전국적으로 은밀하게 뿌리내리고 있었다. 하대치가 속했던 소작회를 이끌었던 사람은 바로 염상진이었다. 그는 사범학교를 나오고서도 교편을 잡지 않고 농사를 지었다. '일본놈 정신을 가르쳐야 하는 선생질을 하는 것은 일본놈 순사나 군인이 되어 독립군을 잡아 고문하고, 뒤쫓으며 총질하는 것과 똑같이 앞잡이 노릇 하는 용서받을 수 없는 죄를 짓는 것이기 때문'에 그는 농사를 짓는 것이라고 했다. 그가 사범학교를 다니게 된 것도 순전히 아버지의 강압에 의한 것이었다. 하대치의 눈에는 그는 아는 것이 너무도 많았고, 모르는 것이 하나도 없는 것 같았다. 사범학교까지 나온 사람이 삼복더위에도 나무그늘에 앉아 느긋한 목청을 뽑아대는 매미 팔자와 다를 게 없는 선생질을 마다하고 그 궂고 험한 농사일을 작정했다는 것만으로도 하대치는 염상진을 우러러볼 수밖에 없었다.

염상진은 용한 점쟁이가 점을 치듯이 하대치가 하고 싶어하는 말을 골라내어 대신하고는 했다. 다 똑같은 사람끼리 어찌 차등이 있어야 되겠느냐. 모든 사람이 공평하게 한 번 태어나고 한 번 죽듯이 이 세상 모든 사람은 다 똑같은 것이다. 양반이 따로 없고 상놈이 따로 없다. 양반의 피가 따로 있고 상놈의 피가 따로 있는 것이 아니다. 그건 양반이란 것들이 저희들 좋게 지어낸 새빨간 거짓말이다. 마찬가지로 지주라는 것도 따로 없고 소작인이란 것도 따로 없다. 지주라는 것들이 소작인은 대대로 소작인이 될 수밖에 없도록 소작법을 악질적으로 만들었기 때문에 지주는 영원히 지주로 떵떵거리고 소작인은 영원히 소작인으로 배를 곯게 된다. 그 많은 소작인들이 비참한 생활을 면하고 모두 평등하게 살려면 어떻게 해야 하겠느냐. 봐라, 양반이란 것들은 그 많은 백성들의 피를 빨며 배를 불리다가 나라를 빼앗겼고, 다시 일본놈들과 작당해서 일본놈들의 보호를 받으며 같은 민족을 짐승취급하고 있다. 일본놈들보다 더 나쁜 놈들이 그놈들인지 모른다. 일본놈들을 이 땅에서 몰아내고 지주놈들을 없애는 것은 한목에 해야 될 일이다. 염상진은 어느 때 한번 음성 높이는 일 없이 차분차분하게 말하고는 했다. 그런 염상진의 말은 무언가 갑갑한 멍울로 가득 차 있는 하대치의 가슴을 한줄기 시원한 바람이 되어 어루만졌고, 암담하게만 여겨지는 앞길을 열어주는 것 같은 한줄기 밝은 빛이 되어 쏟아졌다. 염상진은 어느 특정한 장소에서 그런 말을 하는 것이 아니었다. 지게를 지고 걸어가며, 새를 보는 논둑에서, 소에게 풀을 뜯기는 풀밭에서 예사로운 이야기하듯 했다. 나중에서야 안 일이지만, 그것은 시간을 아끼기 위해서가 아니라 순사들의 눈을 속이기 위해서였다. 그리고 중도를 상대로 쟁의를 일으키기 전날 밤에야 비로소 하대치는 염상진을 따르고 믿는 사람이 자신뿐이 아니라는 사실을 알았다. 거기에 모인 열두 명은 염상진만을 개별적으로 상대해 왔던 것이다. 그러나 마음과 뜻은 하나같이 맞아들었다.

그들은 징용에 끌려가는 것으로 끝났지만 염상진은 재판을 받아 2년이나 징역살이를 치러야 했다. 출감을 하고 며칠이 지나 그의 집에는 징집영장이 날아들었는데 염상진은 이미 자취를 감춘 뒤였다. 그는 이런 사태를 예견했던지 집에서 하룻밤을 자고는 다음날 나가 그 길로 소식이 끊기고 말았다. 그리고 해방이 되기까지 3년 가까운 세월 동안 그림자 한 번 비추지 않았다. 그런데 해방이 되기가 무섭게 모습을 나타낸 그는 '금강산에서 중 노릇 했다'는 무뚝뚝한 한마디로 그동안의 행적을 일축해 버려 사람들의 궁금증을 더욱 깊게 만들었다.

하대치와 염상진은 5년 만에 서로를 끌어안는 감격적인 해후를 했다. 그때 염상진이 격한 어조로 터뜨린 첫마디가 '하 동무!'였다.

하대치 일행은 횡계다리에서부터 북쪽으로 펼쳐진 고읍들을 향하여 바쁜 걸음을 옮겼다. 전동리가 시작되는 홍태거리에 이르자 낙안과 고읍 들녘이 흐린 달빛 아래 아슴하게 드러났다. 하대치는 잠시 걸음을 멈추었다. 약속한 장소 옥산은 맞은편 들녘의 끝머리 어둠 속에 있었다. 들녘의 왼쪽 옆으로 관통되고 있는 것이 보성을 지나 광주에 이르는 국도였고, 오른쪽으로 뻗어나가고 있는 것이 낙안에 이어지는 옛길이었다. 그 어느 쪽 방향도 탐탁지 않았다. 두 방향 다 옥산까지는 휘어져 도는 길이었고, 계속해서 모둠모둠 동네를 끼고 있었다. 그 동네들을 피하자면 부득이 백(百)고지 정도의 산길을 타야 하는데, 그러다 보면 시간소모가 너무 많았다. 옥산까지의 직선 코스인 들녘 한가운데를 질러가기로 결정했다. 거기에는 좋은 은폐물이 마련되어 있었다. 고읍들의 젖줄 노릇을 하는 냇물이 들판의 가운데를 꿰뚫어 흐르고 있었다. 그 양쪽 방죽은 그리 높지는 않았지만 더없이 좋은 은폐물이 되어줄 것이었다.

"저 개굴창을 타고 가자."

"괜찮헐께라?"

"암시랑 안 혀. 요 들판이 을매나 넓은디, 니까징 거 하나 꼼지락댄다고 누구 눈에 띌 성불르냐?"

하대치는 잔소리 말라는 듯 내지르고는 첫발부터 크게 떼어놓았다.

이내 나타난 들몰을 옆으로 비켜나갔다. 들몰─하대치의 뇌리에 불현듯 떠오르는 얼굴이 있었다. 마누라였다. 들몰은 마누라의 친정이었다. 그래서 순심이라는 이름이 분명히 있는데도 사람들은 마누라를 들몰댁이라 불렀다. 그는 가슴이 찡 울리는 것을 느꼈다. 코허리 맵게 하는 그 울림을 떼쳐내기라도 하듯 그는 거칠게 얼굴을 훔쳤다. 그러나 집을 나설 때의 마누라의 잔상은 지워지지 않았다. 안쓰럽고 미안하고 딱하고, 마누라에게는 무어라고 할 말이 아무것도 없었다. 열아홉인 그에게 마누라는 열여덟에 시집을 왔다. 그리고 징용에 끌려갔다 돌아오니 네 살짜리 아들을 그의 품에 안겨주었다. 꼭 거짓말 같고, 꼭 금덩어리를 횡재한 것만 같은 그 기분대로였다면 그때부터 두더지가 되어 땅만 팠어야 했다. 마누라의 부지런함과 자신의 뚝심을 합쳤더라면 아무리 소작이지만 배곯며 살지는 않았을 것이다. 그러나 마음이라는 것은 꼭 한 가 닥만이 아니었다. 그에게 더 굵은 가닥은 따로 있었다. 그는 가망 없는 농사에 파묻히기보다는 그것을 가망 있게 만드는 운동에 빨 려들었다. 그는 염상진과 함께 1년 감옥살이를 했다. 그때도 마누 라는 갓난 사내아이를 그의 품에 안겨주었다. 그러면서도 마누라 는 미륵불의 현신인 듯 변함없는 얼굴이었다. 어찌 보면 웃음기가 감도는 듯도 싶고, 어찌 보면 아무런 표정이 없는 것도 같은, 그러 나 전체적으로는 편안한 느낌을 주는 얼굴로 마누라는 그를 대했 을 뿐이다. 그의 아버지는 며느리의 그런 얼굴을 무척이나 소중하 게 여겼다. 미륵불이 현신한 상으로 집안에 부귀영화를 이룰 관상 이라는 것이었다. 좋다고 해서 기분 나쁠 것 없는 말이었지만 어느 관상쟁이가 얼빠진 소리 꽤나 지껄였다고 그는 귓등으로 흘려듣고 는 했다. 마누라는 표현을 하지 않을 뿐 알 것은 다 알고 있었다. 징용에서 돌아와 횡재한 것 같은 아들을 보고 고맙기도 하고 면목 없기도 해서 "쓰잘디읎는 짓거리 허다가 잽혀가 당신 고상만 쎄 빠 지게 시켰구만" 하고 그는 머리를 긁적였는데, "주색잡기 허신 것 도 아니고, 남정네 허는 일인디 무신 짚은 뜻이 있겄제라." 마누라 는 다 이해한다는 표정이었다. 1년 징역을 살고 나왔을 때도 마누 라는 똑같은 말을 했다. 마누라는 아무 배움이 없었지만 속이 깊 었고 심성이 착했다. 특히 마누라의 지칠 줄 모르는 부지런은 동네 사람들의 입을 모으게 했다. 아마도 그건 가난한 소작인의 자식으로 커나면서 어렸을 때부터 체득한 삶의 방법이었을 것이고, 더구나 남편이 오래 집을 비우게 되자 그 부지런은 더 질기고 억세게 되었을 것이다.

남정네가 하는 뜻깊은 일이 무엇이었길래 결혼 10년 동안 남편으로서 마누라에게 해준 것이 아무것도 없음을 하대치는 새삼스럽게 깨닫고 있었다. 그건 안개 자욱이 낀 포구처럼 가슴 스산해오는 슬픔이고 죄의식이었다. 그런데 또 뒤쫓아오는 위험을 피해 언제 돌아오게 될지 모를 길을 떠나고 있는 것이다. 그는 마누라를 보듯 저만큼 멀어진 들몰을 돌아다보았다. 그리고 마음 여리게 만드는 그 축축한 생각을 떼치려는 듯 걸음에 속력을 가했다.

하대치가 옥산 입구 서낭당에 도착하니 염상진은 이미 와 있었다. 강동식네조를 기다리기 위한 경계를 세워놓고 돌담 구석에 염상진과 마주 앉았다.

"앞으로 어쩌겠는가요?"

하대치는 불타오르던 경찰서를 생각하며 안타까운 심정으로 불쑥 물었다.

"하 동무도 다 짐작은 하겠지만 한참 동안 어려운 투쟁을 해야 할 것이오. 주력부대가 무너졌으니 우리의 혁명시도는 일단 실패한 것이오. 그러나 힘을 내시오. 혁명완수는 실패 다음에 얻어지는 값진 열매니까."

염상진은 어조만 전라도의 것일 뿐 거의 사투리를 쓰지 않고 침착하게 말했다. 하대치는 묵묵히 앉아 있었다. 그의 뇌리에는 며칠

동안 숨 가쁘게, 피 뜨겁게 벌어졌던 일들이 꼭 꿈결처럼 스쳐지나 가고 있었다. 경찰들이 그렇게 허망하게 도망할 줄은 몰랐고, 경찰이 없는 세상에 지주며 유지라는 것들이 또 그렇게 맥을 못 쓸 줄을 몰랐었다. 꼭 자기네들 세상이 온 줄 알았는데, 지주는 처단되고 소작인이 없어지는 세상이 되는 줄 알았는데, 그 믿음이 미처 굳어지기도 전에 어디론지 쫓겨갈 줄은 정말 몰랐었다.

"쩌그 강 동무조가 오는갑구만이라."

염상진과 하대치는 건너편으로 눈길을 던졌다. 논둑을 타고 이쪽으로 빠르게 이동해 오고 있는 세 개의 그림자가 보였다.

"워디로 가는가요?"

"일단 조계산으로 집결하도록 되어 있소."

둘의 말은 일단 여기서 끝났다. 하대치는 더 물을 말이 없었던 것이다.

그들이 목적한 임무는 무사히 완료되었고, 곧 옥산 옆구리를 돌아 쌍암면 쪽으로 길을 잡았다. 하대치는 자신들의 일행이 아홉밖에 안 된다는 사실을 다시 상기했다. 각 마을마다 흩어져 있는 많은 동무들을 생각했다. 그러나 염상진에게 그들은 어떻게 되느냐고 묻지 않았다. 그건 금기였다. 하대치는 간절하게 담배가 피우고 싶은 것을 참아내며, 무겁고 우울한 마음으로 쌍암의 문턱인 오금재를 오르고 있었다. 깊은 어둠 속에서 10월 25일이 시작되고 있었다.

3

민족의 발견

김범우는 가위에 눌려 설핏 들었던 잠을 깬 후 더는 잘 수가 없었다. 몸부림치듯 뒤척이다가 결국 일어나 앉고 말았다. 매일 밤 되풀이되는 고통이었다. 그는 두 무릎 사이에 머리를 박으며 머리칼을 쥐어뜯듯이 움켜잡았다.

"염상진……."

신음처럼 흘러나온 소리였다. 그의 기진맥진한 의식을 염상진은 줄기차게 따라붙으며 괴롭히고 있었다. 그날 이후 그의 의식은 예리한 칼질을 당한 것처럼 무수한 가닥으로 갈가리 찢겨졌고, 그 가닥이나마 간추리려고 안간힘 하다 보면 어느새 염상진이 불쑥 나타나 마구 헝클어놓고 말았다. 승패가 자명한 그 싸움에 시달리며 시름시름 죽어가고 있는 자신을 보고 있었다. 불면의 밤, 1초 1초를 넘길 때마다 몸속의 피가 한 방울씩 말라드는 것 같은 고통에 그는 신음했다. 매일 밤을 그렇게 보내다 보면 언젠가는 하얗게 표백된 껍질만 남은 죽음을 만나게 될 것만 같았다. 희게 박제된 허수아비꼴의 죽음이 두려운 게 아니라 그 과정을 견뎌내기가 두려웠던 것이다. 그렇게 죽는 것보다 차라리 염상진이 휘두르는 몽둥이에 얻어맞아 팔이고 다리고 뚝뚝 부러지고 피 철철 흘리며 단숨에 죽고 싶었다. 그러면 염상진의 체세포 하나하나, 아니 뼛속 깊이 깊이까지 사무친 원한과 증오도 어느 정도는 풀릴 것 같았다. 그러나 염상진이란 사나이는 그렇게 감정적이고 단순하고 즉물적이지 않았다.

김범우는 머리칼을 움켜잡았던 손을 풀었다. 그리고 느리게 손을 뻗쳐 담배를 집어 불을 붙였다. 심호흡을 하듯 담배연기를 깊게 빨아들였다. 두 번, 세 번, 그의 혼란한 의식이 안개에 젖듯 여릿여릿 혼미하게 흔들렸다. 잠시 불투명하게 바뀌는 가벼운 최면상태의 아늑함에 젖어 손가락 사이에 끼워진 담배를 멍하니 바라보았다. 어둠 속이어서 그런지 담배 끝에 매달린 불꽃의 색깔이 갓 피어난 아침꽃의 색깔처럼 싱싱하고 선명했다. 그는 무슨 예시처럼 그 두 가지 색깔이 지니는 공통점을 문득 깨달았다. 그건 생명감이었다. 불꽃, 타오르는 불꽃이 지니는 생명감, 그는 서둘러 담배를 입에 물고 깊게 빨아들였다. 그러나 그는 연기를 삼키지 않았고, 두 눈동자는 빠알갛게 타드는 담뱃불에 고정되어 있었다. 그 투명한 밝음과 싱싱한 색깔로 타는 불꽃에서 그는 염상진을 보고 있었다.

불꽃을 물고 타는 한 개비의 담배, 어쩌면 그건 바로 염상진인지도 모른다. 불꽃이 타오르는 정열로, 불꽃이 타오르는 생명력으로 자신이 신념하는 세계를 위해 타오르는 사나이. 그러나, 불꽃이 다 타고 나면 무엇이 남는가. 그건 회색빛 재일 뿐이다. 그것만큼 완전한 허무가 또 어디 있을까. 그것은 불꽃의 현란한 생명력 때문에 더 완전한 허무가 되는 것이다. 염상진은 이 사실을 알고 있을까. 아니, 이런 발상부터가 뿌리박힌 부르주아 근성이라고 일축해 버릴지 모른다. 과연 인생이라는 건 무언가. 그 유한할 수밖에 없는 삶, 어쩌면 담배 한 개비의 길이밖에 안 될지 모르는 과정을 살아내는 최선의 방법은 무엇인가. 염상진이 태우는 불꽃, 그건 사회주의 혁명완수일 것이다.

"염상진……."

김범우는 또 신음하듯 염상진의 이름을 뇌며 새 담배에 불을 붙였다. 어디선지 가을벌레 우는 소리가 가늘면서도 예리한 음향으로 울리고 있었다. 그 음향에는 가을의 우수와 적막이 실려 있었다. 그 소리가 유난히 가슴 깊이 감겨오고, 슬픈 허망감이 뭉클 솟는 걸 느끼며 김범우는 쓸쓸히 웃었다. 집을 도망쳐 나와 이렇게 살아 있음의 의미가 무엇인지 그는 끝없이 서글프기만 했다.

"범우, 빨리 피허게. 자네 춘부장 어르신은 몰라도 자네의 안전까지 내가 보장할 수는 없네. 자네한테 이런 말 미리 하는 것은 우정 때문이 아니네."

그날 밤 꼭 귀신처럼 느닷없이 나타난 염상진은 그 느닷없음과 똑같이 아무 설명 없이 이렇게 말했던 것이다. 김범우는 가슴이 쿵

무너지는 것과 동시에 그 말뜻을 알아차렸다. 공산당 활동이 불법화되면서 염상진은 체포되어 1년 형을 살고 나왔다. 그 다음부터는 잠잠하게 지내는 것 같았다. 그런데 금년 3월에 남한만의 단독 정부 수립을 위한 선거 실시가 공포되고, 그 준비가 본격화되자 좌익계 반대폭동이 전국적으로 극렬하게 일어났다. 그때 염상진은 지하조직화되어 있던 부하들을 이끌고 경찰서를 습격했다. 그 실패로 7개월 동안 자취를 감추었던 그가 밤중에 느닷없이 나타난 것과, 그 말하는 품의 당당함으로 보아 일이 벌어져도 크게 벌어졌음을 직감할 수 있었다.

"형님, 무슨 말이오. 앉아서 차근차근 좀 말해 보시오."

짐작만으로 될 일이 아니었다. 김범우는 염상진의 옷소매를 잡아끌었다.

"나 그럴 시간이 없네. 간단하게 말해서, 마침내 혁명의 날이 왔네. 이번에는 먼젓번 같은 것이 아니라 군인들과 힘이 합쳐진 결정적인 것이네. 그쯤 알고 오늘 밤중으로 피하게. 내 말 우습게 알고 뭉기적이다가 체포되면 그땐 난 모르네. 이만 가네."

염상진은 눈빛을 번쩍 빛내고는 홱 돌아섰다. 김범우는 그의 팔을 틀어잡았다.

"체포되다니요, 그게 무슨 말입니까?"

"자네가 그걸 몰라서 묻는 것인가? 혁명에 필수적으로 따르는 숙청을 말이야."

김범우는 염상진의 냉담한 말투에서 핏빛 살기를 느꼈다. 체포·혁명·숙청 그런 단어 탓만이 아니었다. 염상진의 수염이 까칠하게 돋은 견고한 얼굴, 땟국에 전 옷, 그런 것들이 한꺼번에 풍겨내고 있는 살기였다.

"그런데 어찌 우리 아부님은 괜찮다는 겁니까?"

"나 바쁘다니까."

염상진은 김범우의 손을 뿌리쳤다. 김범우는 비척하며 놓친 팔을 다시 붙들었다.

"형님, 말해야 합니다."

"날 그리 못 믿겠으면 아부님 모시고 함께 피해."

염상진은 경멸적인 웃음을 입가에 차갑게 물고 있었다.

"못 믿는 게 아니고, 나는 안 되고 아부님은 괜찮은 게 이해가 안 되는 겁니다."

"자네가 알 턱이 없지. 그건 인민이 정하는 기준이니까."

염상진은 김범우의 손을 뿌리치고 나갔다. 그는 더 이상 염상진을 붙들 기력이 없었다. 자네한테 이런 말 미리 하는 것은 우정 때문이 아니네. 염상진의 말이 귀청을 찢을 것처럼 왕왕왕 울려대고 있었다. 그 말뜻을 도무지 해득할 수가 없었다. 우정 때문이 아니라면 그럼 무슨 공적 때문인가. 언제라고 한번 자신이 그들의 일을 도운 적이 있었던가. 그런 일은 전혀 없었다. 그동안 자신이 취해왔던 언행은 직접은 아닐지라도 간접적으로 방해가 되었으면 되었지 도움은 주지 않았을 것이다. 그와의 교분은 20년이 넘는 세월에 걸쳐 있었고, 자신은 언제부터인지 모르게 그를 형님이라 호칭하게 되었던 것이다. 그런데 그는 굳이 우정 때문이 아니라고 못박고 있었다. 우정 때문인 탓에 그는 그것을 부인하려는 것은 아니었을까. 혁명의 적(敵)으로 마땅히 숙청해야 될 존재를 사사로운 정분에 의해 피신시킨다는 것은 분명 죄악일 터였다. 그래서 그는 스스로 죄의식을 느끼지 않을 어떤 명분을 찾아내고 우정이 아님을 강조한 것은 아닐까. 그러나 그 명분이 객관적 힘이 없다는 것은, 자네의 안전까지 내가 보장할 수는 없네, 내 말 우습게 알고 뭉기적이다가 체포되면 그땐 난 모르네, 한 그의 말이 충분히 입증하고 있다. 그러면 아버지의 안전을 보장할 수 있는 객관적 명분은 어떤 것인가. 아버지가 읍내에서 손꼽히는 지주 중의 한 사람인 것은 강아지도 다 아는 사실이 아닌가. 그건 인민이 정하는 기준이니까. 김범우는 다시 원점으로 돌아왔다. 인민이 정하는 기준, 그건 넘어설 수 없는 난해한 벽이었다. 그리고 '인민'이라는 단어는 야릇한 불안감을 몰아왔다. 김범우는 서둘러 안채로 갔다.

"그래…… 상진이가 시키는 대로 니는 얼릉 피해라."

김사용은 미간에 골이 패도록 내리감았던 눈을 뜨며 결론짓듯이 말했다. 김범우는 그런 아버지의 태도에서 괴로운 체념을 발견하고 있었다. 그건 격변하는 시대의 물결에 부딪치며 최근 몇 년을 살아낸 아버지의 탈진한 모습이기도 했다.

"아부님은 어쩌시구요?"

"……"

김사용은 다시 눈을 내리감았다. 김범우는 그 침묵이 침묵이 아님을 알고 있었다.

"염상진의 말을 전적으로 믿을 수가 없습니다. 사람이 많이 변해 있어요."

"걱정 말고 니나 얼렁 채비해라."

"저 혼자 어떻게……."

"암시랑 않을 것이다. 나는 상진이를 잘 안다. 지가 자신허지 못 헐 일이라면 일삼아 우리 집에 오지도 안 했을 것이다. 상진이는 그리 허술헌 사내가 아니여. 나는 상진이를 믿어."

김범우는 아버지가 염상진을 마치 자식 이름 부르듯 하는 것을 듣자 가슴이 먹먹해오는 감정의 굴절을 느꼈다. 아버지는 염상진이 타고난 낮은 신분의 피를 전혀 개의치 않았다. 오히려 그의 총명함과 사리분명함을 아끼고 사랑했다. 그래서 아버지는 자기 자식이 염상진과 호형호제하는 것도 당연한 것으로 여겼는지 모른다. 그런데 이제 서로 다른 입장에서 마음의 진부(眞否)를 놓고 머뭇거리게 된 것이다.

"아무래도 아부님도 떠나셔야 헐 것 같습니다."

"어허, 쓰잘디읎는 소리. 상진이 지를 못 믿겄으면 이 애비도 피허라고 허드람서. 그 말이 무신 뜻이냐. 상대방이 내보인 진심을 믿지 않는 것만치 큰 죄가 읎는 법이여. 그때부텀 생사람 잡는 오해가 생기는 것이다. 가그라, 싸게 떠나."

아버지의 말을 더 거역할 수가 없었다. 김범우는 암울한 심정으로 댓돌을 내려섰다. 마당으로 나선 그는 고개를 뒤로 젖히며 긴 한숨을 어두운 허공에 토해냈다. 농밀한 어둠 속을 잠시 표류하던 그의 의식은 문득 별들의 존재를 깨달았다. 별들은 어둠의 저편 멀고 깊은 곳에서 어둠의 눈처럼 반짝이고 있었다. 가을별들이라서 그런지 그 자리가 멀면서도 완연해 보였고, 새벽 샘물에 씻어낸 것 같은 그 해맑고 초롱초롱한 반짝임들은 금방 제각기 다른 무수한 방울소리를 내는 것 같았다. 저 무질서한 것처럼 흩어져 있는 수많은 별들의 완전한 질서처럼…… 그러나 그는 고개를 저었다. 염상진은 이미 저 우주 공간을 광포한 무법자처럼 거대한 꼬리를 이끌고 날아다니는 위험스러운 별, 혜성이 되고자 하고 있었다.

"여보 어쩌실랑가요?"

조심스러운 목소리가 그를 일깨웠다. 아내의 근심스러운 얼굴이 김범우의 멍한 눈길에 잡혔다.

"우선 들어갑시다."

김범우는 번잡스러운 생각들을 떼쳐내기라도 하려는 듯 걸음을 빨리 했다.

아들 경철이와 딸 희숙이는 조그맣게 잠들어 있었다. 김범우는 두 아이를 물끄러미 내려다보고 있었다.

"염상진 그 사람……"

"여보!"

김범우는 아내의 말을 제지하며 급히 고개를 돌렸다. 주춤한 자세의 겁에 질린 아내의 모습을 보자 그는 자신의 태도가 너무 격했음을 깨닫고, "여보, 당신은 바깥일에 신경 쓸 거 없소. 눈치껏 알아차리고 그때그때 마음에 새기면 되오. 한 가지 명심할 것은, 마음에 있는 소리를 절대로 입 밖에 내지 말라는 것이오. 이 시끄럽고 불안한 시국에 입단속 잘못했다간 엉뚱한 화를 입게 될지도 모르니까." 가능한 한 따뜻한 어조로 말했다. 아내는 죄스러운 눈빛으로 고개를 떨구었다.

김범우는 다시 두 아이들 쪽으로 고개를 돌렸다. 그 조그만 것들의 잠자리에 함께 잠들어 있는 평화를 보았다. 그 새근거리는 숨소리, 꾸밈이 없는 평온한 얼굴, 거기에 깃들어 있는 안온한 시간과 공간이 가장 진정한, 순금의 평화가 아닐까 싶었다. 그런데 그 평화가 어른들의 각기 다른 욕심 사이에서 언제 깨어질지 모를 위기에 처하고 있었다. 김범우는 첫아이를 갖고 며칠이 지나 우연히 아이의 눈을 들여다본 일이 있었다. 그 티끌 하나 없이 깊고 맑은 눈동자는 한마디로 경이였다. 아, 이것이 바로 진짜 사람의 모습이구나! 그는 깊이 경탄해 마지않으며, 너나없이 정도의 차이만 있을 뿐 하나같이 핏기 띤 눈을 가진 어른들이 갈 데 없는 죄인이란 사실을 깨달았다. 그건 자신을 포함한 모든 성장한 인간에 대한 혐오이기도 했다. 김범우는 천천히 팔을 뻗쳐 두 아이의 손을 차례로 감싸 잡았다. 작은 조가비 같은 손에 흐르는 따스한 체온이 찡하니 심장을 울려왔다.

학병에서 돌아오자마자 그는 결혼을 독촉하는 아버지의 성화에 시달려야 했다. 학병기간을 남들과는 달리 유별나게 거치는 동안 그의 의식은 넝마처럼 만신창이가 되어 있었다. 해방이고 뭐고,

그는 삶의 의욕을 거의 상실하고 있었다. 그러나 그 절망감이 아버지의 성화를 어느 기간까지 유보시킬 수 있는 설득력을 지닌 것이 아님을 그는 알고 있었다. 더구나 아버지의 주장은 너무나 당연한 것이기도 했다. 형 범준이 독립운동에 가담해서 집을 떠나버린 것이 15년이 넘었고, 아버지는 손자를 보지 못한 채 칠십 고개에 마주 서 있는 형편이었다. 김범우는 아무런 감동 없이 결혼이라는 절차를 밟아 한 여자와 잠자리를 같이하게 되었다. 두 자식이 태어날 때마다 기쁨보다는 비애에 가까운 서글픔이 일어나고는 했다. 그건 그 생명들의 장래를 어둠으로 예감하는 연민 탓이었다.

"서방님, 채비 다 끝났는디요."

밖에서 이 말이 들리자마자 김범우는 자리에서 일어섰다.

"나오지 말고, 애들 잘 살피시오."

따라 일어선 아내는 원망스런 얼굴을 떨구었다.

김범우는 아버지가 정한 거처인 대밭골 문 서방집을 향해 20리 밤길을 걸어야 했다.

다음날 오후, 밤을 예비하는 10월의 스산한 바람결이 대이파리 사이사이를 흐르고, 비껴 쬐는 열기 잃은 햇살이 무수하게 많은 대이파리의 미세한 떨림 위에서 그 수효만큼 많은 빛의 조각으로 부서지고 있는 것을 하염없이 바라보고 있던 김범우는 헐레벌떡 뛰어든 문 서방으로부터 읍내 소식을 들었다.

"서방님, 작은서방님, 으 읍내에 생난리가 터져부렀구만요. 어지께밤에 좌익시상이 되야부렀어라. 순사란 순사는 다 도망가뿔고,

빨갱이덜 손에 경찰서가 불타고……."

"문 서방, 아부님은 어찌 되셨소?"

김범우는 가슴이 걷잡을 수 없이 벌떡거리는 걸 억누르기라도 하듯 소리쳤다.

"어르신네요?" 갑자기 말을 제지당한 문 서방은 영문을 알 수 없다는 얼굴로 잠시 멀뚱해졌다가, "아아, 어르신네요, 암시랑토 안혀요" 하며 안도하는 웃음을 천진하도록 지어 보였다.

"무사하시단 말이오?"

"하먼이라. 댁에 편히 기신당께요."

문 서방은 답답하다는 듯 목청을 돋우었고, "알겠소" 하며 김범우는 허물어지듯 평상에 주저앉았다.

"작은서방님, 워디 아프신 게라? 얼굴이 똑 죽을상인디."

문 서방이 창백해진 김범우의 얼굴을 들여다보며 당황해했다.

"아니오, 금방 괜찮아질 거요. 조금 있다가 읍내 이야기나 차근차근 들어봅시다."

"야아, 허고말고라. 참말로 간이 콩알만 해지는 무선 귀경거리드만요."

문 서방은 머리를 절레절레 흔들며 돌아섰다.

문 서방의 두서없고 잡다한 이야기 중에서 뼈대를 간추리면, 좌익사상을 가진 군인들이 반란을 일으켰고, 거기에 민간인 지하조직이 합세한 것이었다. 그건 어젯밤 염상진이 했던 말과 일치했다. 그리고 경찰들이 후퇴를 하지 않을 수 없었다면 그 세력 또한 염상진의 말마따나 무시할 수 없는 정도인 모양이었다. 문 서방은 그 반란이 어디서 시작되었는지조차 모르고 있었다. 다만 총을 쏘아대는 반란군들이 진트재를 넘어 읍내에 들어왔고, 다른 부대는 조성 쪽에서 왔다고 했다. 문서방은 흥분을 앞세워 그저 총을 가진 반란군, 도망간 순사, 헐렁한 핫바지저고리에 빨간 완장을 찬 좌익들, 이런 것들에 관심을 쏠 뿐이었다.

반란군이 진트재를 넘어온 것이 확실하다면 그쪽으로 직결되는 도시는 순천이었다. 그러나 그가 알고 있는 바로는 순천에는 반란을 일으킬 만한 군부대가 주둔하고 있지 않았다. 있다고 해야 고작 2개 중대에 불과했다. 그렇다면 여수와 목포, 그 어디에서 발단된 것이리라 싶었다. 어쩌면 그 두 곳의 병력이 합세를 했는지도 모를 일이었다. 반란군이 진트재를 넘어 벌교를 장악했다면 순천은 이미 그들의 손아귀에 들어갔기가 십상이었다. 벌교가 그 지경이 되었으면, 이어서 보성과 고흥까지도 위험할 것이었다. 이런 추리를 해나가면서 그는 절망적인 기분에 빠져들었다. 해방이 되고 3년을 거쳐오는 동안 쉴 새 없이 일어난 사회 격랑과 정치적 사건들은 하나같이 민족의 운명을 불행 쪽으로 몰아붙이는 것들뿐이었다. 그의 의식 속에서는 성난 소가 끄는 수레바퀴처럼 그가 겪어내고 목격했던 수많은 사건들이 제각기 소리치고 냄새 풍기며 굴러가고 있었다. 그 격렬한 회전을 하는 사건들은 멀리로는 학병시절에서부터 가까이는 금년 봄에 치른 단독선거에까지 걸쳐진 것이었다. 그 기억의 수레바퀴는 한번 구르기 시작하면 점점 가속도가 붙었고,

그에 따라 그의 감정도 열도를 높이기 시작했던 것이다. 그의 감정은 걷잡을 수 없이 뜨거워지고, 그 절정에서 그는 문득 현실이라는 절망의 벽을 만나고, 그 순간 그의 뜨거워진 감정은 그만큼의 반대 온도로 일순간에 냉각되어 버리고, 그 감정은 조각조각 깨지면서 그를 절망의 바다로 끝도 없이 밀어넣는 것이었다. 그는 마치도 주기적 발열을 보이는 열병을 앓듯 어떤 충격적 사건에 부딪치거나, 극히 염려스러운 문제가 야기되면 곧 감정의 회전을 되풀이하고는 했다.

김범우는 숨을 몰아쉬며 회전을 시작하려는 감정에 제동을 걸려고 애를 썼다. 자신의 앞에 펼쳐진 현실은 전과 같은 절망의 벽이 아니라 죽음인 것처럼 느껴지고 있었다.

다음날부터 정신 바짝 차린 문 서방이 가져오는 소식을 대하며 김범우는 절망감에 휘말리고 있었다.

"작은서방님, 작은서방님, 어르신네가, 어르신네가 살아나셨구만요, 살아나셨다니께요."

문 서방이 사립문을 차고 들며 숨이 넘어가고 있었다.

"무슨 소리요, 문 서방!"

"긍께 머시냐, 이, 이, 인민재판에서……."

김범우는 전신이 허물어지는 것 같은 허탈에 빠져 비칠비칠 주저앉으며 말했다.

"자세히 얘기해 보시오."

"긍께, 어르신 차례가 되았는디, 워메 참말로 환장허겄등거. 어르신네는 두 눈 딱 감고 단상에 꼿꼿허게 스셨는디, 누가 벌떡 일어남스로 소리 질르기를, 김사용은 지주지만 인민의 적은 아니다. 큰 아들 범준은 독립투사고 김사용은 독립자금을 댔다. 인민의 피를 제대로 쓴 것이다. 고것만이 아니라 큰아들 김범준은 해방되고 3년 이 지난 지끔꺼정 소식이 읎다. 못헐 말로 죽은 것이라면 조국 독립을 위해 하나뿐인 목심을 바친 것이다. 그라고 지주 김사용은 작인 들헌테 질로 후허게 헌 사람이다. 고건 시상이 다 아는 일이다. 그 렁께 김사용은 숙청에서 빼야 헌다, 고 허드랑께요. 그 말을 위원 장이 접수헌다고 발표허고는 또 모인 사람들헌테 워떻게 헐랑가 묻드만요. 워메, 고때 사람 미치겄등거. 근디 여그저그서 옳소, 옳소, 허는 소리가 터짐스로 박수를 안 치겄소. 워메 나는 이때다 싶어 목구녕이 찢어져라 옳소, 옳소, 소리 질르고 손바닥이 떨어져나가 그라 박수를 쳤구만요. 그래서 어르신이 화를 면허시고 단상을 내려오시는디…… 지가 쫓아가 어르신을 부축험시로 을매나 죄시럽고 눈물이 나든지……."

문 서방은 목이 잠기며 눈물을 훔쳤다. 그런 문 서방의 그지없이 착하고 선량함이 그의 가슴을 뭉클하게 했다.

"고맙소, 문 서방. 너무 애썼어요."

김범우는 애써 웃어 보이며 말했다.

"무신 당찮은 말씀이시다요. 정작 고마운 사람은 따로 있제라. 어르신 구헐라고 나선 그 하대치란 사람 말이어라우."

하대치, 귀에 익은 듯한 이름이면서도 딱히 잡히는 것이 없었다.

"그래요? 그 사람이 누구요?"

"하매 작은서방님도 알 성불른디요. 위원장 염상진얼 그림자맹키로 따라댕김서 빨갱이 허다 징역살이도 함께헌……."

"아, 알았어요."

김범우의 기억 저편에서 흐리게 떠오르는 사내가 있었다. 얼굴 생김은 거의 기억이 없고, 키가 작은 다부진 체격에 꼭 돌덩이 같은 인상을 풍기던 사내였다. 염상진이 출감해서 돌아오던 날 역에 마중 나갔다가 보았던 것이다.

"하대치 그 사람이 어르신네 소작을 부친 것도 아니고, 무신 은혜럴 입었다고 그리 발벗고 나섰는지, 참말로 몰를 일이랑께요."

문 서방은 영문을 몰라 하고 있었다. 그건 염상진이 꾸민 완벽한 연극이었다. 그러나 대사로 사용된 아버지의 행적까지 연극은 아니었다. 그건 있는 그대로였다. 남들과 똑같이 체포를 해가고, 인민재판에 회부하고, 부하를 시켜 발언하게 하고, 그리고 석방시키는 과정을 거친 염상진의 의도는 결코 단순하지가 않았다. 공적인 목적과 사적인 정리(情理)가 복합적으로 작용했을 것이었다. 객관적으로 별로 흠잡힐 데 없는 아버지를 인민재판을 거쳐 석방시킴으로써 자기네들의 공정성과 신중성을 널리 선전하고 싶었을 것이다. 그리고 다른 지주들을 처단하는 확실한 이유 설명의 본보기로 삼을 수 있었을 것이다. 뿐만 아니라 개인적으로는, 그의 어린 날로부터 따뜻한 정과 깊은 이해를 베풀어온 아버지를 떳떳하게 보호하고 싶었을 것이다. 한 번의 행위로 두 가지 이상의 목적을 충족시킬 줄 아는 염상진, 그는 역시 단세포가 아니었다.

"헌디 말이요, 서방님. 인민재판이라등가 먼가가 끝나고 쥑이는 굿판이 벌어졌는디, 위메 징허기도 허고……."

"어디서 말인가요?"

김범우는 문득 생각에서 깨어나며, 한결 느긋해진 태도로 말하고 있는 문 서방에게 눈길을 돌렸다.

"워디긴 워디어라, 북국민핵교 마당에서 인민재판을 끝내고 그 질로 소화다리로 끌고 갔구만이라. 사람덜이 벌떼맹키로 모였는디, 사람덜헌테 귀경시키대끼 줄줄이 세워놓고 쥑였당께요."

"문 서방도 그걸 구경했단 말이오?"

"하먼이라, 징허기는 혔어도 그건 돈 내고도 못헐 존 귀경거리였는디요."

"그게 무슨 소리요, 문 서방. 남들은 죽어가는데 그걸 보고 좋은 구경거리라니."

김범우의 음성은 뜨거웠고 눈 가장자리에는 파르르 경련이 일었다.

"존 귀경거리고말고라. 죄는 진 대로 가고 공은 닦은 대로 간다고, 즈그놈덜이 평소에 읎이 사는 사람덜 아프고 씨린 맘 몰라주고 행투 고약허게 해감서 배 터지게 묵고 살았응께 그렇게 당혀서 싸제라. 고것들이 하나씩 죽어자빠지는디, 씨엉쿠 잘됐다. 씨엉쿠 잘되얐다, 허는 소리가 속에서 절로 솟기드만요. 고런 맘이 워디 나 혼자뿐이었을랍디여. 말을 안 혔응께 그렇제 귀경허는 전부가 다 똑겉은 맴이었을 꺼구만이라."

문 서방은 완전히 다른 사람으로 돌변해 있었다. 그의 눈은 증오로 타고, 얼굴은 분노로 일그러져 있었다. 김범우는 하나의 악마를 보고 있었다. 아버지를 위해 눈물을 머금던 아까의 그 착하고 선량하던 모습은 간 곳이 없었다. 김범우는 섬뜩하게 끼쳐오는 두려움을 느꼈다.

"문 서방, 애썼어요. 그만 쉬도록 해요."

김범우는 땅바닥을 내려다본 채 중얼거리듯 말했다.

문 서방이 돌아서고 나서도 김범우는 의식의 공백 속에 빠져 있었다. 그는 사고(思考)를 정리하려 했지만 뜻대로 되지 않았다. 전혀 다른 두 모습의 문 서방, 그 어느 쪽이 진짜인가. 어떻게 한 사람이 그렇게 표변할 수 있는가. 그 어느 쪽이 진실인가. 사람이 어떻게 그토록 이중적일 수 있을까. 그때 퍼뜩 떠오르는 말이 있었다. "있는 자들은 자기들만 사람인 줄 알지. 더러 그렇지 않은 우등생도 있지만 말야. 난 그 단순한 자만을 고맙게 생각하네. 거기에 우리가 설 자리가 있고, 그게 그들 스스로가 빠져들어갈 함정이니까." 염상진의 말이었다. 그렇다, 인간은 복합적 사고와 다양한 감정의 줄기를 소유한 동물이다. 문 서방의 전혀 다른 두 모습은 그런 인간의 속성이 표출된 것일 뿐이다. 그러므로 그 두 가지 모습은 다 문 서방의 참모습인 것이다. 인간의 마음속에는 선과 악이 공존하면서 외부의 영향과 상황에 따라 그것은 반응하는 것이다. 문 서방은 아버지에게는 선한 인간으로 반응했고, 다른 사람들에게는 악한 인간으로 반응한 것뿐이다. 만약 아버지가 악한 지주였다면 문 서방은 여지없이 악한 반응을 보였을 것이다. 그러므로 문 서방의 악은 악이 아니라 선인 것이었다. 염상진의 자신감 넘치는 얼굴이 확대되어 오고 있었다.

문 서방은 연거푸 이틀을 끔찍한 소식만 가지고 왔다. 김범우는 속이 메슥거리다 못해 생목이 치밀어오르는 것을 견뎌내며 문 서방의 이야기를 다 들었다. 죽이는 자와 죽는 자가 대치한 현장, 그 빛과 어둠으로 양분된 극단의 행위에 대한 이야기를 듣는 것만이 현재로서 자신이 할 수 있는 유일한 일이었다.

"소화다리 아래 갯물에고 갯바닥에고 시체가 질펀허니 널렸는디, 아이고메 인자 징혀서 더 못 보겄구만이라. 재미가 오진 싸까쓰도 똑겉은 거 두 번썩 보면 질리는 법인디, 사람 쥑이는 거 날이 날마동 보자니께 환장허겄구만요. 그라고, 그 사람덜이 가난허고 배곯는 사람덜 편이랑께 나쁠 것은 없는디, 사람도 지각각 죄도 지각각이라고, 사람마동 진 죄가 달블 것인디 워째서 마구잽이로 쥑이기만 허는지, 날이 갈수록 그 사람덜이 무서짐스로 살살 겁이 난당께요."

김범우는 놀란 눈으로 문 서방을 건너다보고 있었다. 그건 바로 염상진이가 빠지고 있는 함정이었다. 염상진이 문 서방의 말을 들었으면 무어라고 할 것인지 궁금했다.

그러나 김범우는 염상진의 그런 과감하면서 격렬한 행동전개를 비난하거나 비판하고 싶지는 않았다. 그는 개인이 아니라 사회주의 혁명을 추진하는 조직 속의 일부였던 것이다. 그의 행동이 그렇게 전개되고 있는 것은 전체 조직의 통일된 방법이었고, 그런 방법이 동원되기까지는 현실적인 필연성과 당위성이 엄연했던 것이다. 결과적으로 그들이 무장투쟁을 전개하지 않을 수 없는 것은 미군정의 무력탄압에 그 명백한 원인이 있었다. 그러니까 그들의 행위를 '폭력'으로 간주하더라도 그건 어디까지나 '방어적 폭력'이었고 '상대적 폭력'이었다. 미군정은 여운형의 조선인민공화국 부인, 친일파 핵심세력인 한민당의 옹호, 민족반역세력인 군·경찰 출신들의 재등용 비호, 공산당 활동 불법화, 청년단 구성과 백색테러 감행, 공산당원들의 무차별 체포와 조직 파괴공작, 남한 단독정부 수립으로 이어지는 폭력행위를 조직적이고 단계적으로 시행해 왔던 것이다. 그 과정을 거치면서 남로당은 지하활동 속에서도 수난과 피해로 얼룩진 세월을 살지 않을 수가 없었다. 무차별한 폭력 앞에 자기를 지킬 수 있는 방법, 그것은 또다른 폭력밖에 없는 것이었다. 그러나 그 결과는 제국주의적 지배술수에 말려든 것일 수 있었고, 군정이 더 가혹한 폭력을 행사할 수 있는 타당성과 근거를 만들어주는 것일 수도 있었다. 그리고 이쪽의 폭력이 상대의 폭력을 이기지 못할 때 그건 자멸의 길을 재촉하는 것일 뿐이었다. 그게 폭력의 생리이고 법칙이었다. 염상진이나 그 조직은 이번에 일으킨 행동으로 과연 미군을 이길 수 있다고 생각한 것이었을까. 김범우는 자신이 귀국해서 벌이게 되었던 논쟁을 지금쯤 염상진이 어떻게 생각하고 있을 것인지 궁금했다. 그때 자신이 예상했고 주장했던 것처럼 군정은 치밀하고 철저하게 공산당 파괴로 일관해 왔던 것이다. 그리고 남로당은 그 피해를 고스란히 입어오고 있었다. 10·1폭동, 2·7구국투쟁, 4·3사건을 거치면서 조직의 약체화로 치달아온 것이었다. 그러면서도 염상진은 자신들의 방법이 옳다고 생각하고 있을 것인가. 김범우는 그 '방어적 폭력'의 외로움과 한계성이 너무 답답할 뿐이었다.

그렇게 하루하루를 보내면서 김범우의 불면증은 점점 깊어갔다.

김범우는 1943년의 막바지 12월을 방에서만 보내고 있었다. 그의 마음은 겨울들판처럼 황량했고, 겨울하늘처럼 음울하게 가라앉아 있었다. 그의 유일한 일과는 해거름이 되어 집을 나서서 중도방죽을 한정 없이 걷다가 어둠에 묻혀 돌아오는 산책뿐이었다. 1944년 1월 5일은 그를 기다리고 있었고, 그는 최소한 그때까지는 생존해야 할 의무를 가지고 있었다. 그건 학도병을 나가지 않을 수 없는 사면초가의 상황과 맞걸리고 있었다. 만약 삶을 내던지기로 작심했다 하더라도 그건 어디까지나 그날을 넘긴 다음에 할 일이었다. 겨울방학이 되어 동경에서 돌아왔을 때는 이미 학병참전이 피할 수 없도록 되어 있었다. 그의 아버지 김사용은 벌써 수차에 걸쳐 경찰서에 불려다닌 다음이었다. 경찰서에서 김사용을 호출한 것은 전에 없던 일이었다. 큰아들 김범준이 독립운동을 하고 있다는 것을 읍내사람들은 누구 하나 입에 담지 않았지만 그 사실을 모르는 사람은 하나도 없었다. 그럼에도 불구하고 경찰서장은 김사용과 함께 활을 쏘거나 꿩사냥을 다니거나 할 정도로 친분관계를 유지하고 있었다. 그리고 김사용은 엄청나게 많은 돈을 일본에 희사했다는 소문이 와짝 퍼졌다가는 금세 사라지고는 했다. 사람들은 약속이나 한 것처럼 그 소문을 빨리 감추려 했고, 그때마다 김사용을 욕하기는커녕 장한 사람으로 마음에 새겼다. 그건 모두 독립운동하는 아들로 인해 치르는 고역이라는 것을 알고 있었던 것이다. 김사용을 호출한 경찰서장의 태도는 완강했다. 작은아들을 학병에 내보내지 않으면 큰아들의 행위를 공개수사에 부치고 김사용에게도 연대책임을 묻겠다는 것이었다. 김사용의 그 어떤 제의도 받아들여지지 않았고, 작은아들이 귀국할 때까지 기다리자는 엉거주춤한 유보를 해놓은 상태였다. 김범우는 어머니를 통해서 사건 전말을 듣고 나서 곧 마음을 작정하고 말았다. 학병에 나가는 길밖에 없었다. 형은 독립운동을 하고 동생은 학병으로 참전해야 하는 기구함을 되씹으며 밤을 새웠다. 그리고, 아침 일찍 경찰서장을 만나러 갔다. 경찰서장 앞에서 학병지원서를 썼다. 그런 다음 김범우는 그 사실을 아버지께 말했다. 김사용은 방바닥에 시선을 떨군 채 미동도 하지 않았다. 차마 작은아들을 바라볼 면목이 없었고 무슨 말을 해야 좋을지 알 수가 없었던 것이다.

염상진이 불쑥 찾아든 것은 그믐날 밤이었다. 구두를 신은 채 방으로 뛰어든 그는 다짜고짜 내쏘았다.

"자네 학병 나가기로 했담서?"

"형님, 이거 어쩐 일이요. 지금 어디서 오는 길이요?"

"가세, 개돼지처럼 끌려갈 날만 기다리지 말고 나허고 가세."

염상진의 기세는 곧 김범우를 끌고 나갈 것처럼 열 받쳐 있었다.

김범우는 그 열기에 찬물을 끼얹듯 방바닥에 주저앉으며 냉정하게 말했다.

"남의 일에 간섭하지 마쇼."

"남 일?" 염상진의 얼굴이 딱 굳어지는 것 같더니 금방 부드럽게 풀리며, "자네 억지소리 허는구만. 이러지도 저러지도 못허는 자네 심정 내 다 알고 왔네. 요런 난감헐 때는 누구한테나 어떤 계기가 필요헌 법이네. 가세, 내가 자넬 안전허게 피신시켜 줄 테니까."

"형님 맘은 고맙지만 그건 안 돼요."

김범우는 절망적으로 고개를 저었다.

"자네 정신 똑똑허니 차려야 쓰네. 자네 어르신이 일본놈들헌테 기부금 내는 것허고, 자네 학병지원허고는 생판 다른 문제니까. 자네 행동도 그렇게 이해되고 용서된다고 생각하면 큰 오해네. 그건 자네 독단적인 문제고, 자네가 잘못 행동하면 범준이 형님 업적까지 똥칠허는 것이네. 일본놈들 공갈협박에 굴복허지 말고 저항해야 허네. 사사로운 감정에 얽매이지 말고 용기 있게 박차고 나허고 가세. 요건 마지막 기회네."

"형님 말 고맙지만 난 그럴 용기가 없군요."

김범우는 자조적인 웃음을 흘렸다.

"돼지처럼 학병에 끌려갈 용기는 있고!"

염상진이 버럭 소리를 질렀다. 그 눈이 불을 뿜고 있었다.

"형님이 가진 용기만 정당한 것이 아닙니다. 내게도 따로 계획이 있어요."

염상진의 눈을 맞쏘아보고 있는 김범우의 눈에는 염상진이 뿜고 있는 열기를 능히 받아낼 만한 냉기가 서려 있었다.

"너를 용서하지 않을 것이다!"

염상진이 침을 뱉듯이 말하고는 돌아섰다. 김범우는 그가 피신 중인 몸이라는 것을 알고 있었다.

"형님, 조심해 가시오."

김범우는 다급히 뒤따라나가며 말했다. 염상진은 소작쟁의 때문에 형(刑)을 살고 출감하자 뒤따라나온 징집영장을 피해 자취를 감추었었다. 그 위험을 무릅쓰고 자신을 찾아온 마음이 너무 고마웠고, 지금으로서는 그렇게밖에 헤어질 수 없는 것이 김범우로서는 너무 가슴 아팠다.

김범우는 1946년 1월이 다 저물어갈 즈음에 학병에서 돌아왔다. 집을 떠난 지 꼬박 2년 세월이 흘러 있었다. "워디 보자, 내 새끼 워디 보자. 니를 영영 못 보고 죽는 줄 알았다. 요런 무정헌 것아, 워디서 멀 허다가 인자사 오냐 금메. 넘덜언 다 오는디 니만 안 오니께 이 에미 속이 워쨌을 것이냐. 타고 타고 또 타고, 참말로 영영 못 보고 죽는 줄 알았다. 워디 보자, 워디 보자." 병색이 완연한 어머니는 김범우의 전신을 더듬고 또 더듬으며 한정도 없이 눈물을 흘렸다. 해방이 되는 날부터 두 자식을 기다리며 밤낮없이 흘렸을 눈물로 벌겋게 짓물러 내려앉은 어머니의 눈자위를 보며 김범우는 속울음을 씹었다. 거기엔 모성의 질기고도 아픈 인내가 응결되어 있었다. 어머니의 득병은 너무나 당연한 결과였는지도 모른다. 어머니에게 해방의 의미는 두 아들을 다시 품에 안는 것이었을 터였다. 그런데 응당 돌아와야 할 두 아들은 한 달, 두 달, 석 달, 그리고 해가 바뀌어도 돌아오지 않았다. 석 달이 지나도 돌아오지 않은 사람들은 다 저승객이 된 것이라는 파다한 소문을 어머니가 못 들었을 리가 없었을 것이고, 그 어떤 매질보다 아픈 그 소문의 공포를 어머니는 견뎌낼 수가 없었을 것이다. "몸은 성하냐?" 절을 받고 난 아버지의 첫 물음이었다. 그리고 두 번째 물음이 나올 때까지 아버지는 꽤 긴 시간을 필요로 했다. 김범우는 보료 끝에 시선을 고정시킨 채 그런 아버지를 쳐다보지 않았다. "그려, 워디서 멀 허니라고 그리 오래 걸렸냐?" 아버지의 이 두 번째 물음은 꼭 대답을 듣고자 함이 아니었다. 그동안의 애태운 기다림에 대한 어머니와는 다른 감정 표현이었다. 설령 그것이 아니었다 해도 김범우는 자신이 거쳐온 2년 동안의 생활을 결코 입에 올리지 않았을 것이다. "가그라, 건너가 쉬어." 아버지는, 을매나 고단허겠냐, 하는 말을 혼잣말처럼 낮게 뇌었다.

김범우가 기억의 무덤 속에 영원히 묻어버리고자 했던 2년 동안의 행적이 전혀 예상하지 못했던 곳으로부터 들춰지게 되었다. 순천 주재 미군정청에서 사람이 찾아온 것이다.

그날도 김범우는 끈끈한 잠의 흡인력에 빨려들어 아침도 먹지 않은 채 정오를 거의 보내고 있었다. 수마(睡魔)라는 말이 있었다. 글자의 뜻 그대로 잠의 마귀가 자신을 덮쳐오는 것을 의식하면서도 김범우는 속수무책이었다. 처음에는 그 마귀를 떼쳐내려고 약간 노력을 해보았다. 그러나 곧 부질없는 짓임을 깨달았다. 그가 일으켜 세우려는 의식의 마디들은 그 마귀의 힘에 흐물흐물 녹고 말았다. 그건 딱히 잠도 아니었다. 전신을 가눌 수 없게 어딘가 깊고 깊은 곳으로 가라앉히는 질기고도 끈끈한 액체의 피로감이 끝도 없이 밀려들었다. 김범우는 거기에 몸을 내맡기고 있었다. 그는 혼미한 의식 속에서 누군가가 자꾸만 자신을 부르는 소리를 듣고 있었다. 일어나야 된다고 생각하면서도 머리끝까지 푹 잠겨 있는 그 끈끈한 액체의 구속을 벗어날 수가 없었다. 어렴풋하긴 했지만 누군가가 부르고 있는 소리를 의식하고, 그 의식에 따라 일어나야 된다는 의식을 하고, 자신이 일어나려고 하는 의식을 의식하는데도 몸은 말을 듣지 않았다. 몸은 몸대로, 의식은 의식대로 개체가 되어버린 것 같았다.

"실례합니다, 실례합니다. 순천 군정청에서 왔습니다."

이 소리가 그의 의식과 몸을 순식간에 하나로 결합시켰다.

"거기 누구요!"

그는 이불을 걷어차고 일어나며 문밖에다 대고 와락 고함을 질렀다. 그의 머릿속에서는 떠올리고 싶지 않았던 기억들이 한꺼번에 뒤엉켜지고 있었다. 그는 견디기 어려운 역겨움을 느꼈다.

"저어…… 군정청에서, 군정청에서 손님이 오셨구만요."

주저하는 목소리는 군정청을 두 번씩이나 되풀이하고 있었던 것이다. 김범우는 어이없다는 듯이 피식 웃음을 흘렸다. 머슴까지 무의식적으로 두 번씩 강조할 만큼 그 위력을 떨치고 있는 미군정청에 김범우는 아무런 흥미도 없었다. 망할 자식들, 빨리도 찾아왔군, 하고 생각하며 김범우는 잠시 오늘이 며칠일까 하고 날짜를 가늠해 보았다. 전혀 알 수가 없었다.

"무슨 일이오?"

김범우는 무감각한 어조로 말하며 방문을 밀었다. 방으로 왈칵 밀려든 건 한 바지게만큼의 1월의 찬 바람과 부신 햇살이었다. 그는 숨을 흡 들이마시며 눈을 가늘게 떴다. 햇살을 맞받아 자꾸만 좁아지려는 그의 시야에 머슴과 함께 한 사내가 서 있었다.

"안녕하십니까, 김 선생님."

사내는 입심 좋게 허리를 반으로 푹 꺾으며 인사했다. 김 선생님? 어이없어 코웃음이 터지려는 것을 김범우는 꾹 눌렀다. 서른서넛이 되어 보이는 나이에 어울리지 않는 사내의 넉살이 역겨웠다.

"나흘 전에 돌아오셨더군요. 그동안 편히 쉬셨습니까?"

김범우는 사내의 말을 듣고, 벌써 그렇게 되었나, 하고 깨달았다. 자신은 나흘 동안 줄곧 수마에 붙들려 시간을 망각하고 있었던 것이다. 서너 번 밥상을 대하고 몇 차례 변소를 가고는 했지만 그런 행위는 모두 잠에 취한 채 행해진 것에 불과했다. 김범우는 비로소 확실해진 시간을 의식하며 사내를 향해서 똑바로 시선을 던졌다. 사내의 어조는 지극히 부드럽고 예의 바른 것 같았다. 그러나 그 어감은 정반대였다. 우리는 당신에 대해서 모든 걸 다 알고 있습니다, 이제 잠은 그만 자는 게 어떨까요, 사내의 어감은 이런 의미를 여실하게 드러내고 있었다. 사내는 김범우의 눈초리를 의식했는지 흐트러지지도 않은 자세를 다시 고쳐 똑바로 섰다.

"저는 군정청에 근무하는 한창길입니다. 청장이신 화이트 대위님께서 김 선생님을 모시고 오라는 분부를 받들어 여기까지 왔습니다."

사내가 경직된 음성으로 숨도 쉬지 않는 것처럼 한달음에 용건을 쏟아놓았다. 김범우는 또 헤설픈 코웃음이 나오려는 것을 눌렀다. 사내는 배고픈 고양이처럼 영악하게 영리한 친구였다. 상대방의 기분 변화를 예민하게 간파하고 거기에 맞춰 자신의 언행의 명암을 뒤바꿔가는 기민성을 보이고 있었다. 직책이 뭐냐고 물어볼까 하는 짓궂은 생각이 떠올랐지만 김범우는 그만두기로 했다. 자신의 육감이 틀리지 않는다면 그 위인의 됨됨이로 보아 양지지향성 식물처럼 벌써 여러 번의 배신적 변신을 꾀한 넝마 같은 녀석일게 뻔했다.

"급히 모시고 오라는 분부였습니다."

사내는 김범우의 눈길을 견뎌내기가 곤혹스러웠던지 불쑥 말했다.

"분부라? 그거 어느 나라 말이오?"

김범우의 입가에는 비웃음이 물려 있었다.

"네에?"

"그건 옛날 양반 찌끄레기들이 쓰기 좋아했던 말이오. 요샛말로 하자면 명령이 되겠는데, 그 명령을 나한테 한 거요, 아니면 형씨한테 한 거요?"

"쩌어, 그거시 그렁께……."

당황한 사내의 입에서는 굳이 쓰기를 피하던 사투리가 튀어나왔다.

"형씨 말대로 나를 모시고 오라고 했다니까 그 명령이 나한테 한 것은 아닌 게 분명한 것 같소. 난 몸이 아파서 못 간다고 가서 전하시오."

김범우는 문을 닫으려고 했다. 그때 문을 덥석 잡는 손이 있었다. 사내는 어느새 다리를 마루에 걸친 채 문을 붙들고 있었다.

"선생님, 어쩔라고 이러신당가요. 군정청장 미군 대위의 말인디요."

사내는 김범우의 코앞에 얼굴을 디밀고 다급하게 말했다. 김범우는 울컥 비위가 상하는 걸 느끼며 굳어진 사내의 얼굴에 침을 뱉어버리고 싶은 역겨움을 간신히 참아냈다.

"날 염려하는 거요? 화이트 대위가 누군지는 모르지만, 미군 대위가 날 어쩌지는 못할 것이오. 그걸 염려했거든 맘 놓고 돌아가시오."

김범우를 쳐다보는 사내의 얼굴은 금방 의혹에 찬 두려움으로 덮였다. 사내는 그런 감정의 변화를 전혀 감추려 하지 않았고, 오히려 김범우 쪽에서 그런 사내를 보기가 민망했다.

"김 선생님, 선생님이 훌륭하신 분인 것을 워찌 몰르겄습니까. 김 선생님이 안 가시면 명령수행을 제대로 못헌 지 입장이 워찌 되었습니까. 대위님이 찌쁘차꺼지 내주심서 모셔오라 혔고, 길 몰르는 미군 운전수허고 60리 길을 요렇게 쫓아왔는디, 지 낯을 생각혀서라도 가주셔야겄는디요."

사내는 더할 수 없이 비굴하게 애걸하고 있었다. 이 친구가 만약 일본 형사 출신이라면 얼마나 많은 사람들을 괴롭혔을 것인가, 하는 엉뚱한 생각을 김범우는 하고 있었다.

"그라고 말입니다. 김 선생님, 오늘 안 가신다고 혀서 대위가 그만둘 줄 아신가요? 우리 같은 쫄짜야 깊은 내막 몰르고 눈치로 때레 잡는 것이지만서도, 대위는 나 말고도 다른 사람을 날마동 보낼 것이구만요. 어채피 한 번은 만나야 헐 판국이라면 날마동 봎이다가 만날 것 머 있는가요. 고름이 살 안 되는 법인디, 워쩌실랑가요?"

사내는 노회한 눈동자를 굴리며 김범우의 감정을 읽어내려 하고 있었다. 김범우는 바로 그 점이 이미 마음에 걸렸었다. 그들은 일단 필요로 하는 일에 대해서 분명한 이유, 확실한 근거, 그리고 충분한 납득이 되기 전에는 결코 단념하지 않는 미련스럽도록 철저한 종족이라는 것을 김범우는 이미 경험을 통해서 알고 있었다.

"가도록 하겠소. 나가서 기다리시오." 김범우는 무표정하게 말했고, "선생님, 고맙구만이라, 고마워요." 한창길이라는 나이 든 사내는 가엾을 정도로 감격스러워했다.

김범우는 찬물로 낯을 씻고 몇 푼의 돈을 챙겨가지고 집을 나섰다. 대문 앞에는 지프차가 멈춰서 있었고, 그 둘레로는 크고 작은 동네 아이들이 경계와 호기심이 엇갈리는 눈으로 차를 에워싸고 있었다. 핸들에 팔꿈치를 괴고 앉은 흑인 병사는 무료한 듯 느릿느릿 껌을 씹으며 큰 눈을 껌벅이고 있었다. 아이들의 접근을 막듯 뒷짐을 지고 엄격한 표정으로 서 있던 한창길이란 사내는 김범우가 대문을 나서는 걸 보고는 재빨리 다가갔다. 김범우의 앞에 이른 사내의 얼굴이 한순간 일그러졌다.

"저어…… 혹시 양복이……."

김범우는 사내의 망설임을 금방 알아차렸다.

"왜, 이 옷으로는 대위를 만날 수가 없겠소?"

"머 꼭 그런 것은 아니지만 기왕이면……."

"양복보다 이 우리나라 옷이 얼마나 좋소? 이 추위에 뜨뜻하고 몸 편하고. 어서 갑시다."

사내는 억지웃음을 지어 보였다. 김범우는 사내의 지적이 무리는 아니라고 생각했다. 며칠 동안 입고 뒹굴었던 바지저고리를 그대로 걸치고 나선 참이었다. 양복을 갈아입을까 하는 생각이 얼핏 들긴 했지만 귀찮고 번거로운 생각이 앞서 외투만 들고 나왔던 것이다.

앞자리에 오르는데 운전병이 "굿모닝 써" 하고 인사했다. "하이, 굿모닝." 거의 무의식적으로 인사를 받고는 김범우는 순식간에 저질러진 자신의 경솔에 어금니를 물었다. 태평양의 외로운 섬 산타카탈리나를 떠나 샌프란시스코 교외 어느 포로수용소에 갇히게 되면서 앞으로는 영원히 영어를 입에 올리지 않겠다고 결심했던 것이다. 운전병이 '써'라고 존대를 하는 것조차 뱀껍질이 닿는 것처럼 싫었다. 위에서는 그렇게 하라고 명령했을 것이고, 운전병은 그 명령을 충실히 지킨 것뿐이었다. 그들의 그 철저성이 싫었다. 이제 다시 자신을 필요로 하는 것도 그 철저성의 발로였고, 산타카탈리나 연합군의 동지에서 하룻밤 사이에 포로가 되어 샌프란시스코의 포로수용소로 보내진 것도 그 철저성의 실천이었다. 김범우는 자신이 집에 돌아온 지 나흘밖에 안 됐는데 그들의 손이 뻗쳐오는 신속성에는 전혀 놀라지 않았다. 그들의 정보의 치밀성이나 기민성에 대해서는 이미 산타카탈리나에서 탄복했기 때문이었다. 그들은 벌교라는 하나의 읍에 대해서도 전봇대의 수효, 소화다리의 길이까지 알고 있을 정도였다. 그리고 산타카탈리나에서 벌교포구의 침투가 제안되었는데, 현지탐사를 한 잠수정에 의해 뻘밭이 너무 길기 때문에 부적합하다는 판정이 닷새 만에 날아들 정도였다. 로스앤젤레스의 근해 산타카탈리나 섬과 한반도의 구석 벌교포구와의 거리감으로는 상상도 할 수 없는 일이었다.

"김 선생님은 미국서 사셨는가요?"

차가 진트재를 올라가고 있을 때 뒷자리에 앉아 있던 사내가 뭔가를 좀 알아야 되겠다는 듯 마침내 은근하게 물어왔다.

"아무것도 알려고 하지 마시오. 그건 형씨의 임무 밖이니까."

김범우는 찬바람이 획 끼칠 만큼 매정하게 잘랐다. 사내는 흠칫 놀라며 긴장했다. 그리고 다음 순간, 왠지 모르게 턱없이 거만하게 느껴지는 김범우의 뒤통수를 사납게 노려보며 사내는 마구 욕을 퍼대고 있었다. 좆겉은 놈, 지랄허고 자빠졌네. 대갱이에 피도 안 모른 새끼가 영어줄이나 씨불리는 모냥인디, 지미럴 워디 두고 보자. 언제고 내 손에 걸려들면 뼉다구럴 쌈빡허게 추려뿔 것잉게.

"오우 톰슨, 이렇게 만나게 되어 정말 반갑소."

화이트 대위는 그들 특유의 약간은 허풍스럽고 무절제한 것 같은 몸짓을 지으며 김범우를 맞이했다. 자신을 굳이 '톰슨'이라고 부르는 것에 김범우는 냉소를 보냈다. 일부러 그렇게 호칭함으로써 유대감을 상기시키고, 자기네의 관심의 도를 나타내고, 이쪽의 마음을 일거에 사로잡으려는 그들의 철저성이 잘 드러난 행동이었다.

"안녕하십니까, 화이트 대위님, 용건에 들어가기에 앞서 한 가지 분명히 해둘 게 있습니다. 내 호칭에 대해섭니다. 나는 톰슨이 아닙니다. 그 이름은 산타카탈리나 섬을 떠나면서 잊도록 되어 있던 이름이었습니다. 나는 이제 OSS 첩보훈련원 톰슨이 아니라 조선인 김범우라는 사람인 것을 확실히 구분해 주기 바랍니다."

김범우는 일부러 사무적인 태도를 취하며 딱딱하게 말했다. 그들이 '톰슨'이란 호칭으로 얽고자 하는 그물을 미리 막을 필요가 있었다. 화이트 대위는 예상하지 못했던 공격이었던지 무척 당황하는 태도를 감추지 못했다.

"아아, 그 점은 내 실수였소, 미스터 킴. 기분 나쁘게 했다면 내 사과하겠어요. 난 단순히 반가워서 사용해 본 이름일 뿐이었소."

역시 그들다운 솔직하고도 능란한 제스처를 화이트 대위는 잊지 않았다. 그러나 그건 어디까지나 제스처에 불과할 뿐 그의 상한 기분까지 회복된 건 아니라는 사실을 김범우는 잘 알고 있었다.

"왜 나를 불렀는지요?"

김범우는 대위와의 이야기를 빨리 끝내고 싶었다.

"아, 그건 다름이 아니라……" 대위는 언짢은 기색이 역연한 얼굴로 쩝쩝 마른 입맛을 다시고는, "미스터 킴이 우리와 함께 일해

주기를 바라고 있소." 빠르게 말을 해치웠다. 뻔한 요구였다.

"산타카탈리나의 연장으로서 말입니까?"

김범우의 시선은 날카로웠고, 대위는 난감한 표정이 되었다. 대위는 마땅한 말을 찾기 위한 시간을 벌기 위해서인지 천천히 담배를 빼들었다.

"우린 능력 있는 통역관이 필요하오. 물론 적정보수도 지급하게 될 것이오."

대위는 더듬거리듯 어렵게 말하고 있었다. 김범우는 담배에 불을 붙이며 엷게 웃었다. 적정보수라는 말이 자신을 유혹하기에는 너무나 허약하게 느껴졌던 것이다.

"산타카탈리나의 일원이 됐던 것도 전적으로 내 개인의 선택권에 의해서였습니다. 더구나 적정보수가 지급되는 통역관의 일은 더 말할 필요가 없을 줄 압니다. 대위님의 호의는 고마우나 나는 그 일을 맡을 형편이 못 됩니다."

김범우는 그들의 생리에 맞게 명백한 태도를 보였다. 대위는 몹시 당혹해하고 있었다. 김범우는 그 당혹해함이 비위에 거슬렸다. 그것은, 말만 꺼내놓으면 감지덕지할 것이라고 이쪽을 쉽게 생각했던 계산착오의 반응이었기 때문이다.

"미스터 킴, 이건 새로운 당신네 나라를 위해 하는 일이오."

김범우는 또 엷게 웃었다. 대위는 그들다운 마지막 카드를 내민 셈이었다.

"알고 있습니다. 그러나 새 나라를 위해 내가 할 일은 따로 있습니다. 내 전공은 영문학이 아니니까요."

대위의 얼굴은 보기 민망할 지경으로 일그러졌다.

"딴 일이라니, 그게 뭔지 말해 줄 수 있습니까?"

대위는 야비하게도 회피의 기회를 봉쇄하겠다는 의도를 노골적으로 드러냈다.

"난 선생이 될 겁니다. 학생들을 가르치는 일이 새 나라 건설에 그 어떤 일보다 유익하다고 생각합니다."

김범우는 침착하고도 능청스럽게 거짓말을 꾸며대고 있었고, 그런 자신이 그렇게 믿음직스럽고 마음에 들 수가 없었다.

"그렇지요, 그렇겠지요. 교육, 그거 중요한 일입니다."

대위는 더듬거리며 백기를 들고 있었다.

김범우는 군정청을 나서며 전주가 고향인 박두병을 떠올렸다. 아마 박두병도 자신과 똑같은 제의를 받았을 것이 거의 틀림없었다. 그도 어떤 이유를 붙여서든지 그 제안을 거절했을 것이다. 그는 하룻밤 사이에 동지에서 포로로 바뀐 처우에 대해서 얼마나 분개하고 절망했던가. 그는 버마 전선의 같은 소대에서 만나, 나흘 전 인천항에 귀국해서 헤어질 때까지 2년여를 그야말로 생사고락을 같이한 기막힌 사이였다. 그와 함께 일본군을 탈출해서 영국군에 투항했고, 일본군 포로가 아닌 조선인으로 연합군 편에서 무슨 일인가를 하고자 했던 요구가 받아들여져 두 사람은 미국으로 보내졌다. 그래서 그들은 그 혹독한 OSS 첩보요원 훈련을 밤낮없이 3개월간을 받았고, 미 지상군의 한반도 상륙을 위한 전초작업 임무를 띠고 침투되려는 즈음에 일본땅에 원자폭탄이 투하되었던 것이다. 일본의 항복과 더불어 훈련지 산타카탈리나 섬을 떠나면서 그들은 OSS 첩보요원에서 포로신세로 바뀌어 샌프란시스코 근교의 수용소에 갇히게 되었던 것이다.

"여러분, 미안합니다. 정말 미안합니다. 여러분을 이렇게 취급하는 것은 말이 안 된다는 사실을 너무나 잘 알고 있습니다. 그러나 여러분, 나는 일개 육군 대령에 불과합니다. 여러분한테는 분명 특별조치가 취해져야 합니다. 그러나 그건 정부와 정부 사이에서 논의되어야 할 문제입니다. 우리가 여러분을 특별취급해서 인계하려고 해도 여러분을 인수할 기관이 없는 것입니다. 여러분의 나라에는 아직 정부가 수립되지 않았다는 말입니다."

그래서 포로취급을 하지 않을 수 없다는 데는 논리의 모순이 하나도 없었다. 아니, 당장 정부를 만들어낼 수 없는 그들로서는 그 논리에 순응해야만 그나마 귀국을 할 수 있다는 결론이었다. 더 따질 수 있는 말은 얼마든지 있었다. 그러나 본인의 말마따나 일개 육군 대령에 불과한 OSS 훈련책임자 비크스텝을 붙들고 백 번, 천 번 말한들 무슨 소용이 있을 것인가. 참으로 엉뚱한 곳에서 나라 잃은 서러움을 뼈에 사무치도록 느껴야 했다. 학병에 끌려나가면서도, 버마의 정글 속에 동료의 무덤을 계속 파면서도, 후퇴하는 자동차를 쫓아오며 경상도 사투리로 부르짖다가 끝내 길바닥에 나둥그러지던 위안부 여자의 모습을 보면서도, 나라 잃은 서러움이 그렇게 기막히지는 않았었다. 기대하지 않은 자에게 받는 핍

박보다 기대했던 자에게 당하는 배신이 열 배 아프다는 사실을 깨달은 계기였다. 인천항에 내려진 포로들은 미군의 명령에 따라 체조대형으로 양팔들을 벌리고 섰고, 바닷바람이 몰아쳐 오는 1월의 추위 속에서 모두는 발가숭이가 되어야 했다. "범우, 자네 꼬치가 춥다고 허네." 박두병은 허허대고 웃으며 말했고, "내 꼬치야 상관없네만 자네 꼬치나 얼지 않게 허소. 당장 일 시켜얄 것 아닌가." 김범우는 이미 장가를 간 박두병을 상기하며 대꾸했고, 두 사람은 발가벗은 채 찬 바람 속에서 허허한 웃음을 허허로운 허공에다 뿌리고 서 있었다. 세 번째의 명령에 따라 발가숭이 포로들은 왼쪽에 줄 맞춰 놓여진 옷가지 앞에 하나씩 서야 했다. 그건 헐고 때 묻은 일본군의 옷이었다. 결국 수송선을 타기 전에 하와이에서 얻어입은 미군 옷은 하나도 남김없이 반납한 셈이었다. 김범우는 그것이 차라리 얼마나 홀가분한지 몰랐다. 기억마저도 그렇게 깨끗하게 잊혀지기를 바라고 있었다.

김범우가 군정청을 다녀온 다음부터 자신에 관한 소문이 가마니 속에서 썩는 홍어냄새 풍기듯 하는 걸 알고 있었다. 그러나 김범우는 두문불출한 채 전혀 신경을 쓰지 않았다.

염상진이 찾아온 것은 그즈음이었다. 그가 밤이 아닌 대낮에 돌아다닐 수 있게 된 것이 김범우로서는 기뻤다. 염상진이 보여준 끈질긴 항일정신은 어느 모로나 값지고 존경할 만한 것이었다.

"요새 떠돌아댕기는 소문은 어찌 된 것인가?"

서로의 문안인사가 끝나자 염상진이 가려운 데를 못 참고 긁듯

물어온 말이었다. 김범우는 염상진이 찾아왔을 때 벌써 그의 궁금증이 무엇인지 알고 있었다. 자신이 돌아온 지 1주일이 지나도록 염상진이 몰랐을 리가 없었다. 아마 그 소문이 아니었으면 염상진은 결코 자신을 만나러 오지 않았을 것임을 김범우는 알고 있었다. 자기가 그렇게 반대한 학병을 지원한 자의 무사귀환을 축하하기 위해 시간을 버릴 만큼 염상진은 배알이 없는 사람이 아니었다.

"소문에 얼마나 살이 붙었는지는 모르지만 군정청 통역관 자리를 거절한 건 사실이오."

"그거 참 잘한 일이네. 자네가 왜 미제국주의자들의 앞잡이노릇을 해."

염상진의 목소리는 갑자기 열기를 띠었다. 김범우는 그 말투에서 짙은 정치냄새를 맡았다. 해방과 더불어 염상진의 의식이 어느 방향으로 돛을 올렸는지 직감할 수 있었다.

"미제국주의자들이라니요? 듣고 보니 묘한 기분이 듭니다?"

김범우는 능청스럽게 말하며 염상진의 눈을 빤히 들여다보았다. 김범우는 속으로 웃고 있었다. 자신이 통역관을 거절한 사실을 염상진은 아전인수(我田引水)식으로 확대해석하려 하고 있었다.

"기분 묘할 것 없네. 마땅찮아서 그리 부르는 것뿐이니까." 염상진은 태연함을 꾸며 보이며 대꾸하고는, "그런데, 소문은 그것만이 아니고 또 있던데……." 염상진의 오기는 김범우의 시선을 맞받아내며 말머리를 돌렸다.

"더 무슨 소문이 있던가요?"

김범우는 지루함을 느끼며 담배를 빼들었다. 소년적 호기심처럼 염상진이 정치의식에 기울어 있는 성급한 태도가 싫었다.

"자네 앞에서 소문을 내 입으로 되씹을 필요는 없을 것이고, 일본군으로 학병을 나간 자네가 어떻게 미국에서 귀국을 했는지, 그걸 알고 싶네."

김범우는 짜증스러움을 느꼈다. 아버지께도 몇 마디로 간추리고 말았던 이야기였다. 김범우는 학병을 끌려나가면서 만주 쪽으로 배속되기를 바라고 있었다. 그곳에는 독립군이 산재해 있고, 땅이 넓어서 탈주에도 용이할 것 같았던 것이다. 꼭 독립운동을 하기 위해서가 아니었다. 일본군이 안 되는 방법은 그 길밖에 없었던 것이다.

"뭐, 복잡하게 생각할 거 없어요. 버마에서 탈출해서 영국군에 투항했고, 일본군 포로로 수용소에 갇히기 싫어 연합군 편에서 무슨 일이라도 하려고 했고, 그러다 보니 미국까지 굴러간 거지요."

김범우의 입 언저리에는 자조적인 웃음이 물려 있었다.

"그래, 미국에서는 무슨 일을 했든가?"

염상진은 눈을 빛냈다.

"아무것도 한 일이 없어요."

김범우는 짜증스럽게 내뱉었다. 그리고 금방 후회했다. 염상진에 대한 예의가 아니었던 것이다.

"자네, 아무 말도 허기 싫은 모양이구만. 딱 한 가지만 대답하게. 소문에 첩보요원 훈련을 받았다는데, 사실인가?"

김범우는 담배를 비벼 끄며 보일 듯 말 듯 고개를 끄덕였다.

"범우, 내 경솔을 용서하게. 자네 깊은 속 모르고 학병 나간다고 그리 타박을 했으니. 자네는 큰 애국을 한 것이네."

염상진은 촌스러울 만큼 진지하게 말하고 있었다. 그런 염상진을 김범우는 허망한 마음으로 물끄러미 바라보고 있었다.

"자네가 일본을 물리치기 위해 첩보요원이 된 것을 이제 와서 딴 목적으로 이용하려고 하는 미군의 흉계에 걸려들지 않은 건 정말 잘한 일이야. 자네는 그것으로 또 한 번 커다란 애국을 한 것이네."

염상진의 말은 금방 다른 채색을 하며 상기되어 있었다. 김범우는 그대로 들어넘길 수 없는 감정의 가시가 걸림을 느꼈다.

"말마다 애국, 애국 하는데 괜히 과대하게 의미부여하지 말아요, 속 느글거리니까. 그리고, 미군의 흉계에 걸려들지 않은 게 애국이라고 했는데, 그건 또 무슨 해괴한 소리요?"

김범우는 표나게 비아냥거리는 말투였다. 그는 자신의 말이 염상진의 속을 얼마나 긁을지를 잘 알고 있었다.

"미국놈들은 우리나라를 망치려고 온 놈들이야!"

염상진은 마치 구호를 외치듯이 버럭 소리를 질렀다.

"그럼, 우리나라를 흥하게 하려고 온 사람들이 따로 있단 말이오?"

김범우는 말을 하면서, 내가 왜 어린애 장난 같은 소리를 지껄이고 있나 싶었다. 그러는 김범우의 얼굴에는 경멸적인 웃음이 드러나 있었다.

"사회주의 건설만이 그 길이야!"

염상진은 부르르 떠는 몸짓을 하며 마침내 깃발을 세우듯 그 말을 부르짖었다. 그런 염상진의 눈은 묘한 광채로 타오르고, 입술은 응등물려 있었다. 그건 이미 하나를 신념으로 선택해 버린 사람의 전형적인 모습이었다. 김범우는 대화의 단절을 느낌과 동시에 짙은 피로감에 싸였다. 형용하기 어려운 서글픔이 자욱하게 가슴을 덮어왔다. 그건 하룻밤 사이에 포로취급을 당해 잠 못 이루며 바라보았던 벽과, 그 어찌할 수 없던 외로운 체념이 불러오던 서글픔이었다.

"좋아요, 어떤 주의를 따르든 그건 개인의 자유지요. 그러나, 그것이 곧 민족 전체를 위하는 유일한 길이라는 성급한 판단은 금물입니다. 미국이다, 소련이다, 민주주의다, 공산주의다, 자본주의다, 사회주의다, 우리에게 지금 필요한 건 그런 정치적 택일이 아닙니다. 그건 한 민족이 국가를 세운 다음에나 필요한 생활의 방편일 뿐입니다. 지금 우리에게 필요한 건 민족의 발견입니다. 그 단합이 모든 것에 우선해야 해요."

김범우는 이마에 돋은 식은땀을 닦으며 말을 마쳤다. 결코 입 밖에 내고 싶지 않았던 생각이었다. 그러나 너무 성급하게 치닫고 있는 염상진을 보자 그 말만은 하지 않을 수가 없었다.

"자네 말은 아주 그럴듯해 보여. 그러나 그건 부르주아적 환상이야."

"아니 그게 무슨 말입니까? 미·쏘에 점령당한 상태에서 그들이 내세우는 이데올로긴가 이념인가 하는 것에 놀아나 민족이 서로 갈라져서는 안 된다는 뜻인데, 그게 부르주아적 환상과 무슨 상관이 있다는 거요?"

"우리에게 해방은 곧 인민혁명이야. 해방은 곧 새 역사의 시작을 의미하고, 그 시작은 인민혁명을 통한 새 나라의 건설부터네. 그런데 자넨 시대역행적으로 케케묵은 민족이나 찾고 있지 않느냔 말야."

"그렇게 속단하지 마세요. 민족이라고 하니까 핏줄만을 중시해서 어중이떠중이 다 싸잡아서 말하는 민족인 줄 압니까? 현시점에서 친일반역세력을 어떻게 용납할 수 있겠어요. 그런 부류들을 완전히 제거한 상태에서 절대다수의 민중을 중심으로 재구성한 집단을 말하는 겁니다. 그래서 굳이 '민족의 발견'이라고 했어요. 형은 그게 바로 인민혁명세력의 규합이라고 말할지 모르지만, 그건 아닙니다. 그 민족에는 일체의 정치성이 배제되어야 합니다. 아니, 더 확실하게 말해 그 민족 아래 모든 정치이념들은 단합해야 합니다. 왜냐하면 우리가 미국과 쏘련에 점령당해 있기 때문입니다. 미·쏘는 자기네들 이익추구를 위해 우리의 앞길을 방해하는 훼방꾼들일 뿐이기 때문에 우리가 서로 갈려 이념을 먼저 선택하면 우리 민족은 결국 분열밖에 할 게 없다 그겁니다."

"그런 민족개념이라면 내가 경솔했네. 그러나, 자넨 현실을 제대로 모르고 그런 말을 하는 거야. 훼방꾼은 미국일 뿐인데, 미국이 아무리 훼방을 놀려고 해도 그건 헛고생이네. 친일반역자들을 빼놓고는 모두가 혁명세력이고, 거기다 또 쏘련이 있는데 미국이 무슨 수로 힘을 쓴단 말인가."

"참 속 편하고 간단한 생각이군요. 형은 정말 쏘련이 우리의 해방과 혁명을 돕는 우리 편이라고 믿습니까?"

"그 무슨 잠꼬대 같은 소린가! 일정 때부터 쏘련만큼 우리의 독립과 해방을 위해 관심 쓰고 도와준 나라가 도대체 어디 있는가?"

"과연 그럴까요? 내가 두 가지 사실만 지적해 볼게요. 첫째는 신탁통치 결의고, 둘째는 미군정이 조선인민공화국을 부인한 것입니다. 그런데, 신탁통치라는 건 미국이 혼자서 결정한 일입니까? 그건 엄연히 쏘련이 두 개의 제국주의국가와 나란히 앉아 작당하고 야합해서 만들어낸 것입니다. 장소까지 모스크바에서. 우리나라를 먹이로 놓고, 제국주의자들과 서로 이익을 분배하고 있는 쏘련의 처사가 과연 옳은 것입니까? 그런 쏘련이 어찌 우리 편일 수 있습니까?"

"그것이야말로 자네가 상상할 수 없고, 이해하기 어려운 쏘련의 전략전술이야."

"그래요? 철저한 그들의 대변자로군요. 그들의 입장에서 우리를 보지 말고, 우리의 입장에서 그들을 보려고 노력해 보세요. 그럼 그 모순과 허위가 보일 겁니다."

"자넨 생각이 너무 많이 변했구만. 미국물을 먹어서 그런가?"

"비꼬지 말고 내 말 마저 들어보세요. 둘째로 미군정이 인공을 부인했는데, 그게 미국이 현실적으로 힘을 쓰지 못해서 취한 처삽니까. 그건 곧 자기네 점령지구에서 공산주의를 부정한 것이고, 혁명을 부정한 것입니다. 이래도 미국이 힘을 못 쓰는 겁니까?"

"그건 군정이 일방적으로 취한 만행이지 우린 그걸 인정하지도 않고, 부인당하지도 않아. 우린 그 만행을 분쇄하기 위해 계속 투쟁을 전개하고 있어."

"예, 길게 말하고 싶지 않아요. 한마디만 덧붙이자면, 행동통제를 받지 않는 포로로 특별취급을 받으며 수용소에서 내가 한 일이 뭔지 압니까? 미·쏘의 세계전략에 관한 책들과 논평들을 읽는 일이었습니다. 그 결과 얻어진 것은, 미국은 제국주의적 팽창주의고, 쏘련은 그에 못지않은 공산주의적 패권주의라는 사실입니다. 그 두 개의 어마어마하게 큰 발에 짓밟히고 있는 것이 바로 이 땅과 우리 민족입니다. 이런 상황을 직시할 때 우리가 거기서 벗어날 수 있는 방법은 우리끼리 이념대립을 하는 것이 아니라 민족의 단합 아래 하나로 뭉치는 거라는 내 나름의 결론을 내리게 되었다 그겁니다. 이게 헛소립니까?"

"지름길을 두고 돌아갈 건 뭔가. 오늘 얘기로 자네가 사회주의를 버렸다는 사실만은 확실히 확인했네. 자네 생각이 얼마나 비현실적이고 허황한 것인가는 곧 알게 될 거네. 미국이 제아무리 발버둥쳐도 역사의 필연적인 흐름을 막을 도리가 없다는 건 자명한 사실이네. 누구 말이 맞나 두고 보세."

염상진은 일어섰다. 김범우는 염상진을 올려다보았다. 염상진의 얼굴에는 노기가 서린 것 같았고, 김범우의 얼굴에는 쓸쓸함만이 머물러 있었다.

"이제 학교로 돌아가는 게 어떻소?"

김범우는 잠꼬대를 하듯 말했다. 김범우는 자신이 분명 잠꼬대를 하고 있다고 느꼈다. 그의 머릿속에는 염상진과 함께 사회주의를 논했던 먼 기억이 가득 차 있었다. 자신은 순천중학을, 염상진은 광주사범을 다니며 보낸 세월이 이젠 전설처럼 먼 이야기였다. 염상진이 이대로 떠나면 그때의 우정까지 영영 두 갈래로 벌어지고 말 것 같은 어두운 예감 때문에 김범우는 엉뚱한 말을 한 것이었다.

"범우 자네 맘 내가 다 알어. 허나, 나는 자네하고는 피가 다르네."

염상진은 중얼거리듯 이 말을 남기고 급히 밖으로 나가버렸다.

4

소화, 하얀 꽃이라는 이름의 무당

"이 방은……."

정하섭은 낮은 목소리에 주저를 담았다. 그리고 잡고 있던 그녀의 손을 뒤로 끌어당기는 그의 손은 목소리보다 조금 더 강한 거부감을 표현하고 있었다. 방문을 열던 소화의 동작이 일순에 멎었다. 그녀의 고개가 느리게, 아주 느리게 그에게로 돌려졌다. 그녀의 눈길이 더듬듯 그의 눈을 찾았다. 그는 의식적으로 그녀의 눈을 똑바로 쳐다보았다. 그런 정하섭의 마음에는 순간적으로 스쳐갔던 두려움과 의혹이 좀더 확실한 얼굴을 드러내고 있었다.

"이 방은……."

다시 되풀이하는 정하섭의 의식 속에서는 그녀를 갖고자 했던 뜨거움이 한결 식어 있었다.

"다 신령님 뜻인디…… 되레 보살피실 거구만요."

소화는 마치 무슨 주문을 외듯 낮은 목소리로 천천히 말했다. 전혀 억양이 느껴지지 않는 그 읊조리듯 한 말은 이상한 긴장감과 탄력으로 정하섭의 가슴을 파고들었다. 그리고 그의 마음에 도사리고 있던 두려움과 의혹을 한꺼번에 몰아내주었다.

소화가 한 말의 의미는 그의 머리를 한순간 복잡하게 만들었다. 그러나 짧은 시간 동안에 정리된 그의 의식 속에는 '운명'이란 말이 흰 푯말 위의 검은 글씨처럼 또렷하게 박혀왔다. 운명……, 정하섭은 바로 눈앞의 그녀를 새삼스럽게 바라보았다. 그녀의 얼굴에는 아무런 표정이 없었다. 자신을 처음 대했을 때의 공포감이나 경계심 같은 것은 흔적도 없었다. 흐린 그믐달빛을 받고 있는 그녀의 얼굴은 신령님의 뜻을 그대로 받아들이고자 하는 준비를 다 마치기라도 한 듯 평온해 보였다. 그러나 꼭 평온함만이 아니었다. 백치의 희고 허전한 얼굴이 아닌, 무엇인가 분명 의미를 담고 있는데도 딱히 해득해 낼 수 없는 얼굴이었다. 그녀의 난해한 얼굴 중에서 유일하게 말을 하는 것은 눈이었다. 그러나 그 눈마저도 어떤 확실한 언어를 전달하는 것이 아니었다. 슬픔이 자욱했고, 혼미하게 흔들렸고, 무언가를 애써 호소하는 것 같았을 뿐이다.

왜 이 여자는 나를 운명으로 받아들이려는 것일까. 정하섭은 이 느낌을 물음으로 바꿀 수는 없었다. 흐린 달빛이 어려 있는 소화의 고운 얼굴은 신비스럽게 아름다워 보였고, 희디흰 갈꽃의 흔들림 같은 그녀의 슬픈 눈은 그의 가슴 한복판에 모닥불을 지피고 있었다. 그의 식은 욕구는 새로운 충동으로 불붙어올랐다.

"소화……."

정하섭은 그녀의 이름을 불렀고, 그녀의 손을 잡고 있던 자신의 손아귀에 새로운 힘을 가했다. 그러면서 정하섭은 자기 자신도 의식하지 못한 채 그녀의 이름을 부른 것에 놀라고 있었다. 전에는 자신의 마음 그 어느 구석에 기억되고 있었는지조차 모를 이름이었다. 그런데 막상 불러놓고 보니 전혀 생소한 느낌이 들지 않았다. 오히려 아주 오래고 먼 옛날부터 불러온 이름처럼 따뜻한 친숙감으로 마음에 감겨들었다. 정님이의 얼굴 위에 겹쳐지고는 하던 소화의 얼굴…… 그 사춘기의 외롭게 뜨거웠던 핏속에 소화의 이름을 남몰래 잠재웠던 것은 바로 자신이었다. 무당의 딸이다, 스스로에게 일깨우며 소화의 모습을 의식 밖으로 몰아내려고 괴로워했던 그때부터 벌써 운명의 연습은 시작되었는지도 모를 일이었다. 정하섭은 자신이 가담하고 있는 운동과는 생리가 맞지 않는 '운명'이라는 말에 아무런 거부감도 느끼지 않은 채 그녀가 이끄는 대로 문지방을 넘어섰다.

그녀가 아무런 주저 없이 신당의 문을 열었을 때 정하섭은 왈칵 두려움이 끼쳐오는 것을 느꼈다. 그네들의 신을 모신 방에서 그 짓을 하면…… 그때 끼쳐오는 두려움은 이성적 판단이나 논리적 비판으로 물리쳐지는 성질의 것이 아니었다. 그건 어떤 신성한 대상을 모독함으로써 필연적으로 받게 되는 초인간적인 재앙을 무서워하는 본능적 잠재의식의 발로였다. 그리고 자신을 그 방으로 이끌어가는 그녀의 태도에 불현듯 의혹이 솟았다. 이 여자가 겉모양만 처녀로 꾸몄을 뿐이지 남자를 많이 경험한 것이 아닐까. 그건 순간적 욕구만으로 여자를 소유하고자 하면서도 그 여자가 처녀이기를 바라는 남성적 이기였다. 그 두 가지 이유로 비롯된 거부감을 그녀의 한마디가 깨끗하게 씻어낸 것이다. 다 신령님 뜻인다……, 그녀의 이 한마디는 부처님 아래 무릎 꿇은 불교도의 합장이나, 하나님의 이름으로 새기는 크리스천의 맹세와 그 순수나 진실의 밀도가 하나도 다를 게 없었다. 아니, 그녀로 하여금 몇 날 며칠을 파란 광기와 불길의 정열로 춤을 추게 하는 신령님의 이름을 빌려 하는 그녀의 말은 그런 것들과는 비교도 안 될 만큼 몇 갑절 더 순수하고 진실한 것인지도 모를 일이었다. 무슨 이유 때문인지는 모르지만 그녀가 자신과의 관계를 운명적으로 받아들이고 있다는 사실을 정하섭은 어렵지 않게 파악했고, 신령님의 뜻으로 행동하고 있는 그녀가 자신의 처녀를 제물로 내놓는 것쯤 결코 어려운 일이 아니리라 싶었다.

묽은 어둠이 가득한 방 안은 신당답게 오랜 세월에 걸쳐 타올랐을 향내음이 짙게 배어 있었다. 윗목에는 신단이 꾸며져 있었고, 그 좌우로는 굿판을 차리는 데 소용될 도구들이 세워져 있었다. 그런 것들은 어둠 속에서 형체만 어렴풋이 보일 뿐이었다. 그녀의 말이 있어서인지, 그것들의 형체를 알아볼 수 없어서인지 정하섭은 아무런 두려움도 느껴지지 않았다. 다만 어둠으로 치장된 밀폐된 공간에 힘입어 남성만이 타오르고 있었다.

그는 아랫목에 깔린 요 위에 앉아 그때까지 신고 있던 구두를 서둘러 벗었다. 그리고 윗저고리를 벗다가 아무 기척이 없는 소화 쪽으로 고개를 돌렸다. 그는 멈칫했다. 그녀는 벽을 바라보고 앉아 소리 없이 저고리를 벗어내고 있는 참이었다. 그 어둠 속의 몸짓은 그를 흡입하는 걷잡을 수 없는 마력이었다. 그의 전신의 피가 뜨거운 기름으로 변했다. 그 뜨거운 기름은 전신 마디마디에서 불꽃으로 타올랐다. 수천의 불꽃은 일시에 그녀를 향해 뜨거운 혀를 내밀었다. 그는 그녀를 뒤에서 끌어안았다. 그의 손에는 치마 속에 감추어진 그녀의 젖무덤이 크게 잡혔고, 그녀의 몸은 놀란 듯 경련의 물결을 일으키며 순간적으로 움츠러들었다. 그녀의 귀 언저리에 닿아 있는 그의 코에는 그녀의 체취가 가득했다. 그는 들꽃냄새를 거칠게 빨아들이며 그녀를 더 깊게 포옹했다. 그녀는 미약한 한줄기 바람의 힘에 순종하여 떨어짐을 짓는 꽃잎처럼 요 위로 무너져내렸다. 그의 허기진 손놀림에 따라 그녀의 껍질이 하나씩 하나씩 그녀를 떠나갔다. 껍질을 다 잃어버린 그녀는 마침내 알몸이 되었고, 묽은 어둠이 그녀의 부끄러운 나신(裸身)을 가리는 옷이 되었다. 그녀의 젖무덤에 얼굴을 묻은 그는 오로지 배고픈 넋일 뿐이었다. 그는 더 짙은 들꽃냄새에 혼미하게 취해가는 한 마리 벌이었다. 어릿거리고 흔들리는 의식 속에서 그는 허물을 벗어던지듯 알몸이 되었다. 외로운 알몸은 그 외로움을 부릴 짝을 찾아 허둥거리는 몸짓을 지었다. 그녀는 그 누구에게서도 배운 바 없는 몸짓을 최초로 지으며 그의 편안한 자리가 되고자 하고 있었다. 그녀는 뜨거운 불덩이가 전신을 태워오는 현기증을 느꼈고, 그 현기증이 불똥으로 튕겨지는 아픔을 어금니 사이에 물었다. 그녀는 한사코 신음을 어금니 사이에 물어 입 밖으로 새나가지 않게 하려고 애썼다. 그녀는 자신의 처녀가 떠나가는 마지막 몸짓으로 남기는 통증을 인내하며 사무치는 눈물을 흘리고 있었다. 그건 울음이 아니었다. 슬픔도 아니었다. 긴긴날 동안 사무쳐왔던, 바람으로만 띄워보냈던 안타까움이 비로소 매듭을 이루는 희열의 언어로, 기쁨의 소리로 흐르는 눈물이었다. 안개의 희부연함으로, 아지랑이의 어릿거림으로, 바람에 휩쓸리는 꽃밭의 어지러움으로 엇갈리는 의식 속에서 그녀는 손바닥에 두 개의 비파를 올려놓고 있는 소년을 만나고 있었다. 소년은 황금빛 비파를 두 개 다 선물하고자 했고, 소녀는 겁나고 부끄럽고 고마운 마음을 어찌하지 못한 채 비파 하나만을 갖고자 했었다. 소년은 그 마음을 선뜻 받아들여주었고, 소년은 무당의 딸과 함께 아무런 스스럼없이 그 비파를 먹지 않았던가. 그 소년에게 자신은 자신의 처녀를 바치고 있는 것이다. 그건 은혜갚음이 아니었다. 빚갚음은 더구나 아니었다. 먼먼 세월의 굽이를 지나오면서도 잊혀지지 않고 변하지 않은 채 쏠려간 마음은 무엇이었을까. 그건 정처 없이 불어간 한줄기 바람이었다. 그건 방향도 모르고 떠나는 한 덩이 구름이었다. 그건 밤마다 피 토하며 울다 지쳐 제 피를 되마시며 우는 풀꾹새의 울음이었다.

그는 끝없는 벼랑으로 떨어져내리는 허탈감에 침몰하며 그녀를 버렸다. 아슴한 그 허탈의 골짜기로 떨어져내리며 그는 문득 성욕이란 무엇인가…… 혐오감 짙은 회의에 부딪혔다. 그는 매번 침몰하며 똑같은 회의에 빠지고는 했다. 그건 침몰만이 아니었다. 하얀 증발이었다. 공백의 철저한 분해였다. 실체가 완전히 타버린 자리에 남는 것, 성욕은 허무의 재였다. 그건 완전한 허무의 재였다. 그런데 어찌하여 그 완전한 허무의 재가 다시 불길로 살아나는가. 그 반복이 반복이 아니라 새로운 충동의 불길이 되는 생명력은 어디서 생성되는 것인가. 어느 시인은, 타고 남은 재가 다시 기름이 됩니다, 라고 읊었다. 그 깊고 난해한 의미는 무엇인가. 그건 그로서는 풀 수 없는 영원한 숙제였다. 그는 막연하게나마 삶이라는 것도 성욕 같은 것이 아닐까 하는 의식의 공백상태에 빠질 때가 간혹 있었다. 자신이 골몰하고 있는 프롤레타리아 혁명이라는 것이 성욕 같은 것이라면 어쩔 것인가. 그는 이런 난데없는 의문에 부딪히며 얼마나 당혹해했는지 모른다. 그럴 때마다 그는 자신의 성장과정을 에워쌌던 부르주아적 환경에 오염된 자신의 의식을 힐난하듯 매질하는 고통을 겪고는 했다.

그는 심한 갈증을 느꼈다. 그리고 의지의 힘으로는 이겨낼 수 없는 수마가 덮쳐왔다. 그건 재로 변한 성욕이 일으키는 언제나 똑같은 증상이었다. 그 변하지 않는 두 가지의 욕구는, 성욕으로 재가 된 것은 의식이지 육체가 아니라는 증명을 하려 들었다. 그는 차가운 물을 한 사발 들이켜고 깊은 잠을 자고 싶은 마음이 간절했다. 그러나 그녀에게 물심부름을 시키고 싶지 않았다. 뻔뻔스럽게 행동하지 않으려는 것만이 아니었다. 그녀가 갇혀 있을 감정의 울타리를 행여라도 다치고 싶지 않았던 것이다. 그는 그동안의 여자 경험을 통하지 않고서도 그녀가 처녀라는 것을 금방 알아차릴 수 있었다. 그는 그 사실이 짐이 됨을 느꼈다. 어찌하여 그녀는 예비했던 것처럼 자신의 처녀를 내놓은 것일까. 그걸 물어야 될 단계에 이르렀다고 생각하며 그는 거센 물결처럼 덮쓰워오는 잠의 수렁을 벗어나려고 애썼다.

그는 가까스로 그녀 쪽으로 돌아누웠다. 어느새 옷을 챙겨 입은 그녀가 벽을 향해 앉아 있는 뒷모습이 잠의 안개로 부옇게 흐려진 그의 시야에 들어왔다. 그는 잠을 쫓으며 눈을 크게 떴다. 그녀의 어깨가 잘게 떨리고 있는 것이 어렴풋한 어둠 속에서도 느껴졌다. 그녀는 울고 있는 것이 분명했다. 정하섭은 소리 없이 울고 있는 그녀의 감정의 여울이 자신의 가슴으로 전해져오는 것을 여실하게 느끼고 있었다. 그는 소화의 허리께로 팔을 뻗쳤다. 손이 허리에 닿자 그녀는 흠칫 놀랐다.

"소화……."

그는 그녀의 허리를 꾹 눌러잡으며 나지막하게 불렀다.

"나, 묻고 싶은 말이 한 가지 있소. 내 느낌으로는 소화가 나를 남다르게 생각하는 것 같은데, 그게 사실이라면 무슨 이유 때문이오?"

"……."

소화는 가슴이 철렁 내려앉았다. 그리고 눈물이 솟구쳐올랐다. 제 마음을 아셨으면 됐습니다. 아무것도 더 바라는 게 없습니다. 아무것도 묻지 마십시오. 아무것도 대답할 게 없습니다. 그것으로 충분합니다. 고맙습니다, 고맙습니다.

"또 같은 말 두 번 묻게 하는 거요?"

등 뒤에서 그의 목소리가 나지막하게 들려왔고, 그녀의 마음은 어떻게 대답을 해야 좋을지 몰라 갑자기 허둥거리기 시작했다. 그때 구원처럼 떠오른 말이 있었다.

"다 신령님 뜻이구만요."

그녀는 눈을 꼭 내려감으며 몸을 바르르 떨었다. 정확한 대답이 아닌 것은 분명했지만 더 이상 마땅한 대답을 찾을 길이 없었다. 그건 필경 신령님의 뜻이었을 것이고, 신령님의 뜻이 아니고서야 자신의 마음이 그토록 오래고 긴 날들을 줄기차게 지켜냈을 리가 없었다.

"다 신령님의 뜻이라…… 아마 그럴지도 모르지."

그녀의 허리를 잡고 있던 그의 손이 요 위로 떨어져내렸다. 그 함축성 있는 대답으로 우선 부담감을 덜기로 했다. 몸을 허락한 남자를 맞바라보지 못하고 등 돌려 벽을 대하고 있는 여자에게 더 이상의 말을 기대한다는 것이 무리일 것이었다. 다 불타버린 성욕의 잿더미 위에 밤길 60리를 걸어온 피곤까지 겹쳐서 잠은 소나기로 쏟아져내렸다. 그는 새벽닭 울음소리를 어렴풋이 들으며 잠의 수렁 속으로 깊이깊이 빠져들었다. 소화…… 얼마나 고운 이름인가. 얼굴만큼 곱고 아름다운 이름이다. 하얀 꽃, 그 누가 이런 이름을 지어준 것이었을까. 그 뜻이 왜 외롭고 슬픈 느낌을 줄까. 그녀가 무당의 딸이어서 그런가…… 그는 이 생각을 끝으로 농밀한 잠에 완전히 함락되었다.

정하섭은 금세 코를 골기 시작했다. 소화는 서둘러 반닫이 위의 이불을 끌어내렸다. 그녀는 고개를 한쪽으로 돌린 채, 그의 알몸을 이불로 덮었다. 그런 다음에야 비로소 조심스러운 눈길을 정하섭의 얼굴로 보냈다. 그녀는 새롭게 두근거리기 시작하는 가슴을 의식했다. 그녀는 섬세한 눈길로 정하섭의 잠든 얼굴을 더듬어나갔다. 저 사람이 바로 자신의 옆에서 세상 모르고 잠들어 있다는 사실이 전혀 현실 같지가 않았다. 그는 항시 멀리 있음으로써 자신의 가슴에는 함께 있을 수 있는 존재였다. 그와 더불어 있기를 소망하는 것은 상상만으로도 죄 됨이라 여겼었다. 자신은 무당의 딸만이 아니었다. 열일곱 나이로 대물림굿을 받아 무당이 된 몸이었다. 어찌 감히 상상 속에서만이라도 그와 더불어 있기를 소망할 수 있었으랴. 그런데 지금 그 사람은 꼭 꿈속인 것처럼 자신의 옆에서 저리도 곤한 잠을 자고 있는 것이다. 정체를 알 수 없는 사람이 밤중에 느닷없이 방문을 잡아 흔들었을 때의 놀라움보다도 방문을 열고 나서 그 사람이 바로 정하섭이라는 사실을 알고 난 다음의 놀라움은 얼마나 컸던 것인가. 도무지 믿을 수 없는 현실 앞에서 신령님만을 부를 수밖에 다른 방법이 없었다. 그 사람에게 마음을 빼앗긴 것도, 그 사람이 느닷없이 나타난 것도, 다 신령님의 뜻과 권능 속에서 이루어진 일이라 믿었다. 다른 말로는 도저히 설명이 되지 않았다.

"니같이 이뿐 애가 워째 무당딸이 됐는지 몰르겄다."

소년은 불쑥 말하고는 비파 껍질을 담장 너머 어둠 속으로 내던졌다. 그 말이 가슴을 치고 지나가던 아픔과, 눈물이 울컥 솟아오르던 그때의 슬픔을 그녀는 잊어본 적이 없었다. 니같이 이뿐 애가 무당딸이 아니었으면……. 이건 그녀가 받은 최초의 관심이었고, 그녀가 지키고자 했던 마지막 마음이었다. 그녀가 대물림굿을 받게 되었을 때 소년의 그 말은 달구어진 인두가 되어 그녀의 가슴을 얼마나 뜨겁게 지짐질해 댔던가. 차라리 미쳐버리고 싶어 쾌자 자락이 찢어져나가라 신춤을 추었던 것인데, 그것이 어찌 춤일 수 있었던가.

대물림굿을 끝낸 그녀를 기다리고 있는 것은 현 부자의 손길이었다. 현 부자가 굿판을 푸지게 차려준 것도 예사로운 일만은 아니었던 것이다. 물론 그 굿판만이 아니라 현 부자가 그네들에게 베푼 경제적 혜택은 무시할 수 없는 것이었다. 그러나 소화는 완강하게 거부했다. "엄니, 그러크름 뜨뜻미지근허게 말허지 말고 딱 뿌러지게 말을 혀보란 말이시." 그녀는 어머니를 다그쳤다. "금메 말이다, 이 엄씨가 무신 말을 더 허란 것이냐. 나도 새중간에 끼여서 더 못 살겠다와." 어머니는 더럽고 추하게도 현 부자와 이미 묵계를 한 눈치였다. 무당의 운명을 타고난 것도 서러운데, 무당의 처녀성은 한낱 부자의 노리개로 취급된다는 것이 그녀는 견딜 수가 없었다. 현 부자보다도 어머니가 더 밉고 저주스러웠다. "엄니 맘대로 혀봇씨요. 그 영감탱이헌테 날 완력으로 넘길란지도 몰르는디, 그렇게만 혔다 허면 워찌 되는지 알제라? 그날로 나 팍 죽어뿔 것이요. 나는 절대로 그리 더럽게는 안 살 것잉게." 그녀는 이빨까지 앙다물어 보였다. "음마, 음마, 남원골 춘향이 절개 또 하나 나왔네그랴. 말이 그렇제 죽기가 워디 그리 쉰 줄 아냐?" 어머니는 능치고 들었다. "그렇께 얼렁 한분 혀봇씨요. 나가 팍 죽어뿌는지 못 죽는지 보게." "워메, 워메, 저년 사람 잡겄네웨. 눈에 시퍼런 불꺼정 킴스롱 저년 독 부리는 것 잠 보소. 알겄어, 니 뜻대로 혀. 니 뜻대로." 어머니는 고개를 설레설레 저으며 단념을 하려는 눈치였다. 그녀는 말뿐이 아니었다. 사태가 피할 수 없는 형편에 이르면 진정 죽어버릴 각오를 하고 있었다. 어머니는 더 이상 그 이야기를 입에 올리지 않았고, 무슨 수완을 부려 현 부자의 마음을 돌렸는지 알 수 없었다. 현 부자네가 도깨비 장난에 홀린 것처럼 갑작스럽게 망했을 때 그녀는 그 누구보다도 기뻐했었다. 그녀는 줄곧 위태위태한 마음으로 살아왔던 것이다.

정하섭은 두 팔을 휘저으며 울음도 비명도 아닌 소리를 다급하게 지르고 있었다. 흉악한 꿈에 쫓기고 있거나 가위에 눌리고 있음이 분명했다. 그녀는 그를 깨워야 한다고 생각했다. 팔을 뻗쳤다. 그러나 그녀의 손은 그의 몸 가까이에서 멈춰지고 말았다. 감히 그의 몸에 손을 댈 수가 없었다. 그가 맨몸이어서가 아니었다. 그는 계속 괴로운 몸부림을 하고 있었고, 그녀의 손은 허공만을 자꾸 잡아쥐며 가늘게 떨렸다. 잡귀에게 잡히면 안 되는디…… 혼을 빼앗기면 안 되는디……. 그녀는 안타까움으로 팔을 뻗쳤다가 자기의 가슴을 뜯다가 안절부절못하고 있었다. 잡귀를 물리쳤는지 그는 잠시 후에 편안한 잠을 이어갔다. 그녀는 조심스럽게 이불을 끌어당겨 그의 어깨까지 덮었다. 그러다가 그의 이마에 맺혀 있는 땀방울을 보았다. 그녀는 벽에 걸린 삼베수건을 내렸다. 그녀는 돌아서다가 그 수건을 방구석에 떨어뜨렸다. 그리고 반닫이로 급히 다가갔다. 흰 광목수건을 꺼냈다. 조심조심 땀을 찍어내기 시작했다. 그러면서 그녀는 비로소 정하섭이라는 남자의 생김새를 낱낱이 살피고 있었다. 희고 넓은 이마, 숱 많은 새까만 눈썹, 산줄기처럼 곧게 뻗어내린 콧등, 골 깊은 인중 아래 뚜렷한 윤곽의 입술…… 세월은 한 소년을 이렇듯 준수한 남자로 바꾸어놓았고, 그 남자의 땀을 손수 닦아내고 있다는 사실에 그녀는 그저 목메일 뿐이었다.

식은땀을 다 닦아낸 소화는 깊은 잠에 빠져 있는 그의 모습을 하염없이 바라보고 있었다. 안쓰러울 정도로 그 모습은 지치고 피곤해 보였다. 이 사람은 어젯밤 어디서부터 온 것일까. 새벽녘에 들이닥친 것으로 보아 사람의 눈을 피해 밤새껏 먼 길을 걸어온 것이 분명했다. "그렇소, 제대로 맞췄소. 내가 바로 빨갱이요." 서슴없이 말하던 그의 목소리가 다시 귀를 쟁쟁하게 울려왔다. 그는 왜 좌익을 하는 것일까.

어젯밤 그의 앞에 죄인처럼 쪼그리고 앉아 잠깐 생각해 보았지만, 이제 다시 곰곰이 생각해도 그 이유를 알 수가 없었다. 그는 누구를 위해서 이 고생을 하는 것일까. 그는 어째서 가난하고 불쌍한 농부나 노동자 편을 들게 되었을까. 그런 마음은 어디서 생긴 것일까. 아무것도 부러운 것이 없이 산 부잣집 아들의 마음에 왜 그런 생각이 들게 되었을까. 이런 꼬리를 무는 의문을 거머잡듯이 그녀의 머리를 스치는 생각이 있었다. 그건, 자신에게 황금빛 비파를 내밀던 그의 소년 적 모습이었다. 철없을 어린 나이에 부잣집 아들이 무당의 딸에게 그런 마음을 나타냈다는 것은 쉬운 일이 아니었다. 그는 어렸을 적부터 남다른 인정을 가진 것이었을까. 그 인정스러움이 어른이 되어 가난하고 불쌍한 사람들 편을 드는 좌익이 되게 한 것은 아닐까.

"안 돼, 안 돼……."

정하섭은 팔을 휘저으며 잠꼬대를 했다. 그녀는 소스라쳐 생각에서 깨어났다. 창호지문에 희부연 빛살이 번지고 있었다. 먼동이 트고 있는 것이다. 그녀는 치마폭을 모아잡으며 조심스럽게 일어섰다. 서둘러 아침밥을 지어야 했다.

방문을 반쯤만 열고 마루로 나선 그녀는 재빨리 방문을 닫았고, 그대로 문고리를 잡고 서서 사방을 빠른 눈길로 살폈다. 자신도 모르게 취해진 경계였다. 그녀는 문고리를 놓지 못하고 있었다. 자신이 부엌에서 일을 하는 동안 누군가가 문을 벌컥 열어 그 사람을 잡아갈 것만 같았던 것이다. 생각만으로도 전신에 오싹 소름이 끼치는 끔찍한 일이었다. 처마 밑을 찾아든 하찮은 날것 하나라도 상하게 해서는 안 되는 것이 신령님의 뜻이었다. 하물며 그는 사람이었고, 몸과 넋을 섞어 나눈 긴긴 인연의 매듭을 지은 사이가 아닌가. 그런 사람에게 어찌 털끝 하나라도 다치게 할지 모를 위험이 미치게 할 것이랴. 그녀는 자물쇠를 채우려고 생각했다. 그러나 집에는 자물쇠가 없었다. 굿판을 따라 두 식구가 며칠씩 집을 비우는 일이 허다했지만 어느 때고 자물쇠로 문을 채운 일이 없었음을 뒤늦게 상기했다. 살림이 가난해서 문을 채우지 않은 것이 아니었다. 세끼 밥 끓일 쌀은 없어도 도둑이 훔쳐갈 것은 있다고 했다. 번들번들 윤나는 살림은 아니었지만 결코 궁색한 살림이라고 할 수도 없었다. 쌀독 밑이 드러나는 일 없이 쌀은 늘 그만하게 차 있었고, 도둑의 손을 탈 만한 물건들은 얼마든지 있었다. 그런데 자물쇠를 채운 일이 없었고, 도둑을 맞은 일도 없었다. 왜 그랬을까……. 그때 그녀에게 깨달음이 왔다. 신령님의 도량인 탓이었다. 자신들은 신령님의 영험을 믿었던 것이고, 도둑들은 신령님의 영험을 두려워해 감히 도둑질할 엄두를 못 냈을 것이다. 그녀는 그제야 마음이 가라앉았다. 신령님은 분명 그 사람을 보살피실 것이고, 그 누가 감히 신령님의 도량을 더럽힐 수 있으랴 하는 믿음이 그녀의 가슴을 채웠다.

그녀는 잡곡을 빼고 쌀만으로 밥을 안쳤다. 그리고 불땀이 좋은 바싹 마른 삭정이만을 골라 불을 지폈다. 불길은 곧 너울너울 춤을 추며 타올랐다. 그녀는 불길을 물끄러미 바라보고 있었다. 그녀의 마음은 불길을 따라 일렁이고 있었다. 함께 타오르며 넋이 가닥가닥 불길의 몸부림을 닮아갔다. 붉은색도, 주황색도, 황금빛도 아닌 불길의 색깔. 그 색깔은 이 세상에서 가장 아름답고, 가장 싱싱하고, 가장 깨끗한 색깔이었다. 그녀는 불길을 보고 있노라면 전신이 서서히 더워지고, 마디마디에서 새순이 돋듯 기운이 살아나 신춤을 추게 되는 것이었다. 불길처럼 뜨겁게, 불길처럼 곱게, 불길처럼 진하게 신춤을 추다가 추다가 불길처럼 아무런 흔적도 없이 허허한 공간으로 사라져가고 싶었다. 그러나 그 맑은 소원을 가로막고는 하는 것이 있었다. 그 사람이었다. 아니, 그 사람에게로 향해 있는 또다른 자신의 마음이었다. 그 사람을 위해 밥을 짓게 되다니……. 이제 온 넋을 다 태우고, 온몸의 피가 다 마를 때까지 뜨겁고 곱고 진하게 한바탕 신춤을 추다가 불길처럼 그렇게 아무런 흔적도 없이 사라져도 한이 없으리라 싶었다. 넋 놓고 불길을 바라보고 있는 그녀의 눈에서 눈물이 흘러내렸다.

밥물이 넘쳐흘러 솥전에서 피지지직 소란스런 소리를 내며 말라붙고 있었다. 그녀는 치맛귀를 잡아 눈물을 훔치고는 부지깽이로 삭정이가 탄 작은 불덩이들을 솥 아래로 긁어모았다. 그리고 살강으로 돌아서 작은 함지박을 끌어냈다. 그 안에는 달걀 하나가 덩그러니 들어 있었다. 그만 그녀의 얼굴이 울상이 되었다. 두 개쯤 있으려니 생각했던 것이다. 간고등어 한 손이라도 있었으면 얼마나 좋았으랴. 쇠고기 반찬을 올리지 못하고 닭을 잡을 수는 없다 하더라도 이 꼴이 무엇인가. 그녀는 안타까웠다. 찬 바람이 일기 시작했으니 꼬막이 제맛이 날 땐데, 무시로 드나들던 그 수선스런 꼬막장수 여편네가 이런 때 나타나면 좀 좋으랴. 그러나 그녀는 자신의 생각에 놀라며 밖으로 눈을 던졌다. 지금은 아무도 와서는 안 된다. 사람이 아니고 강아지라도 얼씬거려서는 안 된다. 남의 눈을 피해야 하는 그 사람을 생각하며 그녀는 고개를 저었다. 그녀는 들고 있던 달걀을 사발 가에 톡톡 쳐서 조심스럽게 깼다. 그리고 흰자와 노른자가 골고루 섞이도록 숟가락을 빨리 돌려 저었다. 보시기 아래다 새우젓을 반 숟갈쯤 넣고 달걀을 부었다. 그 위에 가는 파를 송송 썰어 뿌리면서도, 달걀이 하나만 더 있었어도 하는 아쉬움을 버리지 못했다. 그녀는 김이 얼굴에 쐬지 않도록 솥뚜껑을 천천히 밀어 열고 후후 김을 불어내며 보시기를 솥 가운데다 놓았다. 밥이 뜸이 드는 동안 달걀은 말캉하게 잘 익을 것이다. 솥뚜껑을 닫고 나서 그녀는 빈 손바닥을 맞비비며 선 자리에서 종종거렸다. 색다른 반찬을 더 만들 수 없는 것이 그렇게 서운하고 허전할 수가 없었다. 그렇다고 읍내 어물전이나 정육점을 다녀올 수도 없었다. 읍내는 5리 길이 넘었고, 지금 형편으로서는 가까운 아랫동네도 다녀올 처지가 못 되었다. 자신이 집을 비운 사이에 무슨 일이 일어날지 알 수 없는 것이었다. 그 사람은 필경 오래 머무르지 않고 떠날 것이다. 어쩌면 아침밥만을 먹고 떠나게 될지도 모른다. 그녀는 싱싱한 꼬막이라도 한 접시 소복하게 올려놓고 싶은 마음이 간절했다. 그녀는 꼬막무침만은 그 어떤 음식보다도 자신 있게 해낼 수 있었다. 꼬막은 벌교포구의 차지고 질긴 넓고 넓은 뻘밭의 특산물이어서 벌교여자치고 꼬막무침 못하는 여자는 하나도 없었다. 그러나 그녀는 어렸을 때부터 유독 꼬막을 좋아했고, 나이 들어 부엌일을 배우면서부터 꼬막무침에 신경을 쓰다 보니 남다른 맛을 내게 된 것이었다. "워메 내 새끼 꼬막 무치는 솜씨 잠 보소. 저 반달 겉은 인물에 손끝 얼렁허기가 요리 매시라운 니는 천상 타고난 여잔디. 금메, 그 인물, 그 솜씨 아까워 워쩔끄나와." 어머니를 슬프게 했던 꼬막 무치는 솜씨였다.

꼬막은 다른 조개들과 달리 다루기가 꽤는 어려웠다. 모래밭에 사는 조개들과는 달리 뻘밭을 집으로 삼고 사는 꼬막은 온몸에 거무스름한 갯뻘을 맥질을 하고 있었다. 그래서 씻는 것부터가 다른 조개에 비해 힘과 정성이 몇 곱으로 들었다. 힘과 정성이 몇 곱으로 드는 것은 갯뻘이 묻어서만이 아니었다. 그 껍질의 생김 때문이었다. 대부분의 조개는 그 껍질이 매끈거리게 마련인데 꼬막의 껍질은 수없이 많은 골이 패어 있었다. 기와지붕과 똑같은 골이 쥘 부채의 살처럼 퍼져나가고 있었다. 그 골마다 갯뻘이 끼여 있으니 씻는 것만도 보통일은 아니었다. 그 다음이 삶는 일이었다. 솜씨는 이때부터 필요한 것이었다. 감자나 고구마를 삶듯 해버리면 꼬막은 무치나마나가 된다. 시금치를 데쳐내듯 폿기는 가시고 간기는 그대로 남아 있게 슬쩍 삶아내야 한다. 그 슬쩍이라는 것이 말 같지 않게 어려운 일이었다. 알맞게 잘 삶아진 꼬막은 껍질을 까면 몸체가 하나도 줄어들지 않고, 물기가 반드르르 돌게 마련이었다. 양념을 아무것도 하지 않은 그대로도 꼬막은 훌륭한 반찬 노릇을 했다. 간간하고, 졸깃졸깃하고, 알큰하기도 하고, 배릿하기도 한 그 맛은 술 안주로도 제격이었다. 그래서 어느 잔칫집에나 삶은 꼬막이 큰 광주리에 그득하게 담겨 있게 마련이었다. 술상머리에 한 사발씩 퍼다 놓으면 제각기 필요한 만큼 까먹는 것이다. 콩나물이 그러하듯 꼬막도 잔칫집의 흔하고도 소중한 반찬이었다. 그러나 그건 어디까지나 편법이었다. 제대로 꼬막맛을 갖추려면 고추장을 주로 한 갖은양념의 무침을 거쳐야 한다. 이 단계에서 꼬막맛은 제각기 달라지게 되는 것이었다. 집집마다 김치맛이 다르듯 꼬막맛도 제각각 특미를 지녔다.

벌교포구의 갯뻘이 끝이 없이 넓듯 벌교에서 꼬막은 흔해빠진 물건이었다. 그러나 감칠맛 있는 꼬막무침을 맛보기는 흔한 일만은 아니었다. 꼬막무침을 제대로 하는 처녀라면 다른 음식솜씨는 더 물을 게 없다는 말이 상식화된 것은 결코 예사로운 일이 아닐 것이다. 고흥 쪽 해변에서도, 보성만(灣) 일대에서도 꼬막은 났다. 그러나 벌교 꼬막에는 그 맛이 미치지 못해 옛날부터 타지 사람들이 먼저 알고 차등을 매겼다. 벌교에서 물 인심 다음으로 후한 것이 꼬막 인심이었고, 벌교 5일장을 넘나드는 보따리장꾼들은 장터거리 차일 밑에서 한 됫박 막걸리에 꼬막 한 사발 까는 것을 큰 낙으로 즐겼다.

소화는 부엌을 나와 신당 쪽으로 조심조심 걸어갔다. 문 가까이 귀를 기울였다. 코 고는 소리만 일정한 간격으로 들려왔다. 그녀는 순간 마음이 아늑해지는 걸 느꼈다. 그 느낌이 스스로에게 부끄러워 고개를 떨구었다.

햇살은 없었지만 날은 완연히 밝아 있었다. 참새떼들이 대숲에서 짹짹거리고 퍼득거리는 소리가 부산했다. 아침 냉기 속에 그 부산스런 소리가 맑고 깨끗한 유리알들이 구르는 것처럼 경쾌한 화음을 이루고 있었다. 겨울 설한풍 속에서도 청청한 잎을 지키는 대나무이지만 아래쪽 잎들은 10월 하순의 냉기에 누릇누릇 변색해

가고 있었다.

그녀는 옷깃을 여미며 부엌으로 가려다가 안방에 눈을 주었다. 그녀의 얼굴에 그늘이 서렸다. 그 사람과 안방을 나온 다음 벌써 몇 시간째나 어머니를 까맣게 잊고 있었던 것이다. 뒤늦게 죄스러운 생각이 가슴을 채웠다. 어머니는 그동안 소변을 참다못해 옷과 요를 적셨는지도 모를 일이었다. 아니, 어머니는 사지를 못 쓰고 말을 못할 뿐 청각이나 시력, 생각하는 것은 정상에 가까웠다. 어머니는 풍을 맞아 몸져누운 다음부터 눈이나 표정으로 의사표시를 해왔다. 그녀는 머리를 치는 충격을 느꼈다. 그 사람과 함께 방을 나서기 전에 어머니가 잠이 깨어 있었는지 아닌지를 미처 확인하지 못했던 것이다. 한밤중에 느닷없이 나타난 그 사람이 문을 흔들고, 방으로 들어오고, 성냥을 켜 담뱃불을 붙이고, 몇 마디 이야기를 주고받고, 그런 일들이 큰 소란 속에서 이루어진 것은 아니었다. 그렇다고 그동안 어머니가 잠들어 있었다고 할 수는 없었다. 어머니는 아마 깨어 있었을 것이다. 몸져누운 다음부터는 깊은 잠을 자지 못하는 어머니였다. 만약 어머니가 잠이 깨어 있었다면……. 그녀는 죄의식에 몸을 죄어뜨리며 바르르 떨었다. 누구인지 모를 남자에게 딸이 끌려나가고, 붙들려 해도 팔다리가 말을 듣지 않고, 소리치려 해도 혀가 말을 듣지 않고, 어머니는 얼마나 애가 타고 얼마나 미칠 것 같았을까. 혹시 그동안에 기다리다가……. 불길한 생각이 스치고 지나갔다. 그녀는 허둥지둥 방문을 열었다.

"엄니, 엄니이!"

그녀는 다급하게 어머니를 부르며 아랫목으로 기다시피 했다. 어머니는 눈을 뻔히 뜨고 누워 있었다. 그런데 그 눈에는 전에 볼 수 없었던 핏발이 서리고, 안색은 하얗게 질려 있었다. 예상했던 대로 어머니는 잠이 깨어 있었던 게 분명했고, 그동안 공포에 시달린 흔적이 역연했다. 내가 미친년이다, 내가 미친년이다. 그녀는 죄스러움으로 전신이 뒤틀렸다.

"엄니, 나 여깄어. 나 왔당께."

그녀는 울먹이며 어머니를 흔들었다. 어머니 눈에 눈물이 번졌다. 그리고 무슨 말을 하고 싶은 듯 입술이 둔한 경련을 일으켰다.

"엄니, 나 암시랑 안 혀. 아무 걱정 허지 말어. 아무 일도 웂었응께."

어머니는 더디게 눈을 껌벅였다. 알았다는 표시였다. 어머니의 두 눈에서 옆볼로 눈물이 흘러내렸다. 그녀는 손등으로 그 눈물을 닦아내며, 신당에서 그 일을 저지른 것을 어머니가 눈치 챘으면 어쩌나 하는 생각이 가슴벽을 쿵쿵 치기 시작해서 차츰 숨이 막힐 지경이 되었다. 그때 신당 쪽에서 벽을 두드리는 소리가 픽픽 둔하게 들려왔다. 그녀의 고개가 반사적으로 그쪽으로 돌아갔다. 그리고 빨리 어머니를 살폈다. 어머니의 눈빛은 어느새 겁에 질려 있었고, 눈 가장자리에 물비늘 같은 경련이 일어나고 있었다.

"엄니, 엄니, 암시랑 안 혀. 숭헌 사람이 아녀. 엄니도 보면 다 아는 존 사람이여."

그녀는 낮은 목소리로 성급하게 말했다. 그러나 그 사람이 바로 술도가집 아들이라고 밝히지는 못했다.

다시 벽 두드리는 소리가 들렸다.

"엄니, 안심혀. 얼렁 가보고 올 팅게."

어머니의 소변자리를 살펴야 된다고 생각하면서도 그녀는 어느새 방문을 밀치고 있었다. 그러면서 그녀는, 내년이 미친년이다, 미친년이다, 자신을 힐책하고 있었다.

그녀는 신당 문을 빼꼼하게 열었다. 좁은 시야에 그 사람의 모습은 보이지 않았다.

"그리 서 있지 말고 빨리 들어와 문 닫으시오. 아니, 찬물 한 사발 먼저 주시오."

그녀는 물줄기를 받아 맴을 도는 물레방아처럼 그의 말이 떨어지기 바쁘게 부엌으로 내달았다.

그는 그녀가 물그릇을 방바닥에 놓기 전에 팔을 뻗쳤다. 물이 그릇을 넘쳐날 기세로 잠시 요동쳤다. 그는 사발을 받아들며 그녀에게로 시선을 쏟아부었다. 고개를 깊게 떨군 그녀의 몸 전체는 시린 부끄러움으로 떠는 것 같았다. 무감동한 물체감으로 굳어 있기는 했지만 보드라운 피부의 균형 잡힌 그녀의 나신을 떠올렸다. 그는 새로운 갈증을 느끼며 단숨에 한 사발의 물을 들이켰다.

"혹시 이상한 사람 얼씬거리지 않았소?"

그는 너무 오래 잤다고 생각하며 담배를 빼들었다.

"아무도 없었구만요."

그녀는 '예'라고만 간단히 대답하려다가 확실함을 보이고 안심을 시키려고 굳이 그렇게 대답했다.

"여기 말고 더 안전한 곳은 없소?"

그녀는 얼핏 무슨 말인지를 알아듣지 못했다.

"아마 이틀 정도는 더 여기 머물러야 될 것 같소. 그동안 맘 놓고 피해 있을 수 있는 장소가 필요하단 말이오."

그녀의 머리에 먼저 잡힌 것은 안전한 피신처가 아니라 그가 이틀을 더 머무른다는 사실이었다.

"있구만이라. 현씨네 빈 제각에 숨을 디는 얼매든지 있구만이라."

그녀는 온몸이 뜨거운 기운으로 달아오르는 것을 느끼며 빠르게 말했다.

"더 늦기 전에 당장 그리로 옮겨야겠소."

그는 또 너무 오래 잤다고 생각하며 자리에서 벌떡 일어났다.

"저어, 아침진지가 다 되얐는디……."

"그쪽으로 옮기고 나서 먹겠소."

"근다……." 그녀의 머리를 스치는 생각이 있었다. "빈 제각으로 밥상 들고 댕기는 거 넘덜이 보면 사람 숨어 있는 거 금세 눈치 챌 것인디요."

그는 놀란 눈으로 그녀를 쳐다보았다. 그녀의 말은 정곡을 찌르고 있었던 것이다. 안전한 장소로 옮길 생각에만 급급해서 그런 허점을 드러낸 자신의 경솔이 한심스러웠고, 순간적으로 그런 판단을 내릴 수 있는 그녀의 빠른 두뇌회전이 놀랍지 않을 수 없었다. 저 정도라면 심부름시키기에는 안심이라고 그는 생각했다.

"좋소. 아침밥은 여기서 먹어치우도록 합시다. 그 다음은 옮기고 나서 생각하고."

그는 어젯밤보다는 농도와 색깔이 다른 감정의 줄기가 그녀에게
로 쏠리는 걸 느끼며 도로 주저앉았다.

정하섭은 현씨네 제각 아래채인 별장의 예닐곱 개가 넘는 방 중
에서 후원 쪽에 붙은 것을 골랐다. 만일의 사태에 대비한 것이었는
데, 뒷담에는 산으로 바로 연결되는 쪽문이 나 있었던 것이다.

"방이 요리 찬다……."

소화는 먼지가 부옇게 앉은 방바닥에 손을 대보며 혼잣말처럼
걱정을 했다.

"불을 피워선 안 되오."

그는 단호하게 말했다.

"생솔가지나 볏짚 안 때고 뽀짝 마른 삭쟁이럴 때면 연기가 안
나는디요."

그녀는 그의 눈치를 살폈다

"아무리 삭정이라도 불은 이따가 어두워진 다음에 때도록 하시
오. 그것보다 더 급한 일이 있소."

당장 불을 지피고 싶어하는 그녀의 마음을 빨리 단념시켜야 했
다. 그는 종이와 만년필을 꺼내며 그녀에게 방을 훔치라고 일렀다.
그는 간단하게 적었다.

어머님, 평안하신지요. 긴 인사 줄이옵고, 소자 하섭이 여기 보내
는 소화네한테 은신해 있습니다. 어머님도 짐작하시겠지만 지금 소

자는 쫓기는 몸입니다. 절대로 여기 오셔서는 안 됩니다. 제가 나타났다는 눈치를 보여서도 안 됩니다. 모든 연락은 소화를 통해서만 해야 합니다. 저는 지금 돈이 급합니다. 어머님이 장만할 수 있는 데까지 해주십시오. 물론 아버님이 아셔서는 안 됩니다. 돈은 많을수록 좋습니다. 죄송합니다. 저는 모레 저녁에는 세상없어도 여길 떠나야 합니다. 어머님, 절대 여기 오시면 안 됩니다. 제가 다치게 됩니다.

정하섭은 글을 마치며 코허리에 매운 바람이 찡하니 맺히는 걸 참아내느라고 잠시 그대로 엎드려 있었다. 어머니는 도무지 어떤 존재인지 알 수가 없다. 혁명의 열기나 정열마저도 어머니라는 이름은 눈물로 녹이려 든다. 어머니라는 호칭은 여자만이 갖는 것인데 정작 어머니는 여자가 아니다. 어머니, 그 슬픈 이름의 항시 새로운 그리움은 어디서부터 비롯된 것일까.

정하섭은 편지를 두 번 세 번 꼭꼭 눌러 접으며 천천히 몸을 일으켰다.

"소화, 이 편지를 지금 곧 우리 어머님한테 전하시오. 꼭 어머님한테. 식구들 중에 단 한 사람이라도 알아선 안 되오. 그리고 소화한테 일러두겠소. 절대로 당황하지 말고, 긴장하지 말고, 평소대로 태연하게 행동하시오. 만약 이 편지가 경찰의 손에 들어간다면 난 죽게 되는 거요. 총살을 당할 것이오."

정하섭은 일부러 끝말에다가 힘을 주어 잔인하게 말했다. 그 효과는 소화가 아랫입술을 깨무는 것으로 나타났다. 그 붉은 입술에 박힌 반쯤 드러난 하얀 이빨 두 개가 그의 관능을 꿈틀 자극했다.

"자, 빨리 다녀오시오."

그는 자신의 어이없는 생각을 떼쳐내듯 편지를 불쑥 내밀었다. 편지를 받아드는 그녀의 손끝이 잠자리 날개처럼 미세하게 떨렸다.

"그리고, 읍내 사정이 어떤지 눈치껏 살피고 오시오. 특히 경찰들이 어떻게 움직이고 있는지."

그녀는, 그 사람이 자신을 안심하고 믿게, 자신이 그 사람을 위해 빈틈없이 일을 해낼 수 있음을 나타내 보이려고 분명히 대답을 했다. 그러나 그 대답은 입 안에서만 맴돌았을 뿐 밖으로 나오지를 않았다. 그녀는 그 순간 냉기와 열기가 엇갈리는 기묘한 체온 변화를 겪고 있었다. 찬물을 끼얹은 것 같은 한줄기의 냉기가 머리에서부터 등줄기를 훑어내려 다리까지 쭉 뻗쳐내렸다. 그 냉기가 발끝에 부딪치는 순간 뜨거운 불길이 확 일어났다. 그 불길이 위로 치뻗어오르면서 전신은 열기로 달아오르기 시작했다. 그건 그녀가 굿판에 설 때만 경험하는 발열현상이었다. 징과 바라의 끈끈한 울림이 교미하는 뱀의 또아리처럼 친친 감겨 엉키면서 그 열기는 머리로 모아져 소용돌이치고, 시야에 부연 안개가 끼여올 때, 어허, 얼싸, 자신도 모르게 외쳐대며 굿춤은 폭발하는 것이었다. 그런데 사람을 상대로 이건 어인 일인가. 그녀는 어깨를 움츠리며 바르르 떨었다.

"댕겨올랍니다."

그녀는 굿춤이 폭발하는 것이 아니라 그 사람의 품에 와락 안기고 싶은 충동을 억제하며 천천히 일어섰다. 발등을 가린 치마 속에서 그녀의 두 다리는 후들후들 떨리고 있었다.

"명심하시오. 당황하지 말고 태연하게 행동해요."

그의 굵은 목소리를 들으며 댓돌로 내려섰다. 그녀는 자꾸만 가슴이 벌떡이는 것을 진정시키려고 심호흡을 했다. 며칠 전에 보았던 읍내의 살풍경이 눈앞에 어렷거렸다. 사람을 죽이는 장면을 직접 본 것은 아니었다. 소화다리 아래 갈숲에 내던진 듯 널부러져 있는 시체를 보았을 뿐이다. 그것만으로도 그녀는 생목이 치밀고 끔찍스러워 읍내 발걸음을 끊고 말았다. 읍내를 중심으로 벌어지고 있는 그 살벌한 난리가 다 남정네들의 일이라고만 생각했었다. 사실 외딴집에 들어앉아 있으면 그런 것은 그녀와는 아무 상관도 없는 먼 세상의 일이었다. 그런데 그 끔찍한 일이 갑자기 자신의 일로 바뀐 것이다. 자신은 이제 그 난리의 중심을, 즐비한 시체 사이를 걸어가려 하고 있는 것이다. 생목 치밀지 않고 당당하게 걸어가리라고, 걸어갈 수 있을 것 같은 자신감을 그녀는 스스로에게서 발견하고 있었다.

가을햇살이 후원 가득 차고 있었다. 여름햇살의 열기가 다 바랜 가을햇살은 미지근한 온기를 담고 있었다. 여름햇살이 화살처럼 내리꽂힌다면 가을햇살은 나비의 날갯짓처럼 내려앉는다. 노릇노릇 변색한 잔디 위에 가을햇살은 골고루 내려앉는다. 후원에 가득한 온기가 노란 병아리의 솜털처럼 보드랍고 아늑했다. 그런데 그 보드랍고 아늑한 온기 그 어딘가에 스산한 슬픔이 있다. 그게 조락을 주도하는 가을햇살의 체취인지도 모른다.

정하섭은 후원의 잔디밭을 하염없이 바라보고 있었다. "자네 생각은 다 옳아. 그러나 그 옳은 생각의 실천이 꼭 사회주의 혁명이어야 한다는 것이 문제인 것이네." 김범우 선생의 말이 가슴 깊은 골짜기에서 메아리쳐 들려왔다. 그는 느리게 고개를 저으며 후원 쪽에서 눈길을 거두었다. 담배에 불을 붙여 푸우 한숨을 쉬듯 연기를 내뿜었다.

그는 김범우 선생을 생각하고 싶지 않았다. 마음속 깊이 존경하는 것만큼 그분을 생각하는 것은 괴로움이었다. 현재 자신이 가고 있는 길은 그분이 굳이 만류했던 길이었다. 그분의 논리를 충분히 납득하면서도 결국 사회주의의 길을 택한 것이다.

정하섭이 김범우를 가깝게 접하게 된 것은 그가 중학교 졸업반이 되면서 선생으로서였다. 1946년 4월 신학기에 김범우는 사회과 선생으로 학생들 앞에 그 모습을 드러냈다. 김범우가 선생으로 '부임'한 것이 아니라 무슨 연극무대에 오르는 것처럼 '그 모습을 드러냈다'고 하는 데는 그럴 만한 이유가 있었다. 그가 부임하기 전에 벌써 학생들 사이에는 그에 관한 소문들이 파다하게 퍼져 있었다. 그가 직계선배라는 사실에서부터 학생들은 주눅 들기 시작해서, 수많은 입을 건너면서 각색되고 윤색된 소문들이 그에게 입힐 영웅의 옷을 장만해 놓고 그를 기다리고 있었던 것이다. 그가 학생들 앞에 첫 모습을 드러냈을 때 이미 소문으로 최면된 학생들은 완전히 기가 꺾이고 말았다. 1미터 75센티미터가 넘는 헌칠한 키에 균형 잡힌 체격이 그 영웅적 소문을 입증하기에 충분했기 때문이었다. 일단 몸집이 작았더라면 학생들은 소문의 기세를 반으로 뚝 꺾는 승리감을 맛보았을 것이고, 반이 남은 소문에 대해서는 앞으로 차츰차츰 그 진부의 뿌리를 들춰내려는 간질간질한 공모의 여유를 나눠 가졌을 것이다. 그런데 학생들이 자신들도 모르게 부동자세를 취한 것은 그 다음이었다. 교장의 소개가 끝난 다음 김범우는 부임인사를 하기 위해 조회대로 오르고 있었다. 그 짧은 시간 동안에 학생들의 대열 사이사이에서는 두런거리는 소리가 풍선처럼 부풀어오르고 있었다. 하아, 저 키는 양코배기들한테도 꿇리지 않겠는데. 증말 OSS대원같이 생겼다. 근사하다, 근사해. 소문을 수긍하는 이런 종류의 수군거림이었다. 그런데 조회대로 올라온 김범우는 우뚝 버티고 서더니 학생들을 좌에서부터 우로, 우에서부터 좌로 고개를 느리게 돌리며 훑어나갔다. 그 침묵 속의 눈초리가 커다란 빗자루가 되어 자신들의 두런거림을 삽시간에 쓸어가는 것을 학생들은 구령도 없는 부동자세를 취하며 으스스한 추위로 느꼈다. 얼어붙은 것처럼 조용해진 운동장에 김범우의 부임인사가 마이크를 통해 울려퍼졌다. "저는 김범우입니다. 앞으로 역사와 사회과목을 담당할 것입니다. 여러분은 학생입니다. 저는 선생입니다. 여러분은 학생으로서 최선을 다해 공부를, 저는 선생으로서 최선을 다해 지도를 해야 할 것입니다. 이것만이 우리가 앞으로 힘을 합쳐 해야 할 일입니다. 이상." 끝에 '이상'이라는 말이 없었더라면 학생들은 인사말이 계속될 줄 알았을 것이다. 학생들은 분명히 '이상'이라는 말을 듣고서도 어리둥절한 표정을 짓고 있었다. 학생들은 여러 가지로 당황해하고 있었다. 우선 그 인사말의 짧음 때문이었다. 교장의 훈화가 줄잡아 30분, 훈육주임이나 교무주임의 지시사항 등속이 또 30분, 으레 전체 조회를 섰다 하면 한 시간씩 몸을 비비 꼬는 것으로 습관되어 온 학생들 입장에서 미처 1분이 못 되는 인사말이란 상상할 수도 없는 일이었다. 그 다음이, '나'를 '저'로 낮춰 말하는 점이었다. 교장을 비롯하여 모든 선생들은 '나'였을 뿐이다. 특히 훈육주임은 성질이 뻗치는 무슨 일이 터지는 경우에는 '이놈들 저놈들'을 서슴지 않았고, 학생들도 예사로 들어넘겼다. 그런데 선생이 학생들을 상대로 자기를 '저'로 낮춰 부른 것이다. 세 번째가 짧은 인사말의 내용이었다. 교장의 공자·맹자·불경·성경 들춰대는 지루한 훈화보다도, 훈육주임의 게거품을 무는 장광설보다도 그 짧은 말은 몇 배 강한 탄력으로 가슴에 와 박히는 것이었다. 너무 쉽고 당연한 그 말이 왜 그렇게 신선한 느낌으로, 새로 판 도장을 백지에 찍듯 선명한 인상을 남기는지 모를 일이었다.

김범우 선생의 진가는 그후로 1년에 걸쳐서 천천히 그 옷을 벗어나갔다. 국어나 수학과는 달리 1주당 배정시간이 적은 그는 많은 반을 맡아 가르쳤다. 학생들은 하나같이 직접 그의 입을 통해 나오는 그의 과거를 이야기 듣고 싶어했다. 소문이 남긴 궁금증과 갈증을 풀고자 함이었다. 그러나 그는 전혀 입을 열지 않았다. 더러 어떤 배짱 좋은 학생이 손을 번쩍 들고, 제법 효과적인 역사공부라는 의미부여까지 해가며 이야기를 종용했다. 그럴 때마다 그는 '소문은 다 거짓말'이라고 일축해 버리고는 했다. 그가 정규수업 외에 깊은 관심을 보인 것은 정치서클에 대해서였다. 정치서클이라고 했지만 그 종류가 많지는 않았다. 대부분의 다른 학교 양상과 마찬가지로 그 학교의 학생세력을 지배하고 있는 것은 사회주의 이념이었다. 반음성적인 그 힘의 파도에 비해 그에 맞서는 힘은 너무나 미미했다. 몇몇 선생은 감추어진 손으로 그 힘을 조종하고 있었고, 다른 대부분의 선생들은 의식적인 외면이나 기회주의적인 방관을 하고 있었다. 그런데 김범우의 깊은 관심이란 그 세력의 파괴로 나타났다. 그렇다고 해서 그가 그 반대세력을 형성하거나 옹호하는 것이 아니었다. 그가 하는 일은 그 세력의 주동인물들을 개인적으로 접촉해서, 정치의식을 버리고 학업에 전념하는 학생이 될 것을 설득하는 것이었다. 그는 곧 각 학교에 퍼져 있는 사회주의 학생조직으로부터 '파괴분자·반동분자'라는 낙인이 찍히고 말았다. 왜냐하면 그의 설득으로 그 학교의 조직이 흔들리기 시작했던 것이다.

정하섭이 김범우 선생과 대면하고 앉은 것도 이때였다. 정하섭은 그 학교 좌익서클의 핵심인물이었다. 몇 차례 만난 다음부터 그는 김 선생을 기피하기 시작했다. 이론으로 당할 수가 없었고, 그러다 보니 설득될 것 같은 두려움이 생겼던 것이다. 정하섭은 자신이 졸업반이 아니고 4학년만 되었더라도 자신의 마음을 장담할 수가 없었다.

김범우가 순천 역전 광장에서 몽둥이를 든 네 명의 농업학교 학생들에게 둘러싸인 것은 7월의 어느 날 퇴근길이었다. 역에는 통학생들로 붐비고 있었고, 그들이 하필이면 역전을 테러장소로 잡은 것은 각 학교 학생들이 골고루 모였기 때문에 그 선전효과를 위해서라는 걸 김범우는 직감적으로 깨달았다. 피할 수 없는 길이었다. 테러의 위험을 예상하고는 있었지만 이처럼 대담하리라고는 미처 짐작하지 못했었다. 그건 학생들의 저돌적인 정치의식이 낳은 쓰디쓴 비극이었다. 아직 스무 살이 못 되고, 책을 들어야 할 손에 몽둥이를 들게 한 그 이념이라는 것에 그는 순간적으로 치를 떨었다. "왜들 이러나!" 그는 경계를 게을리하지 않으며 엄하게 말했다. "요런 반동새끼, 몰라서 물어!" 네 명은 포위를 좁혀왔다. 나라가 없다는 이유로 연합군 동지 자격에서 하룻밤 사이에 포로취급을 받아야 했던 그 기막힌 서러움이 일순간 그의 전신을 차갑게 타고 내렸다. 아직도 나라는 세워지지 않은 채 남쪽과 북쪽은 서로 국적이 다른 군정치하에 놓였는데, 해가 저무는 조그만 역전 광장에서 스무 살이 못 된 철부지들과 한바탕 결투를 벌여야 하는 자신의 신세가 너무 한심스러웠다. 첩보훈련에서 익힌 무술을 기껏 이런 데서 쓰다니……. 그러나 콧대는 꺾을 필요가 있었다. 이번 사건이 결정적 계기가 될 것이었다. 그때 휙 몽둥이가 날아들었다. 거의 동시에 그의 발이 허공을 갈랐다. 앞뒤로 몽둥이가 날아들고, 그의 팔과 다리는 무서운 속력으로 상대방의 급소를 가격하고 있었다. 단 일격씩만을 맞고 상대방들은 나뒹굴어졌고, 더는 일어나지 못했다. 그는 수치심을 견딜 수 없어 땅바닥을 내려다본 채 땀을 닦고 있는데 그때서야 에워싼 학생들을 헤치며 순경 둘이 나타났다. "요런 빨갱이새끼들, 선생님도 몰라보고. 잘 걸렸다." 순경들이 쓰러진 학생들의 덜미를 잡았다. 그들이 말하는 것으로 보아 어느 학생이 그들을 불러온 모양이었다. "그대로 두시오. 이 애들은 학생이지 빨갱이가 아니오. 내가 알아서 하겠소." 김범우는 순경들을 제지했다.

이 사건으로 김범우 선생이란 존재는 순천·벌교바닥은 말할 것도 없고, 여수에까지 알려지게 되었다. 몽둥이 휘두르며 덤비는 네 사람을 거뜬히 물리친 무용담도 무용담이었지만, 학생들을 더욱 감동시킨 것은 그 네 학생을 극구 변호해서 경찰서에서 빼낸 것이었다. 그 일처리로 하여 좌익학생들도 더 이상의 적대감을 가질 수가 없게 되었다. 김범우 선생은 좌익에 물든 학생들을 설득하는 일을 멈추지 않았고, 극렬한 행동을 하다가 경찰서에 붙들려 들어간 학생들을 석방시키기 위해 학교의 구분을 두지 않고 노력했다. 좌익조직에서 보면 그는 확실히 눈엣가시였지만 그렇다고 증오스러운 적도 아니었다.

여름방학 동안에 여수 만성리해수욕장에서 두 명의 학생을 구해냄으로써 김범우 선생의 신화는 극에 달했다. 100여 명의 학생들이 단체 하계수련 중이었는데, 두 학생이 수영 실력을 뽐내다가 물살에 휩쓸린 것이다. 해변은 갑자기 아우성으로 들뜨다가 순식간에 얼어붙었다. 그때 김범우가 물속으로 뛰어든 것이다. 파고 사오 미터의 바다에 내던져져 발로만 몸을 지탱시키며 네 명 1개조가 고무보트를 조립해서 500미터 전방의 해변까지 상륙해야 하는 첩보훈련을 받은 김범우로서는 파도도 별로 없는 바다에서 조난자 두 명을 구출한다는 것은 별문제가 아니었던 것이다.

정하섭이 김범우 선생의 난처한 영향권을 완전히 벗어난 것은 졸업과 함께였다. 서울로 유학을 하게 되면서 자연스럽게 이루어진 해방이었다. 정하섭은 그분과의 공간적 거리를 멀리 유지하게 된 것을 분명 '해방'이라고 느꼈던 것이다. 그분의 논리 앞에서 자신의 의식이 구속감을 벗어날 수 없었던 것은 말할 것도 없고, 그의 마음은 그분이 지닌 인간적 매력에 한사코 끌려가려 했던 것이다. 불필요한 말은 거의 하지 않는 무게감, 세상의 이치를 훤히 아는 것 같은 해박함, 그 누구도 무시하지 않을 것 같은 겸손함, 거의 노출시키지 않으면서 진행해 가는 꾸준한 행동성, 그러나 그분의 절대적 매력은 이런 모든 것들이 모아져 이루어진 것 같은 그 어딘지 우울한 듯하기도 하고, 쓸쓸한 듯하기도 한 범접하기 어려운 사색적이고도 지성적인 분위기였다.

김범우 선생을 생각하는 정하섭의 의식 속에는 거의 자동적으로 염상진 위원장이 대칭으로 자리 잡고는 했다. 염상진 위원장은 자신의 의지가 김범우 선생 쪽으로 흔들리지 못하게 하는 쐐기 역할을 해냈음을 정하섭은 스스로 깨닫고 있었다. 그 깨달음이 자기 자신에게 부끄러움이 되었고, 염상진 위원장에게는 죄의식이 되었다. 염상진 위원장이 옆을 지켜주지 않았더라도 자신의 의지는 추호도 주춤거리지 말았어야 했다. 다른 '동무들'처럼 김범우 선생을 가차 없이 반동으로 몰아칠 수 있어야 했다. 그런데, 그 누구 앞에서나 태연을 가장했을 뿐 속으로는 김범우 선생의 말에 대해서도 당위성을 인정하고 있었다. 정하섭은 그런 스스로가 싫었다. 그런 양면성과 이중구조를 가진 자신의 의식이 싫었다. 그건 사상무장의 나약이나 혁명의지의 박약이나 실천용기의 빈약으로 찍힐 요소였다. 다른 학생들처럼 단순해지고 싶었다. 간단하고 명료해지고 싶었다. 그래서 그들처럼 열정적이고 싶었다. 강해지고 싶었다.

"이 말은 자네가 제일 싫어하는 말일지 모르겠네만, 자넨 아마 광적인 사회주의자는 못 될 거야. 자네가 부잣집 아들로서 출신성분이 부적합하다는 말이 아냐. 부디 공부에 충실하고, 하나의 행동을 선택하기 전에 열 번이고 백 번이고 생각이 앞서야 하네. 지금은 진정 어려운 시대야. 자네 같은 젊은 피들한테는 말이야……."

작별인사를 하러 갔을 때 김범우 선생이 자신의 마음을 환히 들여다보고 있는 듯한 눈길을 보내며 한 말이었다. 정하섭은 그때 처음으로 마음이라는 것을 도둑맞을 수 있다는 사실을 알았고, 그것이 얼마나 굴욕스럽게 기분 나쁜 일인가를 경험했다.

서울의 ㄱ대학 법과는 사상적으로 중무장되고 행동적으로 과격한 그야말로 골수 사회주의자들의 집합소였다.

"자넨 지금부터 시작이다. 서울 조직은 자넬 자랑스러운 혁명의 아들로 탄생시킬 것이다. 모든 연락은 내가 취해놓았다."

염상진이 작별의 술잔을 들며 한 말이었다. 그 말의 효과는 정하섭이 서울에 짐을 풀고 5일 만에 나타났다. 서울의 조직이 그에게 뻗쳐온 것이다. 그들은 납치라도 하듯이 어딘지 모를 곳으로 그를 데려갔다.

"중앙당은 염상진 동무의 추천을 접수하여 정하섭 동무에게 당원 예비교육을 실시키로 결정했소. 그동안 염상진 동무의 추천을 받은 동무들은 하나도 빠짐없이 훌륭한 교육성과를 올려 열렬한 당원이 되었음은 물론 맡은 바 혁명과업을 용맹스럽게 수행 중에 있소. 동무도 앞으로 실시될 사상무장 교육에 분투노력하길 바라오. 먼저 당의 명령을 하달하겠소. 교육받은 사실을 완전 비밀에 부칠 것이며, 노출을 피하기 위하여 그 어떤 하부조직에도 가담하지 말라는 것이오. 동무는, 특수임무를 위한 비밀당원이 되어야 하니까."

허름한 민가의 썰렁한 방 안에 무릎 꿇은 채 정하섭은 식은땀을 흘렸다. 염상진은 역시 거물이라는 생각이 새삼스럽게 떠올랐고, 그 견디기 어려운 긴장 속에서 그를 부축하고 있는 것은 염상진 위원장이었다.

정하섭은 교육을 받으며 김범우 선생의 "자넨 아마 광적인 사회주의자는 못 될 거야" 하는 말을 깨부수기라도 하는 것처럼 열성을 보였다. 학교의 조직에는 이미 무슨 지령이 내려졌는지 그에게는 전혀 접근의 낌새도, 그렇다고 반대세력시하는 눈치도 보이지 않았다. 그는 그저 공부만 하는 조용한 학생으로 행동했다. 그러나 그는 교육 때마다 제출하는 '학원동향'이라는 보고서 쓸 건덕지를 찾아내기 위해서 은밀하게 눈동자를 굴리고 있었다.

정하섭은 방학이 되어 집으로 돌아와서도 김범우 선생 만나는 것을 의식적으로 피했다. 그는 이제 자신이 김범우 선생의 생각과 얼마나 먼 거리에 있는지 알았던 탓이었다. 그는 염상진하고만 내밀하게 접촉했다.

"자넨 역시 두뇌가 명석하네. 그 정도면 당 이론가하고도 상대할수가 있겠구먼그래."

염상진은 몇 개월 사이에 이론적으로 현격한 변화를 보인 정하섭을 대하고 아주 흐뭇해했다. 염상진의 그 흐뭇해하는 모습을 대하면서 정하섭은 묵은 죄의식이 고개를 드는 것을 느꼈다. 김범우선생에 관한 이야기는 그날그날 빠짐없이 염상진에게 보고되었다. 통학을 하는 열성세포들의 민활한 활약상이었다. 그도 보고를 안한 건 아니지만 다른 학생들처럼 시시콜콜히, 심하게 자기 감정까지 섞는 식의 행위는 하지 않았다. 김범우 선생에게로 쏠리는 또다른 마음 때문에 자연히 그렇게 되었다. 그때 염상진 위원장은 자신의 그런 동요를 눈치 챘을 것만 같았다. 그런데도 그런 내색은 전혀하지 않았다. "김범우 선생은 참 좋은 분이다. 마음이 바르고, 인정이 있고, 학식이 풍부하다. 그런데, 생각하는 것이 환상적인 게 흠이지. 좋게 말해서 꿈속에 사는 이상주의자야." 이렇게 말하는 것이 전부였다.

정하섭은 인간 김범우와 염상진을 저울질해 본 것이 한두 번이아니었다. 그러나 저울눈금은 언제나 수평이었다. 비슷하게 큰 키에 염상진의 인물도 기울지 않았다. 염상진도 마음씀이 컸고, 치밀하고 침착했고, 아는 것이 많으면서도 남의 이야기를 귀담아 들어주었다. 그런데 표나게 다른 점이 있다면 그 분위기였다. 김범우가 사색적이고 지성적이라면 염상진은 야성적이고 행동적이었다. 이 것은 서로 다른 개성일 뿐 저울눈금을 움직이게 하는 무게에는 아무런 영향을 미치지 못했다.

정하섭이 마른 볏단에 불붙듯 사회주의에 빠져들기 시작한 것은 염상진에 의해서였다. 좀더 순서를 잡아 말하자면, 염상진을 접하기 전에 벌써 당의정을 빨듯 책방주인 문기수를 통해서 초벌구이는 되어 있었다. 정하섭은 책방집 딸 정님이에게 정신이 팔려 뻔질나게 책방을 드나들었고, 별로 필요하지도 않은 책을 사들고 나오고는 했다. 주인 문기수는 그 눈치를 어렵지 않게 챌 수가 있었다. 한다하는 부잣집 아들이 자기 딸을 좋아한다는 것이 문기수로서는 기분 괜찮은 일이었고, 족보로나 재력으로나 비교도 안 되는 처지였지만 그물에 제 발로 든 고기를 놓치기는 아깝다는 욕심이 동했고, 목적을 달성하자면 있는 집 자식의 장난기일지도 모르니까 정신부터 뜯어고치자 작정했던 것이다. 그래서 전과 다른 친절을 보이고 관심을 쓰면서 서서히 사회주의의 분말을 딸년의 눈웃음에 버무려 먹이기 시작했다. 그러다가 문기수는 자기의 힘으로는 벅찬 단계에 이르자 사상적 연관을 맺고 있는 염상진에게 넘긴 것이다.

그즈음 정하섭은 심한 정신적 갈등을 겪고 있었다. 앞뒤를 분간하지 않는 아버지의 지나친 치부욕 때문이었다. 해방이 되면서 어느 곳이나 다 그랬듯 벌교 읍내도 일본인 재산을 서로 차지하려고 일대 소란이 벌어졌다. 아버지가 바로 그 선봉장이 된 것이다. 아버지는 땅 짚고 헤엄치기 장사인 하나뿐인 양조장에 눈독 들였고, 그것을 손아귀에 넣기 위해 참으로 놀랄 만한 짓을 한 것이었다. 어차피 빈손 들고 쫓겨나야 할 일본주인을 상대로 아버지는 신속한 홍정을 한 것이다. 어수선하게 며칠이 지나는 동안 양조장의 소유권은 은밀하고도 합법적으로 아버지에게 넘겨졌고, 일본인들이 떼 지어 중도방죽을 지나 선수머리 선창에서 떠난 다음에야 그 사실은 밝혀졌다. 아버지는 우습지도 않게 선창까지 배웅을 나가는 어리석음을 범했는데, 나중의 소문에 의하면 그건 배웅이 아니라 양조장 소유권을 넘겨받으며 일본주인에게 준 금덩이를 무사히 가져갈 수 있도록 호위를 해준 것이라고 했다. 아버지는 은밀하게 일을 처리한다고 했는지는 모르지만 한번 부풀기 시작한 소문의 힘은 막을 길이 없었다. 읍내의 입 달린 사람이면 하나같이 아버지를 비난하고 욕했다. 그런데 아버지는 뻔뻔스러울 만큼 당당한 태도로 양조장 사장 행세를 했다. 정하섭은 부끄러움으로 얼굴을 들 수가 없었다. 학교를 가는 것마저 싫어졌다. 아버지의 더러운 치부욕에 환멸을 느꼈고, 그 뻔뻔스러운 태도가 증오스러웠다. 아버지는 아무런 노력 없이 선대로부터 물려받은 전답 재산만으로도 읍내에서 꼽히는 부자 축에 들었다. 중학생이 되고 나서부터 정하섭은 가난에 허덕이는 친구들을 대할 때마다 자신이 누리고 있는 그런 세습적 혜택에 대해 미안함 같은, 죄스러움 같은 기분을 느끼기 시작했던 것이다. 특히 가난하면서도 머리 좋고 자존심 강한 아이들 앞에서는 그 정도는 한층 심해졌다. 족보와 더불어 세습되는 혜택 속에서 평생을 편안하게 사는 것은 과연 옳은 것인가. 그 불합리성을 인정할 수밖에 없는 정하섭의 의식 속에는 가난하면서도 똑똑하고, 영리하고, 당당하고, 건실한 아이들이 자신을 향해 조소와 경멸과 적대감의 손가락질을 하고 있는 것처럼 느껴졌다. 결국 아버지의 분별없는 치부욕은 파렴치한 친일로 몰리게 되었다. 피할 수 없는 결과였다. 그즈음에 책방에 들러 칸나처럼 화사한 정님이의 얼굴을 보고, 읽을 만한 책을 사오고 하는 것이 그의 유일한 피신법이었다.

염상진에게 넘겨진 정하섭은 겨울 3개월 동안에 사회주의 늪 속에 깊이 빠져들어갔다. 정하섭의 의식은 배고픈 자의 식욕이었다.

1년간의 교육을 마친 정하섭에게 두 차례에 걸친 테러 지령이 내려졌다. 그것이 당성까지를 테스트하려는 이중목적의 지령이라는 것을 그는 익히 알고 있었다. 그는 주저 없이 그 일을 감행했다. 그 성공과 함께 그는 당원이 될 수 있었다. 당원이 된 날 그는 밤길을 혼자 걸으며, 김 선생님 저를 좀 보십시오, 속말을 하고는 허하게 웃었다. 그때 염상진은 공산당 활동 불법화로 체포되어 징역을 살고 있었다.

"정 동무, 마침내 때가 왔소. 동무는 순천지구로 내려가 혁명의 주체로 암약하라는 당의 명령이오. 장도를 축하하오."

당의 명령 앞에 학업 같은 것은 문제가 아니었다. 그날로 순천을 향해서 야간열차를 탄 것이다.

기차는 순천역까지 갈 수가 없었다. 순천에서 밀려난 경찰들에 의해서 외곽지역이 봉쇄되고 있었던 것이다. 그러한 조처가 그의 발길을 막을 수는 없었다. 아무리 교통통제를 엄중히 한다고 해도 산길은 얼마든지 비어 있었던 것이다. 적의 반격은 의외로 신속했다. 23일 아침부터 중심가를 향해 무차별 비행기 폭격을 감행하는 것으로 반격을 개시했다. 지상군에 앞서 비행기 폭격이 감행되고 있는 것은 미군의 본격적인 출동을 의미했다. 무고한 읍민들의 희생을 줄이기 위해서는 읍내전투를 피해 병력을 외곽으로 분산시키자는 결정이 내려졌다. 병력 분산은 신속하게 이루어졌고, 적들은 아무런 저항을 받지 않고 순천 읍내로 진입했다. 이틀 동안 적을 외곽으로 유인해 내기 위한 전투를 벌이는 동시에 여수 쪽의 상황 변화에 대처하고 있었다. 여수 앞바다에는 미군함정이 떠서, 읍내 중심가를 향해 또한 무차별 포격을 가하고 있었다. 여수에서도 같은 결정을 내릴 수밖에 없었다. 26일 밤을 기하여 모든 병력을 순천 외곽으로 이동시켰다. 그리고 백운산을 거점으로 하는 부대 편성과 이동이 구체화되었다. 그것은 투쟁의 장기화를 위한 작전수립이었다. 따라서 투쟁지역을 지리산과 그 주변으로 확대시켜 기존 지방조직들과 공동투쟁을 전개한다는 목적이 포함되어 있었다.

5

조계산 숯막

염상진과 하대치 일행이 서리 내리는 10월 하순의 산중 야기(夜氣)를 헤치며 조계산 초입에 당도한 것은 먼동이 틀 무렵이었다. 한 번도 멈춤이 없이 산길 70여 리를 내달아온 발걸음이라 뼈끝을 시리게 하는 산중 추위는 아랑곳없이 모두의 몸은 끈적한 땀으로 젖어 있었다. 내쉬는 숨결마다 허옇게 김이 서렸고, 피로한 단내가 묻어났다.

"일단 정지!"

염상진이 낮으면서도 절도 있는 목소리로 말하며 오른손을 어깨 높이로 들었다. 모두는 걸음을 멈춤과 동시에 일제히 몸을 낮춰 쪼그려앉았다. 그 동작들이 훈련으로 숙달된 것처럼 정확하고 기민했다. 그들은 그런 식의 훈련을 받은 바 없었지만 공통적인 위기의 긴장감이 그들을 하나로 묶고 있었다.

"분명 요 근방 어딜 것인데……."

염상진이 전방을 부정확하게 더듬으며 중얼거렸다.

"멀 찾으시는디요?"

하대치가 쪼그려앉은 채로 그러는 염상진을 올려다보며 눈치 빠르게 물었다.

"선암사 사리탑 자리가……."

"사리탑 자리여라?"

하대치는 말하며 일어서고 있었다. 전방 좌우를 유심히 살폈다. 그런 하대치의 머릿속에서는 벌써 10여 년 전에 아버지와 함께 두어 번 다녀갔던 기억을 신속하게 더듬고 있었다. 아버지는 시주라고 해야 고작 쌀 한 됫박 정도밖에 못하는 신세이면서도 굳이 먼 길을 걸어 선암사를 찾아다녔던 것이다. 조계산 자락에서 화전을 일구어먹은 것도, 벌교땅에서 그나마 뿌리내리고 살게 된 것도 모두 선암사 부처님의 가피 덕이라는 것을 하대치에게 일깨웠다. 니기미, 부처님 가피를 받아서 그리 알량하게 사는구만. 씨펄놈의 것, 고런 가피라면 떡 해놓고 빌어도 싫다. 점심도 쫄쫄 굶고 먼 길을 걷는 것만 싫어서 하대치는 속으로 상소리를 내질렀던 것이다.

"맞구만이라. 사리탑 자리는 여그가 아니라 쪼깐 더 올라가야 허겠구만요."

산세와 길목이 눈에 익은 것을 확인하면서 하대치는 자신 있게 말했다.

"그럼 이 개울을 타고 올라가지."

염상진이 앞장섰다.

짙은 안개가 계곡을 가득 채우고, 산자락을 휘감고 있었다. 그 안개 위로 먼동이 터오는 여린 빛이 퍼지며 단풍 든 숲 속에 도사린 어둠을 서서히 표백시키고 있었다. 몸집 작은 산새들의 지저귐이 안개 속 그 어디에선가 방울을 굴리듯 경쾌한 음향을 뿌렸다. 그건 개울가의 잔돌들을 저벅저벅 밟는 사람들의 기척에 놀란 새들의 우짖음이 아니었다. 새들은 먼동이 터오는 빛으로 잠이 깨어 날개 퍼덕이며 첫 발성을 하는 것이었고, 그 지저귐을 들으며 산도 깨어나고 있었다.

"사리탑 자리가 쩌그 보이는구만요."

하대치는 그곳에서 모종의 접선이 이루어지리라고 예상하며 건너편을 손가락질했다.

"그렇구만." 염상진은 걸음을 멈추고 돌아서며, "모두 여기서 대기하시오. 하 동무는 나하고 가고." 절도 있게 지시했다.

염상진은 큰 키를 이용해서 길 쪽의 경사 급한 비탈을 성큼 올라섰고, 그 뒤를 키 작은 하대치는 나무등걸을 타오르는 다람쥐처럼 날랜 동작으로 따라붙었다. 나머지 일곱 명은 개울 여기저기에 제멋대로 서 있거나 앉은 커다란 바위들을 골라 몸을 감추었다. 순식간에 개울에는 인적이 사라졌다. 안개에 에워싸인 심산의 정적만이 깊었다.

염상진과 하대치는 길을 가로질러 사리탑 자리로 접근했다. 실히 열 길은 넘을 듯싶은 아름드리 전나무숲으로 둘러싸인 그곳에는 가지각색의 사리탑이 스무 개가 넘게 자리 잡고 있었다. 염상진이 하대치의 위치를 손가락으로 지시했다. 하대치는 지시받은 사리탑에 몸을 찰싹 붙였다. 그의 차갑게 긴장된 눈길은 염상진을 향하고 있었다. 10미터 정도 옆으로 자리 잡은 사리탑에 몸을 붙인 염상진이 하대치를 향해 검지손가락을 세워 보이며 주의를 환기시켰다. 그리고 두 손을 모아잡아 입에다 대고 부는 시늉을 했다. 염상진은 그 다음 동작으로 손가락 세 개를 허공에 빳빳하게 펴 보였다. 지시가 떨어지기 무섭게 하대치는 자세를 바꿔 두 무릎을 땅에 대고 상체를 꼿꼿하게 세웠다. 그리고 두 손을 모아 입으로 가져갔다.

풀꾹, 풀꾹, 풀꾹.

쉰 듯하면서도 슬픈 음조의 풀꾹새소리가 일정한 간격으로 세 번 울리며 심산의 정적 속에 그 무늬를 새기듯 선명했다.

끼룩, 끼룩, 끼룩.

아름드리 전나무숲에서 들려온 기러기소리였다. 위치는 확실하지 않았지만 바로 가까운 곳이었다.

"됐다!"

염상진이 단내가 묻어나는 숨결을 토해내며 말했다. 하대치도, 내용은 알 수 없었지만 접선이 일단 성공한 것에 안도의 숨을 쉬었다.

"하 동무, 앞으로."

염상진이 손짓과 함께 앞으로 나섰다. 두 사람이 즐비하게 늘어선 사리탑들 사이를 옹송그린 걸음으로 중앙 부분에 이르렀을 때 한 사람이 허리 높이의 돌담을 뛰어넘어 오는 참이었다.

"안 동무!" 염상진이 먼저 불렀고, "위원장 동무, 무사하셨구만 요." 흘러내린 안경을 밀어올리며 사내가 반가운 웃음을 지었다. 하대치는 그만 멍한 표정이 되었다. 그는 바로 북국민학교 선생인 안창민 동무였던 것이다. 그가 왜 예기치 않은 이런 장소에 나타났 는지를 하대치는 순간적으로 깨달았다. 염상진은 역시 위원장이고 대장답게 행동한 것이었다. 염상진은 이미 신분이 노출된 각 마을 의 동무들을 그대로 버려두고 도망친 것이 아니었다. 한발 앞서 미 리 떠나보낸 것이 분명했다.

"동무들은?" 염상진이 나직하게 물었고, "22명 전원 이상 없이 숯가마에 대기 중에 있습니다." 안 동무가 흘러내리지도 않은 안경 을 습관적으로 밀어올리며 대답했다.

"날이 너무 밝았습니다." 안 동무가 아름드리 전나무숲으로 가 려진 하늘을 올려다보며 말했고, "어서 뜹시다." 염상진이 빠른 동 작으로 돌아서서 걷기 시작했다. 하대치는 뒤를 바짝 따르며 또 한 번 대장 염상진에게 놀라고 있었다. 어젯밤 아홉 명만이 일행이 되 어 오금재를 넘으면서 영락없이 다른 동무들은 모두 버려두고 떠 나는 줄 알았었다. 너무 숨 가쁘게 진행된 후퇴였기 때문이다. 그 런데 염상진은 미리 입 한번 떼지 않은 채 그 일을 말끔하게 처리 한 것이었다. 그런 염상진이 대장으로서 더없이 믿음직스럽기도 했 지만 한편으로는 두려운 생각이 들었다. 속으로 무엇을 생각하고 있는지 알 수가 없었고, 그 마음이 몇 수십 겹인지 헤아릴 수가 없 었던 것이다. 일제 때의 소작쟁의사건 전부터였으니까 염상진과의 사이가 어느덧 10년 세월이 넘었으면서도 그 속의 깊이를 도무지 헤아릴 수가 없었다. 대장은 그 정도는 되어야 하고, 그래서 대장은 아무나 하는 것이 아니라는 언제나 똑같은 깨달음으로 하대치는 머리를 숙일 수밖에 없었다. 염상진 대장이 시키는 대로만 따르면 언젠가는 노동자 농민이 주인 되는 세상이 오리라는 새로운 확신이 섰고, 그 새롭게 솟는 힘을 다 바쳐 충성스런 부하가 될 것을 하대치는 스스로에게 다짐하고는 했다.

그들은 차츰 엷어져가는 안개를 헤치고 30분 남짓 걸어 숯가마에 도착했다. 해는 아직 솟지 않았지만 먼 하늘은 눈이 부신 현란한 황금빛으로 물들어 있었다. 염상진은 아침이 열려오는 그 찬란하고도 황홀한 빛의 기막힌 조화를 물끄러미 바라보고 있었다. 저 빛의 찬란함으로, 저 빛의 황홀함으로 공산혁명의 아침이 열리는 줄 알았다. 햇덩이 같은 뜨거운 열기로 혁명의 힘이 폭발해서 반동의 세력을 일거에 재로 태워 없애고 혁명의 새 천지가 이룩되리라고 믿었었다. 남조선의 지하조직이 깃발을 올린 그 절호의 기회에 북조선의 주력은 정작 무엇을 하고 있었단 말인가. 어둠을 이용한 후퇴, 그건 후퇴가 아니다. 야음을 틈탄 패주다. 굴욕스러운 패주다…….

"위원장 동무, 모두 모였습니다."

안창민이 옆에 와 서며 보고했다.

"알겠소."

염상진이 가슴속에서 들끓어오르기 시작하던 분노의 열기를 감추기라도 하듯 눈길을 발끝으로 떨구며 대꾸했다. 지금 그의 감정은 아침햇살이 퍼지고 있는 동녘 하늘과는 정반대로 캄캄한 어둠이었고 암담한 좌절뿐이었다. 후퇴, 패주, 그 어느 것이든 상관이 없다. 그건 말의 뜻이나 강도만 다를 뿐, 그런 현상이 일어나는 것은 분명 상대적인 힘의 약세 때문인 것이다. 상상하기 어려운 일이었다. 혁명의 주체가 되어야 하는 북조선의 힘은 막강한 것이라고 믿고 있었다. 해방과 더불어 혁명의 붉은 깃발을 세웠고, 이듬해에 지주와 부르주아 계급 말살과 함께 토지개혁을 완료한 북조선의 조직화된 공산주의의 힘은 경이적인 것이었다. 그런데 미군정하에서 시작된 남조선은 어떠했는가. 친일파와 지주계급이 군정과 어울려 득세를 했고, 새 시대의 국민을 위해 실시한다는 토지개혁은 해방 3년이 지나도록 단행을 하지 못한 상태였다. 그건 오합지졸이 모인 힘의 비조직화를 여실히 드러내는 것이었다. 힘은 조직화될수록 강해지고, 그 힘은 공격을 감행할 때 더 강해지고, 그리고 승리를 쟁취했을 때 그 힘은 절정의 꽃을 피우게 되는 것이다. 그건 힘의 법칙이고, 힘의 미학이었다. 북조선의 일사불란하게 조직화된 힘은 절호의 기회를 얻게 되면 남조선의 오합지졸인 비조직화된 힘을 일거에 쓸어버리고 한반도 전역에 공산혁명의 깃발을 나부끼게 할 것임을 굳게 믿어왔다. 그래서 굶주리며 쫓기는 투쟁을 불사했던 것이고, 마침내 봉기의 때가 왔음을 확신하고 읍내를 장악한 다음 무차별한 혁명의 숙청을 감행하지 않았던가. 그런데 하늘처럼 믿었던 북조선의 조직화된 힘은 뻗쳐오지 않았고, 오합지졸인 줄만 알았던 남조선의 힘에 쫓기게 된 것이다. 힘은 힘 앞에서만

굴복한다. 왜 북조선은 힘을 쓰지 않은 것인가. 남조선이 그만큼 강하기 때문이었는가. 그럼 북조선의 힘을 너무 과대평가했던 것일까. 아니다, 아니다⋯⋯. 염상진은 깊이를 더해가는 회의를 떼쳐내려고 괴로운 신음을 물었다. 자신의 마음을 회의와 절망으로부터 구해낼 수 있는 그 무엇이 있어야 했다. 그때 염상진의 뇌리를 스치는 생각이 있었다. 그렇다. 분명 그랬을 것이다.

"그래, 이번을 절호의 기회라고 판단하지 않았을 것이다."

염상진은 스스로를 일깨우듯 낮게 중얼거렸다. 자신의 목소리가 목판을 새기듯 자신의 가슴에 선명하게 박히는 것을 느꼈다.

"절호의 기회라고 생각한 것은 어리석은 내 판단일 뿐이지."

염상진은 어느덧 자아비판의 자세로 바뀌어 있었다. 당은 언제나 위대하고, 현명하며, 신성한 것이다. 당은 비판의 대상일 수가 없고, 회의를 용납하지 않는다. 염상진은 죄책감을 느낌과 동시에 새로운 힘의 탄력을 얻었다. 당의 현명한 판단에 의한 혁명의 날이 도래할 때까지 용맹스러운 투쟁을 전개하는 것만이 자신이 해야 할 임무라는 것을 확신했다. 염상진은 숯막 쪽으로 돌아섰다.

사람이 떠난 지가 오래된 숯막은 퇴락할 대로 퇴락해서 비바람을 막기에도 어려울 지경이었다. 일본인들이 물러간 다음부터 숯의 소비가 급감되어 조계산의 숯가마도 자연히 사양길로 접어든 것이다. 상여움막보다 더 을씨년스러운 꼴을 한 숯막을 바라보고 있는 염상진의 시야에는 아버지의 늙은 모습이 어릿거리며 겹쳐지고 있었다. 아버지는 돌아가시기 직전까지 숯장사를 억척스럽게 했었다.

염상진은 아버지의 상념을 밀어내듯 숯막으로 뚜벅뚜벅 걸어갔다. 숯막의 하나뿐인 방에는 밤새워 오금재를 넘어온 대원들이 비좁게 붙어앉아 있었다. 방 안에 숯내가 자욱하게 퍼져 있었다. 먼저 도착한 축이 숯등걸이라도 모아 불을 피웠던 모양이었다. 염상진은 좌중을 훑어보았다. 모두 어떤 결의가 담긴 긴장된 모습들이었지만 밤을 새워 산길을 걸은 피로한 기색은 역연했다. 그들에게 당장 필요한 것은 동물적인 욕구의 해결이었다. 배가 고플 것이고, 잠이 올 것이다. 정신무장은 그 다음 단계였다.

"동무들, 먼 길 오느라고 수고들 많았소. 동무들은 지금 배가 고프고 잠이 올 것이오. 당장 그 문제부터 해결합시다. 자, 조를 나눠 시작하시오."

좌중에는 잠시 의아해하는 침묵이 감돌았다. 사태의 중대함만큼 이야기도 길 것이라고 마음 작정하고 모여앉은 그들에게 염상진의 태도는 너무나 뜻밖이었던 것이다.

"하 동무, 뭘 하고 있소. 어서 조를 편성해서 보초를 세우고, 아침밥을 짓도록 하시오."

염상진은 대원들의 마음 움직임을 환히 들여다보며 큰 소리로 하대치에게 지시했다. 그때서야 하대치가 벌떡 일어났고, 좌중의 긴장이 깨어져나가기 시작했다. 그런 그들을 보며 염상진은 내밀한 웃음을 짓고 있었다. 사태가 다급할수록, 상황이 긴박할수록 어느 시간까지는 느긋할 필요가 있었다. 그 여유를 적절히 이용함으로써 긴장된 군중심리의 불안감을 해소시킬 수가 있고, 지휘자로서의 배짱의 두께도 보일 수가 있는 것이다. 급한 불구덩이는 일단 피한 셈이고, 행동개시를 할 수 있는 밤까지는 시간이 충분히 남아 있는 것이다. 아침밥을 먹인 다음 재우면 오전이 다 갈 것이다. 그동안 몸 날랜 하대치라도 쌍암면으로 내보내면 어떤 새로운 정보라도 접수하게 될지 모른다.

"동무들, 내(연기)가 많이 나서는 안 될 것잉께 솥은 숯가마 안에다 걸고, 나무는 뽀짝 몰른 솔갱이럴 때도록 허씨요."

하대치가 식사당번조에게 지시하고 있었다. 염상진은 곁눈으로 그런 하대치를 보며 만족스러운 웃음을 입가에다 물었다. 배움은 많지 않지만 타고난 머리가 있고, 건강한 몸에 용기까지 지니고 있는 하대치는 어느 모로 보나 소중하고도 충직한 부하였다. 무슨 일을 맡기든 마음 든든했다.

하대치의 지시를 받고 대원들은 다 밖으로 흩어져 나갔다. 텅 빈 방에 우뚝 서 있던 염상진은 문득 무릎이 접히는 것 같은 무거운 피로감을 느꼈다. 다 해진 왕골 돗자리가 깔린 방바닥에 그는 천천히 주저앉았다. 마누라와 두 자식의 모습이 불현듯 떠올랐다. 그는 미간을 일그러뜨리며 눈을 꼭 감았다. "음마, 음마, 고것이 무신 소리다요? 그랑께, 쫓겨간다 고런 말이제라?" 마누라는 괄괄한 성미 그대로 말을 쏟아냈다. "워메, 인자 두 다리 뻗고 권세 누림시롱 살 만헌 시상이 왔능갑다 혔등만 열흘이 못 가 요 무신 꼴이당가." 마누라의 끝이 없을 사설을 더 듣고 있을 시간이 없어 그는 문을 박차고 나섰다. "아이고메 요런 문딩아, 공산당 헐라면 애시당초 장개럴 들지 말든지, 장개럴 들었으면 새끼덜이나 싸질르지 말든지. 지리산 호랭이가 칵 씹었다가 도로 뱉을 요 썩어죽을 문딩아, 나만 새끼들허고 어찌 살라고 혼자 내빼능겨." 마누라는 목소리가 담을 넘을 만큼 소리치고 있었다. 그는 쫓기듯 사립을 나와 고샅의 어둠 속으로 몸을 숨겼던 것이다.

"노곤하신가요?"

염상진은 눈을 떴다. 안창민이 꺾은 무릎에 손을 받치고 구부린 자세로 그를 들여다보고 있었다.

"앉으시오, 안 동무."

염상진은 웃는다고 웃었지만 그렇게 빨리 감정전환을 시킬 수가 없어 안면근육이 어색하게 씰룩였을 뿐이다. 마누라의 말마따나 장가를 들지 말았든지, 마누라가 좀더 혁명가의 아내답든지 했어야 했다.

"사태가…… 어찌 전개되고 있는지……."

안창민은 염상진의 정면을 피해 약간 옆으로 앉으며 조심스럽게 물었다.

"안 동무, 수고 많았소. 그 많은 인원을 인솔하면서 취사도구까지 챙기느라고."

염상진은 엉뚱한 말을 했다.

"아니, 제가 머…… 딴 동무들이 다 알아서 했지요."

안창민은 안경을 다급하게 밀어올리며 기어들어가는 목소리로 어물거렸다. 그는 괜한 소리를 지껄였다고 후회하고 있었다.

"안 동무, 우린 이제부터 본격적인 투쟁에 돌입하게 될 것이오."

염상진은 안창민의 안경알을 곧 뚫을 것처럼 매운 눈길로 응시하며 또박또박 말했다. 도수 높은 안경알 저쪽의 눈동자가 염상진의 눈길을 받아내지 못하고 아래로 굴렀다. 눈동자를 덮어내린 눈꺼풀이 바르르 경련했다.

"너무 걱정 마오. 혁명의 성취는 투쟁 다음에 얻어지는 열매요."

염상진은 안창민의 손을 꼭 잡았다. 손이 남자의 것이라고 믿기 어려울 정도로 작고 부드러웠다. 그건 그의 모든 것을 단적으로 말해 주는 증거물이었다. 그의 출신성분, 성장과정, 사상배경까지 그 손에서 적나라하게 드러났다. 그는 하대치와는 대조적인 인물이었다. 그래서 염상진은 그에게서 하대치하고는 또다른 애정을 느끼는지도 몰랐다.

"가서 일해야 되겠습니다."

안창민은 옹색한 자리를 피하려는 듯 잠긴 목소리로 말했다. 염상진은 자기의 손에 잡혀 있는 안창민의 손가락이 꼼지락거리는 것을 느꼈다.

"그러시오, 안 동무."

염상진은 소리 없는 한숨을 내쉬며 안창민의 손을 놓아주었다. 안창민을 당장은 그런 식으로 눌러놓았지만 언제까지나 그럴 수는 없는 노릇이었다. 다만 현재로서는 자신도 사태파악이 안 되고 있는 형편이라 대답할 말이 없는 것이고, 그렇다고 모른다는 말을 차마 할 수 없어서 그런 식으로 처리한 것뿐이었다. 사태가 정확하게 파악되면 자신들의 행동방향도 결정될 것이므로 안창민에게 어차피 알려야 될 것이었다. 안창민은 그에게 하대치만큼 소중한 존재였다. 안창민의 명석한 두뇌와 예리한 판단력은 하대치의 기민한 행동과 과감한 용기와 함께 그를 늘 든든하게 받치는 기둥이었다.

안창민은 염상진의 사범학교 후배이기도 했다. 염상진에게 3년이, 김범우에게 1년이 아래인 안창민은 두 사람을 형님이라 부르며 따랐다. 그들 셋은 사회주의 이념에 마음을 하나로 뭉친 때가 있었다. 이미 과거의 흔적뿐이긴 했지만 고읍들녘의 대지주 집안의 아들 안창민이 사회주의에 경도된 것은 순전히 염상진에 의해서였다. "형님, 용서하십시오. 저는 교단에 서야 되겠습니다. 어머니의 고생을 그만 끝내드려야지요. 형님한테 면목 없는 일이지만, 어쩌겠습니까." 안창민은 졸업을 앞두고 염상진을 찾아와 이해를 구했던 것이다. 그때 이미 염상진은 농사를 지으며 적색농민운동을 독립운동과 같은 맥락으로 밀고 나가고 있었다. 같은 사회주의 이념을 신봉하면서도 그 선택은 달랐다. 염상진이 더 이념적으로 투철하고, 안창민이 그렇지 못해서가 아니었다. 그건 인간적인 기질의 차이였다. 안창민은 체구부터가 선병질적으로 가늘게 생긴 데다가 마음마저 여렸다. 눈까지 나빠 안경을 끼었으니 그는 한결 허약해 보였다. 염상진이 곧잘, 머리 좋은 것 하나 빼버리면 장타령하는 거렝뱅이만도 못할 거라는 좀 지나친 듯한 농담을 해도 그는 씨익 웃고는 그만이었다. 그러나 염상진이 '감상적 사회주의자'라거나 '관념적 사회주의자'라고 비꼬면 그는 얼굴이 하얗게 변하도록 흥분을 하고는 했다.

안창민에게 홀로인 어머니가 소중했다면, 염상진에게 아버지라는 존재도 결코 그만 못하지 않았다. 그런데 염상진은, 평생을 숯장사를 하며 아들을 가르쳐 '선상님' 되기를 고대한 아버지의 간절한 소원을 뿌리치고 농부가 되어버린 것이다. "그래, 그래. 사람이 어찌 다 하나같을 수가 있겠는가. 자네는 선생으로, 나는 농부로 최선을 다하세. 뜻이 같으면 결국 닿는 길도 같을 거니까." 염상진은 안창민의 교단행을 흔쾌하게 받아들였다.

해방이 되고 염상진이 본격적으로 사회주의 운동을 행동화시키면서 한 차례 감옥생활을 거치고, 뒤이어 쫓겨다니는 수난을 겪는 동안에도 안창민은 정치 회오리의 무풍지대인 국민학교 울타리 안에 안주해 있었다. 그렇다고 그는 코흘리개들에게 〈나비야, 나비야〉나 가르치는 시장스런 훈장 노릇만 한 것은 아니었다. 그는 수심 깊이 잠겨 있는 보이지 않는 섬이었다. 그는 염상진이 피신해 있는 동안 읍내 지하조직을 움직여나간 그림자 없는 손이었다. 그가 철저하게 은폐되어 있었던 것은 물론 염상진의 지시에 의한 것이었다. 그러다가 이번에 그는 물 위로 불쑥 솟아오른 섬이 된 것이다. 그의 느닷없는 변신은 우선 학교 선생들을 까무러치게 할 만큼 큰 충격이었다. 붉은 완장을 찬 그의 앞에서 선생들은 하나같이 전전긍긍했다. 특히 평소에 사회주의 사상을 비판적으로 말해 온 몇몇 선생은 사색이 되어 있었다. 그러나 그는 붉은 완장을 찼다고 해서 별로 달라진 것이 없었다. 그전과 마찬가지로 말이 적었고, 어떤 권한행사도 하지 않았다. 그런 그의 태도가 오히려 선생들을 더 두렵고 공포스럽게 만들었다. "선생들 대하기가 영 기분이 찜찜해요." 그가 떫은 듯 입맛을 다시며 말했고, "거 무슨 소리요, 안 동무. 그 은폐술이야말로 우리 조직의 탁월성을 입증한 것이 아니고 무엇이겠소." 염상진은 약간 언짢은 기색을 띠며 면박을 주듯 말했다. 그는 처형의 대창을 들지도 않았고, 주변의 그 누구도 다치게 하지 않았지만 존재가 노출되고 말았으니 결국 후퇴의 대열에 끼이지 않을 수 없었다.

안창민은 고읍들의 지주 안재윤의 하나뿐인 손자였다. 한말(韓末)까지 행정의 중심을 이루었던 낙안 고을에 대대로 뿌리를 내려온 안씨 문중은 그 뼈대로나 재력으로나 넉넉히 큰기침할 만했다. 안재윤은 학문도 꽤는 깊었고 덕망도 갖추었지만 망국의 비운과 함께 날개를 잘린 새 신세가 되었다. 그는 말년에 망나니 아들로 속을 썩일 대로 썩이다가 화병을 얻어 제명을 다 못 살고 죽었다. 그때 벌써 아들 안서규는 투전판을 들락거리고 주색에 빠져 재산의 반 이상을 날린 상태였다. 안재윤이 죽고 나자 가세는 걷잡을 수 없이 기울어졌다. 안서규는 방탕한 생활의 소용돌이에 말려들어 마침내 전답 거의를 헐값에 팔아치워 어디론지 자취를 감추어버렸다. 그것으로 안재윤의 집안은 겨우 논 30여 마지기를 가진 소지주로 전락했고, 뼈대 자랑하던 안씨 문중은 덩달아 근동의 손가락질을 당하는 망신을 감수해야 했다. 종적을 감춘 안서규는 3년이 미처 못 되어 남원에서 객사했다는 소식이 바람에 묻어 왔다. 안창민의 나이 열세 살 때였다. 그러나 안창민의 어머니 신씨는 그 정도의 재산이나마 남아 있는 것을 천행으로 여겼다. 궂은일이라고는 해본 적이 없는 신씨가 직접 논두렁에 나서게 된 것이 그때부터였다. 손수 농사를 지을 수는 없는 일이었지만 몇 안 되는 작인들을 독려했고, 눈에 띄는 피를 뽑으려고 논에 예사로 들어가는가 하면, 새떼를 쫓으려고 있는껏 소리치며 논두렁을 맴돌았다. 그런 신씨를 먼발치로 바라보는 사람들은 안쓰러운 듯 혀를 찼고, 작인들은 농사일에 성의를 다 바치지 않을 수가 없었다. 신씨가 아들의 제의에 따라 표나지 않게 소작료를 낮춘 것은 안창민이 사범학교를 졸업한 직후였다.

"결정적 시기라는 걸 무엇으로 확정 지을 수 있습니까?"

안창민은 안경알을 빛내며 냉담한 어조로 물었다. 무모한 감정적 행동이거나 일시적 기분에 좌우된 오판이 아니냐고 신중을 기하는 것이었다. 그건 허약해 보이는 외모와는 다른 안창민 특유의 예리함이기도 했다. 염상진은 그가 필요로 하는 확실한 근거를 제시할 수 없었다. 그렇다고 어물거릴 수도 없었다.

"날 믿으시오. 큰일에는 비밀이 따르게 마련이니까."

그건 안창민에게 한 결정적인 거짓 발언이었다. 그러나 염상진은 그만큼 확실한 믿음을 가지고 있었던 것이다.

"그렇게 하지요."

그래서 안창민은 빨간 완장을 차게 되었다.

지난 4월 3일 제주도에서 혁명의 깃발을 올린 것은 그곳을 해방구로 하여 남조선의 단독정부 수립 음모를 분쇄함과 아울러 남조선 전역의 해방을 성취시키려는 것이었다. 그런데 사정은 여의치 않았다. 미제국주의자들이 제공하는 화력으로 무장한 군경이 계속 투입된 것이었다. 화력의 열세와 사방이 바다로 차단된 악조건 속에서 전사들은 벌써 7개월에 걸친 투쟁을 전개해 오고 있었다. 이번에 혁명의 깃발을 또 올린 여수 주둔 14연대도 '반란군을 진압하기 위해' 제주도로 파견될 부대였다. '지구별로 투쟁 개시하라.' 지령은 언제나 간단명료했다. 그 어떤 설명이나 해설이 붙지 않는 것이 지령의 본모습이었다. 첫째, 전라남도의 일부인 제주도에 국한하지 않고 전남 전역을 해방구로 설정한다. 둘째, 지역을 확대함으로써 투쟁을 적극화시키고, 아울러 적의 화력을 분산시켜 제주도 전사들의 투쟁이 용이하도록 유도한다. 염상진이 지령을 통해서 유추해 낸 점이었다. 그러나 그것은 어디까지나 개인적 유추일 뿐 당의 공식적 언명이 아니었다. 그러므로 함부로 입 밖에 낼 수 있는 말이 아니었던 것이다.

거미줄이 얽힌 숯막의 천장을 멍하니 올려다보고 있던 염상진은 고개를 떨구며 휴우 한숨을 쉬었다. 한번 지나간 일에 대해서는 절대 후회하지 말 것을 신조로 삼고 있으면서도 안창민의 신분을 노출시킨 것이 자꾸만 후회로 되살아올랐다. 자신의 오판이나 그의 말을 봉쇄하기 위해 한 거짓은 문제가 아니었다. 완전 파괴되다시피 한 읍내 조직과 그에 따른 앞으로의 일이 난감했다. 읍내에는 이제 미온적인 세포 몇이 남아 있을 뿐이었다. 그것도 경찰의 색출

작업이 시작되면 어떻게 될지 안심할 수가 없었다. 안창민을 노출시키지 않았더라면 그보다 더 완벽한 거점은 없었을 것이다. 배후에 진을 쳐두어야 했던 것인데……. 염상진은 다시 진득한 한숨을 내쉬며 담배를 꺼냈다.

염상진은 담배연기를 천천히 내뿜었다. 푸르스름한 담배연기는 공중에서 추상의 몸짓을 지으며 빠르게 자취를 감춰가고 있었다. 순간순간 변하는 그 몸짓의 유연함은 다음의 변화를 예측할 수 없게 했다. 그렇다, 자신이 살아온 지난 몇 년 세월이 저와 같았고, 앞으로 살아내야 할 세월도 저와 같이 전혀 예측 불가능한 것이다. "이눔아, 사람 한시상 사는 것이 똑 갱물 흐르디끼 허는겨. 큰 물줄기 따라감스로 지 몫아치 딱 잡고 앞만 보고 애써 살아가자면 시나브로 풀리게 돼 있는겨. 무식헌 애비 말이라고 귓등으로 듣지 말고 얼렁 맘 고쳐묵어. 이 애비야 암시랑 않다만 처자석 생각혀서 맘 고쳐묵고 선상질이나 열심히 허란 말이다. 이눔아, 선상님 지체면 하늘에 별 딴 것이지 멀 더 바래는겨. 애비 말 듣고 있는겨?" 아버지의 안타까워하는 마음이나 애석해하는 심정을 모르는 것이 아니었다. 기대가 허물어진 아버지의 낙망이 얼마나 큰 것인지도 능히 헤아릴 수 있었다. 그러나 길이 잘못 잡힌 큰 물줄기를 따라 흐르는 한 방울의 물이기를 거부하는 그의 마음은 아버지를 이해하는 마음보다 우선했다. 선생님 지체면 하늘의 별을 딴 것이나 마찬가지로 생각하는 아버지의 만족스러운 성취욕은 참으로 눈물겨운 것이기도 했다. 종에서 선생으로— 이 신분의 변화는 아버지에게 천지개벽이나 다를 바 없었을 것이다. 그것도 아버지의 피나는 노력으로 이룩한 것임에랴.

염상진의 아버지 염무칠이 지주 최씨네에서 꼴머슴살이를 벗어나 읍내의 숯가게에 취직한 것이 열여섯 살 때였다. 염무칠의 아버지는 낙안벌의 토호 최씨네의 가복이었다. 국법에 의해 노비제도가 폐지됨과 동시에 자유의 몸이 되었지만, 다른 대부분의 노비들이 그렇듯 염무칠의 아버지도 경제적 독립을 꾀할 수가 없었다. 노비문서만 불살라졌을 뿐 생활조건은 예나 다름이 없었다. 물론 법에 의해 거주이전의 자유가 보장되었고, 소작농으로서의 자립경제를 도모할 수도 있었다. 그러나 땡전 한 닢 없는 신세로 어디로 거주를 옮길 것이며, 이미 소작을 부치고 사는 작인들도 농지가 줄어들까 봐 급급하는 판에 소작인들 어디서 구할 것인가. 천생 소작을 얻게 되는 경우는, 주인이 그동안의 노고와 정리를 생각해서 소작 나가 있는 농토를 재조정해서 마련해 주는 것이었다. 어느 만큼 마음을 쓰는 지주들은 다 그런 방법으로 거느렸던 가복들의 생활대책을 세워주었다. 그런데 염무칠의 아버지는 불행하게도 그런 주인을 만나지 못했다. 낙안과 고읍들의 그 넓고 비옥한 농토는 거의가 세 성씨의 소유였다. 윤씨·김씨·최씨가 그들이었는데, 그중에서 최씨네가 인심 사납기로 소문이 나 있었다. 작인의 타작마당에 지주가 직접 나서는 것이 바로 최씨네였다. 염무칠의 아버지는 벙어리 냉가슴만 앓았을 뿐 주인 앞에서 입 한번 뺑긋해 보지 못했다. 그렇다고 최씨네를 박차고 나가서 새경 받는 머슴살이를 할 수도 없는 노릇이었다. 머슴살이 새경을 받아가지고 식솔들 목구멍을 채울 수가 없었던 것이다. 도리 없이 최씨네에 눌러앉아 문서 없는 가복 노릇을 계속할 수밖에 없었다. 소작농의 생활이 제아무리 팍팍하다 한들 어찌 가복의 신세에 비하랴. 비록 제 소유는 아닐망정 처자식 먹일 농사를 손수 짓는 것하고, 세 끼 밥 근근이 얻어먹자고 온 식구가 종질을 하는 것하고 어찌 비교가 되랴. 염무칠의 아버지는 세상 살맛을 잃고 원기를 뽑아내는 것 같은 짙은 한숨을 내쉬기 시작했다. "날로 달로 개명혀 가는 시상이니께 농새만 짓고 한평생 살라고 허덜 말어. 이 애비가 산 시상허고 니가 살 시상허고는 생판 달블 것잉께." 눈을 감기 전날 염무칠의 아버지가 마지막으로 한 말이었다. 염무칠이 숯가게 배달원으로 취직을 한 것은 순전히 아버지의 그 말을 좇아서였다.

배운 도둑질이라고 염무칠이 숯 행상을 나선 것은 배달원 생활 6년 만이었다. 나이가 들기도 해서였지만 그보다도 그동안 읍내 바람에다가 장사물을 먹은 탓에 지게 목발을 두들기던 옛날의 염무칠의 모습은 찾을 수가 없었다. 맹무식이었던 그는 계산법을 완전히 익히고 있었고, 서툴기는 했지만 주판알을 굴릴 줄도 알았다. 숯을 많이 쓰는 일본인들 집을 뻔질나게 드나들다 보니 어지간한 일본말은 다 알아들었고, 쉬운 말은 척척 해낼 정도였다. 그러나 무엇보다도 염무칠의 사람됨을 달라지게 한 것은 장사문리가 트이면서 함께 눈뜨게 된 이재(理財)의 방법이었다. 외상은 많이 할수록 좋지만 절대로 외상을 주지는 말라로 시작되는 몇 가지 조항은 염무칠을 차돌멩이처럼 단단한 사람으로 만들었고, 세상을 대하는 데 밤송이 같은 경계의 촉수를 갖추게 했다. 1전을 보고 물 밑으로 50리를 기어라. 하루에 10전을 벌기로 작정했는데 9전밖에 못 벌었으면 굶고, 11전을 벌었으면 1전어치만 먹어라. 한번 수중에 든 돈은 이문을 물고 들어오지 않는 이상 절대로 내놓지 말아라. 이익이 남는 장사를 하는데 손님이 열 번 밟으면 백 번 밟히는 시늉을 해라. 돈을 빌려주지 말고 차라리 마누라를 빌려줘라. 싸릿대를 엮어 만든 숯가마니를 지게에 지고 행상을 다니는 염무칠의 가슴에는 그런 말들이 비석의 비문처럼 새겨져 있었다.

염무칠이 행상으로 나선 것은 가게를 세낼 만한 돈이 없으니까 당연한 것이었지만 매물인 숯을 구하는 과정은 참으로 눈물겨운 것이었다. 한 푼이라도 더 싸게 팔면서 이윤을 높이기 위해 생각해 낸 방법이 숯가마에서 직접 물건을 떼오는 것이었다. 염무칠은 망설일 것 없이 오금재를 넘어 조계산 숯가마를 찾아갔다. 그러나 막상 가서 보니 돈을 낸다고 숯을 아무한테나 파는 것이 아니었다. 철저한 판매조직에 의해 중간유출을 할 수 없도록 되어 있었다. 70리 산길을 걸어온 것이 억울해서 염무칠은 빈 지게로 돌아설 수가 없었다. 그래서 숯쟁이를 붙들고 구구한 사정 이야기를 털어놓으며 애걸하다시피 했다. 그런 염무칠의 마음에는, 제아무리 엄하게 단속을 한다 한들 사람이 하는 일인데 숯 서너 가마니 뒤로 못 빼내랴 하는 생각이 도사리고 있었다. "와따 참말로, 젊은 사람이 징상시럽게도 찔기네잉. 갱엿만 묵고 살았능가 칡뿌랑구만 묵고 살았능가, 워찌 그리 찔기당가?" 숯쟁이는 숯검정이 범벅이 된 얼굴로 질렸다는 듯 염소웃음을 웃었다. "죽지 못허고 살아야 헐 찔긴 목심 땀세 요리 찔겨졌는갑구만이라." "허어, 말도 청산유수시웨. 워쨌그나 내 동상 겉은 젊은 사람이 살아보겄다고 그래싼께 살짝 혀주는 소린디, 나는 불이나 때고 불구녕이나 막고 험시로 사는 아무 심도 읎는 사람이고, 고 찔긴 맘으로 저 아래 선암사 주지시님을 찾아가보드라고. 주지시님 맘에 들었다 허면 그까징 거 숯 서너 가마니 얻기는 손바닥 뒤집기여. 엔돈가 벤돈가 허는 일본놈도 주지시님헌테는 괭이 앞에 생쥐새끼꿰." 그래서 선걸음으로 주지스님을 찾아갔고, 대웅전 앞뜰에서 주지스님을 맞닥뜨리자 그대로 땅바닥에 엎드리며 넙죽 큰절부터 올렸던 것이다. 그리고 온몸의 피가 말라붙는 마음으로 찾아온 경위를 이야기했다. 이야기를 다 마쳤을 때 염무칠의 양쪽 입가에는 침 찌꺼기가 허옇게 말라붙어 있었다. "으음―." 이야기를 다 듣고 난 주지스님은 얼굴을 약간 내리고 눈은 올려뜬 엄한 모습으로 염무칠을 쳐다보며 뜻 모를 으음 소리를 길게 늘이고 있었다. 스님의 그 눈길이 자신의 마음을 샅샅이 훑고 있는 것만 같아 염무칠은 꼼짝을 못하고 서 있었다. "그러하다면, 오늘만 달라는 것잉가 아니면 앞으로도 쭈욱 달라는 것잉가?" 마침내 스님이 물었다. "살아갈 방도가 따로 읎는 몸인디 주지시님께서 질을 좀 티워주십소사 허능구만요." "하면, 매번 지게로 숯가마니를 벌교 읍내꺼지 져날르겄다는 말인가?" 주지스님은 보일 듯 말 듯 고개를 저으며 눈을 반쯤 내려감았다. "시님, 주지시님, 질만 티워주심사 고것이야 지 심으로 허는 일인디 워쩌 못허겄능가요. 질만, 질만 티워주씨요." 염무칠은 곧 장삼자락을 붙들 것처럼 몸이 달아 있었다. "이것도 다 부처님의 인연일시, 내 엔도한테 양해를 구할 것이니 어디 해보도록 하게나."

염무칠은 한 행보에 숯 세 가마니씩을 지고 오금재 가파른 산길을 넘기 시작했다. 주지스님의 도움으로 숯을 생산가에 받을 수 있었으므로 이문이 컸다. 그러나 왕복 140리의 도보운반으로 물량이 제한되어 있어서 목돈을 만지기는 어려웠다. 염무칠은 지치지 않았다. 1년, 2년…… 장가를 들고 자식을 낳고, 염무칠은 20년이 넘게 오금재를 넘나든 것이다. 그러는 동안 아들 둘, 딸 셋을 낳아 길렀다. 그리고 선암사 주지스님이 세상을 떠났다. 다비(茶毘)가 끝나고 사리를 거둘 때까지 오로지 속인 옷을 입고 섧게 운 것은 염무칠뿐이었다.

숯장사는 아무래도 한겨울을 대목으로 해서 늦가을부터 초봄까지 미처 반년 장사가 못 되었다. 그래서 염무칠은 여름 한철은 참나무를 쳐내는 산판에서 품을 팔았다. 찬 바람이 일기 시작하면서부터 숯을 구워내기 위해 벌이는 산판이었다. 식비를 제한 품삯이 숯장사보다 나을 리가 없었지만 일곱 식구 호구를 위해서는 잠시인들 손을 쉴 처지가 아니었다. 호구만이 아니라 사내자식들은 가르쳐야 했으므로 돈이 되는 일이라면 호랑이 굴에 들어가는 것도 마다하지 않을 형편이었다. 사실 20년이 넘게 숯장사를 하면서 염무칠은 몇 차례 죽을 고비를 넘기기도 했다. 장사 대목을 놓치지 않으려고 무리하게 오금재를 넘다가 눈길을 헛디며 지게를 진 채로 계곡으로 굴러 눈구덩이에 처박히기가 몇 번이었고, 폭설을 만나 길을 잃어버려 얼어죽을 뻔도 했고, 길을 질러가려고 저수지 얼음판 위를 걷다가 한가운데서 얼음이 뿌지직뿌지직 갈라지며 내려앉는 바람에 물귀신이 될 뻔도 했다. 쉬운 말대로라면 그때도 숯을 세 가마니나 진 지게를 후딱 벗어던졌으면 물에 빠지는 것은 면했을지 모른다. 그러나 사람 마음이라는 것이 어디 그런가. 그 숯값이 얼마며, 그 먼 길을 얼마나 애쓰고 지고 왔는데 벗어던진단 말인가. 물에 빠질 때 빠지고, 죽을 때 죽더라도 그럴 수는 없는 일이었다. 그래서 그는 '곰 같은 염 서방'으로 불리게 되었는지 모르지만, 한편으로는 그를 막 대하는 사람도 없었다. 더욱이 큰아들 상진이를 사범학교에 진학시키고부터는 그를 대하는 읍내사람들의 태도가 완연히 달라졌다. 염무칠의 이름은 읍장이나 경찰서장 부럽지 않을 정도로 사람들의 입에 오르내렸다.

큰아들 상진이가 자랑스러운 것만큼 염무칠에게는 두통거리가 있었다. 작은아들 상구로 하여 속을 썩였다. 큰아들이 혀에 착착 감기는 조청이라면 작은아들은 목구멍에 걸린 가시였다. 작은아들은 소학교를 졸업시키자마자 옆구리에 끼고 장사나 착실히 가르칠 심산이었다. 그런데 미꾸라지처럼 쏙쏙 손 밖으로 빠져나가기만 할 뿐 영 말을 들어먹지 않았다. 물론 무작스럽게 패기도 여러 차례 했지만 한번 비뚤어진 심성은 바로잡아지지가 않았다.

작은아들이 그렇게 엇지게 된 것은 전적으로 그의 책임이었는데도 염무칠은 그 점을 깨닫지 못하고 있었다. 봉건사회의 세습제와 유교전통의 불문율인 장자(長子)제일주의 인습을 염무칠은 미련하도록 철저하게 지켰던 것이다. 두 아들이 어렸을 때부터 염무칠은 장남과 차남의 위치를 엄격하게 구분했다. 모든 것이 장남 본위, 장남 우선이었다. 차남은 상대적으로 무시 묵살되었다. 둘이 다투어도 작은아들이 쥐어박혔고, 명절에 쑥떡 하나라도 큰아들이 더 먹었고, 가뭄에 콩 나듯 닭을 잡으면 똥집은 으레 장남 차지였고, 그러면서도 자질구레한 심부름은 다 작은아들에게 돌아갔다. 상구는 형 상진이 그 쫄깃쫄깃한 닭똥집을 소금에 찍어 야금야금 먹는 것을 손가락을 물고 멍하니 바라보다가는 끝내, 저 문둥이 겉은 새끼가 팍 뒤져뿌렀으면 속이 씨언허겄다, 속으로 욕을 퍼대고는 했다. 차남 상구는 소학교에 들어가기 전에 벌써 부모 앞에만 서면 목을 꼬아박고 두 팔을 치켜들며 옆걸음을 치는 주눅 든 방어자세를 취하기에 익숙해져 있었다. 슬슬 눈치를 보며 배돌았고, 혈색 없는 얼굴로 통 입을 떼지 않았다. 형이 줄곧 1등을 하는 데 비해 동생의 성적은 말이 아니었다. 어떤 일의 기억은 형보다 더 초롱초롱한데도 공부에는 전혀 흥미가 없었다. 상구가 완전히 빗나가기 시작한 것은 상급학교를 갈 수 없게 된 다음부터였다. 역전이나 차부를 얼쩡거리면서 왈패들과 어울리기 시작했다. 집에 들어오지 않는 날이 생겼다. 이러다간 새끼 하나 버리겠다 싶어 더 늦기 전에 길을 잡기로 작심한 염무칠은 작은아들을 붙들어 멱살을 틀어쥐고 집으로 끌고 갔다. 방문을 걸어잠그고 매타작을 놓았다. 다시는 안 그러겠다는 다짐을 받고 풀어주었지만 소용이 없었다. 몇 차례 더 매를 들었지만 그럴수록 나빠지기만 했다. 염무칠은 작은아들을 버린 자식 취급하기로 해버렸다. 그렇게 되자 큰아들에게 마음이 더욱 쏠려갔다. 사범학교를 나와 떠억하니 소학교 '선상님'이 되면…… 상상만으로도 가슴이 벌떡거려 염무칠은 숨을 쉬기가 거북할 지경이었다. '선상님' 아버지가 되어 대접도 받고, 그 지긋지긋한 고생에서도 벗어나고, 염무칠의 달디단 꿈은 끝이 없이 펼쳐져 나갔다. 그의 생각은 오로지 두 가지에 집착해 있었다. 사람으로서 그 신분이 달라져야 한다는 것과, 장사를 통해서 갖게 된 돈의 효능에 대한 신뢰였다. 그것을 큰아들이 한꺼번에 해결하게 될 것이라고 그는 철석같이 믿고 있었다.

염무칠이 세상을 떠난 것은 큰아들이 사범학교를 졸업한 그 다음해였다. 그는 눈 가장자리에 지저분하게 눈곱이 끼어 1년 내내 비실비실하더니 죽은 것이다. 사람들은 두 아들놈이 불쌍한 염 서방을 잡아먹은 것이라고 입을 모았다. 큰아들은 사범학교를 좋은 성적으로 나오고도 선생을 마다하고 농사일을 시작했고, 완전히 주먹패가 되어버린 작은아들은 철교 아래 선창에서 칼부림을 해 일본 선원을 찔러죽이고 도망친 사건이 터진 것이다. "이눔아, 이눔아, 니가 행여 그리 못쓰게 변, 변헐 줄은……." 염무칠이 큰아들의 손목을 틀어잡고 마지막으로 한 말이었다. "이눔아, 니가 아부지 가심에 못을 쳐도 대못을 친겨. 아부지가 워째서 요리 일쯕 죽어뿐지 니는 알것제? 인자라도 안 늦었응께 아부지 한을 풀어줄라면 싸게 선상질을 혀. 그러면 아부지도 저승길을 편히 가실겨. 이 에미 말 알아듣겄냐?"호산댁은 큰아들을 마구 흔들며 울부짖듯 했다. 염상진이 자식 된 도리로 할 수 있었던 일은 장가를 가는 것까지였다. 그는 전혀 내색을 하지 않았지만 사상문제로 의심받아 발령이 보류된 상태였다. 의무복무가 저절로 없어져버린 그 조처를 그는 오히려 좋은 기회로 받아들였다.

농사를 짓기로 결심을 했지만 염상진은 손바닥만 한 땅뙈기도 없는 형편이었다. 김범우의 아버지 김사용을 찾아가기로 했다.

염상진은 일본군국주의 정신을 주입하는 선생 노릇을 차마 할 수 없어 농사를 짓기로 결심했다는 요지의 말을 김사용 앞에 무릎 꿇고 앉아 정연하게 해나갔다.

"저에게 농사지을 땅을 좀 빌려주시기 바랍니다. 지금 농사를 짓고 있는 전답을 말하는 것이 아닙니다. 제가 그런 땅을 얻고자 하면 다른 소작인들이 피해를 보게 됩니다. 그러니까 개간을 해서 농사지을 수 있는 땅을 빌려주시라는 겁니다."

김사용은 단정히 꿇어앉아 말하고 있는 염상진을 물끄러미 바라보고 있었다. 그 눈길이 그지없이 따뜻했고 입가에는 조용한 웃음이 어려 있었다.

"그래, 자네가 교직을 갖지 않겠다는 그 뜻은 참으로 가상하네만, 내가 듣기로는 자네 춘부장 어른께서 자네가 선생이 될 날을 고대허심서 많은 고생을 허신 걸로 아는데."

김사용은 염상진의 아버지를 최대 존칭으로 부르고 있었다.

"예에, 아부님은 물론 서운해허실 것입니다. 그러나 그건 어디까지나 개인의 입장이고, 제가 선생이 되어 일본정신을 가르치는 것은 친일이고 매국이 됩니다."

"오호, 자네가 어느새……."

김사용은 놀라워하며 자리를 고쳐 앉았다. 작은아들 범우와 소학교 적부터 절친하게 지내오고 있고, 특히 독립운동에 몸 바치고 있는 장남 범준이를 흠모하는 기특한 소년으로만 알고 있었던 염상진이 어느새 주견이 반듯한 성인으로 성장해 있음은 자기 자식의 변모를 보는 듯 흐뭇하고 대견했다.

"개인이 남 아닌 부모일 때 대의명분을 따라 행동하자면 그 아픔이 얼매나 크겠는가."

김사용은 침통한 표정으로 방바닥을 내려다본 채 혼잣말처럼 낮게 말하고 있었다. 일찍이 그 총명과 사람됨을 눈여겨보아온 터이지만 역시 염상진은 예사 젊은이가 아니라 싶었던 것이다.

"자네의 그런 큰 결단 앞에 내 어찌 땅뙈기 내놓기를 주저허겠는가. 자네가 필요헌 만큼, 개간을 헐 수 있는 만큼 쓰도록 해줌세."

큰아들 범준이가 만주 벌판 그 어딘가에서 하고 있는 고생이 결코 헛되지 않은 것이라고 생각하며 김사용은 흔쾌하게 말했다.

"어르신, 고맙습니다."

염상진은 깊이 고개를 숙였다.

"외레 내가 고마우네. 농담으로 묻는 말인디, 그래, 땅을 빌려 쓰면 사용료는 얼마를 어떤 방법으로 낼 심산인가?"

김사용이, 어디 보자, 하는 애정이 넘친 표정으로 염상진을 쓰다듬듯 바라보고 있었다.

"제가 어르신의 소작인이 되기는 싫습니다. 그러니 사용료 같은 것은 없이 일정 기간 동안 빌려 쓴 다음 반환하기로 하겠습니다. 반환받으실 때는 박토가 옥토로 변해 있을 것입니다."

염상진은 전혀 농담하는 기색이 없이 진지한 얼굴로 말했다.

"허허허허…… 박토가 옥토로 변했다. 내가 남는 장사를 허게 생겼구만. 그래, 그 생각은 미리 헌 것인가, 내 말을 듣고 당장 생각헌 것인가."

"땅을 빌리러 오면서 그냥 와서야 되겠습니까."

"허어, 자네는 역시 앞뒤가 철저한 사람이네그려. 그 조건에 내 동의함세."

김사용은 눈가에 잔주름을 잔뜩 잡으며 환하게 웃었다.

"가세, 내 땅을 보여줌세."

김사용이 장죽을 옆으로 치우며 일어설 자세를 취했다.

"아니 어르신, 어쩌시려고……."

염상진은 당황한 나머지 두 팔을 벌려 제지하는 몸짓을 지었다. 그러나 그런 식의 몸짓이 어른 앞에서 취할 바가 못 됨을 순간적으로 깨닫고는 재빨리 팔을 수습해 들였다.

"어쩌하긴, 말이 난 김에 쓸 만한 땅을 골라보자는 게지. 자네 맘 한시가 급헐 것인디 서둘러야제."

김사용은 무릎을 짚고 더게 일어섰다. 염상진은 다급하게 따라 일어서며 어떤 뜨거운 기운이 빗줄기 내리듯 가슴 전체를 덥혀 오는 걸 느꼈다.

"어르신, 지체하지 않으시고 땅 장만해 주시는 것만도⋯⋯. 어르신, 어찌 어르신께서 손수 걸음까지 하시려고⋯⋯."

염상진은 출렁거리는 감정을 다스리지 못한 채 말까지 더듬거렸다.

"암시랑 않네. 어여 앞서게."

김사용은 대견해하는 따스한 눈길을 염상진에게 보내며 두루마기의 긴 고름을 유연한 손놀림으로 매고 있었다.

"어르신, 머슴한테 일러 보내도 될 일입니다. 어르신께서 직접 걸음하시면 제 사람 노릇이⋯⋯."

염상진은 참으로 몸둘 바를 모를 지경이었다. 황송하고, 송구스럽고⋯⋯ 자신이 김사용을 '어르신'이라 호칭하는 것은 봉건적 지체의 높낮음을 지켜서가 결코 아니었다. 진정으로 존경할 수 있는 어른으로서, 우러르는 선배와 신뢰하는 친구의 부친으로서 더 이상의 존칭이 없었기 때문이다. '어르신'보다 더 높은 호칭이 있었더라면 염상진은 서슴없이 그것을 택했을 것이다.

"괘념치 말게. 자네는 다 받아놓은 밥상을 마다하고 시작허는 일인데 내 한 행보 걸음이 머 그리 대단헌 것인가. 가세, 원족 삼아 자네허고 함께 걷는 맛도 별미일 것이니."

김사용 어른이 자신에게 쏟고 있는 애정이 얼마나 짙은 것인지를 염상진은 여실하게 느꼈다. 그분이 손수 걸음을 하려는 것은 자신이 앞으로 하려는 일에 대한 격려의 뜻임을 염상진은 너무나 잘 알았다.

제석산의 북쪽 줄기인 거선봉 아래까지 10리가 넘는 길을 김사용 어른은 묵묵히 걸었다. 염상진은 두어 발짝 뒤처져 걸으며 여러 갈피의 생각들을 질정 없이 떠올렸다가 버리고는 했다. 그 생각들 중에서 끝까지 남아 있는 것은 김범준의 모습이었다. 털모자에 털외투를 입고 매서운 눈초리로 이쪽을 쏘아보고 있던 사람. 그 눈초리뿐만이 아니라 굳게 다물린 입이 주던 위압감. 처음이고 마지막으로 본 사진 속의 김범준은 염상진의 의식 속에서 항시 숨쉬며 살아 있었다.

염상진이 소학교 졸업반이던 한겨울이었다. 밤사이에 읍내는 추위보다 더한 살기로 뒤덮였다. 순사들이 눈을 희번덕이고 숨을 몰아쉬며 동네마다 들쑤시고 다니는 소란이 벌어졌다. 독립운동을 하는 김범준이 또 한 사람과 함께 나타났었다는 쉬쉬하는 소문이 이미 자욱하게 퍼져 있었다. 김사용이 경찰서로 붙들려갔고, 김씨 문중 사람들이 떼지어 경찰서로 몰려갔다. 이틀이 지나고, 사흘이 지나고, 김범준의 흔적은 그 어디에도 없었다. 그러는 동안 김씨 문중 사람들은 김사용의 몸에 손만 대면 끝장을 보고 말겠다며 경찰서를 에워싸고 서슬이 시퍼랬다. 염상진은 작은 가슴을 두근거리며 경찰서 주변을 맴돌기도 했고, 창백하게 풀기 죽은 범우를 찾아가기도 했다. "우리 범준이 성님은 지리산 호랭이맨치로 날래고 싸나운께 폴세 지리산 천왕봉 넘고 금강산 지내 백두산꺼정 갔을 거이다." 나흘째 되는 날 다소 화색이 돌아온 범우가 힘을 꽁꽁 쓰며 한 말이었다. 그런데 그 말과는 달리 먼 하늘 끝을 보고 있는 범우의 눈에는 눈물이 크렁 괴어 있었다. 그 눈물을 보자 상진이도 그만 목이 메었다. "그럴껴, 필경 그럴껴. 느그 성님은 폴세 백두산도 넘어 만주꺼정 갔을껴. 하면, 독립군인디." 상진이는 그분의 무사를 간절히 비는 마음으로 목멤을 삼켜가며 힘주어 말했다. "근디, 니는 느그 성님을 만내봤냐?" 상진이는 여태껏 감추어왔던 말을 속삭이듯 낮게 물었다. "아녀. 아칙에 일어나봉께 엄니가 운 티가 나고……." 범우는 목이 메는지 고개를 떨구고 말았다. 나도 싸게 커서 느그 성님 겉은 사람이 돼야 쓰겄다, 상진은 이 말을 가슴속에 다 묻고 말았다. 상진이가 두 학년이나 차이가 나는 범우와 가까이 지내게 된 것은 바로 '김범준' 때문이었다. 독립운동을 한다는 그 사람, 그건 꼭 전설 같은 이야기였다. 그런 형을 가진 범우가 너무나 부럽고, 범우와 가까이 지내는 것만으로도 영광스러웠다. 그런데, 먼먼 땅 만주에만 있을 줄 알았던 그 사람이 보이지 않는 바람처럼 나타났다가 사라진 것이다. 상진은 그분이 무사하기를 밤마다 얼마나 간절하게 빌었는지 모른다. 어머니가 장독대 삼신할메한테 비는 것을 흉내내어 간절하게 빌다가 깜빡 잠이 들었고, 잠이 들면 으레 꿈을 꾸었다. 비는 마음과는 반대로 꿈에는 꼭 그분이 잡히는 것이었다. 한 번만이라도 그분이 잡히지 않는 꿈을 꾸려고 용을 썼지만 허사였다. 꿈은 생시와는 반대라니까, 어른들의 말을 상기하며 안타까움을 달랠 수밖에 없었다. 그런데, 김사용은 풀려나기는커녕 순천경찰서로 넘겨진다는 소문이 퍼졌다. 그 소문과 함께 읍내에는 심상찮은 기운이 감돌기 시작했다. 사람들은 서너 너덧 명씩 모여 수군거리기 시작했고, 다음날이 저물기 전에 읍내에는 새로운 소문이 퍼져나갔다. 김사용을 순천으로 넘기기만 하면, 자동차로 가면 소화다리를 끊어버릴 것이고, 기차로 가면 철교를 끊을 것이라고 했다. 벌교사람을 타지에 넘기기만 하면 '벌교 주먹' 본때를 보여 일본놈 씨를 말리고 말 것이니, 그나마 서로 다치지 않고 살려면 김사용을 곱게 내놓아야 할 것이라고 했다. 이틀 후에 선 5일장에서 그 소문은 입증되었다. 음력설 밑 대목장이었음에도 불구하고 장터는 아침부터 파장꼴이 되고 말았다. 순천에서 넘어오는 진트재, 보성에서 넘어오는 석거리재, 고흥에서 넘어오는 뱀골재를 막아 장사꾼들의 발을 묶은 데다가, 읍민들이 발길을 끊었던 것이다. 썰렁한 장터에 감돌고 있는 냉기는 냉기가 아니라 벌교사람들이 내보이는 무언의 살기였다. 그건 김씨 문중 사람들의 은밀한 움직임이 작용한 탓도 있었지만, 그에 앞서 갯가를 끼고 있는 벌교사람들 특유의 독기의 표현이라고 해야 옳았다. 김사용은 이틀을 더 경찰서에 묶여 있다가 결국 풀려났다. 염상진은 아슴하게 뻗어나간 방죽 끝을 향하여 와와 목청껏 소리치며 달리고 싶을 만큼 기쁘고 눈물겨웠다. 설날 아침햇살이 퍼지기를 기다려 세배를 하러 갔다. 상진이 세배를 마치고 얌전하게 무릎을 꿇고 앉자, 인자한 웃음을 머금은 김사용이 마고자 섶을 들춰 조끼 주머니에서 돈을 꺼냈다. "우리 상진이 금년에도 건강허고 공부 잘해야 쓴다." 김사용이 너그럽게 말하며 세뱃돈을 내밀었다. "저어…… 돈보담도 지헌테 한 가지 소원이 있는디요." 상진은 발갛게 달아오르는 얼굴을 들지도 못한 채 주눅 든 것 같은 음성으로 말했다. "소원이 무얼꼬?" 김사용이 약간 의외라는 표정으로 되묻고는, "그래, 상진이 소원이 무얼꼬? 새해 소원인데 내 심으로 헐 수 있는 것이면 들어줄 것이니 어여 말을 해보거라." 어려워하는 어린것의 마음을 헤아리며 선선하게 말했다. "저어…… 범준이 성님, 아니……." 상진이는 소스라치며 손바닥으로 입을 막았다. 아무리 친구 범우의 형님이지만 자기도 '범준이 성님'이라 불러서는 안 될 것 같은 두려운 깨달음이 일어났던 것이다. 김사용은 직감적으로 어린것의 그런 감정변화를 눈치 챘다. 참 기특한 아이라고 생각하며, "암시랑 않다. 니는 범우 친구니께 니헌테도 성님이다. 그래, 범준이 성님이?" 김사용은 말문을 틔워주듯 다음 말을 재촉했다. "사진으로라도 얼굴을 똑 한 번 보고 잡은 것이 소원인디요." 의외의 말이었다. 어린것은 이제 고개를 똑바로 들어 김사용을 마주 쳐다보고 있었다. 그 눈에 어린이답지 않은 결의가 서려 있음을 김사용은 보았다. 그건 큰아들에 대한 소년의 티 없는 존경심이기도 했다. "요 돈 먼첨 챙겨넣거라. 니 소원 풀어줄 테니께." 코허리가 매콤해지는 걸 느끼며 김사용은 자리에서 일어섰다. 김사용이 안방으로 건너갔다. 그때까지 눈을 말똥거리며 조용히 앉아 있던 범우가 입을 열었다. "성! 뜸금없이 왜 아부지헌테 고런 소리 먼첨 허는겨." 그 퉁명스러운 목소리에는 자기에게 먼저 말하지 않았다는 불만이 서려 있었다. "니 심으로 결정헐 일이 아닌께로." 상진이는 당연하다는 투로 대꾸했다. 그런 상진이는 범우에게로 눈길조차 돌리지 않고 방바닥만 내려다보고 있었다. "치이, 성은 은제고 지맘대로 허는 게 질 못써." 범우는 볼멘소리를 냈다. 상진이는 아무 대꾸가 없이 그대로 앉아 있었다. 그때 사진을 감추듯 손바닥 안으로 감싸잡은 김사용이 들어왔다. 상진이는 반사적으로 허리가 쭉 곧아지는 긴장을 느꼈다. "여깄다, 어여 보거라." 김사용이 선 채 사진을 내밀었고, 상반신 사진을 받아든 상진이는 흡 숨길이 멎는 것을 느꼈다. 사진 속의 매서운 눈초리가 일시에 그를 압도해 왔던 것이다.

"경사가 지긴 했어도 이만허면 밭을 일굴 순 있을 것이니 자네 맘에 드는 쪽으로 개간을 해서 쓰도록 허게."

김사용은 이미 밭으로 쓰여지고 있는 그 위쪽의 산등성이를 손가락 끝으로 넓게 가리켰다. 경사라고 해야 10도가 넘을 것 같지 않았고, 나무라고 해야 다복솔이 듬성듬성 박힌 정도였다. 뗏장을 떼어내고 나면 그대로 밭구실을 해낼 수 있을 만큼 좋은 입지조건을 갖추고 있었다. 그건 김사용 어른의 배려임을 염상진은 직감했다.

"어르신, 이 땅은 몇 명만 놉을 사면 금세 농토화시킬 수 있는 땅 아닙니까. 제가 말씀드린 것은 이런 과분한 땅이 아닙니다."

그분의 배려는 표현이 가능하지 않을 정도로 감사한 것이었지만 염상진은 진정 그분에게 폐가 되고 싶지는 않았다. 자신이 원했던 땅은 경사가 심한 곳에 있는 돌투성이의 그야말로 박토였다. 버린다 해도 별로 아까울 것이 없을 정도의 땅을 개간해서 농사를 짓다가 반환하고자 했던 것이다. 그렇지 않고서야 어떻게 그런 일방적 제의를 할 수 있었을 것인가.

"과분한 땅이라고? 이 사람아, 요 정도가 내가 지닌 땅 중에서 젤로 나쁜 것이네. 눈 밝은 우리 선대의 유산이니 어련허겄는가. 맘 쓰지 말고 밭 일구도록 허게. 허허허허……."

염상진은 섬뜩함을 느꼈다. 김사용 어른은 거짓말을 하고 있었다. 그분이 가진 땅 중에서 이 부분이 제일 나쁜 것일 리가 없었다. 그분의 웃음소리가 묘한 바람으로 변해 자신의 가슴을 휩싸는 것을 염상진은 느꼈다. 그 웃음이 그렇게 자조적이고 허탈할 수가 없었다. 눈 밝은 우리 선대의 유산이니 어련허겄는가, 하는 말과 웃음소리가 미묘하게 엉키고 있었다. 염상진은 문득, 현재 이분이 소유한 재산이 얼마나 될까, 하는 회의스런 의문을 떠올렸다. 전체 재산은 알 수 없지만 고읍들의 상답이 그동안 수차에 걸쳐 최씨네에게 팔아 넘겨졌던 것이다. 그때마다 읍내에는 조심스런 소문이 나돌았다. 또 일본에 희사를 했다는 것이었고, 큰아들로 김사용은 끝내 집안을 망치고 말 것이라는 거였다.

"자네, 앞으로 신중해야 허네. 젊은 뜻 세우는 거야 장하고 고마운 일이네만, 급허다고 뜨거운 물 식히지 않고 마실 수는 없는 법이니까. 세상이 날로 악허고 독허게 변해가고 있네."

김사용 어른은 드넓게 펼쳐져나간 고읍들녘을 바라본 채 뒷짐을 지고 서서 나직하고 느린 어조로 말했다. 자신의 마음을 바둑판 들여다보듯 환히 알고 있는 그분의 말에 염상진은 결코 놀라지 않았다. 자신이 땅을 요구했을 때 이미 그분은 그 의도를 충분히 간파했을 거였다. 그분의 뒷모습에서 천근 무게를 느꼈다.

"명심하겠습니다."

염상진은 겨우 이 말만을 했을 뿐이다.

통학차가 도착할 저녁 무렵에 염상진은 역으로 나갔다. 김범우를 만나기 위해서였다.

"또 상의 한마디 없이 결정했는가?"

염상진의 결론만 추린 이야기를 듣고 난 김범우의 첫마디였다. 그러나 말과는 달리 그는 조용하게 웃음을 띠며 고개를 끄덕이고 있었다.

"의논해도 같은 결론일 바에야 한시라도 시간을 벌어야지."

염상진이 김범우의 어깨를 살짝 치며 씩 웃었다.

"언제라고 형 말 틀린 데 있나? 어쨌거나 형의 그 추진력에는 기가 질려. 신속하고, 끈질기고…… 머 당해낼 도리가 있어야 말이지."

"행동이 따르지 않는 사고(思考)는 허황한 공상에 지나지 않아. 공상처럼 무용지물도 없지. 특히 현재 우리들이 처한 상황에서는."

"형의 논리는 맞지. 허나 앞으로 몸조심해야 할 거네. 벌써부터 순사들이 눈독을 들이고 있으니까."

"각오하고 있어. 드디어 막은 올랐으니까!"

그때까지만 해도 두 사람은 우정 이상의 이념세계를 함께 걸어가고 있었다. 그들은 러시아 혁명에 관한 책들을 거의 빼놓지 않고 탐독했던 것이고, 거기서 잃어버린 나라의 독립의 길을 찾으려고 했다. 그들의 그런 뜻 모아짐은 당시 학생들 사이에 번져가던 유행적 독서 성향과는 달리 구체적인 사표가 있었다. 김범준이었다. 그러나 사회주의 서적을 접하는 데 있어서 두 사람 사이에는 어찌할 수 없는 인식의 차이가 내재해 있었다. 김범우는 지주의 아들로서 소작농들의 헐벗고 굶주리는 비참한 생활에 대하여 자책과 죄의식을 느끼고, 인간다운 삶을 영위할 수 있는 이상적 평등사회를 이룩하려면 필연적으로 봉건계급제도를 없애야 한다는 인식의 기둥을 세우기 시작했다. 그러나, 염상진에게는 그런 자책과 죄의식의 과정은 아예 생략되었고, 이상세계의 빠른 실현을 위해 지주계급이나 경제적 지배세력을 타도할 수 있는 무산자들의 힘의 조직화를 필요로 하고 있었다. 김범우가 인간생존의 양심을 밝히는 불씨를 얻었다고 한다면, 염상진은 인간생존의 방법을 뒤바꾸는 무기를 얻었다고 해야 할 것이다. 염상진이 그들 책을 통해서 받은 충격은 말로는 도저히 형용할 수 없는 것이었다. 그것은 새로운 생명의 탄생이었고, 새로운 빛의 출현이었고, 새로운 길의 열림이었다. 가난으로 기죽어 식어 있는 피를 뜨겁게 끓게 했고, 비천으로 주눅 들어 움츠러든 근육을 팽팽하게 긴장시켰다. 가난도 비천도 함께 면해 보자고 사범학교를 선택한 것이 얼마나 어쭙잖고 가소로운 일이었는지를 깨달았다. 마르크스의 이상사회 건설을 위해 볼셰비키 혁명을 실천함에 있어서 그까짓 소학교 선생 자리는 헌 짚신짝 버리기나 마찬가지였다.

염상진이 김범우를 동지일 수 없다고 판단 내린 것은 범우가 학병에서 돌아온 다음부터였다. 김범우도 똑같은 시기에 염상진의 극렬적 좌경을 체념해 버렸다. 염상진은 한때 김범우를 완전한 적으로 속단할 뻔했다. 김범우가 교직에 몸담으면서 좌익학생조직을 와해시키는 행동을 시작해서였다. 그것은 자신의 생명을 태워올리고 있는 불길에 찬물을 끼얹는 결정적 행위였다. 그건 재고의 여지가 없는 정면도전이었다. 사회주의 혁명의 깃발 아래 감상적인 옛 우정이란 한갓 두엄더미 옆에 구르는 똥덩어리 같은 것이었다. 염상진이 김범우를 혁명의 적으로 단정하려 할 즈음에 김범우의 실체가 드러났다. 백범 김구(金九)식의 민족주의 통일노선을 김범우는 실현시키고자 하고 있었다. 그래서 김범우는 경찰서고 군정청이고 드나들며 좌익계 학생들을 석방시키기에 바쁘고, 한편으로는 좌익학생들을 설득시키느라고 진땀을 빼는 것이었다. 염상진은 그런 김범우를 골똘히 생각해 보았다. 그가 했던 '민족의 발견'이라는 말이 떠올랐다. 꽤는 그 의미가 넓고 깊은 말이라 싶었다. 민족— 그건 모태와 같은 것이고, 음성적(音聲的)으로도 어머니를 부를 때처럼 정겨운 슬픔을 담고 있다. 그것을 발견해야 한다는 것은 소중한 말이다. 그러나 그건 일제하에서나 생기가 도는 말인 것이다. 이미 반도땅은 해방을 맞았고, 새로운 나라를 세우기 위한 투쟁이 전개되고 있는 것이다. 그가 지향하는 바나 행동하는 것은 그 나름으로 일관성과 순수성을 지니고 있었다. 그는 사회주의 혁명의 동지도 아니었고 적도 아니었다. 그렇다고 자본주의의 동지도 아니고 적도 아니었다. '민족'이라는 이름을 내걸고 있었지만 그건 또다른

'주의'는 될 수 없었다. 이상적으로는 그럴듯해 보일지 모르나 현실적으로 대치해 있는 양대세력 사이에서 제3의 세력이 될 수 있는 힘의 조직화가 없었다. 그의 생각은 환상이고 몽상이었다. 그리고, 그건 그의 한계였다. 그의 핏속에 용해되어 있는 부르주아 근성은 환상가는 만들어낼 수 있어도 혁명가는 만들어낼 수가 없는 것이었다. 이런 결론에 도달한 염상진은 김범우를 마음속에서 지워버렸다. 혼자 '민족의 발견'이나 많이 하게 방치해 두면 이쪽에도 다소의 이익을 주는 셈이기 때문이었다.

읍내를 점령하기 전날 밤 굳이 김범우를 찾아가 피신하라고 일렀던 것도 그의 '민족 발견'을 위한 행위 때문이었다. 그가 얌전하게 선생 노릇만 했더라면 그런 사전조치는 필요하지 않았을 것이다. 그런데 그는 분명 정치세력의 틈바구니에서 움직여 자기 존재를 드러냈고, 그의 행위는 자칫 오해받을 위험성을 띠고 있었다. 그가 무턱대고 순천바닥에 나갔다가 누군가 그를 오해하고 있던 혁명군에게 체포되면 영락없이 곤욕을 치를 것이었다. 그리고 벌교바닥에서라고 그런 일이 일어나지 않는다는 보장이 없었다. 그가 체포되어 자신의 앞에 끌려오는 꼴을 보고 싶지가 않았다. 더구나 체포해 온 부하에게 그의 무죄를 해명해야 하는 옹색스런 입장에 처하고 싶지도 않았다. 미리 피신시키는 것이 우정 때문이 아니라는 말을 김범우는 전혀 이해하지 못했다. 그는 그 이유를 알고 싶어했지만 굳이 말할 필요를 느끼지 않았다.

김사용 어른을 인민재판의 단상에 세웠던 것은 두 가지 목적에서였다. 먼저, 지주인 그분을 보호하는 데 떳떳한 명분을 세우고자 함이었고, 다음은, 다른 지주들을 처단하는 데 확실한 기준을 세우고자 함이었다. 그런데 단상에 세워진 김사용 어른은 예상했던 것보다 훨씬 충격을 받은 것 같았다. 그분은 핏기 가신 창백한 얼굴로 재판이 끝날 때까지 찡그리듯 눈을 꼭 감고 꼿꼿하게 서 있었다. 재판이 끝나고 단상을 내려올 때 머슴이 부축을 하긴 했지만 그분은 여전히 눈을 꼭 감고 있었다. 염상진은 그 모습에서 강한 거부의 뜻을 읽어냈다. 그런데 그분의 주름골이 심한 창백한 얼굴 위에 햇빛이 반사되는 느낌을 받았다. 언뜻 이상한 생각이 들어 유심히 살펴보았다. 그분의 볼에는 눈물이 흘러내리고 있었다. 꼭 감은 눈과 눈물과…… 염상진은 한 가닥 전류가 찌르르 가슴을 관통하는 아픔을 느꼈다. 염상진은 얼른 외면을 했다. 그런데 이상하게도, 그분의 눈물이 생명을 건진 안도의 감루가 아니라는 사실이 머리를 치고 지나갔다.

염상진은 어두워진 다음에야 겨우 짬을 내어 그분을 찾아갔다. 하루 종일 신경이 쓰였고, 그대로 밤을 넘길 수가 없었던 것이다.

"자네가 어인 일로……."

김사용은 말을 하고 싶지 않은 기색으로 고개를 돌렸다. 염상진은 그토록 냉담한 그분의 얼굴을 여태껏 본 일이 없었다.

"어르신, 저를 용서하십시오. 어쩔 도리가 없었습니다."

"……."

김사용은 단상에 섰을 때처럼 양쪽 눈꼬리에 주름살이 겹치도록 눈을 꼭 감고 있었다.

"제 입장을 이해해 주십시오."

"……."

김사용은 숨도 쉬는 것 같지가 않았다. 밤이 다 새어도 그 눈이 뜨이거나 그 입이 열릴 것 같지 않았다. 염상진은 자신이 완전히 버려졌음을 느꼈다. 그러나 자신은 김사용 어른을 버릴 수 없다고 생각했다. 그분은 버린다고 버려지는 사람이 아니었다.

"이만 물러가겠습니다."

"……."

염상진은 조용히 방문을 닫고 마루로 나서며, 찾아오기를 잘했다고 생각했다.

어젯밤 오금재를 넘으면서부터 김사용 어른과 김범우의 생각이 다른 많은 생각들을 밀치고 염상진을 괴롭히고는 했다. 그건 패배감으로 직결되는 괴로움이었다. 또 그 패배감은 모멸감과 연결되었다. 그들의 소리 없이 비웃는 모습이 금방 눈앞에 어릿거리는 것만 같았다.

"위원장 동무, 아침진지 드시씨요."

염상진은 천천히 고개를 들었다. 양쪽 손에 그릇을 든 하대치가 씽긋이 웃고 서 있었다. 그 모습이 그렇게 태평하고 건강해 보일 수가 없었다. 염상진은 자신의 몸에도 탄력이 생기는 걸 느꼈다. 그래, 저게 바로 혁명전사의 모습이다. 불필요한 생각을 곱씹는 건 혁명의지를 약화시킬 뿐이다. 내일 그리고 또 내일이 있을 뿐이다. 염상진은 심호흡을 하며 자리를 고쳐 앉았다.

"벌써 밥이 다 됐소?"

"야아, 헌디 찬이 읎어서 워쩔께라?"

그릇을 돗자리 위에 놓으며 하대치는 어쩔 수 있느냐는 듯 콧등을 찡그려붙이는 웃음을 지어 보였다.

"이만하면 훌륭하오."

염상진은 밥 한 사발, 김치 한 보시기를 내려다보고 나서 하대치에게 진득한 웃음을 보냈다.

"하 동무도 같이 묵읍시다."

"아니어라, 지는 동지들허고 함께 묵을랑마요. 밥 식는디 싸게 드시씨요."

하대치는 어찌 감히 맞바라보고 밥을 먹겠느냐는 듯 팔까지 저으며 황급히 일어섰다.

"하 동무, 아침 먹고 나면 보초를 빼고 다른 대원들은 잠을 재우시오. 그 다음 하 동무는 나와 얘기 좀 합시다."

"야아, 그리 허겄구만이라."

염상진은 한 사발의 밥과 한 보시기의 김치를 물끄러미 내려다보고 있었다. 더 이상 줄일 수 없이 간소한 한끼 식사였다. 그러나 겉보리죽이나 배추시래기죽에 비하면 성찬이었다. 어린 날로부터 지금까지 보릿고개라는 춘궁기는 없어질 줄 몰랐고, 소작농들이나 품팔이꾼들은 으레 그 시절을 얼굴이 비치는 멀건 죽으로 끼니를 때우며 몸이 푸석푸석 부어오르는 부황기에 시달려야 했다. 모습만 사람이었지 먹고사는 꼴은 짐승만도 못한 그런 삶은 자연의 이변이 만든 불가항력적인 일시적 현상이 아니었다. 그건 4천 년을 헤아리는 장구한 세월에 걸쳐 봉건체제로 이어져온 사회의 인위적 구조였다. 봉건 왕조가 와해되고, 식민시대가 종지부를 찍은 시점에서 그 비인간적인 사회구조는 기필코 개혁되어야 하는 것이었다. 그 절박한 필요성 앞에 주저나 망설임이 있을 수 없었다. 사회주의 혁명만이 그 유일한 길임을 신봉했고, 그 완성을 위해 줄기차게 뛰어왔던 것이다.

염상진은 숟가락을 잡은 손아귀에 힘을 주었다. 그리고 밥 속으로 깊이 찔러넣었다. 감사한 마음으로 맛있게 먹자. 투쟁을 하다 보면 죽마저 먹기 어려운 상황에 봉착할 수도 있다. 그때 이 밥은 더 없는 성찬으로 그리워질 것이다. 염상진은 밥그릇을 내려다보고 있다가 그릇이 사기로 되었음에 생각이 미쳤다. 무겁고 깨어지기 쉬웠다. 빠른 시간 내에 그것들을 나무로 대체할 필요가 있었다. 조계산에는 매년 겨울 숯을 구워내면서도 30년이 걸려 1회전할 만큼 참나무가 지천으로 덮여 있었다. 장기화될지도 모르는 투쟁을 위한 첫 번째의 준비작업이었다.

6

나라가 공산당 맹글고
지주가 빨갱이 맹근당께요

김범우는 아침햇살이 반나마 차오른 지게문의 때 묻고 낡은 창
호지를 하염없이 바라보고 있었다. 햇살은 창호지의 누추를 어느
한 부분도 남김없이 드러내고 있었다. 그러나 누르께하게 번진 얼
룩이나 아무렇게나 찢어붙인 땜질자리나 하나도 누추하게 느껴지
지 않았다. 햇살은 그런 자리마저 가리지 않고 고루 퍼지는 까닭
인가. 지게문 위로 드리워져 은밀한 걸음걸이로 밀려올라가고 있는
그림자는 처마의 것이었다. 그림자 끝은 볏짚의 삐죽삐죽한 모습을
그대로 창호지 위에 그려내고 있었다. 그 그림자마저 초가지붕의
솜옷 같은 두툼한 질감을 지니고 있는 듯싶었다. 갑자기 그 그림자
의 처마 끝에 요동 치는 그림자가 나타났다. 그리고 쩍쩍거리는 소
리가 선명하게 들려왔다. 참새 두 마리가 뒤엉켜 날개를 푸드득거
리고 있었다. 김범우는 문득 그걸 싸움이라 여기고 싶지 않다는 생

각을 했다. 그걸 서로 사랑하는 거라고 생각하고 싶었다. 이내 참새의 그림자는 사라졌다. 허공을 치며 푸득거리던 두 마리 작은 새의 생기 넘치던 날갯짓이 잔영으로 남아 있었다. 그래, 그것들은 싸운 게 아니라 분명 사랑을 한 것일 게다. 김범우는 되씹어 생각하며 담배를 꺼내 물었다.

싸움—김범우는 깊이 빨아들인 담배연기를 느리게 뿜어내며 고개를 저었다. 또 염상진이 생각났다. 김범우는 그의 생각을 떼쳐 내려고 했다. 6일째 꼼짝없이 갇혀 지내는 동안 신물이 나도록 그를 생각했었다. 그러나 끝까지 그를 이해할 수가 없었다. 그가 투철한 의식의 사회주의자가 될 것임은 의심의 여지가 없었지만 그토록 성급한 공산주의자로 변할 줄은 몰랐었다. 그의 지성은 어디로 증발했기에 인민재판을 주도할 수 있었으며, 공개처형을 감행할 수 있었을까. 죄지은 자의 죽음은 마땅하다 하더라도 그 즉흥적인 방법과 감정적 행위는 이해할 수가 없었다. 그가 전개하고 있는 싸움의 의미는 과연 무엇인지도 이해가 되지 않았다. 그는 말할지 모른다. 그런 공개처형은 인민의 선동과 동원을 위해 혁명과정에서 필수적인 것이라고. 그리고 그런 방법은 이미 혁명을 성취시킨 나라에서 사용한 것이라고.

김범우는 염상진을 밀어내고 아버지를 생각하려고 했다. 문 서방의 말에 의하면 아버지는 인민재판을 치르고 난 다음부터 몸져누운 모양이었다. "의사 선상님도 댕겨가시고 혔는디요, 벨 병은 아니라는디 어르신은 시름시름 앓으시는구만이라." 문 서방의 설명이 없었어도 아버지의 병은 병이 아님을 짐작할 수 있었다. 비록 무사했다고는 하지만 인민재판을 받은 아버지의 심적 타격이 어떠했을지는 상상이 어렵지 않았다.

"서방님, 서방님."

문 서방의 다급한 목소리였다.

"왜 그래요, 문 서방?"

김범우는 가슴이 철렁하는 걸 느끼며 지게문을 떼밀다시피 했다.

"위메 서방님, 얼렁 채비허시씨요, 채비혀요."

문 서방은 숨을 몰아쉬면서도 얼굴은 밝게 웃고 있었다. 김범우는 읍내의 사정에 변화가 생겼음을 직감했다.

"무슨 일이요?"

"금메 좌익덜이 다 도망가뿔고 읍내에는 순사들이 총 미고 댕긴당께요."

김범우는 돌아앉으며 새 담배를 꺼냈다. 결코 반가움일 수 없는 감정을 밀어내며 우울이 가슴을 채워왔다. 또 시작된 싸움 ─ 그건 암담한 우울이었다. 염상진과 그의 부하들은 어디로 피했을 것이며, 군이나 경찰은 그들을 방치하지 않을 거였다. 이념의 현수막을 내건 정치적 전쟁은 바야흐로 그 수레바퀴를 본격적으로 굴리기 시작하고 있었다. 그 어느 쪽에서나 민족은 내세워졌으나, 정작 수레바퀴 아래 깔려야 하는 건 민족이었다.

"서방님, 싸게 채비허시랑께요."

"그럽시다, 가긴 가야지요."

김범우는 한숨에 섞어 말하며 미적미적 문지방에 다리를 걸쳤다.

"문 서방, 그동안 폐가 많았어요. 그만 들어가시오."

김범우는 대나무로 엮은 사립문을 나서며 말했다.

"워디요, 댁에꺼정 모시고 가야제라. 어르신께서 당부허신 말씸이신디요."

문 서방은 가당찮다는 듯 앞서 걷기 시작했다. 김범우는 더 말하지 않았다. 아버지의 당부가 있었다면 그건 문 서방이 지켜야 할 책무였던 것이다. 자식의 나이를 감안하지 않고 그런 당부를 한 아버지의 마음이 추운 바람으로 가슴을 적셔왔다. 아버지의 고적을 알 듯도 싶었다. 전혀 내색은 하지 않았지만 아버지는 내심으로 큰 아들을 체념하고 있는지도 몰랐다. 해방이 되고 벌써 3년이 넘었다. 살아 있는 사람이 귀향을 위해 소모하는 시간으로는 너무나 긴 세월이었다. 형이 집을 떠난 이후로 지금까지 새벽마다 첫 샘물을 장독대에 올리고 무릎 꿇는 어머니의 합장은 계속되고 있었다. 그렇다고 아버지는 어머니의 새벽 지성을 막으려 하지도 않았다. 아버지는 심신의 곤욕을 치르고 물질적 손해를 보면서도 그런 큰 아들을 둔 것을 무언중에 긍지로 삼고 있었다. 아버지의 그 긍지는 촌스러운 과시욕이 결코 아니었다. 벌교와 낙안에 걸쳐 뼈대나 재산을 자랑할 수 있는 집안들은 꽤나 있었지만 그 자식들이 독립운동에 몸 바치고 있는 경우는 단 하나도 없었다. 그들이 경사났다고 벌이는 잔치는 법관시험에 합격했다거나 은행원이 되었다거나 하는 것이 고작이었다. 더구나 벌교라는 지역에 작용하고 있는 행정적 특수성에 비추어보면 범준 형님 같은 존재는 경이적인 것이라고밖에 할 수 없었다.

벌교는 한마디로 일인(日人)들에 의해서 구성, 개발된 읍이었다. 그전까지만 해도 벌교는 낙안 고을을 떠받치고 있는 낙안벌의 끝에 꼬리처럼 매달려 있던 갯가 빈촌에 불과했다. 그런데 일인들이 전라남도 내륙지방의 수탈을 목적으로 벌교를 집중 개발시킨 것이었다. 벌교포구의 끝 선수머리에서 배를 띄우면 순천만을 가로질러 여수까지는 반나절이면 족했고, 목포에서 부산에 이르는 긴 뱃길을 반으로 줄일 수 있었던 것이다. 목포가 나주평야의 쌀을 실어내는 데 최적의 위치에 있는 항구였다면, 벌교는 보성군과 화순군을 포함한 내륙과 직결되는 포구였던 것이다. 그리고 벌교는 고흥반도와 순천·보성을 잇는 삼거리 역할을 담당한 교통의 요충이기도 했다. 철교 아래 선착장에는 밀물을 타고 들어온 일인들의 통통배가 득시글거렸고, 상주하는 일인들도 같은 규모의 읍에 비해 훨씬 많았다. 그만큼 왜색이 짙었고, 읍단위에 어울리지 않게 주재소 아닌 경찰서가 세워져 있었다. 읍내는 자연스럽게 상업이 터를 잡게 되었고, 돈의 활기를 좇아 유입인구가 늘어났다. 모든 교통의 요지가 그러하듯 벌교에도 제법 짱짱한 주먹패가 생겨났다. 그래서 언제부턴가 '벌교 가서 돈 자랑, 주먹 자랑 하지 말라'는 말이 '순천에 가서 인물 자랑 하지 말고, 여수에 가서 멋 자랑 하지 말라'는 말과 어깨를 나란히 하게 되었는지도 모른다. 아무리 돈을 좇아 유입인구가 늘어났다 한들 그들이 만지는 돈은 푼돈에 불과했고, 주된 경제권은 몇몇 일인들과 소문난 지주들의 손에 쥐어져 있었다. 지주들은 땅이 제공하는 치부에만 만족하지 않고 일인들과 줄이 닿는 안전한 사업에 투자하고 있는 사업가들이기도 했다. 그래서 그들은 족보와 지체를 내세우면서도 돈계산이나 잇속에 더 빨라 그나마 양반의 덕목이라 할 수 있는 품격이나 인품 같은 것은 거의 손상해 버리고 있는, 잘못 개명된 사람들이었다. 그리고 읍내사람들도 장사를 하는 것이 아니라 농사를 짓는다 해도 다른 데 농민들과는 달리 귀와 눈이 밝았고, 따라서 입이 야무졌다. 돈의 마력 탓이었는지 읍내에 거주하는 대부분의 사람들은 일인들과 그런대로 잘 어울려 살았다.

그런데 벌교의 그런 분위기에 김범준이 긴장의 찬물을 끼얹은 것은 동경으로 유학을 떠나 1년이 가까워서였다. 학생지하운동에 가담했다가 발각이 나서 일본을 탈출했다는 것이 벌교에 퍼진 첫 번째 소문이었다. 선창에 들고 나는 배를 노리는 도둑이나 지키고, 차부나 역전에서 일어나는 주먹패의 싸움이나 막던 순사들은 아연 긴장하지 않을 수 없었다. 경찰서에서는 김사용의 집 근처에 잠복조를 배치하고 순시를 강화시켰다. 제놈이 뛰어야 벼룩이지 하는 계산이었다. 그러나 보름이 지나고, 한 달이 지나도 김범준은 나타나지 않았다. 그렇다고 어디서 체포되었다는 소식도 없었다. 지친 경찰에서는 잠복조를 철수시켰다. 석 달이 지나 김사용에게 소식이 왔다. 다 낡아빠진 북 하나를 허리에 매단 남루한 차림의 떠돌이 소리꾼이 어느 날 소리걸식을 청했던 것이다. "지멋대로 질르는 소리오나 퇴허지 마시고 들어주십시요. 어르신께서 일찍부텀 소리럴 좋아허신다는 소문 듣고 요리 찾아왔으니, 못허는 소리 들으시고 한술밥 내리시면 되겠구만요." 삼십 중반의 사내는 김사용의 눈을 응시하며 말했다. 김사용은 그 예사롭지 않은 눈이 무슨 사연을 담고 있음을 직감했다. 그 눈빛이 아니었어도 한끼 밥을 청하는 소리꾼을 퇴할 김사용이 아니었다. "예로부터 소리걸식을 청하는 사람치고 명창 아닌 사람이 없는 법인디, 워디 한번 들어봅시다." 사내는 대청마루에 정좌하더니 소리를 뽑기 시작했다. 그런데 저음의 소리 속에 '범준이 춘부장님 소식 받으시오' 하는 말이 섞이고 있었다. 사내가 옷섶에서 꺼낸 종이쪽에는 '아버님 소자는 무사하옵니다' 하는 글이 적혀 있을 뿐이었다. 틀림없는 아들의 필적이었다. 구례에서 왔다는 그 사내는 아들 범준이를 모른다고 했다. 자신과 접선되는 사람한테서 그 쪽지를 받았을 뿐이고, 만주의 독립군에 가담되어 있다는 사실은 구두로 전하라는 지시를 받았다고 했다. 그리고 언제 오게 될지 모르지만 독립자금을 준비해 놓으라고 했다. 사내는 몇 끼를 굶은 것처럼 억척스럽게 밥을 먹고는 자리를 털고 일어섰다. 김사용이 노자를 내밀자, "어르신, 그런 것이 다녀간 근거가 됩니다." 사내는 스치듯이 낮고도 빠르게 말했다. 김사용은 반사적으로 돈을 조끼주머니에다 쑤셔넣었다. "함펴엉 처언지이 느을근 모오미……." 이름도 밝히지 않은 사내는 천연덕스럽게 소리를 뽑아대며 멀어져가고 있었다. 김범준이 독립운동을 하고 있다는 소문이 읍내를 왁자하게 만든 것은 그로부터 반년쯤 지나서였다. 그보다 2개월 앞서 김범준은 평양이 고향인 황해룡과 함께 집에 나타나서 독립자금을 가지고 갔었다. 읍내에 퍼진 소문은 헌병대에서 입수한 정보에 의한 것이었다. "우리 읍에서도 기영코 인물 나부렀구만그랴." "금메 말이시, 제석산 뿌랑구가 있긴 있는디 고런 인물 하나 못 나올라등가." "참말로 벌교사람덜 면체면은 헌 것이구마이." 사람들의 수군거림이었다.

어떤 때 김범우의 기억 속에서는 형 범준의 모습이 아슴푸레하게 흐려지고는 했다. 형과는 열 살 터울이었고 그 사이에 누나가 셋이 있었다. 소학교에 들어가기 전에 벌써 형은 아버지만큼 큰 남자라는 인식이 범우에게는 박히게 되었다. 형이라고 해도 살가운 정을 느끼기보다는 믿음직스러우면서도 어려웠다. 형과 헤어진 것이 아홉 살 때였으니까 어느덧 20년이 가까워지고 있었다. 그동안 형은 세 차렌가 다녀갔지만 한 번도 얼굴을 보지 못했다. 염상진도 보았던 사진을 통해서 독립군인 형의 모습을 확인했을 뿐이었다. 지금도 형의 얼굴을 떠올려보려 했지만 사진의 모습만 분명해질 뿐 그전의 얼굴은 뿌옇게 흐렸다. 김범우는 아버지가 일흔셋, 어머니가 일흔다섯임을 새삼스럽게 상기했다.

"서방님, 한 가지 여쭐 말씸이 있는디요."

앞서 가던 문 서방이 무료했던지 뒤돌아서며 말을 꺼냈다. 김범우는 무슨 말인지를 눈으로 물었다.

"긍께 말이요, 염상진인가 위원장 동무란가 허는 사람이 말허기를, 지주덜 전답을 싹 다 뺏어갖고 소작인덜헌테 골고로골고로 갈라준다고 혔다는디, 고것이 참말일께라?"

김범우는 엷게 웃었다. 염상진이 사람들 앞에서 가장 자신만만하게 외쳤을 말이었다.

"문 서방 생각으론 참말 같소?"

"금메 말이요, 고렇게 됨사 싫을 작인 한나또 읎을 것이지만서도, 시상에 고런 기맥힌 인심이 워디 있을라다냐 허는 생각이 듬시로, 믿을 수도 안 믿을 수도 읎이 요상시럽당께라."

김범우가 대답을 하지 않고 되물었던 것은 문 서방이 말을 하는 동안 마땅한 대답을 찾기 위해서였다. 그러나 결과는 마찬가지였다. 어떻게 설명을 해야 좋을지 알 수가 없었다. 지주의 땅이 몰수되는 것은 사실이겠지만, 분배된 땅이 결코 개인의 소유가 아니라는 점을 납득시키기가 난감했다. 그걸 납득시키자면 사회주의 경제 체제 전반에 걸친 장광설을 늘어놓아야 할 것이고, 그런 이야기를 이해하기에는 문 서방은 너무나 무지했다. 그렇다고 염상진의 말을 전적으로 거짓말이라고 일축해서는 안 되는 일이었고, 더구나 모호하게 대답을 얼버무릴 수도 없었다. 그건 문 서방 같은 처지의 사람들에게 가장 큰 관심사일 것이었다.

"문 서방, 문 서방은 문 서방 이름으로 된 땅을 갖고 싶지요?"

"하먼이라, 살아생전에 안 되면 저승에 가서라도 풀고 잡은 소원인디요."

"그럴 테지요. 만약 그 소원이 풀려 열 마지기쯤 논이 생겨 농사를 지었는데 그 쌀을 몽땅 빼앗긴다면 어떻게 되겠소?"

"워따 워따, 그럴라면 염병헌다고 농새를 지어라?"

문 서방은 눈까지 부릅뜨며 소리쳤다.

"그렇지요, 농사지을 필요가 없지요. 그럼, 쌀을 그냥 빼앗긴 것이 아니라 다 나라에 내놓고 매달 배급을 타다 먹으면 어떻겠소?"

"미쳤간디요? 지가 진 농새 죽이 끓든 밥이 끓든 지 손으로 간수허는 맛에 살제 무신 초친맛이라고 배급을 타다 묵어라, 닌장맞을. 동냥아치도 아니겠고, 고런 농새도 안 지어라."

"그런 농사도 안 짓겠다면, 그럼 이런 것은 어떻겠소? 그 누구의 명의도 아닌 수백 마지기 논에 공동으로 동네사람들이 농사를 짓고, 정해진 양을 배급 타먹는 것 말이요."

"어허, 갈수록 태산이시웨. 아, 니 것도 내 것도 아닌 논에 그눔에 농새 아조 자알 되야묵겠소. 지 농새 짓대끼 쎄 빠지게 일헐 놈 하나또 읎을 것잉께 가실허고 나면 쭉징이만 수북헐 농새 지나마나 아니겠소?"

"문 서방, 염상진이가 논을 분배한다는 것이 바로 그 방법이오."

"머시 워째라? 명의도 읎는 땅에 다 항꾼에 농새짓고 배급 타묵는다는 것 말인게라?"

"그래요."

"워메 시장시럽고 깝깝헌 거. 고것도 말이라고 헌당가? 그래서 다 항꾼에 잘살게 된다고 떠들어쌓는갑구만. 근디 고건 공염불이여. 시상 사는 이치를 몰라서 허는 소리제, 내 텃밭 배추가 쥔네 밭 배추보다 속살이 더 여물게 차는 이치가 먼지도 몰르고."

문 서방은 찔끔해져서 얼른 입을 다물고 김범우를 쳐다보았다. 김범우는 못 들은 척 앞만 보고 걸었다.

"긍께 믿을 눔 하나또 읎는 시상이여. 좆 뽄다고 지주 논 뺏어서 꽁짜로 주겄어. 다 즈그덜 이롭게 해처묵는 짓거리제."

문 서방은 뒤처져오며 맥 빠진 소리로 혼잣말을 내뱉고 있었다. 김범우는 당황스러웠다. 설명을 한다는 것이 그만 염상진네를 모략하거나 매도하는 결과가 되고 말았던 것이다. 그런 반응은 분명 자신의 본의와는 거리가 있었다. 그러나 사회주의 경제체제는 소작인들의 무조건적인 땅 소유욕망 앞에서는 그런 거부나 불신을 받지 않을 수도 없는 일이었다. 설명으로는 너무 부족한 것이 많았지만 김범우는 그 정도에서 끝내기로 했다. 문 서방의 태도로 보아 염상진의 말에 솔깃했던 것이 분명했고, 그런 기대를 단념시킨 것만으로도 효과를 거둔 셈이었다.

"문 서방, 조금만 기다려봐요. 농지개혁이 실시되면 문 서방도 문 서방 이름이 적힌 땅을 갖게 될 테니까요."

김범우는 풀이 죽은 문 서방을 위로하는 마음으로 말했다.

"니기럴, 고걸 믿는 작인은 이 시상에 하나또 읎어라."

문 서방은 벌컥 화를 내듯이 언성을 높였다. 김범우는 순간적으로 언짢았지만 내색을 하지 않고 웃음을 지어 보였다.

"믿는 작인이 하나도 없다니, 그게 무슨 말이오?"

"차암 서방님도, 유식허신 양반이 그걸 몰라서 물으신당가요?"

문 서방은 어이없다는 표정으로 픽 바람이 새는 헛웃음을 쳤다.

김범우는 그 누구 못지않게 잘 알고 있는 문제였다.

"짐작은 하고 있소. 그런데 작인들이 그리도 안 믿는단 말이오?"

"지주양반덜이 양심적으로 혀야 믿제라. 농지개혁헌다는 말이 나돔스롱부텀 지주덜이 뒷구녕으로 실금실금 무신 짓거리덜 허는지 서방님도 다 아시제라?"

김범우는 대답할 말이 없었다. 농지개혁에 대비해서 지주들은 자기네 농토를 가난한 친척들 앞으로 명의변경을 해서 은폐시키거나, 타인에게 매도하거나 하는 일들을 벌이고 있었다. 그건 우선적으로 분양양도권을 가진 작인들에게 피해를 끼치는 일이었다. 지주의 법적 토지가 줄어드는 만큼 작인들은 분배를 받을 수 없게 되는 사태였다.

"참말로 순사가 들었다 허면 몽딩이찜질당헐 소리제만 서방님 앞이니께 허는 소린디, 사람덜이 워째서 공산당 허는지 아시요? 나라에서는 농지개혁헌다고 말대포만 펑펑 쏴질렀지 차일피일 밀치기만 허지, 지주는 지주대로 고런 짓거리덜 해대제, 가난허고 무식헌 것덜이 워디 믿고 의지헐 디 읎는 판에 빨갱이 시상 되면 지주 다 쳐읎애고 그 전답 노놔준다는디 공산당 안 헐 사람이 워디 있겄능가요. 못헐 말로 나라가 공산당 맹글고, 지주덜이 빨갱이 맹근당께요!"

문 서방을 어찌 무식하다 할 것인가. 김범우는 대꾸할 말이 없었다. 충청도보다는 전라도가, 전라북도보다는 전라남도가 더 좌경세력이 강하다는 것과 문 서방의 말과는 상통하고 있었다.

"문 서방, 문 서방의 지주는 누구요?"

김범우는 문 서방을 쳐다보지 않고 걸으며 물었다.

"무, 무신 말씸이다요?"

문 서방의 목소리는 완연히 당황해 있었다.

"김사용이 맞지요?"

"그, 그런디요……."

"그분도 뒤로 그런 짓 합디까?"

"워디요, 워디요. 어르신이 어디 그럴 분이시간디요."

"틀림없이 믿어요?"

"하먼이라. 그렇께 지는 빨갱이 될 생각 꿈에도 안 혔제라."

"됐어요. 농지개혁이 되면 틀림없이 문 서방 앞으로 땅을 드리도록 내가 약속하겠소."

"아니, 서방님……."

문 서방은 문득 걸음을 멈추었다. 한순간 꿈을 꾸고 있는 것만 같았다. 그러나 분명 꿈이 아니었다. 문 서방은 걸음을 빨리했다. 그리고 김범우 앞을 막아서듯 했다.

"서방님 고맙구만이라, 고맙구만이라."

문 서방은 두 번, 세 번 허리를 꾸벅거렸다. 어쩔 수 없이 걸음을 멈춰선 김범우의 얼굴이 울 것처럼 일그러졌다.

"문 서방, 그러지 말아요. 그건 문 서방이 오래도록 고생해서 얻은 당연한 권리인 거요."

"아니어라우, 아니어라우."

문 서방은 기어이 목멘 소리를 냈다.

"어서 갑시다. 아버님이 기다리시는데."

김범우는 빨리 걷기 시작했다.

집의 위치가 읍내를 통과하지 않아도 되는 지점에 있음을 김범우는 다행으로 여겼다. 염상진의 손에 5일 동안 장악되었던 읍내의 모습을 보고 싶지가 않았다.

"문 서방······."

김범우는 대문을 들어서기 전에 문 서방을 불렀다.

"야, 서방님."

뒤따르고 있던 문 서방이 빠른 동작으로 김범우 옆으로 다가섰다.

"문 서방도 눈치로 다 알고 있겠지만 뒤숭숭한 세상이 됐소. 각별히 말조심하도록 하시오. 한 치 혀가 역적 만든다는 옛말이 있는데, 마음에 있는 생각이라고 함부로 입에 담지 마시오. 무슨 말인지 알겠지요?"

"하면이라. 명심허겄구만요."

문 서방은 김범우의 말뜻을 십분 헤아리며 방아깨비처럼 연거푸 허리를 꾸벅거렸다.

아버지의 신색은 많이 상해 있었다.

"아버님, 문 서방 편에 소식은 듣고 있었습니다. 좀 어떠신지요."

"내사 괜찮허다. 니는 무사허냐?"

김범우는 아버지의 음성마저 탄력을 잃고 습하게 변해 있음을 느꼈다.

"금메, 상진이 그놈이 글씨……."

"어허!"

아버지의 목청이 높아졌고, 어머니는 마땅찮은 표정인 채로 말을 중단했다.

"고생 많이 했지야?"

"제가 무슨…… 아버님이 못할 일 치르셨지요."

"다 시국 어지러운 탓이다. 안직 읍내는 못 보았을 테지?"

"네, 당분간 보고 싶지가 않습니다."

"그려……."

"그만 누시지요."

"눠야지. 워쨌거나 앞으로가 또 큰 문제다."

김사용의 근심 짙은 목소리가 잠겼다.

"마음 상하신 것 이기시고 어서 쾌차하셔야죠."

"그래야지."

김사용은 솟아오른 한 뭉텅이의 한숨을 어금니로 깨물었다. 그 한숨은 파장이 불규칙한 콧김으로 변해 흘러나왔다. 김범우는 그런 아버지의 모습을 더 지켜보지 못하고 시선을 돌렸다.

"가그라, 건너가 쉬어."

김범우는 말없이 일어나 아버지의 방을 나왔다. 한숨을 애써 참아내는, 낡은 창호지 같은 아버지 모습이 그렇게 비애스러울 수가 없었다. 그건 한 자연인의 늙은 모습이 주는 소박하고 단순한 슬픔이 아니었다. 아버지의 모습은 한 시대가 몰락해 가는 어찌할 수 없는 운명의 모습이었다. 어떤 방법으로로든 봉건의식의 시대가 종말을 고할 수밖에 없는 상황 속에서 아버지는 그 마지막 잔영이었다. 서른 언저리의 나이에 충(忠)의 대상인 왕조의 몰락을 겪은 아버지는 전형적인 이조인일 수밖에 없었다. 그후 40년의 생애는 정지된 삶일 뿐이었다. 아무런 효용가치가 없게 된 유교적 학문과 자랑 삼을 의미를 상실한 양반의 족보를 함께 싸서 벽장 속 깊숙이 넣어야 했다. 아버지의 무미한 생활을 그나마 지탱시켜 주었던 것은 낙안에 있는 향교를 찾아가는 일이었을 것이다. 그러나 그것은 또 얼마나 허망하고 부질없는 일이었을까. 몇몇이 모여앉아 아무리 개탄하고 통분해한들 이미 무너진 왕조가 다시 일어날 리 없는 일이었고, 입에 침이 마르도록 학문을 논하고 운율 맞춰가며 한시(漢詩)를 짓는다고 한들 이미 끊어진 맥이 다시 이어질 리 없었다. 그건 서글픈 회고취미였을 뿐이고, 여름 한낮 사방의 격자문을 모두 처마끝으로 걷어올린 대청마루에서 그들이 목청 가다듬어 읊어대는 시조가락 소리는 낙안들녘 소작인들의 증오심만 더욱 끓어오르게 했을 것이다. 아버지가 향교에 발길을 끊다시피 한 것은 범준 형님 사건이 발생한 다음부터였다. "찬을 세 가지 이상 올리지 말 것이며, 명절이라 하더라도 떡을 두 가지 이상 해서는 안 된다"는 엄명이 내려졌다. 집안에 갑자기 궁핍이 몰려든 것 같았지만 누구 하나 불평을 하지 않았다. 아버지의 서슬이 전에 없이 매섭기도 해서였지만 그런 조처가 왜 취해진 것인지를 집안사람들은 너무나 잘 알고 있어서였다. "범준이 성님이 집 떠나 고상허는디 우리만 잘 묵고 살아서는 안 된께 이러는 것이다." 갑자기 가난해진 밥상머리에 앉아 어머니는 조심스런 목소리로 굳이 설명을 하려 들었다. "엄니, 그 말 순사가 들으면 큰일난께 고만 혀. 엄니가 말 안 혀도 나 다 알고 있응께로." 범우는 어머니를 빤히 쳐다보며 말했고, "워쩌?" 어머니는 놀람을 감추지 못하는 표정을 짓고 있다가, "워메, 신통방통한 내 새끼, 어린것이 워찌 그리 속이 짚을끄나와." 어머니는 범우를 와락 끌어안았다. 범우는 어머니의 포옹이 여느 때 없이 뜨거운 걸 느끼면서도, "나가 애기간디?" 하며 어머니의 가슴을 밀어냈다. "그려, 니는 열 살 묵은 어른이다." 어머니는 연신 고개를 끄덕거렸는데 그 눈에는 눈물이 그렁그렁 괴어 있었다. 그런 생활의 내핍이 형의 고생을 함께 아파하는 가족으로서의 유대감만이 아니라 독립자금을 마련하는 한 방법으로 이중효과를 거두고 있다는 사실을 범우가 깨달은 것은 이삼 년이 더 지나서였다. 아버지는 예사롭지 않은 슬기를 발휘한 것이었다. 그뿐만 아니라 아버지는 형으로부터 비롯되는 시련과 고통에 의연하게 맞서고 꿋꿋하게 이겨나갔다. 아버지는 회고취미에 빠져 있는 족보뿐인 양반의 후예도 아니었고, 선대가 물려준 농토나 타고 앉아 소작인들의 등껍질이나 벗기려는 포악한 지주도 아니었다. 아버지는 큰아들과 함께 나라 잃어버린 백성으로서의 삶을 살아내려고 애쓰고 있었다. 그건 경이롭게까지 느껴지는 사실이었다. 어쩌면 형은 조선인으로서 정지된 삶을 살고 있었던 아버지에게 새로운 삶의 길을 열어주는지도 모를 일이었다. 그러나 그 적극적 삶의 방법이 아버지의 의식세계 전체를 형성하고 있을 조선적 가치관이나 윤리관까지를 바꾸지는 못했을 것이다. 시대의 변화에 따른 아버지의 변모는 염상진을 흉허물 없이 대하고, 해방을 맞은 새 세상에서는 만인이 평등하게 살아야 한다는 사실을 이해하는 정도일 것이었다. 그런데 염상진은 아버지를 끌어다가 인민재판의 단상에 세웠다. 염상진은 아버지의 목숨을 부지시키기는 했지만 아버지의 정신은 무참히 살해하고 말았다. 아버지는 자신의 목숨을 살려준 염상진에게 결코 고마워할 것 같지가 않았다. 김범우는 아버지의 여생이 그다지 길지 못하리라는 예감을 가졌다. 그는 그런 예감을 떼쳐내려고도 피하려고도 하지 않았다.

반가움에 겨워 매달리는 아들 경철이를 안고 아랫목에 막 앉으려는 참이었다.

"경철아, 니 할무니 방에 가서 놀아라."

아내가 꾸짖는 듯한 음성으로 말했다. "아녀, 나 아부지허고 놀란다" 하며 아들이 가슴으로 바싹 파고들었고, 김범우는 이상한 생각이 들어 아내에게로 눈길을 돌렸다.

"아, 싸게 엄니 말 들어. 안 그러면 매 맞을 팅께."

아내는 한층 거친 음성이었다. 평소의 아내답지가 않았다. 아내의 초조한 기색이 드러난 얼굴이 아니었어도 김범우는 아이를 피해야 할 무슨 일이 있음을 짐작할 수 있었다.

"그래, 우리 경철이 할무니한테 가서 놀아라. 이따가 아부지가 말 태워줄 테니까. 우리 경철이 착하지? 그렇지?"

"치이, 둘이서만 재미있게 놀란 것이제? 나 아부지가 을매나 보고 잡았다고. 나 안 간당께."

아들은 몸까지 휑휑 돌리며 거부의 뜻을 나타냈다. 그동안의 이별이 어린것의 마음에는 그 나름의 그리움을 키웠을 것이고, 만난 반가움을 미처 풀 겨를도 없이 떼어놓으려 하는 것이 무리인지도 몰랐다. 그렇다고 말뜻을 헤아릴 나이도 아니었다. 그다지 좋은 방법은 아니었지만 잘못이 없는 아이를 꾸짖어 내쫓을 수 없을 바에는 신효한 방법은 한 가지밖에 없었다.

"잔돈 가진 것 있소?"

김범우는 아내를 향해 엷게 웃으며 물었다.

"돈을 주실라고라?"

"당신이 급한 모양인데 그 방법밖에 더 있겠소?"

아내도 아버지 옆에 있고 싶어하는 어린것의 마음을 이해하고, 그 마음을 돌릴 방법은 강압적인 것이 아님을 알았는지 벽 쪽으로 돌아서서 치마를 걷어올렸다. 치마 속에 매달고 있는 주머니에서 돈을 꺼내려는 것이었다.

"경철아, 이 돈 가지고 가서 사탕 사먹어라."

"와아, 우리 아부지 질(제일)이다!"

경철이는 언제 아버지 옆에 있고 싶어했냐 싶게 소리치며 방을 뛰쳐나갔다.

"무슨 일이오?"

김범우는 별로 좋지 않은 예감으로 물었다.

"저어…… 오빠가 순천경찰서에 붙들려 들어갔다는디요."

"아니, 처남이 왜?"

김범우의 목소리는 느닷없이 컸다. 그의 입에서 터져나온 소리는, 처남이 왜? 였지만 아내의 말을 듣는 순간 그의 뇌리를 친 것은, 아니 그 사람도 좌익이었단 말인가! 하는 충격이었다.

"좌익활동에 뒷돈을 댔다고 허는디, 참말로 믿을 수가 없구만이라."

아내는 옷고름 끝으로 눈물을 찍어내고 있었다.

"그것참…… 또 더 아는 게 있으면 다 말을 해보시오."

김범우는 느리게 담배를 빼들었다. 아내가 그렇듯 그로서도 처남의 좌익활동이란 믿어지지가 않았다.

"긍께…… 뒷돈 댄 일이 발각나서 잽혀갖고 농업학교 운동장까지 끌려갔는디, 하늘이 도왔는지 거그서 잘 아는 사람을 만내 포도시 총살을 면허고 경찰서에 갇혔당마요. 고것이 어지께 아칙 일인디, 앞일이 워쩌크롬 될랑가 알 수가 읎응께, 얼렁 손 잠 쓰라고 친정서 사람을 보냈드만요."

김범우는 깊게 들이켠 담배연기를 한숨으로 토해냈다. 아내의 말대로라면 처남은 좌익 지하조직의 자금책이었던 모양이다. 처남 신석주와 좌익과…… 전혀 맥이 닿지 않았다. 항시 웃음이 감돌고 있는 눈 언저리와, 누구에게나 호감을 주는 잔잔한 성품의 그는 천생 타고난 은행원이었다. 그는 순천 금융조합에서 나이에 비해 빠른 승진을 하고 있는 편이었고, 그 자신도 은행원이란 직업에 만족하고 있었다. 그런 성품의 사람이 대부분 그렇듯 그는 가정적이었고 소시민적이었다. 해방과 더불어 시작된 정치·사회적 격변에도 그는 거의 관심이 없는 것처럼 보였다. 미군정이 실시되자 그가 민첩하게 보인 반응은 '제니스' 축음기를 안방에다 모셔다 놓은 것이었다. 그는 보기가 민망할 정도로 그 소리 내는 기계에 불과한 물건을 애지중지하며 〈귀국선〉이니 〈가거라 삼팔선〉이니 하는 노래를 틀어놓고 흡족해했다. 터무니없는 정치의식에 들떠 날뛰는 것보다야 그런 소시민의식이 더 낫다고 생각하면서도 김범우는 처남 신석주와 자주 마주 앉을 수는 없었다.

"워째야 쓸께라?"

아내가 행동을 독촉하고 있었다.

"너무 걱정 마시오. 내 곧 순천으로 넘어가볼 것이니."

김범우는 방바닥에 초점 없는 눈길을 던진 채 대꾸하며 두 가지의 경우를 생각하고 있었다. 첫째는 그가 비밀리에 자금책 노릇을 한 경우이고, 둘째는 어느 누군가에게 돌려준 돈이 자신도 모르게 좌익 자금으로 사용된 경우였다. 김범우는, 사람이란 그 속을 알 도리가 없는 무서운 짐승이라는 사실을 전제로 하여 속단하지 않으려고 노력했지만 처남의 경우는 후자 쪽이리라고 생각이 기울었다. 그것이 사실이라면 그다지 문제될 것은 없을 듯싶었다.

김범우는 아내가 가져온 옷을 갈아입고 집을 나섰다.

"무담시 당신이 고상허시게 생겼구만요."

대문까지 따라나온 아내가 주눅 든 것 같은 소리로 말했다.

"고생은 무슨 고생이오. 학교에도 나가볼 겸 마침 잘됐소."

말은 그렇게 하고 걸음을 떼어놓기 시작했지만 기분은 찌뿌드드하게 흐려 있었다. 김범우는 학병에서 돌아왔을 때처럼 며칠이고 문밖 출입을 하지 않으려고 했었다. 염상진이 5일 동안에 걸쳐 한 행위를 보지 않았듯이 군경이 앞으로 할 행위도 보지 않으려고 했었다. 염상진의 행위를 제지할 수 있는 아무런 영향력도 발휘하지 못했듯이 군경의 행위에도 아무런 영향력을 나타내지 못할 것은 마찬가지였다. 무책임한 목격자, 무능력한 구경꾼이 되고 싶지가 않았다. 그리고 김범우는 언제부턴가 학교에도 흥미를 잃어가고 있었다. 지난 4월 19일 김구가 김규식과 함께 남북대표자 연석회의에 참석할 때까지만 해도 그는 있는 열성을 다 바쳤었다. 제발 서로가 정치적 욕심을 앞세우지도 말고, 강대국이 내세우는 이념에 얹혀 춤추는 꼭두각시 노릇도 하지 말고, 나라 잃어버리고 산 36년의 굴욕과 슬픔을 먼저 생각하며 민족이 똘똘 뭉쳐 살 수 있는 계기가 마련되기를 얼마나 바랐는지 모른다. 미국과 소련은 일본을 상대로 싸운 연합국의 입장이고, 그들의 승리로 해방을 얻은 땅의 사람들이 밀가루반죽처럼 하나로 굳게 뭉쳐 새 나라 건설을 주장했을 때, 설령 그들이 한반도땅을 놓고 동상이몽을 하고 있다 한들 끝내는 그 꿈을 포기하지 않을 수 없을 것이었다. 그것은 환상도 망상도 아니었고 두 강대국이 제멋대로 줄 그어 양분시켜 놓고 있는 한반도의 주인인 동포 모두가 직시해야 할 현실이었다. 김범우가 민족의 발견과 그 단결이 모든 것에 우선해야 된다고 생각을 굳힌 것은 식민시대를 살아내서만이 아니었다. 그 결정적 계기는 OSS동지에서 하룻밤 사이에 포로취급을 당하면서였다. 샌프란시스코 근교의 수용소를 거쳐 하와이 수용소에서 4개월을 보내면서 그 생각은 굳어졌다. 윌슨의 민족자결주의가 약소민족들의 자존이나 독립을 철저하게 우롱하고 기만하며 강대국들의 상호 이익 보호를 위한 연극적 대사였듯 연합국이라는 존재들이 해방된 한반도를 위해 과연 무엇을 할 수 있을 것인지를 깊이 회의하게 만들었다. 민족이라는 추상적 개념이 공동의 삶을 방어하고 옹호하는 집단이어야 한다는 구체적 개념으로 바뀌어 있었다. 미국이 그런 식으로 대했는데 소련이라고 다를 리 없는 것이고, 그 불신의 의식 속에서 소생하는 것은 민족뿐이었다. 그런데, 해방된 땅의 정치적 혼돈과 사회적 혼란 속에서 백범 김구가 바로 자신과 똑같은 주장을 내세우고 있었다. 아, 백범! 김범우는 그 옛날부터 지녀왔던 그분에 대한 신뢰감 위에 감동의 전율이 흐르는 것을 느꼈다. 그후로 김범우는 백범에게 모든 기대를 걸게 되었다. 그분이 2월 10일에 남조선 단독정부 수립을 반대하는 성명으로 발표한 「3천만 동포에 읍고함」이란 글은 민족의 현실과 장래를 진정으로 염려하고 사랑하는 피가 통하는 진실의 기록이었다. '마음속에 삼팔선이 무너지고야 땅 위에 삼팔선도 철폐될 수 있다. 내가 불초하나 일생을 독립운동에 희생하였다. 나의 연령이 이제 칠십 유 삼인바, 나에게 남은 것은 금일 금일 하는 여생이 있을 뿐이다. 이제 새삼스럽게 재화를 탐내며 명예를 탐낼 것이랴! 더구나 외국 군정하에 있는 정권을 탐낼 것이라!' 하는 대목에서 그분의 인간적 진실을 보았고, '나는 통일된 조국을 건설하려다가 삼팔선을 베고 쓰러질지언정 일신에 구차한 안일을 취하여 단독정부를 세우는 데는 협력하지 아니하겠다' 하는 대목에서는 지도자로서의 외로움을 보았다. 그러나, 김범우가 소망했던 남북협상은, 5월 10일 남한에서 유엔 한국위원단 감시하에 첫 번째 국회의원 선거를 실시하고, 5월 14일 북한에서는 남한에 대한 송전을 중단함으로써 파탄에 이르게 되었다. 그리고 뒤이어 남한에서는 8월 15일에 대한민국 수립을 선포했고, 북한에서는 9월 9일에 조선민주주의인민공화국 성립을 선포하게 되었다. 그로써 김범우의 소망은 그야말로 환상이나 망상이 되고 말았다. 40여 년 만에 가까스로 찾은 선택의 기회를 그처럼 망가뜨려버리는 현실 앞에서 그는 모든 의욕을 상실했다. 그의 망막 속에서 백범의 초상은 하얗게 표백되고 말았다. 그는 교단에서도 그저 지식을 전달하는 기계로 변해가는 자신을 발견했고, 그 죄책감으로 학교를 떠나야 되지 않을까 하는 생각을 몇 번인가 되풀이했던 것이다.

김범우는 홍교 앞에 이르러 발길을 멈추었다. 기차역까지 나가자면 천생 읍내를 관통하지 않을 수가 없었다. 홍교를 건너 길을 잡으면 장터거리와 극장을 지나 소화다리로 이어지는 삼거리에서 다시 경찰서나 우체국 등속의 관공서가 들어선 길이 끝나는 지점에 역이 있었다. 다른 하나의 길은 봉림리 앞길을 따라 소화다리를 건너는 것이었다. 그 길을 이용하면 항시 번잡스러운 장터거리 길은 피해 읍내 관통 거리를 반으로 줄일 수는 있었지만 관공서들이 늘어선 길을 지나야 하기는 마찬가지였다. 염상진이 남겨놓은 흔적은 장터거리 길보다는 관공서 길 쪽에 더 심할 것이었다. 문 서방 말에 의하면 경찰서를 불태웠다고 하지 않던가. 그러나 기차역을 당장 다른 데로 떼어다 옮길 수 없는 한 그 길을 통과하지 않을 수는 없는 노릇이었다. 염상진이 피해를 입히고 떠난 읍내의 모습 대하기를 과민하게 꺼리고 있는 자신을 의식하며 김범우는 쓸쓰름하게 웃었다. 그건 무엇 때문일까……. 예상보다 심할까 봐 두려워하는 것이었다. 심하면 심할수록 염상진의 쫓김은 그만큼 숨 가빠질 것이었다. 그리고 그 피해가 아무리 경미하다 하더라도 이미 죄인으로 단정된 염상진의 모습을 거기서 보아야 하는 것은 괴로움이었다. 결국 저 멀고 긴 날로부터 싹 틔워왔던 염상진에 대한 애정 탓이었다.

김범우는 봉림리 앞길을 지나 소화다리를 건너기로 했다. 고개를 떨구고 걸음을 빨리했다. 역에 다다를 때까지 결코 고개를 들지 않기로 했다.

소화다리에 첫발을 디디면서는 고개를 더욱 숙였다. 중간쯤에 이르렀을까, 김범우는 섬뜩한 느낌과 함께 걸음을 멈추었다. 흙을 뿌리긴 했지만 거무칙칙한 색깔을 띠고 있는 얼룩이 피가 말라붙은 흔적임을 직감할 수 있었다. 그 말라붙은 얼룩에서는 아직도 농도 짙은 액체의 끈적거림이 묻어나고 있었다. 그는 전신에 끼쳐오는 한기에 전율하며 그 얼룩을 응시하고 있었다. 상처 입은 자가 흘린 피에는 고통이 있을 뿐이지만 죽은 자가 남긴 피에는 주술이 살아 있는 것이다. 자기 나름대로 억울하게 죽은 자가 남긴 피는 단순한 액체가 아니라 저주하는 영혼인 것이다. 염상진은 코웃음 치며 이 사실을 인정하려 하지 않을 것이다. 그의 이념은 심정적인 느낌을 비논리적이거나 비과학적이라고 일축할 것이고, 더구나 그는 양면 거울의 한쪽밖에는 볼 수 없는 외눈박이가 되어버린 것이다. 염상진이 저지른 행위를 차마 맞바라볼 수 없어 일부러 고개를 숙이고 걸었는데 그 결과는 마치도 그의 숙인 시야 안으로 기어들 듯 다리의 콘크리트 바닥에 선명히 드러나 있었다. "소화다리 아래 갯물에고 갯바닥에고 시체가 질펀허니 널렸는디, 아이고메 인자 징혀서 더 못 보겠구만이라." 며칠 전에 들었던 문 서방의 말이 떠올랐다. 고개를 숙이고 걸었던 것은 염상진이 저지른 잘못을 일삼아 찾아내려는 결과가 되고 말았다. 경찰서뿐만이 아니라 읍사무소고 세무서고 우체국이고 다 불 질렀다 한들 어떠랴. 인명을 어떤 객관적 절차를 거치지 않고 그리 성급하게 살상하지 말고 그런 것들이나 다 태웠더라면 얼마나 좋았을까.

김범우는 그 얼룩을 피해 걸음을 떼어놓았다. 여전히 고개를 숙인 채였다. 말라붙은 핏자국은 계속 나타났다. 그는 그것을 피해 걷기는 했지만 더는 걸음을 멈추지 않았다. 핏자국이 나타날 때마다 김범우의 흔들리는 의식 속에서 염상진은 점점 멀어져가고 있었다. 그가 소화다리를 다 건넜을 때는, 한 개의 작은 점으로 변해 있던 염상진은 그의 의식 밖으로 사라져갔다. 그는 흔들리는 의식을 애써 가누며 관공서들이 자리 잡은 길로 접어들었다. 그러나 땅바닥만 내려다보며 걷고 있어서 곧 나타난 불탄 경찰서도 의식하지 못한 채 그대로 지나쳤다. 그을음을 뒤집어쓴 2층 콘크리트 건물은 뼈대만 흉측하게 드러내고 있었다.

"성님, 성님."

한 사내가 길 건너 전매소 앞에서 왼쪽 다리를 까딱거리며 김범우를 부르고 있었다. 고개를 푹 수그린 김범우는 그 소리를 알아듣지 못한 채 걸어가고 있었다.

"아, 범우 성니임!"

사내는 목청을 돋우어 불렀다. 그러면서도 왼쪽 다리를 연신 까딱거리고 있는 품이 길을 건너올 낌새는 아니었다. 김범우는 역시 그 소리도 알아듣지 못하고 걸어가고만 있었다. "니기미 씨펄, 귓구녕에 말뚝을 박은 것이여, 사람을 무시허는 것이여." 사내는 미간을 일그러뜨리며 혼잣말을 씹어뱉듯이 하고는 담배를 신경질적으로 내던졌다. 그리고 김범우를 향해 길을 가로질러 뛰었다.

"아 범우 성님, 나 잠 봅씨다."

사내는 거친 목소리와 함께 김범우의 어깨를 우악스럽게 잡았다. 그때서야 김범우의 발길이 멎었고, 느리게 고개가 들렸다. 그러나 안개가 낀 것 같은 김범우의 눈은 바로 앞에 있는 사내를 알아보는 것 같지가 않았다.

"성님, 나 몰르겄소?"

사내가 자신의 가슴을 퍽 치며 턱없이 큰 소리로 말했다.

"상구 아닌가, 어쩐 일인가?"

김범우의 목소리에는, 알은체한 상대가 면구스러울 정도로 아무런 감정이 담겨 있지 않았다.

"아니 성님, 나가 지끔 동냥질허는 것도 아닌디 워째 사람을 요로크름 뜨광허고 찬바람 쌩 나게 대헌다요?"

상구라는 사내는 눈꼬리에 힘을 모으며 완전한 시비조로 말했다. 염상진의 동생인 그는 표정마저 적의에 차 있었다.

"이 사람아, 그 무슨 서운한 말인가. 내가 뭘 좀 생각하느라고 정신을 딴 데 팔고 있어서 그리 됐네."

김범우는 뒤늦게 미안함을 느끼며 웃음을 지었다. 이제 눈에 끼었던 안개도 걷혀 있었다.

"사람 무시혀서 그런 것이 아니란 말이지라?"

염상구는 적의를 누그러뜨리지 않고 있었다. 검은 동자가 반나마 가릴 정도로 작게 찢어진 눈, 살이라곤 붙어 있지 않은 강파른 얼굴에 주걱처럼 안으로 휘어든 턱, 성깔 사나움과 독기가 한데 어울려 있는 생김이었다. 바짝 마른 체구는 허약해 보이는 것이 아니라 오히려 얼굴의 느낌과 함께 날쌔고 강인해 보였다.

"사람 하루이틀 대해봤나? 그런 말 함부로 하게."

김범우가 정색을 하고 말했다.

"금메 말이요. 돈 많고, 많이 배운 제겐들이 다 그려도 성님만은 고런 맘 묵을 사람이 아니란 것을 믿기 땀세 두 번씩이나 알은체럴 혔는디도 몰라라 허고 간께 속이 뒤집힌 것이제라."

염상구는 멋쩍은 웃음을 지으며 뒷머리를 긁적였다. 한결 선해

보이는 모습이었다.

"근디, 무슨 생각얼 그러크롬 짚이 험시로 워딜 가는 질이당가요?"

염상구는 금세 무엇을 탐지해 내려는 듯한 눈초리로 물었다.

"급한 일이 있어서 순천에 넘어가려는 참이네."

"그러탕께! 내 눈을 못 속인단 말이여!"

염상구는 손가락으로 유난히 크게 딱 소리를 울려대며 스스로의 식별력에 만족해하고 있었다. 그런 염상구를 김범우는 표정 없이 바라보았다.

"헌디, 찡은 가지셨는게라?"

염상구가 김범우 앞으로 얼굴을 디밀듯 하며 물었다. 그 어조나 태도가, 가졌을 리가 있나, 하는 투였다.

"찡이라고?"

김범우는 염상구의 예상에 걸려들듯 반문했다.

"아, 대학공부꺼정 배우고, 선상질꺼정 허는 성님이 찡 하나 먼지 몰라서 묻는다요?"

비아냥거림과 으스댐이 뒤섞인 말투였다.

"찡이라는 말을 몰라서 그러는 게 아니고, 무슨 찡이 필요하냐고 묻는 말이네."

말을 하면서 김범우는 무슨 신분증이 긴급히 발행되고 있음을 알았다.

"성님, 자다가 봉창 뚜둘기는 소리 고만 허씨요. 똥줄 타게 도망질친 빨갱이가 산지사방에 백혀 득실거리는 판이고, 타향서 밀어

닥친 진압군이 멀로 빨갱이, 안 빨갱이럴 구별허겄소. 아, 성님을 벌교바닥에서나 김범우로 알아주제 벌교바닥 벗어나뿔면 누가 알아볼 것이요. 통행쩡 없음사 영축읎이 빨갱이제. 나가 성님을 딱 본께로 기차 타로 역으로 나가는 것이 자명헌디, 쩡을 안 가진 것이 틀림읎덜 않컸소. 쩡읎이 역에 가봤자 헛걸음질이고 되짚어 쩡 맹글로 읍사무소로 와야 헐 것인디, 워찌 성님이 그 고상허게 냅둘 수가 있겄습디여? 그려서 불러세운 것이구만이라."

"그랬었구먼. 고맙네."

김범우는 고개를 끄덕이며 새로운 우울이 가슴을 적시는 것을 느꼈다. 참 한심스럽게 변해가는 세상이라 싶었다.

"고맙기는 머시 고마워라. 고런 것이나 내 심으로 도와야지라. 얼렁 맹글게 헐 팅께 항꾼에 갑시다."

염상구는 활기차게 앞서 걷기 시작했다. 김범우는 염상구의 뒷모습을 잠시 멍하니 바라보고 있다가 쩝쩝 입맛을 다시고는 발을 떼어놓았다. 그는 염상구가 무슨 일을 하는지 대충 짐작할 수가 있었다. 그것도 그의 가슴을 덮는 우울이었다. 무슨 견원지간이라고 염상구는 또 형 염상진과 반대 입장에 서 있게 됐을까…….

"빨갱이눔덜이 경찰서를 불 질러부러서 읍사무소서 경찰업무를 보고 있구만요."

염상구는 마치도 자기가 경찰업무를 맡고 있는 양 이런 설명까지 했다. 순경보조원인 듯싶은 앳된 보초병이 염상구를 보자 거수경례를 올려붙였다.

"어이, 수고허네."

염상구는 트림이라도 하려는 것 같은 자세로 거드름을 피우며 인사를 받았다.

"어이웨, 서 순경, 싸게 찡 하나 맹글소. 자네도 알제? 봉림 사시는 김범우 선상님. 우리 성님이신디 순천 넘어가신당마. 싸게싸게 맹글소."

염상구는 아무 거침이 없었다.

"김 선생님, 나오셨는게라? 요리 오시씨요."

서 순경이라고 불린 사람이 반갑게 맞이했다. 그쪽에서는 알고 있는 모양인데 김범우로서는 안면만 있을 뿐 누구인지 확실히 알 수가 없었다. 통행증은 담배를 반나마 피웠을 때 완성이 되었다.

"와따메, 서 순경 글씨는 은제 봐도 한석봉이 찜쪄묵을 명필이여."

염상구는 통행증을 눈높이로 치켜들고 큰 목소리로 치하의 말을 하고 있었다.

"선생님 앞에서 거 먼 소리여."

서 순경이 혀를 찼다.

"수고하셨소."

김범우는 담배를 비벼 끄며 인사를 했다.

"성님, 경찰서란 디 오래 있어야 존 것 읎응께 싸게 나갑씨다."

염상구는 통행증을 들고 앞서 나갔다.

"수고 많았네. 그만 자네 볼일 보소."

큰길로 나선 김범우는 손을 내밀었다.

"머 따로 볼일이 있간디요? 역꺼정 가십시다."

염상구는 통행증을 건넬 생각도 않고 걸음을 옮기기 시작했다. 역까지 바래다줄 모양이었다. 그만하면 오랜 정리를 위한 친절로도, 자기 과시를 위한 시위로도 충분한데……. 김범우는 염상구가 번거롭게 느껴졌다.

"성님은 난리통에 워쩌고 지냈는게라?"

"……대밭골에 숨어 있었네."

자네는 어떻게 지냈느냐고 묻는 게 상대방에 대한 예의인 줄 알면서도 김범우는 전혀 말을 하고 싶은 기분이 아니었다.

"엎어지면 코 달 디서 용허니 무사했구만요. 나는 소록도로 좆 빠지게 내뺐구만이라. 문딩이딜 속에 숨어뿐께 참말로 안전헌 피난처둥마요. 쪼께 징허기는 혀도 말이어라."

김범우는 씁쓸한 웃음을 씹었다. 염상구는 작년 9월에 결성된 대동청년단의 열성단원으로 좌익 지하조직을 파내는 데 적잖은 공을 세웠을 것이다. 그건 형 염상진이와 맞서 싸우는 일이었고, 그래서 염상구는 그 일에 더 신바람이 났을지도 모른다. 만약 염상구가 도망을 못 가고 붙들렸으면……. 김범우는 그런 상상을 유발하고 있는 자신에게 강한 혐오감을 느꼈다.

"성님, 쩡도 맹글었겄다, 기차 탈 일만 남았응께 차나 한잔 허십시다."

"나 바쁘네."

"와따, 성님! 아무리 바빠도 바늘허리에 실 감아서 쓰는 법 있읍

디여? 임허고 잠자리럴 혀야 아들을 볼 것이고, 기차가 와야 탈 것 아니겄어라우? 기차가 올라면 40분이나 남았응께 그새 따끈헌 커피나 한잔 대접허겄다는디."

염상구의 입에서는 금방 상소리라도 터져나올 것처럼 말이 거칠어져 있었고, 그 몸놀림도 여태까지와는 달리 주먹패의 냄새가 나도록 난잡스러웠다. 제 나름으로 다하고 있는 성의를 무시당했다고 생각하는 모양이었고, 그래서 화가 난 것 같았다. 제멋대로 열등감을 품고 있는 사람을 대하기가 얼마나 피곤한 일인가를 김범우는 새삼스럽게 느끼고 있었다.

"이 사람이, 성님 성님 하질 말든지, 그리 상스럽게 굴질 말든지 하게. 내 맘은 바쁘고, 기차시간은 모르고 해서 그런 것이지 내가 어디 자네 대접을 마다했는가!"

김범우는 귀찮은 오해를 막기 위해 정색을 하며 힘을 넣은 목소리로 말했다.

"성님, 그러셨겄제라. 배운 것 읊이 무식허다 봉께로 소갈머리가 쥐창아리만 해갖고 오해혔구만이라."

염상구는 금방 기분을 풀었다. 읍내를 장악하다시피 하고 있는 소문난 주먹패 염상구가 자신의 말 한마디에 머리를 숙이듯 하고, 귀찮을 정도로 친절을 베푸는 것은 형의 친구로서 오랜 정 때문만이 아님을 김범우는 대충 짐작하고 있었다. 형의 친구라는 관계뿐이었다면 오히려 형에 대한 적개심을 옮겨 피해를 입힐지도 모를 일이었다. 역전과 차부에서 살다시피 하는 염상구는 통학생들을 통해서 자신에 관한 그런저런 소문을 다 듣고 있었을 것이다. 힘 쓰는 자는 힘 쓰는 자 앞에서만 꼬리를 감춘다고 하던가. 김범우는 오래전부터 염상구의 태도에서 그런 낌새를 눈치채고 있었다.

"가실께라. 다방에 성님맹키로 서울식으로 말허는 솔찬이 이쁜 가시내가 새로 왔구만요."

염상구는 그 작은 눈을 찡긋하며 씨익 웃어 보였다. 구경을 시켜 주겠다는 것인지, 제놈이 벌써 요절을 냈다는 것인지 의미를 알 수 없는 말이고 웃음이었다. 읍내의 유일한 다방인 '포구'에는 손님이 뜸했다. 김범우는 거의 발길을 하지 않는 곳이어서 실내 분위기가 눈설었다. 낮에는 주로 관공서 사람들이 드나들었고, 날이 어두워지면서부터는 역전 주먹패들의 놀이터가 되었다.

"야 가시내야, 찻잔 얌전허니 놓고 그 선상님 옆에 이쁘게 앉어라."

염상구는 차를 날라온 아가씨에게 우악스럽게 말했다. 그건 거친 명령이었다. 그런데 아가씨는 입술을 삐죽였을 뿐 전혀 노여운 기색이 없었다.

"아니네, 아냐. 자네하고 따로 할 얘기가 있네."

김범우는 손까지 내저었다. 그는 엉겁결에 한 말이었는데, 말을 해놓고 보니 염상구와 마주 앉은 김에 그동안의 사정을 듣는 것이 괜찮을 것도 같았다. 염상구도 피해 있긴 했지만 경찰서를 그처럼 제집 안방 드나들 듯 하고 있으니 비교적 소상하게 알고 있을 것이었다.

"식기 전에 쭉 드시씨요. 요 커피란 것이 쌉싸름허고 달착지근헌 것이 마실 만허드랑께요."

일본 식민통치의 잔재가 그대로 남아 있는 채 커피는 미군정과 함께 전국적으로 퍼진 물건이었다.

"지허고 헐 이야기가 먼 이야긴디요?"

염상구는 커피를 탕약 마시듯 단숨에 마셔 치우고는 김범우를 향해 고개를 뺐다. 김범우는 느린 동작으로 담뱃갑을 꺼내 한 개비를 뽑고 나서 염상구에게 내밀었다.

"성님허고 맞담배질혀서 쓸란가 몰르겄소?"

염상구는 뒷머리로 손을 가져가며 멋쩍은 웃음을 지었다. 주먹패의 불량기라고는 전혀 느낄 수 없는 태도였다.

"같이 나이 먹어가는 처지에 무슨 소린가. 어서 뽑아."

염상구는 연장자에게 술잔을 받을 때처럼 왼손까지 받쳐 담배를 빼고는, 얼른 통성냥을 들어 불을 켜서 김범우 앞으로 내밀었다. 몸에 익은 민첩한 동작이었다.

"이번에 상한 사람이 얼마나 되는지 아는가?"

말에 씹혀 나온 담배연기는 김범우의 입술 가에서 뒤엉키다가 흩어졌다.

"안직 몰르고 기신게라? 맞어, 성님은 우리허고는 달분께." 뒷말은 혼잣말로 바꾼 염상구는 자리를 고쳐 앉더니, "고 오살헐 눔덜이 쥑여도 무지막지허게 많이 쥑였당께요. 지끔도 계속 조사 중인디, 오늘 아칙꺼정 확인된 것만 100명이 넘었단 말이오." 돌변한 그의 얼굴에서는 살기가 피어오르고 있었다.

김범우는 망연하게 앉아 있었다. 그게 확실한 거냐고, 혹시 잘못

된 조사가 아니냐고 묻는 말은 그의 의식 속에 갇혀 있었다.

"100을 쥑였든 200을 쥑였든 고런 건 다 과거지사고, 인자부텀은 우리덜이 헐 복수전이 남았구만요."

염상구는 손바닥으로 입술을 야무지게 훔쳤다.

"복수전?"

김범우는 정신이 번쩍 들며 염상구를 노려보듯 하고 있었다.

"하먼이라. 빨갱이눔덜이 먼첨 칼을 뽑았응께 우리도 칼을 뽑아야지라. 고 숭악헌 눔덜이 다시는 고런 개지랄 못허게 헐라먼 요분에 빨갱이 씨럴 말려뿌러야 허요. 섣부르게 혔다가는 고것들이 또 까불 것잉께."

염상구의 살기등등한 말 속에서는 혈연으로서의 염상진의 존재는 찾을 수도 없었다. 완전한 편갈이만 있을 뿐이었다. 나는 무엇인가······. 김범우는 쓰디쓰게 웃었다.

"엊저녁에 한바탕 콩을 볶았응께, 고런 식으로만 가면 사나흘이면 읍내 뿌리는 뽑을 것잉마요. 도망간 반란군허고 빨갱이눔덜언 진압군허고 경찰이 쫓고 있응께."

"콩을 볶다니?"

김범우는 직감은 하면서도 확실하게 하기 위해서 물었다.

"참 성님도, 빨갱이 총살도 몰로요?"

염상구는 한심하다는 표정을 지었다.

"미처 피하지 못한 사람들이 있었군."

김범우는 혼잣말로 중얼거렸다.

"워디 빨갱이질 나선 눔만 빨갱이간디요? 소리 소문 읎이 과부 뱃때지에 올라타는 눔맹키로 빨갱이질 허는 세포도 있고, 빨갱이 앞잽이로 설레발친 눔덜도 있고, 빨갱이 숨키고 있는 집구석도 있고, 잡아딜이고 봉께로 하로 반 만에 북국민핵교 교실이 다 찰 헹펜이구만요."

"어떻게 그 많은 사람을 다 알아냈단 말인가."

"허어, 스파이 훈련인가 먼가 받았다는 양반이 워찌 그런 말을 다 묻는다요? 빨갱이만 조직 있고 우리 경찰은 핫바지저구리간디라?"

김범우는 야무지게 한 대 얻어맞은 기분이었다. 소화다리 위에서 피 얼룩을 보았을 때처럼 김범우는 의식이 혼미하게 흔들리는 것을 느꼈다. 순천을 빨리 다녀와야 되겠다는 생각만이 마음을 다급하게 하고 있었다.

"그만 일어나세."

"시간이 당아 멀었는디요?"

"머리가 아파서 찬 바람을 쐬야겠네."

김범우는 염상구를 묵살하고 일어섰다. 다방 안에는 한창 유행되고 있는 노래 〈울고 넘는 박달재〉가 흐르고 있었다. 김범우는 찻값을 치르는 것도 잊어버리고 휘적휘적 다방을 벗어났다. 한낮인데도 거리에는 행인이 드물었다. 그 썰렁함이 읍내의 분위기를 단적으로 말해 주고 있었다. 김범우는 역 쪽으로 걷기 시작했다.

"자네 범우 아닌가!"

김범우는 눈길을 들었다. 남국민학교 선생인 손승호였다.

"승호 자네 무사했구만."

김범우는 손승호의 손을 힘주어 잡았다. 그의 지난날을 알기 때문이었다.

"말 말게. 꼭 죽는 줄만 알았네."

파리한 안색의 손승호는 고개를 저었다.

"무슨 일이 있었던 모양이군."

"노상에서 긴말할 수는 없고…… 염상진이한테 붙들렸었지. 과거를 묻지 않겠으니 다시 전향을 하라고, 밤낮으로 시달리는데 못 살겠더군."

"그래서?"

"끝까지 말을 안 들으니까 총까지 들이대더구만."

손승호는 감정의 동요 없이 말하며 입가에 찬 웃음을 물었다. 그는 작년 6월까지만 해도 좌익에 발을 넣고 있었다. 그런데 우익의 탄압에 맞선 좌익 테러가 속출하면서부터 회의를 느끼기 시작했고, 국제공산주의라는 것이 결국은 지역을 불문한 세력확장의 도구로 사용되는 허구성을 발견하고는 사상적 변화를 일으키게 된 것이다. 그는 사회주의를 버렸을 뿐 그 반대개념의 사상을 취한 것이 아니었다. 그러므로 그는 사상적 '전향'을 한 것이 아니라 사상의 공백상태에 있었다. 그가 괴로워한 것은, 세상의 그 어떤 주의든 인간을 위한 것이어야 하는데 그 사상의 실현을 위해서 인간을 폭력의 대상으로 삼는 점이었다. 인간을 위한 주의가 아니라 어떤 주의를 위한 인간이 되어야 하는 변질을 그는 납득할 수가 없었다.

설득과 이해의 균형이 없이 폭력을 수단으로 하는 그 어떤 주의나 사상보다는 차라리 원시상태가 인간을 더 행복하게 만들 수 있다고 생각했다. 그런 손승호의 생각은 김범우의 생각과도 거리가 있었다. 김범우가 관심하는 '민족'이라는 자리에 손승호는 '인간'을 놓고 있는 셈이었다.

"급한 일이 생겨 순천을 좀 넘어가는 길이네. 오후에 집에 있겠는가?"

김범우는 손승호에게 여느 때 없이 반가움을 느끼고 있었다.

"그러지."

언제나 얼굴에 무게감을 지니고 있는 손승호는 약간 고개를 끄덕여 보였다.

"성님, 여그 기셨구만이라. 쩡도 옳이 이 양반이 워딜 가셨다냐 했구만요."

거침없이 떠벌리며 가까이 온 염상구가 손승호를 알아보고는 멈칫했다. 염상구와 시선이 마주친 손승호의 얼굴에도 순간적으로 적의가 담긴 표정이 스치고 지나갔다.

"그럼, 다녀오소."

손승호는 김범우를 보지도 않고 말하고는 돌아섰다. 김범우는 염상구를 의식하며 빠른 걸음을 옮겼다. 염상구가 무슨 객쩍은 소리를 지껄일까 봐 손승호와 한 발이라도 더 멀어지고 싶었다.

"저 개좆겉은 새끼가 사람 대허는 꼴 잠 보소. 삭신을 못 쓰게 맹글 날을 폴세부텀 종그고 있단 것을 지눔이 알아야 쓸 것이여."

염상구가 살벌하게 내쏘며 탁 침을 뱉었다.

"상구 자네, 그게 무슨 소리야!"

김범우는 휙 찬바람이 일도록 돌아서며 염상구를 노려보았다. 그 눈이 무섭게 이글거리고 있었다.

"성님, 워째 그러시오? 성님은 저눔 과거를 몰라서 그러시오?"

염상구는 완연히 당황하고 있었다.

"그래, 과거가 그래서 어쨌다는 건가. 그게 삭신을 못 쓰게 만들 죄야? 그리고, 자네가 뭔데 그런 소릴 함부로 지껄여. 그럴 권한을 누가 자네한테 줬어!"

"성님, 빨갱이덜이 전향했다는 말을 콩으로 메주 쑤디끼 믿을 수 있는 줄 아시오? 고것이 눈 개리고 아웅허는 빨갱이덜 수법이랑께요. 고것이 아님사 요번 난리통에 워찌 저눔이 살아났겄소, 제일착으로 죽었을 놈인디. 그렁께 저눔이 세폰지 아닌지 종그는 것인디, 고것이 워째 나빠라?"

김범우는 차가운 쇠붙이가 가슴팍에 섬뜩하게 올려지는 것을 느꼈다. 염상구는 단순한 주먹패만이 아니었던 것이다. 말이 나온 김에 손승호에 대한 의심을 풀어줄 필요를 느꼈다. 그러기 위해서는 괴롭지만 염상진을 입에 올리지 않을 수가 없었다.

"자네 내 말 똑똑히 들어. 아까 자네가 오기 직전에 무슨 말 했는지 아는가? 손승호 그 사람이 자네 형한테 붙들려 죽을 뻔했던 이야기를 하던 참이야. 자네 형은 다시 전향하라고 했고, 끝까지 말을 안 들으니까 총까지 들이대더라는 거야."

"그 말을 워처케 믿냐니께요."

염상구는 교활하게 느껴지는 웃음을 입가에 바르고 있었다. 형의 이야기에 조금도 감정변화를 보이지 않는 차가움이었다.

"이 사람아, 그런 식으로 의심하자면 나는 어떻게 믿나?"

김범우는 두려운 벽을 느끼고 있었다. 그건 집단화된 의식의 단면이었던 것이다.

"좋소. 지눔이 깨끔허니 발을 씻었다고 칩시다. 근디 워쩨서 나럴 대허는 뽄새가 똑 고름 질질 흘리는 문딩이 대허디끼 허냐 고것이구만요."

김범우는 말이 막혔다. 손승호의 생각을 한마디로 설명하기는 불가능한 일이었다. 그리고 뒤늦은 발견이긴 했지만, 염상구를 그런 식으로 대하는 건 손승호의 실수였다. 한마디 말도 잘못 해서는 안 될 어려운 시국이었다.

"자네를 무시하는 것 같아서 감정이 상한 모양인데, 그럼 자네한테 먼저 묻겠네. 그 사람은 나하고 동창인데 자네는 무조건 이놈 저놈하고 부르는구면. 그 사람이 좌익을 그만두고 난 다음에 자네는 그 사람을 의심하지 말고 나를 대하는 것처럼 예의를 지켜봤나? 자네가 깍듯하게 대하는데도 그 사람이 그러던가?"

김범우는 엉뚱한 허를 찌르고 있었다.

"니기미, 나야 빨갱이 혔던 놈이고, 허는 놈이고 다 싫은께요……."

염상구는 시선을 떨구며 웅얼웅얼 말끝을 얼버무렸다. 김범우는 염상구의 손을 지그시 잡았다.

"자네가 여러모로 수고하고 있는 것, 내 다 알아. 그런 수고가 더 효과를 나타내게 하려면 손승호 같은 사람을 자네가 먼저 잘 대하는 일이네. 내 말 알겠는가?"

"야아……."

김범우는 안도의 한숨을 쉬며 잡고 있던 염상구의 손을 놓았다.

염상구는 굳이 역에까지 따라와서야 통행증을 내밀었다. "지가 표를 끊어디려야 허는디……." 염상구는 멋쩍은 듯 웃었다. 김범우는 그런 그의 얼굴에서 구박둥이로 자란 어린 날의 모습을 떠올렸다. 주먹패가 되고, 형을 원수 대하듯 하는 오늘의 그는 그 옛날부터 예비된 것이기도 했다.

20평 남짓한 대합실에는 남루한 차림의 거지가 웅크리고 잠들어 있을 뿐 썰렁하게 비어 있었다. 김범우는 개찰구를 나섰다. 노천 플랫폼에는 네댓 사람이 기차가 올 광주 쪽 철로로 몸들을 돌리고 있는 모습이 보였다. 김범우는 천천히 걸어 그들과는 거리를 두고 멈춰섰다. 역사(驛舍) 양옆으로 길게 드리워진 탱자나무 울타리로 눈길이 갔다. 잎이 거의 다 떨어진 탱자나무의 성긴 가지 사이로 서너 명의 코흘리개들 모습이 얼비쳐 보였다. 알아들을 수 없는 어린것들의 조잘거림도 들려왔다. 그러고 보니, 무수한 가시가 돋아 있을 가지 사이사이에 샛노란 탱자들이 매달려 있었다. 가시에 찔리지 않을 자리에 열린 것들은 벌써 다 따가버리고 가시 사이에 열린 것들만 남아 있는 것이다. 손쉬운 데 달린 열매들은 노랗게 익어보지도 못하고 진초록 몸의 아기열매 때 벌써 코흘리개들 손에 들어가 구슬치기의 구슬 노릇을 했는지도 모른다. 지금 꼬마들은 가시 사이에 매달린 탱자들을 따려고 열중해 있는 것이었다. 김범우도 어렸을 적에 억센 가시에 손을 찔려가면서도 한사코 탱자를 따내려고 애를 썼었다. 곰보딱지로 울퉁불퉁하게 못생긴 유자에 비해 탱자는 매끈하게 잘생겼으면서도 별로 쓸모가 없었다. 향기도 유자만 못했고, 맛은 더구나 비교가 되지 않았다. 몇 번 굴리고 던지고 놀다가 싫증이 나면 발로 밟아 터뜨리거나 시궁창 같은 데 처넣었다. 그러면서도 한사코 탱자를 딴 것은 그 샛노란 색깔의 동그란 생김에 이끌렸기 때문인지도 모른다. 탱자나무는 대부분 서민 집들의 앞울타리 노릇을 했고, 대나무는 뒷울타리 노릇을 했다. 억센 가시를 가지마다 촘촘히 달고 있는 탱자나무는 그 생김과는 다른 전설을 가지고 있었다.

옛날에 자식 다섯을 데리고 과부가 살았다. 남편이 남기고 간 것이 없는 살림살이는 혼자의 힘으로 아무리 뼈가 휘도록 일을 해도 자식들 입에 풀칠하기가 어려웠다. 몇 년을 이 앙다물고 살아낸 과부는 더는 견디질 못하고 병이 들어 눕고 말았다. 그대로 굶어죽게 된 형편이었다. 그 소문이 나자 하루는 어떤 노파가 찾아왔다. 산 너머 부잣집에 큰딸을 소실로 보내면 논 닷 마지기를 주겠다는 것이었다. 큰딸은 열다섯 살이었다. 과부 어미는 딸에게 차마 그 말을 할 수 없어서 노파가 대신하기로 했다. 노파의 말을 들은 처녀는 하룻밤 하루낮을 운 끝에 그리 하겠다고 마음을 굳혔다. 그런데 노파한테 내세운 조건이 있었다. 닷 마지기의 논 대신 그 값에 해당하는 쌀을 달라는 것이었다. 하나도 어려울 것 없는 조건이었다. 처녀는 쌀을 받은 날 집을 떠났다. 늙은 부자와 첫날밤을 지낸 다음날 저녁 처녀는 뒤뜰 감나무에 목을 매고 말았다. 늙은 부자는 처녀의 죽음을 안쓰러워하기는커녕 속았다고 펄펄 뛰며 당장 쌀가마를 찾아오라고 불호령을 쳤다. 하인들이 부랴부랴 처녀의 집으로 갔으나 식구들은 간 곳이 없었다. 이 소식을 들은 늙은 부자는 더욱 화가 나서 처녀의 시체를 묻지 말고 산골짜기에 내다버리라고 명령했다. 저런 못된 것은 여우나 늑대한테 뜯어먹혀야 한다는 것이었다. 처녀의 시체는 정말 내다버려졌다. 그런데 그날 밤 칠흑 같은 어둠 속을 헤치며 처녀의 시체를 업고 가는 그림자가 있었다. 그건 처녀와 남몰래 사랑을 나누어왔던 사내였다. 사내는 남들의 눈에 띄지 않도록 평장(平葬)을 했다. 그런데 다음 해 봄에 그 자리에서 연초록 싹이 터올라왔다. 그 싹은 차츰 자라면서 몸에 가시를 달기 시작했다. 사내는 그때서야 그것이 애인의 한스런 혼백이 가시 돋친 나무로 변한 것을 알았다. 아무도 자기 몸을 범하지 못하게 하려고 온몸에 가시를 달고 환생한 애인의 정절에 감복한 사내는 평생을 혼자 살며 그 한을 풀어주기 위해 산지사방에 탱자나무 심는 일을 했다는 것이었다.

김범우가 어렸을 적에 무심코 들어넘긴 그 전설을 무엇인가 깨우치듯 떠올린 것은 사회주의 서적을 탐독하게 된 어느 날이었다. 그건 단순한 전설이 아니라 농경사회의 부와 빈곤이 고질적으로 뿌리를 내릴 수밖에 없는 기름진 평야지대에서 생성된 서민이나 소작인들의 마음의 표현이었던 것이다. 드넓은 곡창지대를 품고 있는 전라도땅과 탱자나무 전설과 소작농민들의 봉기였던 동학란과 일제치하에서 조선인으로는 최초로 자가용 비행기를 가졌다는 전라도 어느 지주와……. 김범우는 염상진과는 다른 고통으로 사회주의 서적을 덮고 자정을 넘긴 일이 한두 번이 아니었던 것이다.

멀리서부터 기적이 울려왔다. 김범우는 고개를 돌렸다. 검은 색깔이라서 더욱 육중하게 느껴지는 기차가 역이 가까워졌음인지 흰 연기를 뿜으며 달려오고 있었다. 김범우는 그때서야 처남 신석주를 떠올리며 느리게 걸음을 옮겼다.

7

그리고 청년단

염상구는 양쪽 바지주머니에 두 손을 찔러넣고 단음의 휘파람소리를 내며 역전 마당을 가로지르고 있었다. 삐뚜름하게 치켜올라간 양쪽 어깨와 걸음을 옮길 때마다 장단이라도 맞추듯 건들거리는 상체는 천생 주먹패의 모습 그대로였다. 남들이 보기에는 아무생각도 담겨 있지 않은 것 같은 그런 몸짓으로 걷고 있으면서도 그의 작은 눈은 마당의 좌우와 건너편 차부를 빠르게 훑고 있었다. "지기미, 하루 벌어 하루 묵고사는 것들이 목심은 드럽게 아까운 것인갑구만." 그는 이빨 사이로 찍 침을 내쏘았다. 침은 반 포물선을 그으며 날아가다가 햇빛을 받아 반짝 빛나고는 멀찍이 떨어졌다. 차부고 역전이고 도둑맞은 집구석처럼 썰렁한 것이 그의 비위를 상하게 했다. 길을 떠나자면 통행증을 일일이 발급받아야 하는 형편이니 차부나 역에 손님이 줄어든 것은 당연한 일이었지만, 날이면 날마다 자리다툼을 하던 행상들마저 자취를 감추어버린 것이다. 그만큼 지금의 읍내 분위기가 살벌하다는 것을 실감하면서도, 하루 벌어 하루 먹기가 다급한 가난뱅이 신세에 그래도 목숨을 지키겠다고 그리 약삭빠르게 구는 꼴들이 역겨웠다. 떡장수·엿장수·과일장수·순대장수·오이장수·고구마장수, 이런 행상들이 각기 함지박이며 목판이며 광주리에 물건들을 담아들고 도착하고 떠나는 차를 따라 이리 몰리고 저리 몰리며 악다구니 쳐대는 시끌벅적함이 어우러져야 차부나 역전의 기분이 제대로 나는 것이었다. 염상구는 그 소란 속을 헤치고 다니면서 자기 존재를 확인하는 가슴 뻐근함을 느끼고는 했었다.

염상구는 길을 건너려다 말고 왼쪽으로 방향을 바꾸었다. 잡화상 옆에 쪼그리고 앉은 두 여자 행상을 향해서였다. 떡과 고구마를 차려놓고 앉은 두 여자는 염상구가 자신들에게로 오고 있는 것을 눈치채고는 찔끔 긴장했다. 그리고 두 여자는 시침을 떼며 이야기에 열중하는 체했다.

"아짐씨들, 무신 이약이 그리 재미지요?"

좌판에 다다른 염상구가 불뚝스럽게 내질렀다.

"아이고메, 요게 뉘시다요? 감찰님 오시는 것도 몰라보고 두 년이 새살 까니라고…… 어여 오시씨요."

깜짝 놀란 시늉을 하며 자리를 차고 일어선 떡장수 여자가 반가움을 과장하고 있었다.

"하먼이라, 하먼이라."

엉거주춤 따라 일어선 고구마장수가 꺼칠하게 마른버짐이 핀 얼굴에 억지웃음을 지어 보이며 굽신거렸다.

"아짐씨는 머가 하먼이라, 하먼이라요?"

염상구는 버럭 소리를 지르며 눈꼬리를 세웠다.

"긍께로⋯⋯." 고구마장수가 당황한 나머지 미처 말을 꾸며대지 못한 채 질렸고 "감찰님, 금메 요 여편네는 워낙이 빙신이라 높은 양반덜 앞에만 섰다 허먼 갱신을 못헌당께요. 멀리서 순사만 봐도 오짐얼 찔끔거리는 빙신인디, 요러크름 감찰님을 딱 맞바라보고 서붕께 헛소리 나올만 안 허겄소? 감찰님이 이해허셔야 쓰겄구만이라." 떡장수가 눈치 빠르게 둘러대고 있었다.

"날 첨 보간디 그래라?"

말은 이렇게 하면서도 염상구의 어조는 '감찰님'답게 점잖게 변해 있었다. 소학교 적에 긴 칼을 찬 일본 순사만 보면 오금에 오소소 찬바람이 감기고는 했던 경험을 통해 그 촌스런 여편네의 마음을 십분 이해할 수 있었고, 자신을 그런 '높은 양반'으로 대해 주눅이 들 정도라는 것은 열 번 들어도 기분 나쁜 말이 아니었던 것이다.

"떡이 따끈헌디, 한 쪼가리 허실랑게라?"

떡장수가 금방 떡을 떼내기라도 하려는 듯이 날이 무뎌 보이는 부엌칼을 집어들었다.

"어허, 점잖찮게." 염상구는 엄한 표정을 지어 보이며 팔을 내젓고는, "헌디, 썩은 괴기에 쉬파리 앉디끼 허든 예펜네덜이 다 워디로 가부렀소. 빨갱이허고 내통허다가 다 뽕빠지게 도망간 것 아니라고?" 썰렁한 차부고 역전을 휘둘러보며 억지소리를 했다.

"위메 감찰님, 사람 잡을 소리 허덜 마씨요. 아, 쉬파리가 앉을 썩은 괴기가 있어야 쉬파리가 끓제라. 타작마당 검불 쓸어불 디끼 요리 손님이 읎는디 장사 안 나오는 것이야 당연지사제라."

떡장수가 힐금힐금 눈치를 살피면서도 야무지게 말하고 있었다.

말을 듣고 보니 그럴 법한 이치였다. 돈을 좇는 장사치들의 눈치만큼 재빠른 것도 없을 것이었다. 그런데 자신은 그 쉬운 생각을 까맣게 하지 못하고 있었던 것이다. 염상구는 그런 자신의 허점을 가리기라도 하려는 듯이 좌판 앞으로 바짝 다가서며 다시 억지소리를 했다.

"필경 여그 장사꾼덜 속에도 빨갱이눔덜 꼬랑댕이가 숨어 있을 것인디."

염상구는 떡장수 여자의 눈을 뚫어져라 쏘아보고 있었는데, 그 작게 옆으로 찢어져나간 눈에서는 섬뜩섬뜩한 냉기가 뻗쳐나오고 있었다.

"고런 눈치 있음사 얼렁 감찰님헌테 귀뜸해야제라. 우리가 누구 덕에 사는디, 하면 허고말고라."

떡장수 여자는 마치 최면이라도 걸린 듯 굳어진 얼굴로 입술을 놀리고 있었다.

"바로 그거요. 쬐끔만 요상허다 싶으면 꼭 나헌테 연락 취해야 쓸 것이요. 만일에 여그서 무신 일 생겼다 허먼 그날로 장사판 싹 엎어뿔팅께."

염상구는 여자의 눈을 응시한 채 한마디 한마디를 상대방 눈 속에 박아넣듯이 낮고 느릿느릿한 목소리로 말해 나갔다.

"하면이라, 하면이라."

떡장수 여자는 더 질린 얼굴로 연신 고개를 끄덕였다.

"명심허고, 장사 잘허씨요."

염상구는 눈길을 거두며 주머니에서 담뱃갑을 꺼냈다.

"워쩨야 쓸게라, 궐련값이라도 디레야 헐 것인디 아직 마수걸이도 못혔으니……."

떡장수는 안절부절못했고, 고구마장수도 빈손을 허둥대고 있었다.

"판이 요리 시장스러운디 오늘은 그만두씨요. 우리 아덜헌테도 일러놓겠지만, 행여 모르고 오면 나가 댕겨갔다고 말허씨요."

염상구는 담배에 불을 붙이고 돌아섰다.

"감찰님, 고맙구만이라, 고마워라."

두 여자는 염상구의 뒤에다 대고 허리를 꾸벅거렸다.

"뱅골댁, 워쩔라고 고런 약조를 다 허능가?"

고구마장수가 휴우 한숨을 내쉬며 떡장수를 타박하듯이 말했다.

"음마, 녹동댁! 한마당서 한시에 당헌 일임스롱도 똑 넘 일 말허디끼 허는 심뽀는 또 머시여?"

뱅골댁은 어떤 배신감 같은 것을 느끼며 한바탕 대거리를 벌일 것처럼 소리를 질러댔다.

"뱅골댁, 나가 넘 일 말허디끼 허잔 것이 아니라 그런 약조헌 것이 접시 난께로 허는 소리 아닌가."

녹동댁이 마른버짐 핀 얼굴을 훔치며 기운 없는 목소리로 변명하듯 말했다.

"워쩌겠능가, 나중 당헐 때 당허드락도 당장 급헌 불길 꺼야제. 자네도 고 독 오른 눈구녕 봤제? 독새 눈깔이 그럴라등가, 도깨비 외눈깔이 그럴라등가. 시퍼렇게 날 선 백정놈 칼끝으로 찢어논 거맹키로 생긴 눈에 그놈이 퍼런 불 켰다 허면 지정신이 아닝께. 고때 즈그 아부지가 훈계허로 나서면 지 애비도 찔러죽일 놈이란 말이시. 아까도 눈치 싸게 그러크름 허지 안 했음사 워찌 됐을지 아능가? 내 떡 함지고, 자네 고구마 소쿠리고 역전 마당에 폴세 패대기 쳤을 것이네. 그리 돼불면 속 씨리고 아픈 것은 누군가?"

뺑골댁은 수심 깃든 얼굴로 한숨을 쉬었다.

"무작시런 놈, 우리맹키로 불쌍헌 장사꾼 껍데기 벳게묵는 저런 놈을 감옥에 처넣어야 허는디, 순사들은 멀 허는고."

"이 사람, 자다가 봉창 뚜둘기는 소리 허고 앉았네웨. 저눔이 쫄때기 순사 알기를 지 발샅에 때만치도 못허게 아는 놈이여. 아, 못헐 말로 저눔이 장바닥에서고 역전에서 부리는 세도가 경찰서장이나 읍장보담도 더 씬 것을 몰라서 허는 소린가? 저눔 비우짱 거실리고, 눈 밖에 나서 고이 장사 해묵을 장사꾼은 크나 작으나 이 벌교바닥에는 한나또 읎네."

"참말로, 무신 인종이 그리 독헐꼬. 소문에는 허리끈에다 칼을 열 개썩이나 차고 댕긴다든디, 고것 그짓말이겄제?"

"아녀, 참말일 것이구만, 저놈이 누군지 모르고 뎀비다가 손등에 칼침 맞은 젊은 장꾼들이 더러 있응께."

"그러다가 사람 쥑이기라도 허먼 워쩔라고 칼을 열 개썩이나……."

녹동댁은 팔짱을 끼며 부르르 떨었다.

"칼이 크지도 않고 똑 가운데 손꾸락만썩 허다데. 고걸 뽑아 던지는디, 워찌나 몸짓이 날랜지 번개 같다등마. 허고, 칼이 꽂혀도 꼭 죽지 않을 만한 디만 골라서 꽂힌다드랑께. 손등·손목·폴·장딴지·허벅다리 같은……."

뱅골댁은 어느덧 자신의 신세 서글픔이나 염상구에 대한 미움은 사그라지고, 믿기 어려운 그의 무용담에 신명이 오르고 있었다.

"고것이 재주는 재주시."

"하면, 재주치고도 보통 재주는 아니시. 고런 귀신도 곡을 헐 재주에다가, 철다리 한가운디서 기차가 코앞에 닥칠 때꺼정 버팅기다가 아래 갱물로 뛰어내린 배짱을 가졌응께로 왈패 오야붕도 해묵고, 청년단 감찰 자리도 해묵제, 아무나 고런 자리 차고 앉겄능가?"

"긍께 말이시. 근디, 즈그 엄니헌테 효자 노릇 헌다는 소문이든디, 참말이까 몰라?"

"참말일 것이네. 즈그 성은 일정 때부텀 공산당 허니라고 미쳐서 도망댕기고, 해방이 되니께 더 날치다가 감옥살이허고 또 도망댕기고 허니라고 즈그 엄니헌테 뜨신 밥 한 그럭 올릴 돈벌이를 원제 했드랑가. 해방되고 이날 이때꺼정 삼시세끼 밥 묵고 사는 것이 다 누구 덕인디. 쎄 빠지게 농새짓고도 세끼 밥 찾아묵기 심든 시상에 왈패짓 혀서 홀엄씨 세끼 밥 찾아 믹이먼 그보다 더헌 효자가 워디 있겄는가."

"내 새끼도 높은 핵교 공부시키기는 글른 팔자, 저눔맹키로 왈패 오야붕이나 되얐으먼 쓰겄네."

"이 사람아, 말이 씨 되는 법이시."

두 여자는 서로를 바라보며 멀건 웃음을 지었다.

다 식어빠진 고구마 위에 고추잠자리 한 마리가 그 투명하고도 섬세한 무늬의 날개를 늘어뜨리고 앉아 있었다. 싸리나무의 명주실보다 가는 끝가지에 살폿 앉아 네 개의 투명하게 붉은 날개를 비스듬히 치켜세우고 허공에 미세한 율동의 파문을 일구던 여름의 생명력을 고추잠자리는 이미 잃고 있었다. 10월이 저물어가는 찬 기운 서린 대기 속에서 고추잠자리는 한 생애를 살아낸 고단한 육신을 싸늘하게 식은 고구마 위에 부려놓고 있었다. 여자가 파리를 쫓듯 손부채를 부쳤지만 고추잠자리는 날아갈 줄을 몰랐다. 손바람에 늘어뜨린 날개가 둔하게 흔들렸을 뿐이다. "무신 놈에 잠자리가……." 여자가 중얼거리며 마디 굵은 손가락으로 고추잠자리를 잡아 무심하게 허공으로 던져버렸다. 허공에 떠오른 고추잠자리는 본능적인 날갯짓을 했지만 몸은 비상을 하지 못하고 아래로 아래로만 떨어져내렸다. 푸른 음향이 맑게 흐를 것 같은 10월의 깊은 하늘만이 한 마리 고추잠자리의 임종을 침묵으로 지켜보고 있었다.

철교 아래 선창에서 일본 선원을 찔러죽이고 도망쳤던 염상구가 읍내에 다시 나타난 것은 해방과 함께였다. 그는 이미 쫓김을 당하는 살인자가 아니었다. 일본놈을 용감하게 처치한 당당한 독립투사로 변해 있었다. 그가 물건 훔쳐내다가 들켜 살인을 했다는 사실을 모르는 사람은 없었다. 그러나 독립투사로 자처하는 그의 앞에서 그 누구도 감히 부정을 하지 못했다. 자취를 감추었던 몇 년 사이에 그는 기골이 달라졌을 뿐만 아니라 언변도 변사 뺨칠 만큼 늘었고, 특히 온몸에 서늘한 살기를 감고 있었다. 염상구가 읍내에 나타나서 제일 먼저 벌인 일이 장터거리의 싸움판이었다. 사람들이 운집한 장터거리에서 벌어진 그 싸움은 주먹패의 '오야붕' 쟁탈전이었던 것이다. 물론 싸움을 건 것은 염상구였다. 치고 박고, 엎어지고 뒤집어지고, 피가 흐르고 하다가 사태가 불리해진 상대방이 칼을 쑥 뽑아들었다. '땅벌'이란 별명을 가진 그가 위협만으로 칼을 뽑은 것이 아니었다. 그런데도 염상구는 상대방을 노려보며 서늘한 웃음을 흘린 채 태연하게 서 있었다. 땅벌이 뭐라고 소리치며 칼을 휘두르고 돌진했다. 염상구의 손에서 단칼이 허공을 가르며 날아간 것은 그때였다. 하나가 아니었다. 연거푸 세 개가 날아가 땅벌의 어깨·팔·허벅지에 꽂힌 것이다. 땅벌은 비척거리다가 땅바닥에 쓰러졌고, 염상구는 서늘한 웃음을 입가에 문 채로 천천히 다가가 왼발로 땅벌의 가슴팍을 밟고는 어깨에 박힌 단칼을 빼냈다. 그리고는 칼에 묻은 피를 땅벌의 이마에다 문질러 닦으며, "워째, 요만허면 항복해야겄제?" 그러나 이빨을 응둥문 땅벌은 말이 없었다. 염상구는 땅벌의 팔에 박힌 두 번째 칼을 뽑았다. 거기에 묻은 피를 땅벌의 왼쪽 볼에다 문질러 닦으며, "워째, 안직도 항복을 못허겄어?" 역시 땅벌은 염상구를 노려본 채 말이 없었다. 염상구는 허벅지에 박힌 세 번째 칼을 뽑았다. 그것에 묻은 피를 땅벌의 오른쪽 볼에다 문질러 닦으며, "억울허면 은제라도 또 도전혀. 니눔아가리로 항복헐 때꺼정 상대혀 줄 팅께." 염상구는 세 개의 칼을 한 손아귀에 몰아쥐고 돌아섰다. 몇 겹으로 에워싸고 있던 사람들이 끽소리도 내지 못하고 양쪽으로 갈라지며 길을 틔웠고, 염상구는 훤하게 트인 그 길을 유유하게 걸어 사라졌다.

그들의 '오야붕' 쟁탈전은 그것으로 끝난 것이 아니었다. 병원에서 상처자리를 꿰맨 땅벌은 실을 뽑자마자 희한한 설욕전을 제안해 온 것이었다. 그 며칠 사이에 주먹패의 반 이상은 염상구의 손아귀 안에 들어와 있었다. 땅벌이 제안한 것은, 철교의 중앙에 똑같이 서서 누가 더 기차가 가까이 올 때까지 버티다가 아래 바닷물로 뛰어내릴 수 있는지를 겨루자는 것이었다. 완전히 썰물이 되었을 때는 물 깊이가 얕으니까 밀물 때와 기차시간을 맞추자는 말까지 해왔다. 염상구는 생각할 필요도 없이 그 자리에서 좋다는 답을 보냈다. 둘이 다 똑같이 무릅쓰는 위험이었고, 피할 수 없는 마지막 도전이었던 것이다. 밀물이 실리는 시간과 순천에서 오는 통학차 시간이 거의 비슷하게 맞았다. 다음날 바로 시작하기로 결정했다. 심판은 양쪽 부하들이 보기로 했고, 경찰서나 역에 알려지면 제지를 당하게 될 것이기에 비밀에 부치기로 했다. 그리고, 여기서 지는 자는 영원히 벌교바닥을 뜬다는 조건이었다. 다음날 해거름에, 순천에서 광주로 뻗어나간 철로의 벌교포구를 잇는 철교 중앙에 땅벌과 그동안 '쌍칼'이란 별명이 붙은 염상구가 서로 등진 채 수영복 차림으로 서 있었다. 땅벌은 순천만으로 이어지는 선수머리를 향해 서 있었고, 염상구는 포구가 좁아지는 소화다리 쪽을 향해 서 있었다. 밀물로 실려 있던 바닷물은 썰물이 되기 시작했다. 철교 아래에는 스물서너 명의 양쪽 부하들이 숨을 죽이고 모여 앉아 있었다. 그때 회정리 3구를 돌아오는 기차의 기적소리가 울렸다. 그리고 검은 지네 같은 기차의 꿈틀거리는 모습도 보였다. 기차는 삽시간에 중도들판을 가로질러 회정리 2구로 들어서고 있었다. 철교는 2구를 경계 짓고 있는 방죽에서부터 시작되고 있었다. 철교의 교각은 모두 아홉 개였는데, 그들은 중앙 교각 위에 서 있었다. 기차가 "뽀액—" 기적을 울리며 검은 괴물처럼 철교로 진입했다. 그 순간 기차와 그들과의 거리는 교각 네 개의 간격으로 좁혀졌다. 그러나 다음 순간 검은 괴물은 교각 한 개의 간격을 먹어치웠다. 그리고 또 순식간에 교각 두 개째의 간격을 먹어치웠다. 검은 괴물이 세 개째의 간격을 반쯤 먹어들 때였다. 한 사람이 아래로 떨어져내렸다. "땅벌이다!" 하는 철교 아래의 짧은 외침은, 요란하게 울리고 뒤엉키는 쇠의 마찰음에 섞이고 말았다. 검은 괴물이 네 개째의 간격을 먹어치우려고 돌진해 오는 순간 나머지 한 사람이 바닷물을 향해 뛰어내렸다. 그 사람의 몸이 철교와 바닷물 사이의 중간쯤 되는 허공을 지나고 있을 때, 기차는 조금 전에 그 사람이 서 있었던 자리를 박차고 지나가고 있었다. "쌍칼이 이겼다아아." 철교 아래서는 긴 환성이 터져오르고 있었다.

주먹의 세계는 비정했다. 염상구가 헤엄쳐 올라오기를 기다려 땅벌의 부하들은 그의 앞에 서슴없이 무릎을 꿇었다. 충실한 부하되기를 맹세하는 것이었고, 염상구는 당당하게 '오야붕'의 자리를 차지하게 된 것이다. 땅벌은 아무도 거들떠보는 사람이 없는 가운데 그 자리를 떠났고, 밤이 어두워진 다음에 옛 부하 몇 명의 전송이 아닌 감시 속에서 고리짝만 한 크기의 가방 하나를 들고 광주행 열차에 몸을 실었다. 그리하여 땅벌이 장악하고 있었던 읍내의 권한이 고스란히 염상구의 손안에 들어가게 되었다. 장터를 중심으로 한 역전 일대의 텃세권, 상점들의 정기적인 상납권, 하나뿐인 극장의 기도권, 부잣집의 경조사 보호권, 그러나 무엇보다도 염상구의 가슴을 뿌듯하게 했던 것은 읍내 치안대의 장악에 있었다. 그것은 해방과 동시에 여운형(呂運亨)이 발족시킨 조선건국준비위원회 벌교지부에 소속되기를 바라며 자생적으로 생겨난 조직이었다. 치안대장은 유지급으로 정해져 있었지만 그건 명목상 내걸어놓은 이름일 뿐이었고 실권은 아래에 있었던 것이다. 염상구로서는 여운형이고 건준(建準)이고 알 바 아니었고, 지부에 소속이 안 되어도 아쉬울 것이 없었다. 목전에 펼쳐져 있는 권한을 행사할 수 있게 된 것만이 중요한 현실이었다. 치안대의 실권자로서 염상구가 제일 먼저 내세운 것이 자신의 이력 변조였다. 일본 선원의 '살인'이 '독립운동'으로 바뀌었고, 그러므로 염상구는 당연하게 '독립투사'였던 것이다. 치안대의 실권자와 독립투사의 경력은 금상첨화의 조화를 이루는 것이었다. 그의 부하들은 그 사실을 목청 높여 선전하고 강조하고 다녔지만 그 뻔한 거짓말 앞에서 누구 하나 바른말을 하지 못했다. 이미 읍내에는 제정신 바로 박힌 보통사람으로서는 상상도 못할 두 가지 사건을 벌인 쌍칼 염상구에 대한 소문이 윤색까지 되어 퍼져 있었던 것이다. 그리고 세상이 다 알게 친일을 했던 자들이 무슨 명목을 붙여서든지 애국의 탈을 만들어 쓰려고 급급한 판에 염상구 정도의 이력 변조는 아주 양심적(?)인 것이었는지도 모른다. 이유야 어찌 되었건 40년에 이르는 일제의 지배를 받는 동안 벌교읍에서는 말할 것도 없고 그 근동에서도 일인을 살해한 것으로는 염상구가 유일한 인물이었던 것이다.

　단순한 완력이나 배짱만이 아니라 권력행사라는 감미(甘味)에 맛이 들린 염상구는 미군정이 실시되면서 모든 치안권이 경찰 중심으로 돌아간 다음에도 그 언저리를 떠나지 않았다. '애국'이라는 말이 너절너절 넝마가 되도록 너도나도 목청 돋우어 외쳐대며 날이면 날마다 생겨나느니 정당이고 사회단체였다. 그 혼란의 와중에서 정치적 목적으로 결성되는 청년단체도 허다했다. 바로 그 '청년'이란 이름이 붙은 단체가 염상구의 기식처였다. 그렇다고 염상구는 아무 청년단체에나 몸을 담는 것이 아니었다. 실질적 권한행사를 할 수 있는 곳, 전망이 확실히 보장된 단체만을 골랐다. 그것은 하나도 어려운 일이 아니었다. 경찰과 밀접한 관계가 있는 그로서는 경찰에서 후원하는 단체에만 들어가면 되는 일이었다. 그는 치안대가 해산되자 전국청년단체총동맹의 지부 실권자가 되었고,

1947년에 이르러서는 정치 발판을 굳힌 이승만이 결성한 대동청년단의 지부 실권직인 감찰부장 자리에 앉았다. 그의 이러한 권력 지향성은 어찌할 수 없이 형 염상진과 대치할 수밖에 없게 되었다. 그러나 염상구는 형과의 그런 피할 수 없는 대치에 대해서 추호도 신경을 쓰지 않았다. 아니, 오히려 형과 그렇게 맞설 수 있게 된 것을 통쾌하게 생각하고 있었다. 염상구의 가슴 저 깊은 곳에는 어린 날로부터 차곡차곡 쌓아둔 형에 대한 원한이 사무쳐 있었다. 닭똥 집을 언제나 혼자서만 야금야금 처먹었던 형, 다 해진 고무신을 벗어 던져주고 새 고무신을 신으면서도 뽐내기만 했던 형, 그 형이 얄밉고 밉살스럽다 못해 더는 견딜 수가 없어서 이 세상에서 없어져 주기를 얼마나 바랐던가. 병에 걸려 죽기를 바랐고, 수영을 하다 물에 빠져죽기를 바랐다. 그 소원이 이루어지지 않자 어떻게 하면 죽일 수 있을까를 얼마나 궁리했던가. 소학교를 끝으로 상급학교에 갈 수 없게 되었을 때 형에 대한 증오는 극에 달했었다. 그때 처음으로 아버지와 형을 함께 죽일 작정을 했었다. 가슴에서 그런 증오심이 끓고 있는데 아버지가 시키는 대로 그 하찮은 숯장사 하는 방법을 따라 배울 수는 없는 노릇이었다. 아버지의 구박과 편애, 형의 자만과 무시 속에서 그나마 견뎌낼 수 있었던 것은 어머니의 다독거림이 있어서였다. 어머니가 아무도 몰래 건네주던 콩누룽지를 받아들고 뒷산 팽나무 아래서 얼마나 목메어 울었던가. 콩누룽지한 덩어리가 고마워서가 아니었다. 어머니는 형만이 아니라 자신도 사랑하고 있다는, 어머니의 정이 고마워 목이 메었던 것이다. 형이 사범학교를 졸업하고 '선상님'이 되기를 목 빠지게 기다린 아버지의 뜻을 거역하고 농사꾼이 되자 아버지는 하늘에 구멍이라도 뚫을 것처럼 펄펄 뛰다가 끝내 성질을 이기지 못하고 앓아누웠다. 그때 얼마나 고소하고 시원했던지 아무 데나 찍찍 침을 내깔기며, 씨엉쿠 자알됐다, 속 씨언허다, 소리를 몇 수십 번도 더 했었다. 일본놈을 죽이고 피했다가 해방이 되어 돌아와보니 아버지는 이미 죽고 없었다. 설명을 듣지 않아도 아버지가 왜 죽었는지 금방 알 수 있었다. 형에 대한 낙담이 원인이었을 것이다. 아무런 슬픔을 느낄 수가 없었다. 묘를 찾아가보고 싶지도 않았지만 어머니를 보아 마지못한 걸음을 했었다. 두 번 올린 절도 건성이었고, 눈물이 나올 리 만무했다. 그런데, 형에 대한 원한이나 복수심은 아버지에 대해서보다도 몇 갑절 더 심한 것이었다.

염상구가 형과 정면으로 맞서게 된 것은 공산당 활동이 불법화되면서 공산당의 모든 조직이 지하로 잠적하면서부터였다. 염상구로서는 공산당이나 사회주의라는 것이 무엇인지 알아볼 필요를 아예 느끼지 않았다. 그건 적이었다. 경찰에서 그렇게 단정했으니까 적이었고, 형이 가담해 있으니까 더욱 적이었다. 땅속에 숨은 두더지도 잡아내는 판에 느네놈들이 지하로 숨어들었다고 하지만 땅속으로 기어들어간 것도 아닌 바에야 누가 이기나 보자. 염상구는 이런 승부욕을 내걸고 공산당 색출에 혈안이 되어 날쳤다. 형이 미쳐서 하고 있는 일을 훼방 놓고, 형이 자기에게 쫓기는 신세라는 사실을 생각하면 전신이 근질근질해지며 가슴 한복판이 환하게 뚫리는 통쾌감을 만끽할 수 있었다. 공산당을 잡아내는 일은 한마디로 형에게 사무친 복수를 할 수 있어 좋고, 공을 세워 권한을 키워갈 수 있어 좋고, 그야말로 일거양득이라 신명이 나지 않을 수가 없었다. 염상구의 그런 속앓이를 모르는 주변 사람들은 그들 형제간의 행동을 놓고, 집안 망칠 종자들, 몹쓸 인종들, 하고 혀를 찼다. 염상진이 체포되어 1년 실형을 받게 된 것은 내용적으로 염상구와는 아무 상관이 없었다. 염상구는 오히려 그 기회를 놓친 것을 애석해하고 있었다. 그런데도 사람들은 염상구가 형을 잡아넣은 것으로 지레 치부해 버리는 것이었다. 그들 형제가 극적으로 부딪친 것은 금년 3월 남한 단독정부 수립을 위한 총선거 시행을 발표하고 나서였다. 전국적으로 경찰과 대동청년단에서는 총선거 실시를 위한 전면적 준비작업을 전개했고 이에 맞서 좌익에서는 총선거를 저지하려고 모든 지하조직을 표면화시켜 총력전을 개시했다. 그래서 4월로 접어들면서 좌익의 반대폭동은 전국에서 극렬하게 벌어졌다. 염상진도 부하들을 이끌고 경찰서를 습격했다. 그러나 중과부적이었다. 경찰력만이 아니라 청년단까지 합세된 데다가 화력의 열세는 실패의 결정적 원인이었다. 결과적으로 부하 서너 명만 잃어버린 무모한 행위가 되고 말았다. 청년단이 주먹패의 못자리판으로 민폐나 끼치고 정치행동대 노릇이나 하는 줄 알았지 경찰과 합세해서 전투병력화할 줄은 예상하지 못했었다. 소화다리를 건너 제석산 쪽으로 퇴로를 잡으며 염상진은 청년단의 실질적인 권한을 행사하고 있는 것이 동생 상구라는 사실을 새삼스럽게 떠올리고 있었다. 그리고 어두워서 상구와 맞닥뜨리지 않은 것을 무엇보다도 다행으로 여겼다. 한편, 예상했던 것보다 가볍게 적을 물리치게 된 염상구는 형도, 좌익이라는 것도 우습게 보는 계기가 되었다. 그리고 형을 정면으로 맞바라보지 못한 것이 그렇게 애석할 수가 없었다. 염상구는 새벽같이 부하들을 동리마다 풀어 남자가 밤사이에 집을 비운 집을 일제히 조사해 오라고 명령했다. 밤샘 노름을 하지 않은 놈이라면 바로 경찰서를 습격하고 도망친 빨갱이일 것이 틀림없는 일이었다. 그러나 염상구의 이 계산은 한발이 늦고 말았다. 날이 밝기를 기다린 것이 불찰이었다. 부상을 당해 붙들린 세 놈 말고는 지난밤에 집을 비우고 안 들어온 놈은 하나도 없다는 보고였다. 날이 밝기 전에 빨갱이들이 모두 집을 찾아들어가 오리발을 내밀었다는 결론이었다. 염상구는 형에게 여지없이 당하고 만 패배감을 질겅질겅 씹었다. "니미럴 눔, 워디 두고 보자." 그는 빠드득 이빨을 갈아붙이고는 경찰서로 내달았다. 세 명의 포로를 사정없이 주리를 틀어댔다. 거품을 물고 까무러치면서도 그놈들의 입에서는 한결같이 저희들이 아는 것은 '염상진 대장님뿐'이라는 것이었다. 저희들끼리도 동지인 것을 몰랐다는 것이었다. 거짓말을 하는 것 같지는 않았다. 염상구는 말로만 들었던 공산당의 점조직이 어떤 것인지 알 것 같았고, 또 한 번 형에게 패배하는 기분이었다. "지까짓 눔이, 워디 두고 보자." 그러나 5월 10일, 염상구로서는 더없이 신바람나는 첫 국회의원 선거를 치를 때까지 형은 더는 습격을 가해오지 않았다.

형이나 좌익이라는 것을 썩은 홍어좆 정도로 우습게 취급하고 있었던 염상구는 이번 사건을 통해서 그 생각을 바꾸지 않을 수 없었다. 좌익의 습격이라는 통고를 받고도 염상구는 코웃음을 쳤었다. 겨드랑이가 스물거리던 판에 총질이나 한바탕 해볼까 하는 식으로 느슨하게 생각했던 것이다. 그런데 경찰은 이미 경찰서를 빼앗기고 보성 쪽으로 후퇴를 했다는 것이었다. 지난번 경우를 생각할 때 도저히 믿을 수 없는 일이었다. 염상구는 혁대를 단단히 죄고 집을 나섰다. 그러나 역전에 다다르기도 전에 사태가 불리하게 되었음을 직감할 수 있었다. 길거리에 어제와는 다른 냉기가 싸아하게 돌았고, 얼핏 골목으로 사라지는 것이 핫바지에 총을 든 녀석의 모습이었다. 얼쩡거릴 일이 아니었던 것이다. 어쩐다? 어디로 도망을 간다? 경찰은 보성 쪽이라고 했지? 염상구는 잠시 혼란에 빠졌다. 잡히는 날에는 경찰 못지않게 당할 것이었다. 보성 쪽으로 가기에는 아무래도 꺼림칙했다. 경찰의 반대방향으로 튀자. 그것이 안전도가 높을 터였다. 보성의 반대쪽이면 고흥이었다. 고흥을 떠올리자 연줄로 소록도가 생각났다. 그래, 문둥이들 속에 숨어버리면……. 염상구는 그 길로 똥줄이 빠지게 뱀골재를 넘어 고흥 쪽으로 줄행랑을 쳤다.

염상구는 입 끝에 매달고 있던 꽁초를 튀 뱉어 발끝으로 잉끄리며 사나운 눈길로 차부 쪽을 훑었다. 그 썰렁함이 영 마음에 들지 않았다. 난리치고는 작은 난리가 아니었던 것이다. 100명이 넘는 사상자 중에 그의 부하가 아홉이나 끼여 있었다. 염상구는 그 사실만 생각하면 갑자기 속에서 불길이 치솟는 것 같았다. 빨갱이에 대한 뜨거운 증오심이 들끓는 한편으로 죽어간 부하들에 대한 죄의식으로 괴로움을 당했다. 급한 김에 그들을 팽개치고 혼자서만 달아났던 그 비겁하고 의리 없음이 스스로에게 부끄러워 견딜 수가 없었다. 그 죄의식과 부끄러움은 빨갱이에 대한 증오심에 한층 뜨거운 불을 붙였다.

"빨갱이는 씨를 말려뿌러야 혀."

염상구는 새로운 각오라도 하듯 거칠게 내뱉고는 길을 건넜다. 남국민학교로 통하는 샛길로 접어들었다. 정 사장네 술도가로 가는 길이었다. 정 사장의 아들 정하섭을 표적으로 밤낮없이 부하를 잠복시키고 있었다. 아들 덕에 죽음을 면한 정 사장은 벌써 경찰서 유치장에 갇혀 있었다. 그의 죄는 빨갱이의 덕을 톡톡히 보았다는 것이고, 덕을 톡톡히 보았으니 그도 빨갱이라는 점이었다. 서울에서 대학을 다니는 것으로 알았던 정하섭이가 이번 사건이 터지자 곧 읍내에 나타났다가 사라졌다는 정보는 소홀히 할 수 없는 문제였다. 경찰에서도 정하섭을 만만찮은 놈으로 찍고 있었다. 염상구는 경찰보다 먼저 자기 조직으로 정하섭을 잡고자 했다. 그놈을 잡기만 하면 어느 모로 보나 실속이 클 것이었다.

염상구는 3년 전에 있었던 정현동 사장과의 은밀하고도 옹골진 거래를 잊지 못하고 있었다. 염상구는 자신의 과시를 위해 '독립투사'라는 변조된 이력을 당당하게 내세웠을 뿐만 아니라 치안대의 이름으로 친일파를 가차 없이 처벌해야 한다고 기세를 올렸던 것이다. 해방의 들뜬 분위기 속에서 염상구의 그런 외침은 의외로 큰 호응을 얻게 되었다. 그래서 친일파의 이름이 줄줄이 엮어지고, 그 이름들은 욕과 뒤범벅이 되어 사람들의 입에 오르내렸다. 일본놈한테 금덩어리를 주고 술도가를 손에 넣었다는 정현동 사장의 이름이 맨 앞에 거론된 것은 피할 수 없는 일이었다. 치안대의 힘으로 무슨 의법조치가 취해지는 것은 아니었지만 인심의 물줄기라는 것도 무서운 것이어서 이름이 오르내리고 있는 사람들은 난감한 입장에 빠져 있었다. 더구나 염상구의 사람됨됨이로 보아 무슨 일을 저질러 낭패를 당할지 모를 형편이었다. 염상구는 그들 모두의 눈꼬리에 생긴 종기였고, 염상구를 회유해야 한다는 것은 그들 모두의 공통된 생각이었다. 그래서 정현동 사장과 염상구 사이에 은밀한 거래가 시작되었다. 돈 가진 자들의 회유책이란 으레 그렇듯이 정 사장은 돈뭉치를 내밀었고, 그 돈은 염상구로서는 상상할 수도 없는 거액이었다. 염상구는 돈의 액수에 놀랐고, 이런 일로 돈이 생길 수 있다는 사실에 새로운 눈을 뜨게 되었다. 누이 좋고 매부 좋고, 염상구의 마음은 여지없이 흔들리고 있었지만 자신이 떠들어댄 말에 대한 체면이 한 가닥 목에 걸리는 가시였다. 돈도 먹고 체면도 세우고…… 무슨 좋은 방법이 없을까 하고 끙끙거리던 염상구는 "되얐소!" 외치며 무릎을 쳤다. "공일날 남국민핵교 운동장서 잔치를 벌입씨다. 돼야지 열 마리 남짓 잡고, 막걸리 쉰 말 정도 풀어서 읍내잔치를 벌이는 것이오. 그 자리에 친일파로 몰린 사람덜이 모다 나와서 한바탕 어우러져불면 깨끔허니 끝날 것이오.

혹시 행패 부리는 놈이 있음사 우리 아그덜이 책임 맡을 것잉께. 내 생각이 어쩐게라?" "어허허허, 고거 한번 존 생각이시." 정 사장은 속이 확 뚫리는 기분이었다. 한갓 주먹패에 지나지 않는 상구놈에게 돈거래로 입막음을 했다는 소문이 날까 두렵고, 상구놈 입만 막는다고 해서 한번 등을 돌린 인심이 수습될까 찜찜하던 참이었던 것이다. 그야말로 서로가 필요한 명분과 실효의 방법을 찾는 셈이었다. 정 사장은 너털웃음을 웃으면서도, 저놈이 사람 여럿 잡을 놈이다. 염상구의 머리 돌아가는 것에 혀를 내둘렀다.

염상구는 샛길을 꺾어돌면서 걸음을 멈추었다. 술도가는 그대로 길을 따라가면 20여 미터 앞이었다. 그 길 건너 맞은편 가게에 부하를 잠복시켜 두고 있었다. 염상구는 천천히 담배를 빼물었다. 정 사장네 살림집은 술도가 뒤로 붙어 있었다. 출입문은 분명히 큰길 쪽으로 나 있는 대문뿐이었다. 사방으로는 다른 집들이 잇대어 있어서 담을 타넘을 수가 없었다. 만약 정하섭이가 나타난다면, 제놈이 홍길동이 재주를 타고나지 않은 바에야 죽으나 사나 대문으로 드나들 도리밖에 없었다. 염상구는 정하섭이가 꼭 나타나리라고 믿고 있었다. 그가 난리통에 어디서 활동했는지 모르지만 지금 쫓기고 있는 몸일 것은 분명했다. 쫓기는 몸으로 무엇보다 궁한 것은 돈일 것이고, 돈을 손쉽게 구하는 방법이란 집을 찾아드는 길일 것이었다. 염상구가 꽁초를 두 손가락 끝에 끼워 튕기려는 참이었다. 어떤 여자가 대문을 나왔다. 염상구는 정 사장네 식구이리라 싶어 얼굴을 보이지 않으려고 슬며시 옆으로 돌아섰다. 그러면서도 그의 눈길은 여자 쪽으로 쏠려가고 있었다. 여자의 얼굴을 확인하는 순간 염상구의 의식은 굴절을 일으켰다. 저게 누구더라? 분명 눈에 익은 얼굴인데 얼른 잡히지가 않았다. 저 얼굴이, 저 얼굴이…… 그 여자의 얼굴에 겹쳐지는 얼굴이 있었다. 무당 월녀의 얼굴이었다. 그렇다, 월녀의 딸이었다. 염상구는 픽 웃어버렸다. 굿을 할 모양인데, 굿을 한다고 풀려날 정 사장이 아니었다. 정 사장을 붙들어간 것은 귀신이 아니라 사람이었고, 귀신과 사람이 아니라 사람과 사람끼리 일어난 일에 제아무리 굿을 해봤댔자 무당 배불리는 노릇이지 영험이 나타날 리 없는 일이었다. 염상구는 느긋한 마음으로 얼굴을 돌렸다. 그리고 가까워지고 있는 무당딸의 모습을 찬찬히 훑기 시작했다. 다소곳이 숙인 얼굴이 참으로 잘생겨 보였다. 보통이 넘는 키에 날씬한 몸피 또한 눈을 홀렸다. 전에 더러 본 일이 있긴 했지만 지금처럼 살이 뻐근해지도록 예쁜 줄은 몰랐었다. 염상구는 그 처녀를 그대로 보낼 수가 없었다.

"시악씨, 나 잠 봅씨다."

염상구는 불쑥 말하며 앞으로 나섰다.

"엄니이!"

소화는 두 손으로 입을 가리며 진저리를 치고 놀랐다.

"와따메, 워째 그리 놀래뿌요잉? 내 목청이 쪼깨 크기는 혔지만서도……."

염상구는 미안한 생각에 뒷말을 어물거렸다. 급한 김에 말을 한다는 것이 턱없이 큰 소리를 냈던 것이다. 자신이 생각해도 서툴고

촌스러운 짓이었다.

"무신 일이신디……."

소화는 앞을 막아선 남자가 바로 그 소문 사나운 염상구라는 것을 한눈에 알아보았다. 그러자 놀라움은 일순에 사라져버리고 마음은 차게 가라앉았다. 그래서 침착하게 먼저 입을 뗀 것이다.

"머 무신 일이 있는 것이 아니고……." 차마 니가 이뻐서 그런다고 할 수도 없고, 염상구는 막상 마땅한 답을 찾지 못했다. 여자를 경험할 만큼 했지만 지금처럼 가슴이 이상스럽게 흔들린 적은 없었다. 두근거리는 것도 아니고, 뜨거운 것도 아니고, 참 지랄 같은 묘한 기분이었다. 그렇다고 불러세워놓고 아무 말도 안 할 수도 없는 노릇이었다. "정 사장네 굿을 헐랑갑제라?" 고작 이 말밖에는 생각이 나지 않았다.

"야."

소화는 간단한 대답만으로 족했다. 자신이 대답할 말을 그 사내가 대신해 주고 있었던 것이다. 거길 뭐 하러 왔다 가느냐고 물으면 그렇게 대답할 참이었던 것이다. 그리고 소화는 긴장을 풀었다. 이 사내는 무슨 낌새를 챈 것이 아니라 남자냄새를 풍기느라고 자신을 붙들어 세웠음을 알아차린 것이었다.

"무신 굿이랍디여?"

"흔헌 재수굿인디요."

염상구는 또 말이 막혀버렸다. 고 가시내, 말허는 입술도 곱다. 꼭 끌어안고 쪽쪽 뽈먼 달디단 물이 질질 나오겄다. 더 물을 말이 없어진 염상구는 여자를 보낼 수밖에 없었다.

"가봇씨요."

소화는 눈을 내리깐 채로 고개를 약간 숙여 보이고는 걸음을 옮기기 시작했다.

"봇씨요, 시악씨."

사내의 부르는 소리에 소화는 가슴이 철렁했지만 걸음을 멈추었을 뿐 뒤는 돌아보지 않았다.

"머시냐, 아무리 무당딸이라도 이름은 있을 것인디, 이름이 머시요?"

옆에 다가선 사내가 물었다.

"소화구만요."

"소화? 소화? 밥 묵고 소화시킨다는 소화는 아닐 것이고, 무신 뜻이요?"

"흰 꽃이라는 뜻인디요."

"흰 꽃? 허어, 참말로 누가 진 이름인지 생김허고 딱 맞아떨어지는 기맥힌 이름이시."

얼결에 말을 해놓고 염상구는 그만 스스로 민망해졌다.

"얼렁 가보씨요, 얼렁."

염상구는 서둘러 돌아섰다. 그러나 되돌아서 멀어져가는 소화라는 무당딸의 뒷모습을 음탕한 눈길로 지켜보고 서 있었다. 저, 저 살랑살랑 흔드는 방댕이 잠 보소. 무당춤 폴짝폴짝 얼싸얼싸 잘 춰대는 아랫심 씬 것 보면 저년 니노지가 아매 낮짝 이쁘게 생긴 거맨치로 쫄깃쫄깃허고 옴죽옴죽헌 것이 꼭 겨울꼬막 맛일 거이다. 헌디, 신 내린 무당 잘못 건디렸다가는 급살을 맞등가 빙신이 된다니께 말이여. 화아, 저것 한번 조지고 급살을 맞을 수도 읎고, 운 좋아 급살을 면해야 빙신이 되는 건디, 와따메 참말로 사람 환장허겄네잉. 염상구는 손바닥으로 살을 쓸어대며, 염병헐, 오늘 저녁에는 다방 화자년이나 조지는 수밖에 읎제, 쩝쩝 쓴 입맛을 다시며 돌아섰다.

낙안댁은 마루 끝에 서서 소화가 마당을 가로지르는 것을 지켜보고 있었다. 대문 밖까지 전송을 하려 했었는데 소화가 침착한 눈길을 주며 고개를 저었던 것이다. 낙안댁은 그 뜻을 금방 깨달았다. 소화는 대문 앞에 이르러 이쪽으로 고개를 돌렸다. 그 눈길이 여전히 침착하고 그윽했다. 낙안댁은 보일 듯 말 듯 고개를 끄덕여 보였다. 소화의 모습이 바람처럼 대문 밖으로 사라져버리자 그때까지 억누르고 있었던 울음이 흑 복받쳐 올랐다. 낙안댁은 이뿌리가 저리도록 어금니를 맞물어 울음을 씹었다. 그래도 덩이진 울음은 입 밖으로 새나려고 했고 팔다리가 후들후들 떨려왔다. 낙안댁은 기둥을 붙들어 안았다. 아녀자의 울음이란 평소에도 헤퍼서는 안 되는 법인데 지금 집안 형편은 더욱 그러했다. 바깥어른과 장남이 함께 변을 당하게 될지 모를 위기에 처해 있었다. 낙안댁은 목젖이 아프도록 울음을 삼키며 시야가 흐려지는 눈을 한사코 위로 떴다. 부옇게 흐려 보이는 하늘에 남편과 장남의 얼굴이 겹쳐지고 있었다.

"하섭아……."

낙안댁은 기둥을 더 꼭 껴안으며 절박하게 아들을 불렀다.

남편은 어제 아침에 붙들려갔다. 남편은 그렇게 될 것을 미리 알고 있었던지 아침밥을 한 술도 뜨지 않았다. 경찰이 들이닥치자 남편은 기다렸다는 듯이 일어나 양복을 입었다.

"너무 걱정 말고, 되는대로 돈이나 장만해 두소."

남편이 방을 나서면서 남긴 말이었다. 남편이 붙들려가는 것 같지 않게 경찰의 앞장을 서 대문을 나선 다음에야 집안에는 조심스런 웅성거림이 퍼졌다. 세 아이들이 불안한 눈으로 영문을 알고자 했던 것이다. 낙안댁은 아이들을 안심시켜 저희들 방으로 들여보내고 나서야 남편이 붙들려갔다는 사실을 실감했다. 돈은 따로 장만하고 말고 할 것이 없었다. 평소에 남편이 알뜰하게 간수해 온 돈을 챙겨놓기만 하면 되었다. 그러나 그 일이 돈만 가지고 무사하게 끝날 수 있을 것인가 하는 불안감을 낙안댁은 떨칠 수가 없었다. 큰아들이 아니었더라면 남편도 필경 그 참변을 면치 못했을 것이다. 그런데 이제 와서는 그 고비를 넘겼다는 사실로 붙들려간 것이다. 그들이 몹쓸 짓을 저지른 수가 너무 많음이 낙안댁을 불안으로 몰아넣고 있었다. 그들의 죄가 모두 남편한테 덮씌워질 것만 같았던 것이다.

어찌해야 좋을지를 모른 채 낙안댁이 망연하게 앉아 있는데 소화가 찾아온 것이다.

"자네가 워쩐 일인가?"

낙안댁은 뜻밖이라는 생각으로 소화를 맞아들이면서도 더 이상의 아무런 예감도 갖지 않았다. 평소에 소화네는 부름을 받고서야 발걸음을 할 뿐 그쪽에서 먼저 걸음하는 일이 없어서 낙안댁은 그저 뜻밖이라는 생각을 했을 뿐이었다. 그 뜻밖의 걸음이 왜 이루어졌는지를 더 생각하지 않은 것은 낙안댁의 심정으로서는 당연한 일이었다. 그나마 소화를 웃음으로 대할 수 있었던 것은 그녀가 무당인 탓이었다. 누구나 무당이라는 신분은 천시하면서도 막상 대면을 하게 되면 그런 감정을 감추고 나름대로의 예를 차리는 것이었다. 그건 그네들의 몸을 타고 내리는 신통력과 그 재앙을 저어하는 이기심의 발로일 터였다. 더구나 낙안댁은 오랜 세월에 걸쳐 월녀의 신통력을 믿어오는 터였다.

"방으로 잠……"

소화는 조용한 고개 놀림으로 주위를 살피며 방으로 들어가기를 원하고 있었다.

"그러소, 어서 들소."

낙안댁은 앞서 방으로 들어서며, 어미가 몸이 더 심하게 아파 돈을 빌리러 온 것인가, 하는 생각을 얼핏 했다.

"저어…… 집 안에 딴 식구들 있는가요?"

문을 닫는 소화가 숨죽인 목소리로 다급하게 물었다. 그런데 그 얼굴이 조금 전과는 달리 당황하고 있었다.

"아덜이 즈그덜 방에 있는디, 왜 그러는가?"

낙안댁은 그때서야 비로소 머리를 치고 지나가는 불길한 예감을 느꼈다. 장남 하섭의 얼굴이 퍼뜩 떠오른 것이다. 그녀의 의식은 분명 아들에게 무슨 일이 있느냐고 묻고 있었지만 말이 되어 나오지를 않았다.

"이 핀지……."

소화는 약간 옆으로 돌아서 치맛말기 속에 감추었던 정하섭의 편지를 꺼내 낙안댁에게 내밀었다.

"아드님이……."

소화는 자신도 모르게 눈을 떨구고 말았다. 정하섭의 얼굴이 선하게 떠오르며, 낙안댁이 그럼 자기와는 어떻게 되는가 하는 생각이 불현듯 스쳤던 것이다.

"요게 워찌 된 일인가?"

편지를 읽고 난 낙안댁이 소화의 팔을 붙들었다. 아랫목에 앉혀진 소화는 대충의 이야기를 전했다.

"고맙네. 자네 은공이 태산이네. 지끔 지닌 돈이 있긴 헌디, 그것 갖고 워디 되겄능가. 나가 더 장만헐 것잉께 낼 요맘때 한 행보 더 해줄랑가? 나 자네 은공 안 잊을 것잉께로."

낙안댁은 간곡했고, 소화는 그 간곡함이 오히려 면구스러워 겨우 대답을 했다.

낙안댁은 남편을 위해 챙기려고 했던 돈 말고도 자신이 손을 뻗쳐 모을 수 있는 돈은 거의 다 모아들였다. 경찰서에 갇혀 있는 남편보다는 쫓기고 있는 아들의 피신이 더 급했던 것이다.

소화는 어김없이 아침나절에 다시 왔다. 낙안댁은 돈보퉁이를 내놓았다. 그것을 가만히 내려다보고 있던 소화가 입을 열었다.

"혹시 전대 없으신게라?"

"전대?"

"요대로 들고 가서는 남덜 눈에……."

그때서야 낙안댁은 소화의 말뜻을 알아들었다. 전대에다 돈을 넣어 치마 속 허리에 차겠다는 뜻이었다.

"광목이 있응께 얼렁 맹글세."

낙안댁은 자리에서 일어서며 소화의 생각 깊음에 놀라고 있었다. 그 조신한 몸가짐, 박꽃 같은 인물만으로도 아까운데, 생각까지 저리 침착하고 깊으니 무당딸로서는 아깝다는 생각이 절로 났다.

바느질 솜씨가 남다른 낙안댁은 재봉틀에 앉자마자 전대를 만들기 시작했다. 광목을 겹으로 접어 한쪽을 박음질하고, 양쪽 끝에 묶을 끈을 매다는 전대는 금방 만들어졌다.

"금메, 우리 하섭이도 이 전대를 그대로 차먼 되겠구만."

소화에게 이르듯이 전대 속으로 돈을 옮겨 넣으며 낙안댁은 말했다.

"예."

소화가 가느다랗게 대답했다.

소화는 온 얼굴이 붉어지도록 부끄러워하며 통치마를 걷어올렸고, 낙안댁은 묵직한 전대를 들어 소화의 허리에다 얹었다. 그때 문득 낙안댁의 머리를 스치는 생각이 있었다. 이 애가 혹시 전대를 아들 앞에서 푸느라고 이런 모양을 하면 어쩌나……. 설마 이 조신한 처녀가 그런 실수를 할라고, 낙안댁은 자신의 생각을 천덕스럽게 여기며 덮으려고 했다. 그런데 그녀의 머리를 치는 또다른 생각이 있었다. 하섭이는 제 생명이 걸린 것이나 다름없는 일을 어떻게 이 처녀한테 시킬 수 있었을까. 어떻게 그리도 믿을 수 있었을까. 어제는 미처 생각하지 못했던 문제였다. 소화는 또 무슨 이유로 이런 위험한 심부름을 감당하고 있는 것일까. 혹시, 혹시……. 낙안댁의 여자적 직감은 예리한 촉수를 일으키고 있었다. 그러나 딸의 첫 생리를 눈치채고서도 선뜻 말을 꺼낼 수가 없었던 것인데, 더구나 지금 상대하고 있는 건 딸이 아니라 생판 남이었고, 처녀였으며, 생리에 관한 문제가 아니라…… 낙안댁은 신음을 씹었다. 아무리 짚이는 데가 있다 하더라도 차마 입 밖에 내어 물을 수가 없는 물음이었다.

"부디 몸 성해야 헌다드라고 전해주소."

낙안댁은 겨우 이 말을 했을 뿐이다.

남편한테서는 언제 돈을 필요로 하는 전갈이 올지 모른다. 어서 그 돈을 장만해 두어야 한다고 생각하면서도 낙안댁은 기둥을 붙든 채 움직일 줄을 몰랐다. 대들보고 기둥이고 다 무너져버린 것 같은 황폐감이 그녀를 못 견디게 했다. 장남 하섭이는 언제부터인가 그녀의 마음을 서운한 그늘로 적시는 무정한 나무였다. 자식은 하나같이 열 손가락 깨무는 아픔의 정이 골고루 사무치는 것이라고 하지만 그래도 장남에게로 쏠려가는 한 가닥 살뜰한 마음은 따로 있었다. 사내아이들은 계집아이들과는 달리 한결 빨리 어미의 품을 벗어나는 것이다. 일곱 살을 지나 열 살을 넘으면 벌써 어미의 손이 사타구니의 때를 문질러주는 것을 거부하기 시작하는 것이다. 그때 어미는 아들의 그 예쁘고도 귀여운 고추가 늦봄의 애고추가 아니라 초여름의 풋고추로 변하고 있음을 문득 부끄럽게 발견해야 하고, 한편으로 대견하게 여기며 샅을 쓰다듬는 감촉 속에서 아릿아릿하게 솟음하는 정을 거둘 준비를 해야 하는 것이다. 변성기가 오고, 코밑의 솜털이 검은빛으로 변해가고, 그 몇 고비를 넘기면서 어미의 정은 땅 밑으로 흐르는 물줄기가 되어 더욱 간절해지고, 미처 나타내지 못한 정은 믿음으로 변해 장성한 아들의 어깨에 걸리는 것이다. 그것이 장남인 경우에는 더 말하여 무엇하랴. 그런데 장남 하섭이는 중학교 고학년이 되면서부터 마치도 병을 앓듯이 생각이 바뀌기 시작했고, 그 몹쓸 생각은 어미의 믿음 같은 건 거들떠보지도 않게 만들었다. 장남이 그렇게 변할수록 그녀의 마음은 말 못하는 속에서 안타깝게 조바심쳤고, 남편과 아들 사이에서 종종걸음을 치며 살아야 했다. 하섭이가 서울로 대학을 가고 나서는 그 몹쓸 생각을 완전히 버린 줄 알았었다. 서울로 유학을 보내는 것은 그 생각을 버려야 한다는 조건이었고, 아버지와의 그 단단한 약속을 지키는 줄만 알았던 것이다. 그런데 아들은 남편의 눈길이 닿지 않는 서울에서 더 마음 놓고 활발하게 그 몹쓸 생각에 빠져들어간 모양이었다. 낙안댁은 아무리 되작거려 생각해 보아도 하섭이가 어째서 그 몹쓸 좌익사상에 토끼가 덫에 걸리듯 해버렸는지 알 수가 없었다. 자식이라서 역성드는 것이 아니라, 아들은 커가면서 그 심성이 독하거나 고집스럽지가 않았다. 닭 모가지를 비틀거나 돼지 멱을 따는 것을 끔찍스러워했고, 욕심이 없고 인정스러워 아이들과 다툼질하는 일도 별로 없었다. 그런 아들이 어떻게 사람을 마구잡이로 죽이는 자들과 한패거리가 될 수 있단 말인가. 사람이 변해도 어찌 그렇게 변할 수가 있을 것인가. 귀신이 씌지 않고서는 사람이 그렇게 변할 수가 없는 것이다. 귀신도 예사 귀신이 아니라 불지옥귀신이 씐 것이다. 아들의 넋도 혼도 빼앗아간 좌익사상이라는 것이 낙안댁에게는 꼭 불지옥귀신 같게만 여겨지는 것이었다.

염상구의 희롱에서 놓여난 소화는 한사코 빨라지려는 걸음걸이를 늦춰 잡느라고 신경 쓰며 소방서 앞에 이르렀다. 소방서만 돌아가면 염상구의 시야를 벗어날 수 있었다. 뒤를 돌아보아서는 안 되는 줄 번연히 알면서도 뒤를 돌아보고 싶은 마음은 간절했다. 아직도 그자가 그곳에 얼쩡거리고 있는지를 확인하고 싶었다. 그러나 뒤를 돌아보아서는 안 된다는 생각에 떼밀려 소화는 소방서를 끼고 돌았다.

왜 그자가 거기에 있었을까. 우연이었을까. 혹시 술도가집을 염탐하고 있었던 것은 아닐까. 그자는 이미 경찰만큼 무섭다고 소문이 나 있었다. 만약 그자가 그분의 거취를 염탐하고 있었다면, 돈보퉁이를 그대로 들고 나왔더라면 어떻게 할 뻔했는가. 의심 품은 눈이 그대로 지나치지는 않았을 것이다. 아무리 큰 굿을 준비할 돈이라 하더라도 어린아이도 믿지 않을 거액이었다. 그런 둘러댐이 통할 리 없었을 것이고……. 끼쳐오는 소름에 소화는 몸을 부르르 떨며 잰걸음을 치기 시작했다.

소화다리를 건너 회정리 1구의 끝머리에 다다를 때까지 소화는 빨리 걷는 데만 정신을 쏟았다. 그래서 순천으로 오가는 자동차가 서너 차례 뿌연 흙먼지를 일으키곤 했지만 소화는 손바닥으로 코를 가리고 돌아서는 평소의 몸짓을 하지 않고 그 먼지 속을 내쳐 걸었다. 회정리 1구의 경계인 도래등 비탈길을 다 치올라서야 소화는 숨길을 돌리며 조심스럽게 뒤를 돌아보았다. 뒤쫓아오는 것만 같았던 그자의 모습은 보이지 않고 길에는 흰빛 햇살만이 약간 추운 느낌을 띠고 가득 차 있었다. 도래등 마루를 살짝 넘어 왼쪽으로 꺾어지는 길을 따라 소화는 빨리 걸었다. 자동차가 내왕할 수 있도록 넓게 닦아놓은 약간 오르막진 그 길이 끝나는 곳에 현 부자네 별장이 자리 잡고 있었다. 길 양옆으로 늘어선 벗나무들이 유난히도 가을을 타는지 어느덧 잎들을 다 떨구고 맨몸으로 서 있었다. 서둘러 걷고 있는 소화의 발이 옮겨놓일 때마다 낙엽 바스러지는 소리가 연약하게 흩어졌다.

소화는 거의 무의식적으로 연못을 지나치고 있었다. 석등 앞에 이르러서야 소화는 집보다는 별장 쪽으로 훨씬 가까워져 있는 자신을 발견했다. 어머니를 혼자 있게 한 시간도 꽤 지났고, 그분을 만나면 또 시간이 걸릴 것이었다. 소화는 집부터 먼저 들르기로 했다. 집 쪽으로 방향을 바꾸면서도 그녀의 마음에는 그늘이 드리워졌다. 어머니 얼굴 대하기가 민망하고 죄스러웠다.

어머니는 그분이 나타난 그저께 밤부터 오늘 아침까지 줄곧 불안에 떨고 있었다. 식사도 거의 하려 들지 않았다. 그녀가 아무리 안심시키는 말을 하며 밥을 떠넣어도 어머니는 내뱉을 뿐이었다. 어머니는 밥맛이 없어서 그러는 게 아니었다. 무슨 일이 일어나고 있는지 자세히 알리라는 의사표시였다. 어머니의 그런 반응은 결코 무리한 것이 아니었다. 자신은 지금까지 그저, 아무 일도 아니니 안심하라는 말만 되풀이해 왔던 것이다. 그 말은 오히려 어머니를 더 불안하고 초조하게 만들었을 것이다. 어제 낮에도 거의 어머니 옆을 떠나 있다시피 했고, 밤에는 아예 옆에서 자지를 않은 것이다. 그렇듯 무슨 일인가를 벌이고 있으면서도 그 내용을 밝히지 않은 것이다. 풍을 맞아 말을 할 수 없게 된 어머니에게 무슨 이야기를 한들 비밀이 샐 리가 없었다. 그러나 소화는 어머니에게조차도 그분에 관한 이야기를 하고 싶지가 않았다. 만약 그 누구에게든 발설을 하면 액운이 끼쳐 그분이 무사히 떠나지 못할 것 같은 예감이 그녀를 지배하고 있었다. 그녀는 어떤 경우에라도 그 예감을 거역하지 않으리라고 작정했다. 그건 신령님이 내리신 예시인지도 모른다는 생각이었던 것이다.

소화는 토방으로 올라서며 잔기침으로 인기척을 냈다.

"엄니, 주무시요?"

소화는 방문을 열고 들어서며 말했다. 주무실 리가 없음을 알면서도 인사로 한 말이었다.

역시 어머니는 눈을 뻔히 뜨고 있었는데 핏발이 성성하게 엉킨 그 눈에는 불안이 가득 담겨 있었다. 얼굴은 더욱 핏기가 없어진 채 표나게 푸석푸석 부어올라 있었다. 어머니가 이틀 동안 애태우고 있는 흔적이 역연하게 나타나 있는 것이었다. 내가 미친년이다, 내가 미친년이다. 소화는 차마 어머니의 얼굴을 바로 대할 수가 없어서 눈길을 떨구며 자책했다.

"엄니, 인자 쪼매만 참소. 일 다 끝나가니께. 일 좋게 끝나면 엄니 속 씨언허게 다 말헐라네. 엄니도 내 이약 들으면 잘혔다고 날 치하헐 것이네. 엄니, 엄니럴 속이잔 것이 아닝께 쪼매만 참소이."

소화는 어머니의 소변자리를 갈면서 사죄하는 마음으로 말하고 있었다. 그 말이 꼭 어머니에게 하는 말만은 아니었다. 자기 자신에게 하는 말이기도 했다. 그녀는 이미 마음속으로 그분과 헤어질 시간이 임박하고 있음을 느끼고 있었고, 그렇게 말을 함으로써 스스로에게 이별을 준비시키고 있었다.

"엄니, 아무 걱정 말고 뉘 있으소. 나 얼렁 댕겨올라네."

소화는 굳이 어머니의 눈을 피하면서 말하고는 일어섰다.

소화는 석등 부근에서부터 사방을 살피며 걸었다. 가까운 곳만이 아니라 먼발치까지 세심하게 눈길을 보냈다. 그 경계방법은 정하섭이 가르쳐준 것이었다. 별장 본채의 쪽문을 들어서기 전에 다시 전방을 좌우로 살폈다. 가을 정오의 정적 속을 작은 잎새들이 소리 없이 떨어져내리고 있을 뿐 어디에도 인적은 느껴지지 않았다. 어머니가 불안에 시달리며 혼자 누워 있는 집을 풍성한 대숲이 보듬고 있는 듯이 보였다. 그 대숲이 잔잔한 바람을 타 느린 흔들

림의 물결을 이루며 무수한 댓잎이 햇빛에 반짝이고 있었다. 소화
는 잠시 그 대숲을 바라보며, 아아, 자신도 모르게 가느다란 감탄
의 소리를 신음처럼 흘렸다. 소화는 대숲이 바람에 흔들리며 이루
는 그 보드라운 물결의 흐름을 좋아했고, 그 흐름을 따라 헤아릴
수 없이 많은 이파리들의 눈부신 반짝임들을 보느라면 가슴 저려
오는 감탄이 저절로 나오곤 했다.

소화는 기민한 동작으로 쪽문을 밀고 들어갔다. 후원으로 돌아
가는 모퉁이에서 치마를 걷어올리고 돈전대를 풀었다. 그것을 가
슴에 안고 후원 잔디밭을 가만가만 걸으며 소화는 잔기침을 했
다. 이내 방문이 열렸다. 그 공간에 정하섭의 얼굴이 정물처럼 박
혀 있었다.

"댕겨왔구만요."

소화가 고개를 숙여 보였다.

"어서 들어오시오."

정하섭이 방문에서 비켜 앉았다.

소화는 빠른 동작으로 고무신을 가지고 방으로 들어갔다. 고무
신을 윗목 구석에 놓은 소화는 돈전대를 정하섭의 앞에 조심스럽
게 밀어놓았다. 정하섭은 그것을 길게 펼쳤다. 전대를 따라 옆으
로 쭉 움직이던 그의 손끝이 한 지점에서 멈추었다. 그는 손끝에
물기의 감촉을 느꼈던 것이다. 정하섭의 눈이 머무른 부분에는 분
명 물기의 얼룩이 번져 있었다. 그는 순간적으로 그것이 소화의 땀
이라는 것을 알았다. 그는 가슴이 뭉클해졌고, 반사적으로 소화

를 쳐다보았다. 소화는 고개를 약간 숙이고 앉아 있었는데 그 얼굴이 바알갛게 상기되어 있었다. 소화는 정하섭의 손끝이 멈추었을 때 벌써 자신의 땀이 거기에 밴 것을 알았다. 그 순간 알몸을 들킨 것 같은 부끄러움이 전신을 덮었던 것이다. 정하섭은 소화의 상기된 얼굴의 색조가 자신에게로 묻어오는 것을 느끼며 시선을 전대로 옮겼다. 그리고 손바닥을 쫙 펴 전대를 좌측에서부터 우측으로 쓸어나갔다. 아까 그 부분이 조금 심했을 뿐 전대는 전체적으로 눅눅한 물기를 머금고 있었다. 정하섭은 그 눅눅한 감촉이 가슴에 야릇한 소용돌이를 일으키는 것을 느꼈다. 두근거리는 것도, 흔들리는 것도, 어지러운 것도 아닌, 전에 한 번도 느껴본 적이 없는 감정이라서 무어라고 딱히 짚이지 않는, 기묘한 충격 같은 것이었다. 한 가지 확실한 것은, 소화라는 여자가 일으키는 색다른 바람이라는 사실이었다. 소화는 정하섭의 손바닥이 전대를 쓸어나갈 때 그 손바닥이 자신의 맨허리를 감고 도는 것만 같아서 눈을 꼬옥 감고 말았다.

날씨도 서늘한데 얼마나 긴장을 했으면 그리 땀을 흘렸을까. 나는 이 여자를 위해 무엇을 할 수 있는가. 정하섭은 전대를 천천히 접으며 생각했다. 그저께 밤에 그녀의 속살 속에서 그녀를 구체적으로 만난 이후 최초로 떠오른 생각이었다. 지금으로선 그녀를 위해 자신이 할 수 있는 일이 아무것도 없음에 정하섭은 공허감을 느꼈다. 자신이 할 수 있는 일이란 어둠이 오는 것과 더불어 그녀의 곁을 떠나는 것뿐이었다. 정하섭은 이내 자신의 생각 자체를 비웃었다. 그런 생각을 하는 것이 오히려 감상적 위선이라 여겨졌던 것이다.

"읍내는 어제보다 달라진 게 뭐 없습디까?"

정하섭은 전대를 벽 쪽으로 밀치며 별로 대답을 요구하는 것 같지 않은 잠긴 어조로 물었다.

"별일 없드만요."

소화는 미처 무슨 말부터 해야 할 것인지 정리도 못한 채로 그렇게 대답하고 말았다.

정하섭은 그 말을 물으려는 것이 아니었다. 고생했다는 말을 하고 싶었는데, 어찌 된 영문인지 전혀 마땅한 말이 떠오르지 않았던 것이다. 그냥 '고생했다'는 말이 아닌 그 어떤 말, 자신의 마음과 느낌이 손상되지 않고 그대로 담겨질 수 있는 확실한 말은 찾아지지 않았다. 정하섭은 말이라는 것이 어이없이 불확실하다는 걸 느끼며 담배에 불을 붙였다.

"집안에도 별일 없지요?"

어저께 물었어야 할 말이라고 생각하며 정하섭은 쓴웃음을 엷게 흘렸다.

"예에……."

소화는 자신 있는 대답을 하지 못했다. 낙안댁은 정 사장이 경찰에 붙들려간 사실을 아들에게 알리지 말라고 다짐했던 것이다. 낙안댁의 그런 다짐이 없었더라도 소화는 그 말을 전하지 않을 작정이었다. 그분을 괴롭혀주고 싶지 않았던 것이다. 집 앞에서 마주친 그자에 대해서도 말하지 않기로 했다.

"오다가 설핏 들은 이야긴디, 어지께 밤에 좌익 쪽 사람덜 총살을 시켰다고 허드만요."

소화는 일부러 이 말을 했다. 이 말 저 말 다 감추다 보면 그분이 안심하고 읍내로 들어갈지도 모른다 싶었던 것이다.

"어지간히 다급하기도 하군."

정하섭은 픽 웃음을 흘렸다. 오늘 밤에도 또 죽일 것이오, 하는 말이 잇따라 나오려는 것을 눌렀다. 그건 그들에 대한 감정이었지 소화에게는 하등 필요한 말이 아니었던 것이다. 의당 그러리라고 예상하고 있었던 일이지만 이야기를 듣고 나니 분노가 갈퀴발처럼 일어나며 가슴팍을 긁었다.

"난 어두워지는 대로 떠나야겠소."

정하섭은 열기 묻은 목소리로 불쑥 말했다. 고개를 약간 수그리고 앉은 소화는 미동도 하지 않았다. 정하섭은 스스로에게 어이없어하고 있었다. 꼭 소화가 가지 못하게 붙드는 것을 뿌리치기라도 하는 것처럼 말을 하고 만 것이다. 그 말을 이런 식으로 하려 한 것은 아니었다. 미안함과 고마움을 최소한이나마 담아 그 말을 하려 했던 것이다.

소화는 소리 없이 일어났다.

"왜 일어나오?"

정하섭이 소화를 올려다보았다. 그 얼굴에 노여움이 서린 듯했다.

"점심진지……."

소화가 눈길을 피했다.

"나 배고프지 않소. 앉으시오."

정하섭은 소화가 앉기를 기다리지 않고 상체를 기울여 팔을 뻗쳤다. 그는 소화의 손을 덥석 잡았다. 소화는 멈칫했다. 그의 손이 너무 뜨거웠던 것이다. 그 뜨거움만큼 억센 힘이 소화를 끌어당겼다. 그녀는 이끌려가며 또 굿판에 설 때 같은 아슴한 현기증에 싸인 발열을 느끼고 있었다. 그는 그녀의 몸을 품었다. 그녀의 머리칼에 코를 묻었다. 들꽃냄새가 가슴을 적셔왔다. 그는 서두르지 않았다. 그녀의 체취에 어느 만큼 익숙해져 있었고, 그 체취에 의식을 적셔가는 슬픈 안개 같은 황홀을 알았다. 그는 어제 낮에야 비로소 그녀의 나신이 얼마나 맑고 눈부신가를 알았다. 그녀가 읍내를 다녀온 다음 그는 시간의 초조와 육신의 갈증을 해소하는 방법으로 그녀를 택할 수밖에 없었다. 그녀는 완강하게 거부했다. 손수 옷고름을 풀었던 지난밤과는 너무나 다른 그녀의 모습이었다. 그녀의 거부가 강할수록 그의 남성은 더욱 강해졌다. 거부를 포기한 그녀는 울먹였다. "한낮에, 한낮에……." 그는 그때서야 거부의 뜻이 부끄러움 탓임을 알았다. 그녀의 부끄러움을 이해하려 한 것은 그의 이성이었고, 그녀의 부끄러움을 더욱 부끄럽게 만들고자 한 것은 그의 남성이었다. 승패가 자명한 싸움에서 그의 남성은 이성을 여지없이 무찔러버렸고, 그녀의 부끄러움은 한낮을 창호지로 가렸을 뿐인 밝음 가운데 놓여야 했다. 부끄러움으로 경련하는 그녀의 알몸 위에서 불붙은 그의 남성은 걷잡을 수 없는 불길이었고, 그 불길이 어느 한순간 수천수만의 불티로 쪼개지며 흔적도 없이 사그라져버렸을 때, 비로소 그의 이성은 패배의 먼지를 털며 소생했다. 소생한 이성이 발견한 것은 얼음처럼 응고되어 있는 그녀의 슬픔이었다. 무당인 그녀의 빼어난 인물과 고운 몸매와, 그것들은 슬픈 운명의 실로 꿰어진 염주 같았다.

한 번의 경험도 쉽게 습관이 되는 것이었다. 그녀는 어제처럼 거부의 몸부림을 하지 않았다. 어제의 부끄러움이 부끄러워질 만큼 부끄러움은 엷어져 있었다. 어쩌면 헤어짐을 앞두었기에 더 그런지도 몰랐다. 그도 어제처럼 서두르지 않았고, 그녀는 그의 손놀림에 따라 옷을 하나씩 하나씩 벗어냈다. 그녀를 떠나는 옷가지마다에서 풀 먹인 옷의 싱그러운 내음이 풍겼다. 마지막으로 속곳이 벗겨지면서 그녀는 몸을 웅크렸다. 그가 이불을 끌어다 그녀를 덮었다. 그녀는 감고 있던 눈을 더 꼭 감았다. 그가 이불 속으로 들어왔다. 그의 맨몸이 그대로 닿아왔다. 그녀는 아슴한 현기증을 느꼈다. 그는 한 팔로 그녀의 목을 감으며 몸을 밀착시켰다. 그리고 다른 손으로 그녀의 어깨를 어루만지고, 등을 더듬어내리고, 허리에 잠시 머무른 손은 둔부를 지나 허벅지까지 내려갔다. 그는 애무를 하고 있는 것이 아니었다. 그녀의 몸을 기억해 두고 싶은 욕구가 성욕에 앞서 있었다. 그의 손은 다시 그녀의 어깨로 올라왔다. 그녀를 끌어안았다. 꼭꼭 끌어안으면서, 나는 무엇을 위해 살고자 하고 있는가, 스스로에게 묻고 있었다. 그건, 내가 가고 있는 길이 과연 옳은 길인가, 하는 평소의 자문(自問)이었다. 그는 문득 떠오른 그 물음을 팽개치듯이 포옹을 풀었다. 그리고 그녀의 흰 젖무덤에 얼굴을 묻고는 마구 비벼댔다. 소화, 너는 누구냐. 나는 또 누구냐. 사는 것이 이런 것의 연속이라면 얼마나 간단하고 좋겠느냐. 그런데 이건 순간일 뿐이다. 그리고 삶의 의미도 주어져 있지 않다. 과연 사는 건 무엇일까. 소화, 넌 신령님과 통한다는데, 알고 있느냐. 그는 욕구가 식어 있음을 느꼈다. 천천히 얼굴을 들어 소화를 보았다. 그녀는 눈을 꼭 감은 채 아랫입술을 속으로 물고 있었다. 질린 듯 상기되어 있는 얼굴 위로 머리카락 몇 올이 흘러내려 있었다. 그는 그 얼굴에 자신의 얼굴을 비볐다.

"소화……"

그는 간절하게 그녀를 불렀다. 소화의 팔이 그의 목을 감아온 것은 다음 순간이었다. 그녀의 전신은 떨리고 있었다. 그는 그녀의 몸을 아까보다 더 강하게 끌어안았다. 그의 욕구가 타오르기 시작했다.

소화는 불덩어리인 그의 힘에 빨려들어 혼미하게 녹아가며 부르짖고 있었다. 신령님, 신령님, 애를 배게 해주십시요. 신령님의 영험으로 애를 배게 해주십시요. 애를 배게 해주십시요…….

정하섭은 소화가 일찍 마련한 저녁밥을 거의 먹지 못했다. 점심을 늦게 먹어서만이 아니었다. 그대로 물리다시피 한 상을 보고도 소화는 아무 말도 하지 않았다. 정하섭은 담배를 연거푸 두 대째 피우고 나서 돈전대를 챙겼다. 밖에는 땅거미가 묽은 안개 퍼지듯 내리고 있었다. 제석산 자락을 타고 내리는 것 같은 그 어스름은 곧 짙은 어둠으로 바뀔 것이었다. 정하섭은 전대를 찼다. 윗목에 놓아두었던 구두를 가져다가 신고 끈을 단단히 묶었다. 그리고 담배를 빼물었다. 담배연기를 푸우 소리나게 내뿜고 물었다.

"어머님 병세는 좀 어떠시오."

"그대로구만요."

"나 때문에 잘 돌보지 못해 더 나빠지지 않았나 모르겠소."

"아니구만요."

두 사람 사이에는 다시 말이 끊겼다. 정하섭이 시계를 보았다. 그리고 문구멍으로 밖을 내다보았다. 행동이 노출되지 않을 만큼 어둠은 짙어져 있었다. 진트재 너머 구룡까지 빈틈없이 시간을 맞춰야 했다. 접선은 오늘과 내일 이틀간, 같은 시간으로 되어 있었다. 접선 가능 시간은 약속 시각으로부터 20분이었다. 그 지점의 접선자가 이동위치로 안내하게 되어 있었다.

정하섭은 담배를 끄고 벌떡 일어났다. 소화도 소스라치며 따라 일어났다. 그녀의 손에는 조그만 보퉁이가 들려 있었다.

"여기서 헤어집시다."

후원 쪽문 앞에서 정하섭이 말했다.

"요 문을 나가 뒷길로도 집에 갈 수 있는디요."

소화는 정하섭을 빤히 쳐다보며 말했다. 정하섭을 만나고 처음인 그 눈길은 단호하기 이를 데 없었다.

"그럼, 그렇게 하시오."

정하섭이 엷게 웃으며 고개를 끄덕였다. 두 사람은 쪽문을 나서

담을 타고 이어진 길을 빨리 걸었다.

"됐소, 난 여기서부터 산을 타야겠소."

정하섭이 담이 꺾여 돌아가는 지점에 멈춰서며 말했다.

"김밥이구만요."

소화가 보퉁이를 내밀었다.

"그거 필요 없을 텐데……."

정하섭이 난처한 얼굴로 망설였다.

"밤길인디다가 갈 길이 을매나 멀지 모른디, 또 저녁진지도 안 잡 쉈고……."

소화의 목소리가 울먹였다.

"그래요, 필요할 것이오."

정하섭은 얼른 보퉁이를 받아들었다. 시간을 지체할 수가 없었 던 것이다.

"머잖아 다시 오게 될 것이오. 그때까지 잘 있어요."

정하섭의 말을 들으며, 소화는 자기도 무슨 말인가를 해야 된다 고 생각했다. 그때 퍼뜩 떠오른 말이 있었다.

"참 읍내 어무님 당부신디요, 부디 건강허시라고요."

"고맙소. 그럼……."

정하섭은 돌아섰다. 그리고 뒷산 쪽을 향하여 날쌔게 뛰기 시작 했다. 그의 모습은 이내 어둠에 묻혔고, 눈을 부릅뜨다시피 한 소 화의 시야에서도 사라지고 말았다. 그러나 소화는 그 자리에서 움 직일 줄을 몰랐다. 아니 움직일 수가 없었다. 지금 그녀의 가슴에서는 실타래가 풀려나가고 있었던 것이다. 그 끝은 정하섭에게 묶여 있었다. 정하섭이 아무리 험한 길을 아무리 멀리 가도 끊어지지도 동이 나지도 않을 실이었다. 그것은 그녀의 가슴에서 끝도 한도 없이 만들어지는 인연의 실이었던 것이다.

8

이념 이전의 인간

벌교에 비해 순천은 한결 살벌한 분위기였다. 역에서는 집총한 군인들이 통행증을 조사하고 있었다. 역사의 바깥 유리창은 말할 것도 없고 안쪽 유리창들까지도 성한 게 거의 없을 지경이었다. 미처 유리를 갈아끼우지 못해 깨진 위에 종이를 덧붙여 바람막이를 해놓고 있었다. 어떤 유리창 중앙에는 총탄이 꿰뚫고 지나간 구멍이 빠끔하게 나 있기도 했다. 총격전이 벌어졌던 현장을 그대로 보여주고 있었다. 역사를 벗어난 김범우는 속보로 걷기 시작했다. 경찰서로 가서 처남 신석주를 면회하고 곧바로 벌교로 돌아가자면 시간이 촉박했다. 김범우는 아무것도 생각하지 않으려고 했지만 머릿속에서는 갈피를 잡을 수 없는 생각들이 다투어 일어나고 있었다. 그 생각들은 하나같이 암울한 색조의 것들이었다.

철로 건널목에 이르러 김범우는 걸음을 늦추었다. 길가의 마른

풀섶에 떨어져 있는 것들은 자세히 들여다보지 않아도 탄피가 분명했다. 그 탄피들은 건널목을 지나 시내로 이어지는 다릿목 가까이까지 연이어 떨어져 있었다. 김범우는 그때서야 그 길이 둔덕져 있음을 깨달았다. 그 경사를 은폐 삼아 역 쪽을 향해 총격전을 벌였음을 알 수 있었다. 박살이 난 역사의 유리창들과, 역에서 시내로 진입하는 유일한 길목에 떨어져 있는 탄피들과, 혹시 사건 경위를 미리 모르고 있었다 하더라도 여수의 주둔군이 기차를 이용해서 순천으로 밀려들어왔음을 추리하기에는 어려운 일이 아니었다.

김범우는 경찰서 정문에서 제지를 당했다. 경찰서는 예전의 경찰서가 아니었다. 삼엄한 경비 아래 경찰들은 전투복 차림을 하고 있는 데다가 군인들마저 오락가락해서 살벌하기가 전보다 몇 갑절 더했다. 그래서 김범우는 처음부터 경찰서장을 만나러 왔다고 했다. 그는 좌익학생 문제로 자주 만나서 안면이 두터운 사이였던 것이다.

"어떤 서장님 말이오?"

보초순경이 미간을 일그러뜨리며 불친절하게 말했다.

"어떤 서장님이라니요?"

김범우는 반문을 하며, 그의 신변에 무슨 일이 생겼음을 직감했다.

"전 서장님을 만나러 왔으면 돌아가시오. 그분은 이번에 전사하셨소."

보초순경은 집총자세에 어울리도록 딱딱한 어조로 말했고, 김범우는 멍한 눈길을 순경의 얼굴에 던지고 서 있었다. 경찰서장의 전사, 그건 단순한 충격만이 아니었다. 그건 곧 이번 사건의 심각성과 직결되는 문제였다.

"비켜서시오, 공무집행 방해요."

보초순경이 눈을 치뜨며 내쏘았다. 그 서슬에 김범우는 두어 발짝 물러섰다. 난감했다. 분위기로 보아 좌익혐의로 체포된 자의 면회가 받아들여질 것 같지 않았고, 그렇다고 이대로 돌아설 수도 없는 일이었다. 김범우는 면회를 가능하게 할 수 있는 면면들을 더듬기 시작했다. 여러 얼굴들이 떠올랐지만 모두 신통치가 않았다. 이렇게도 아는 사람이 없나, 다급하기도 하고 허전하기도 한 생각이 들며, 경찰서 앞에서 이런 궁색스런 생각에 골몰하고 있는 스스로에게 슬며시 화가 치밀었다. 그때 떠오른 얼굴이 있었다. 재판소의 이 판사였다. 그러나 김범우는 이내 그의 얼굴을 지워버렸다. 아니 찢어버렸다고 해야 옳았다. 그는 중학교 선배였는데, 김범우가 경멸하고 비판하는 인물들 중의 전형이었다. 일제치하에서 고등고시라는 것을 거쳐 판검사가 된 거의 모든 인간들이 그렇듯 그도 철저한 일제의 주구 노릇을 감행한 인물이었다. 그리고 친일한 거의 모든 인간들이 그러했듯 그도 아무런 속죄의 표현도 없이 군정과 함께 다시 그 뻔뻔스러운 얼굴을 들고 판사 노릇을 해먹고 있었다. 더 한심스러운 것은 지난 5월에 실시한 국회의원 선거에 출마해서 애국을 부르짖은 것이었다. 일제치하에서 자신이 소작인의 권익옹호를 위해 분투한 것이 얼마며, 피해 받는 동포의 인권옹호를 위해

헌신한 것이 얼마인지 아느냐고 목청을 돋우었다. 그건 친일지주 계급들이 자위책으로 한민당을 결성하여 신속하게 미군정을 등에 업었고, 그것도 불안하여 민중의 지지를 쉽게 받을 수 있는 인물로 이승만을 골라 당수에 앉히고자 했고, 민족개념이나 통일조국 같은 것은 안중에도 없이 집권욕에만 혈안이 되어 있던 이승만은 굴러들어온 떡을 마다할 리가 없었고, 그리하여 그 힘이 전국적인 정치세력으로 확장되면서 그들의 정치형태는 시궁창보다 더 더럽게 변해갔고, 마침내 이 판사 같은 인물이 애국자로 둔갑해 국회의원에 출마할 지경에까지 이른 것이었다. 그나마 서글픈 다행은, 이 판사의 그 열렬한 부르짖음에도 불구하고 낙선이 된 점이라고 해야 할까. 한순간이나마 그런 인물을 도움 받을 대상으로 떠올리며 경찰서 앞에 어정쩡하게 서 있는 자신이 김범우는 한심스럽기만 했다.

"아아니, 요게 누구신가?"

경찰서에서 나오던 한 남자가 김범우에게 손가락질을 하며 아는 체를 했다. 그 말투며 손짓이 이쪽을 아예 무시하고 대하는 태도였다. 김범우는 순간적으로 기분이 상했다. 그러나 상대방이 사람을 잘못 보았겠거니 했다. 잠바 차림의 그 남자는 모르는 사람이었던 것이다.

"아아니, 훌륭허신 김 선생님, 날 모르겠소?"

그 남자는 바로 김범우의 코앞에다 손가락을 까딱거리며 야유조로 말하고 있었다. 그 남자는 이쪽을 알고 있는 게 분명한데, 김범우로서는 자만에 찬 비웃음을 담고 있는 그 얼굴이 누구인지 알 수가 없었다.

"당신, 누구요?"

사복을 입긴 했지만 경찰 관계자라는 것쯤은 이미 눈치 챘으면서도 김범우는 불쾌한 기분을 그대로 드러냈다.

"핫하, 이적지 도도허신 것은 못 버리셨구만이라? 웬수는 외나무다리서 만낸다등만 우리가 똑 그 짝이로세."

그 남자는 하늘을 쳐다보고 헛웃음을 쳤고, 김범우는 신경줄을 튕겨온 '원수'라는 말에 자극되어 그가 누구인지를 알아내려고 묵은 기억을 파헤쳐대고 있었다.

"나가 바로 한창길이오!"

남자는 엄지손가락을 세워 자신을 가리키며 무엇을 증언이라도 하듯 가다듬은 목소리를 냈다.

"한창길……?"

전혀 기억이 없는 이름이었다. 김범우는 이제 불쾌감보다는 당혹감에 몰리는 형편이었다.

"하, 그때 날 얼마나 무시했으면 얼굴도 모른다, 이름도 모른다, 이 꼴인가 그래. 요런 영어 잘해서 하늘같이 높으신 젊은 친구야."

화가 치미는 얼굴로 돌변한 한창길이란 남자는 사투리를 쓰지 않고 말했고, 그때 김범우의 머리를 치고 지나가는 기억이 있었다. 김범우는 신음이 솟는 걸 느꼈다.

"이제 알겠어요. 군정청에 근무하는……."

김범우는 말을 하면서도 그때 자기를 데리러 왔던 남자와 지금

자기 앞에 버티고 서 있는 남자가 동일인으로 전혀 연결이 되지 않았다. 그때 한정 없는 잠의 구렁텅이에 빠져 있다가 가까스로 깨어나서 건성으로 스친 그 남자가 시각기억으로 남아 있을 리가 없었다. 다만 청각기억 하나가 되살아났다. 그때 그 남자는 처음에 표준말을 흉내내다가 형편이 다급해지니까 사투리를 쓰기 시작했고, 지금은 처음에 사투리를 쓰다가 화가 치미니까 표준말을 흉내낸, 뭔가 반대현상을 보인 것이었다.

"알아묵어서 고마와해야겠구만?"

한창길은 무슨 보복이라도 하고 싶은 듯한 적대감을 노골적으로 드러내고 있었다.

"그때 불쾌하셨던 모양인데 이해하십시오. 난 학병에서 돌아와 몸이 좋지 않았고, 알다시피 군정청에서 일하고 싶지 않은 마음 때문에 한 선생한테 결례를 했는지도 모릅니다."

김범우는 정중하게 사과했다. 한창길의 인간됨이나 인상이 어떠하든 간에 자신이 범했을지도 모를 실수는 어디까지나 자신의 책임이었던 것이다.

"나 선생이 아니라 형사부장이오, 형사부장."

한창길은 당당하게도 '형사부장'을 두 번이나 되풀이했다. 김범우는 이미 짐작하고 있긴 했었지만 그냥 '형사'가 아니라 '부장'까지 덧붙여진 데는 적이 놀라지 않을 수 없었다. 그 놀라움은 분명 경이로움이 아니라 실망스러움이었다. 그러나 엉망진창으로 돌아가는 세상에서 형사부장이 아니라 경찰서장을 해먹는대도 어쩔 도리가 없는 일 아닌가, 하는 생각으로 김범우는 실망스러움을 지워버렸다.

"언제 이리로 옮겼습니까?"

한창길의 과시욕을 만족시켜 주기 위해서라면 깜짝 놀라는 시늉을 해보인다거나, 축하한다고 악수를 청하며 굽신거리는 체를 해야 할 것이었다. 그러나 김범우는 무덤덤하게 한마디 던졌을 뿐이다. 김범우는 그만 경찰서 앞을 떠나고 싶었다.

"언제라니, 군정이 끝나고 바로요."

한창길은 마땅찮은 얼굴로 내던지듯 말했다. 군정청 덕을 톡톡히 본 셈이었다. 김범우는 남북협상이 파탄에 이른 다음부터 좌익 학생들 문제에 관심을 돌렸던 탓으로 전처럼 군정청이나 경찰서를 드나들지 않게 되었다. 그것이 5개월이 넘었으니, 2개월밖에 안 된 한창길의 거취를 알 까닭이 없었다.

"워찌 여기 서 있소?"

마침내 한창길의 직업의식이 발동하고 있었다.

"서장님을 좀 만나러 왔더니……."

"왜, 일가 중에 누가 빨갱이 했소?"

한창길은, 네놈의 급소가 어디인지 다 안다는 눈초리로 살벌하게 말했다.

"아니오, 다른 일인데 전사하셨다기에 돌아가려는 참이었지요."

"무슨 일인지 나헌테 말허시오."

"말씀만이라도 고맙습니다. 사적인 일이라서요."

김범우는 그야말로 고마운 듯한 웃음을 지어 보였다. 아무리 형편이 암담하다 해도 한창길 같은 인간에게 도움을 청하고 싶지 않았다. 그자의 과시욕을 만족시켜 줄 수가 없었고, 권력행사의 쾌락을 맛보게 할 기회 제공을 할 수도 없었다. 그자는 늑대처럼 처남을 돕기는커녕 먹이로 삼을 것이 십중팔구일 것이었다.

"거참, 앞으로 무슨 일 있으면 날 찾아오씨오."

한창길은 매운 눈길을 던지고는 휑하니 길을 건너갔다. 김범우는 떫은 웃음을 입가에 문 채 한창길의 뒷모습을 바라보다가 경찰서 앞을 떠났다.

김범우는 막연한 기분으로 재판소 쪽으로 걸음을 옮겨놓고 있었다. 처남 신석주와 좌익과……. 그건 아무래도 걸맞지 않았다. 좌익을 하는 사람이 따로 정해져 있는 것은 아니지만, 그래도 어느 만큼 체질적인 데가 있어야 하는 것이다. '주의'나 '사상'이라는 말이 붙어 있는 한 그건 이미 '감상'이나 '환상'이 아닌 것이다. 그 어떤 주의나 사상이든 그 최종목표는 실천에 있었다. 첫째가 의식의 실천인 것이며, 둘째가 행동의 실천인 것이다. 특히 사회주의라는 것은 그것이 분명했다. 그런데 처남은 그런 조건에 전혀 어울리는 사람이 아니었다.

김범우는 재판소가 건너다 보이는 광장에 이르러 금융조합을 망연하게 바라보고 있었다. 그는 처남을 생각하고 있는 것이 아니라 금융조합의 붉은 벽돌건물에 찍혀 있는 수많은 탄흔을 보고 있었다. 붉은 벽돌의 속살을 드러내고 있는 그 탄흔들은 전체적으로 먼지가 낀 벽면 위에서 갓 피어난 꽃들처럼 선명한 색깔을 띠고 있었다. 거기에는 사회주의 건설을 부르짖는 사람들의 것도 있을 것이고, 그것을 억제하려는 사람들의 것도 있을 거였다. 그런데 그들이 모두 똑같은 인간이라는 공통점을 지녔듯이 탄흔들도 이쪽저쪽의 구분이 없이 벽면 위에다 추상적 무늬를 만들고 있을 뿐이었다. 가장 바람직한 것은 그런 상태의 공존이어야 했다. 민족단위의 한 국가를 이룩한 다음에 자기가 이상하는 바를 따라 어느 주의든 선택하고 주장하면서도 조화가 깨지지 않게 삶의 추상적 무늬를 그리며 함께 있어야 했다. 그런데 같은 민족 위에 두 개의 나라를 만들고 제각기 하나씩의 주의를 선택함으로써 반대되는 주의를 적으로 삼기에 이른 것이다. 그리고 마침내는 그 주의의 실천을 위해 서로의 심장을 겨누어 총질을 시작하게 되었다.

"김 선생, 왜 이리 넋을 놓고 서 계시오?"

김범우는 잠에서 깨듯 생각에서 깨어났다. 영어선생 선우진이 서 있었다.

"아니, 선우 선생……."

김범우는 얼른 감정을 추스를 수가 없었다.

"왜 이리 넋을 놓고 서 계시오?"

선우진은 같은 말을 되풀이했다. 그만큼 김범우의 태도가 기이하게 보였던 것이다.

"아니오, 뭘 좀 생각하느라고……."

김범우는 머리칼을 쓸어올리며 멋쩍게 웃었다.

"금융조합 벽을 바라보고 뭘 그리 생각할 게 있으시오?"

선우진은 새삼스러운 눈으로 금융조합 건물을 쳐다보았다.

"학교엔 나가보셨나요?"

김범우는 얼른 화제를 돌렸다.

"김 선생도 학교에 나오는 길이었소? 가실 필요 없어요, 아직 수업이 안 되니까."

선우진은 학교에서 돌아오는 길이라도 되는지 자신 있게 말했다.

"노상에서 이리 서 있지 말고 어디 다방에라도 좀 들어갑시다. 이렇게 얼굴 대하게 된 것만도 천행 아닙니까."

선우진이 김범우의 팔을 끌었다. 그의 예사로운 것 같은 말이 김범우의 가슴에 쩡한 파문을 일구었다. 그는 1946년 상반기에 황해도에서 월남한 사람이었다. 토지개혁 실시로 지주였던 그의 집안은 파탄을 맞아야 했고, 그는 삼팔선을 넘을 수밖에 없었다. 토지는 말할 것도 없고 값나가는 살림살이까지 몰수를 당하는 바람에 대학졸업장이 어디로 갔는지 찾을 수가 없어 졸업앨범 하나만을 달랑 가지고 내려온 그의 일화는 선생들의 우스갯감이 되고는 했다. 감정 같아서는 다른 월남민들처럼 경찰에 투신해서 남한에 박힌 빨갱이들을 잡아내는 족족 쏴죽이고 싶다고 그는 입버릇처럼 말했다. 그런데 그는 총구멍만 보면 사지가 오그라붙는 것 같아 경찰에 투신을 못하고 졸업앨범을 졸업장 대신 내밀어 선생이 된 것이다. 토지개혁이 진행되는 과정에서 그는 총구멍에 어지간히 혼쭐이 난 모양이었고, 그래서 그런지 그의 공산당에 대한 증오심은 이

만저만이 아니었다. 봉건적 사회체제는 어떤 방법으로든지 극복되어야 하고, 친일반민족세력을 냉정하고 엄정하게 처벌해서 민족단위의 국가를 만든 다음 모든 일에 앞서서 우선적으로 해결해야 할 일은 농민이 8할을 점하고 있는 현실에서 농지개혁은 필수적으로 이루어져야 한다는 생각을 가지고 있는 김범우와는 논리적 대화가 성립되지 않았다. 그런데도 그는 타향살이의 외로움 탓인지 김범우에게 계속적인 호감을 표시해 오고 있었던 것이다. 지금도 김범우는 다방에 앉아 차를 마시고 있을 계제가 아닌데도 그를 뿌리칠 수가 없어 미적미적 끌려가고 있었다.

"나는 이번에 김 선생이 무슨 일 당한 줄 알았소."

선우진이 자리에 앉자마자 한 말이었다.

"나야 그렇지만 선우 선생은 용케 무사하셨군요."

김범우는 심각한 얼굴을 하고 그런 대화를 하기가 싫어 약간 장난스러운 웃음을 지으며 말했다.

"예, 마침 어느 학부형이 피신처를 마련해 줘서 살아났지요. 그렇지 않았더라면 영락없이 죽었겠지요. 내가 피하고 몇 시간 안 돼서 죽창을 든 학생놈들이 하숙집으로 쳐들어왔다니까요. 빌어먹을 놈들, 빨갱이새끼들은 선생도 잡아다 죽이는 놈들이오."

선우진은 어느새 벌겋게 흥분해 있었다. 김범우는 그의 흥분을 충분히 이해하면서도 감정의 피로감을 느끼는 것은 어찌할 수 없었다.

"어쩌겠습니까, 그게 우리의 현실이 돼버렸으니."

김범우는 쓰게 웃으며 담배를 빼들었다. 아가씨가 차를 놓고 갔다.

"김 선생, 아직 모르고 있지요? 우리 학교에서 네 선생이 어제 총살을 당했습니다."

"네에? 그게 누구누굽니까?"

김범우는 놀라지 않을 수 없었고, 그 놀란 얼굴을 바라보며 선우 진은 만족스러운 것인지 통쾌한 것인지 모를 묘한 웃음을 웃고 있었다.

"그놈들은 의당 죽어야 할 놈들이었습니다. 국어과 강원봉, 수학과 김두식과 유인철, 체육과 한일호, 그놈들은 빨갱이 완장을 차고 학생들을 지휘하며 날뛰었으니까요."

김두식과 한일호는 그럴 수 있었겠지만 강원봉과 유인철은 전혀 의외였다. 김범우로서는 선생들의 의식 동향을 그 나름으로 신중하고 세심하게 파악하려고 애써왔었다. 그건 곧 학생의 움직임과 직결되는 문제였기 때문이다. 그 과정에서 강원봉과 유인철은 무색무취의 교육자로만 파악되었던 것이다.

"김 선생, 강원봉과 유인철이 땜에 놀랐지요?"

선우진이 김범우의 심중을 꿰뚫듯이 느긋한 표정으로 물었다. 김범우는 엉뚱하게도 처남을 생각하고 있었다. 처남도 그들 두 사람처럼 철저한 연막을 친 것은 아니었을까.

"글쎄요, 그게 사람이라는 동물의 특성일 수도 있으니까요."

"김 선생, 그건 좀 어폐가 있는 말입니다. 특성이라면 좋은 점이어야 하는데, 살인을 불사하는 빨갱이 사상을 감쪽같이 감추고 교육자의 탈을 쓰고 있었던 그것이 어찌 특성이 될 수 있습니까."

선우진은 다시 흥분되고 있었다.

"선우 선생, 난 국어 전공이 아니니 말뜻은 잘 모릅니다만, 좋은 점이라면 장점이라는 말이 따로 있을 것이고, 특성이라고 한 것은 다른 동물과는 달리 인간만이 가지는 특이한 점이라는 말입니다. 나는 강원봉과 유인철이 숨기고 있던 의외성에 놀라지 않아요. 그리고 그들이 감추어 가진 사상을 나쁘다고 생각하지도 않구요. 선우 선생이 사회주의 사상을 지긋지긋하게 싫어하는 것이나, 그들이 자본주의 사상을 적대시하는 것이나 결국 획일주의이기는 마찬가지니까요. 내가 놀라는 건 그들이 총살을 당했다는 사실입니다. 생각해 봐요, 주의를 앞세워 서로가 서로를 원수 삼아야 하는 이 땅의 비극이 무엇을 위하는 것인지 말이오."

살인을 불사하는 것은 좌익만이 아니고 우익도 마찬가지며, 정확하게 순서를 잡아 따지자면 살인적인 폭력을 자행한 것은 우익이 먼저라는 말은 아예 꺼내지도 않았다.

"그럼, 김 선생이 말하고자 하는 요지는 뭐요? 현시점에서 이것도 저것도 아니잖습니까."

"그래요, 난 이것도 저것도 선택하지 않아요. 그것도 엄연한 생존의 한 방법으로 존중되어야 합니다."

"그건 국법에 위배되는 아주 위험한 사상입니다."

선우진은 자리를 고쳐 앉으며 정색을 하고 들었다.

"그럼, 위험하지 않고 안전한 건 뭐요? 선우 선생처럼 투철한 반공주의자가 되는 거요?"

김범우는 코웃음이 쳐지려는 것을 지그시 눌렀다.

"나는 아무것도 아니요. 우리 자유민주주의 체제가 공산주의 체제를 꺾고 이기려면 모두가 서북청년단처럼 돼야 해요. 이번에 보니까 경찰은 그래도 좀 나은데 군인들은 틀려먹었어요. 빨갱이들을 뿌리 뽑기는 이번 기회처럼 좋은 기회가 없는데, 군인들은 일단 잡아들인 놈들을 혹독하게 다루지 않고 슬슬 조사해서 풀어주고 있어요. 빨갱이들을 가차 없이 처단하고 근절시키는 데는 결국 서청밖에 믿을 수가 없어요."

말을 하는 동안 선우진의 얼굴은 벌겋게 상기되어 올랐고, 김범우는 입을 꾹 다문 채 그런 그를 쏘아보고 있었다.

"선우 선생, 난 지금까지 선우 선생의 처지를 생각해 가며 선우 선생을 이해하려고 노력해 온 사람이오. 그러나 선우 선생이 지금 한 말은 그냥 들어넘길 수가 없소. 선우 선생은 서청의 행위가 전적으로 옳다고 믿고 있는데, 과연 그게 그럴까요? 선우 선생은 같은 월남민으로 서청에 무조건 신뢰를 보내고 있는지도 모르겠는데, 선우 선생이 그냥 평범한 직업인이 아니고 '선생'인 한 그건 좀 곤란한 문제가 아닌가 합니다. 선생은 더 말할 것 없이 학생들에게 막대한 영향을 끼치게 되어 있습니다. 그래서 선생은 최소한 객관적 판단을 견지하면서, 정치적 견해도 중립적이어야 한다는 이유가 거기 있습니다. 그런데 선우 선생은 너무나 한쪽으로 치우쳐 있습니다. 내가 말하고자 하는 건 교육자 입장에서, 그리고 객관적 판단력을 가진 지식인 입장에서 서청을 보아야 하고, 이번 사태도 보아야 한다는 겁니다. 서청의 행위에 대해서 사회적으로 비난이 일어나기 시작한 것은 제주도에서 4·3사건이 발생한 금년부텁니다. 반공을 앞세운 그들의 잔혹행위가 사회적 말썽을 일으킨 것은 그들이 확실한 공산주의자만을 처단한 것이 아니라 공산주의에 대한 개인적 감정에 휩쓸려 무고한 양민들까지 무분별하게 살상했기 때문입니다. 세상이 다 아는 그런 잘못을 저지른 서청을 선우 선생이 무조건 지지하고 두둔한다면 학생들이 선우 선생을 어떻게 생각하겠어요. 그건 선우 선생의 사상문제 이전에 인격 자체를 불신당하는 계기가 될 겁니다."

"아니, 그게 무슨 말입니까? 서청에 대한 그런 비난은 바로 공산주의자들의 모함이고 마타도업니다. 그런데 그걸 김 선생 같은 분이 다 믿고 오히려 나한테 역선전을 하다니, 이게 도대체 있을 수 있는 일입니까?"

목소리가 높아진 선우진은 볼까지 씰룩거렸다. 김범우는 너무 한심한 생각이 들어 더 말할 의욕을 잃었다. 그러나 기왕 말이 나온 김에 어느 선까지 분명한 매듭을 짓고 싶었다. 선우진의 앞뒤 분간이 없는 감정적 언동도 역겨웠고, 자신을 '역선전자'의 인상으로 남겨두고 싶지도 않았다.

"선우 선생, 선우 선생은 50만이 넘는 월남자들 중에서 교직을 선택한 얼마 안 되는 사람들 중의 한 사람입니다. 선우 선생이 다른 수많은 월남자들이 선택한 경찰이나 군인, 서청에 몸담지 않고 교육자가 된 이상 최소한의 역사에 대한 책임은 져야 하기 때문에 하는 말입니다. 선우 선생은 역사 앞에서 최소한이나마 냉정을 회복한 다음, 왜 그 많은 사람들이 월남을 하지 않을 수 없었는가를, 왜 그들이 경찰·군인이 되고 또 서청 같은 단체를 조직했는가를, 그리고 왜 그들에 대해서 사회의 일반적 인식이 나쁜가를 따져볼 수 있어야 합니다. 거기에는 모두 너무 자명한 이유들이 있습니다. 그 이유를 선우 선생이 찾아내지 못하면 선우 선생은 계속 불행할 겁니다. 내가 끝으로 한마디만 하겠습니다. 해방이 되고, 그게 공산주의 체제가 아니었더라도 선우 선생은 지금과 똑같은 형편에 처했을 거라는 사실입니다. 지주계급의 몰락, 그것은 올바른 역사의 흐름입니다. 친일반역세력의 척결, 그것 또한 거역할 수 없는 역사의 흐름입니다. 선생으로서 그 사실을 납득해야만 합니다.”

“그건 바로 공산주의자들의 주장 그대로요. 김 선생, 도대체 당신 정체는 뭐요!”

선우진이 느닷없이 소리 지르는 바람에 김범우는 담배에 불을 붙이려다가 그만 성냥을 도로 놓았다.

“알겠소, 그만 일어납시다. 난 아직 바쁜 일이 남아 있소.”

김범우는 체념적인 얼굴로 담뱃갑을 챙겨들었다. 선우진은 의혹스러운 눈으로 김범우를 쳐다보며 무겁게 따라 일어섰다.

선우진과 헤어진 김범우는 행동(杏洞)에 있는 처남네 집으로 발길을 잡았다. 선우진을 만난 것으로 학교에 들를 필요는 없게 된 셈이었다.

처남네 집 가까이에 있는 공터에서는 몇몇 아이들이 소리를 외치며 공차기를 즐기고 있었다. 김범우는 무심결에 걸음을 멈추고 섰다. 공터에 담뿍 쏟아져내리고 있는 가을햇살과, 공보다 먼저 햇살을 차내며 달리는 아이들의 모습과, 아무런 거리낌 없이 질러대는 해맑은 외침이 생명의 약동을 느끼게 했다. 벌교를 떠나 지금까지 보아온 것들 중에서 그 풍경만이 유일하게 살육의 음산한 분위기를 벗어나 있었다. 앙증스럽게 빨리 움직이고 있는 아이들의 다리를 따라가고 있던 김범우의 눈길은 아이들의 발 사이에서 수난을 겪고 있는 공에 머물렀다. 김범우는 이상한 생각이 들어 공을 쫓아 눈을 굴렸다. 어딘지 쿨렁거리는 것 같은 느낌의 그것, 그건 공이 아니라 돼지 오줌보 같은 것인 모양이었다. 언젠가 아이들이 돼지 오줌보에다가 물을 채워 양끝을 묶고 차는 것을 보았는데, 그때 그것이 구르는 느낌과 지금의 것이 흡사했던 것이다. 김범우는 적막한 웃음을 떠올렸다. 그런 지혜나마 발휘해서 놀이갯감을 장만하는 아이들이 대견하기도 했고, 저런 공은 아프리카 원주민 아이들이나 차는 것이 아닐까 생각하니 슬프기도 했던 것이다.

"어쩐 일인지 저도 통 모르는 일입니다. 열 길 물속은 알아도 한 길 사람 속은 모른다고, 제가 꼭 그런 기분입니다. 어쩌자고 공금을 축내가면서 그 짓을 했는지, 머를 잘못 생각해도 많이 잘못 생각헌 것이지요. 친정 쪽에서 손을 쓴다고는 쓰고 있지만, 지은 죄가 죄라 재판을 받아야 할 모양입니다."

처남댁은 중학교까지 마친 여자답게 침착하고 냉정했다. 그 여자의 어감에는, 부부의 애정과는 별개로, 남편의 행위에 대해 어떤 배신감 같은 것을 느끼는 듯한 기분이 담겨 있었다.

그런 기분이 들기는 김범우도 마찬가지였다. 처남은 좌익 지하신문을 발간하는 데 공금까지 유용한 것이었다. 아내에게서 전해 들었던 말은 몇 입을 건너면서 벌써 자기네 쪽에 유리하도록 변조된 것이었던 셈이다. 김범우의 눈길은 한사코 처남이 애지중지했던 미제 '제니스' 축음기로 쏠렸다. 사상이란 도대체 무엇인가. 평소의 생활태도로써는 상상도 할 수 없었던 처남의 두 개의 얼굴은 이런 새삼스러운 물음을 떠올리게 했다. 처남이 죽음을 면하고 재판을 받게 된 것을 그나마 다행으로 여길 수밖에 없었다.

"형편이 잘 풀리기를 바라고 있겠습니다."

김범우는 위로인사차 들른 것으로 해두고 자리를 일어섰다. 아무런 성과도 없었던 경찰서 방문에 대해서는 입을 떼지 않았다. 처남의 문제는 그의 처가의 능력에 맡겨두어도 좋을 것 같았다. 그의 장인은 일제 때부터 세무서에 근무해 왔으므로 그 나름의 인간관계를 형성하고 있을 것이었다. 어쩌면 처남을 죽음에서 건져 현재의 상황에다 놓아둔 것도 장인의 힘이 아닐까 싶었다.

벌교로 돌아가는 기차 속에서 김범우는 줄곧 눈을 감고 앉아 있었다. 그의 의식은 여러 갈래로 혼선을 일으키고 있었다. 한 갈래는 해방에서부터 이번 사건까지를 정리하고자 했고, 다른 갈래는 이번 사건의 원인을 규명하려고 하는가 하면, 또다른 갈래는 이번 사건이 어떤 방향으로 전개될지 예상하고자 하는 식이었다. 그런 생각들이 뒤엉켜 머릿속은 혼란하기만 할 뿐 어느 것도 명료해지지 않았다.

김범우는 국어과 강원봉 선생이 죽었다는 사실에 줄곧 마음을 빼앗기고 있었다. 선우진은 꽤나 만족스러운 듯이 '그놈들은 의당 죽어야 할 놈들이었다'고 했다. 강원봉 선생의 죽음과 선우진의 감정 일변도의 반공주의는 오늘의 현실을 사진 찍듯이 드러내고 있는 모순이고 갈등이었다. 그리고 그건 남쪽 사회가 안고 있는 중대한 문제점의 상징이기도 했다.

강원봉 선생은 일제의 국어말살정책과 함께 학교를 떠나야 했다. 그런데 그분은 교직을 박탈당하고 나서도 국어지키기를 계속하는 바람에 구속이 되었다. 학교 밖에서 학생들을 모아 독서회를 이끄는 한편 야학을 열어 국어를 가르쳤던 것이다. 그분이 체포된 이유는 국어를 가르쳤다는 것만이 아니라 적색사상을 주입했다는 혐의였다. 그 진부를 알 수 없는 채로 그분은 해방이 될 때까지 자그마치 5년 동안이나 감옥살이를 했다. 그분의 얼굴을 본 바도 없는 학생들 사이에서 그분의 존재는 존경심을 넘어서 신화와 전설로 살아 있었다. 선배들의 주의 깊고 은밀한 이야기는 지하수가 되어 후배들에게 흘러내려가고 있었던 것이다. 거의 모든 조선인 선생들이 황국신민의 정신에 투철할수록 강원봉 선생의 존재는 학생들 사이에서 두드러지는 빛이었다. 조선인 선생들 중에서도 유별나게 황국신민의 정신을 부르짖은 것이 영어선생 박해일이었다. 그는 자기가 영어를 전공한 것은 적국을 알아야만 적을 무찌를 수 있기 때문이라는 사실을 누누이 강조하는 한편 학생들에게도 영어공부를 해야 하는 이유가 거기에 있다고 열을 올렸던 것이다. 그러나 그 말을 믿는 학생은 하나도 없었다. 그가 영어를 전공했을 때는 미국이 일본의 적이 아니었다는 사실을 학생들은 너무나 쉽게 알아버렸다. '대동아전쟁' 발발로 미국이 적국이 되자 영어선생은 자신의 옹색한 입장을 변호하기 위해 그런 낯 뜨겁고 치졸스런 소리를 지껄이기 시작했다는 것쯤 학생들은 환히 알고 있었다. 영어선생은 거기에서 끝나지 않고 일본족의 우월함과 조선족의 열등함을 비교 대조하며 수업시간을 낭비하는가 하면, 신사참배에 누구보다 열성을 보였고, 성전의 승리를 위한 군사교육의 필요성을 훈육주임이 무색할 지경으로 역설해 댔다. 그리고 일본은 앞으로 200년 이상 조선은 물론 아시아의 종주국이 될 거라는 말을 서슴없이 했다. 200년이란 근거가 어디서 나온 것인지 학생들은 따져묻지도 못한 채 그 까마득한 세월에 암담해질 뿐이었다. 그리고 영어선생 박해일을 증오하면서 국어선생 강원봉에 대한 존경심을 더 키워갔다.

그런데 해방이 되었다. 경찰서가 학생들에게 점거되는 상황 속에서 영어선생 박해일이 무사할 리 없었다. 그는 잽싸게도 그날로 몸을 숨기고 말았다. 학생들이 집으로 몰려갔을 때는 그는 이미 집을 떠나고 없었다. 그의 경우와는 반대로 목포형무소에서 풀려난 국어선생 강원봉은 조선인 학생들에게 뜨거운 환영을 받으며 다시 학교로 돌아오게 되었다. 읍마다 면마다 인민위원회가 조직되면서 새 나라 세울 준비가 바쁘게 진행되는 사회적 물결에 따라 학교도 새롭게 태어나는 분위기여서 학생들은 박해일 따위를 잊어버리게 되었다. 그런데 마침내 순천지역에도 미군정 중대가 진입하기에 이르렀다. 10월 말의 일이었다. 아직도 인력거가 굴러다니는 길에 미군 지프차가 경적을 요란하게 울려대며 달려대기 시작한 지 보름쯤 지났을까. 그동안 코빼기도 보이지 않았던 박해일이 미군 지프차의 뒷자리에 달랑 올라앉은 모습으로 사람들 앞에 나타났다. 그가 통역관이 되었다는 것을 누구나 금방 알아차렸다. 학생들의 놀라움은 컸고, 그 놀라움은 곧 분노로 바뀌었다. 박해일이 탄 지프차를 마주치게 되면 학생들은 "저 간나구 겉은 새끼!" "저 백여시 겉은 새끼!" 하며 거침없이 욕을 내쏘았고, 침을 내뱉었으며, 일삼아 길을 비켜주지 않았다. 학생들의 그런 노골적인 모욕 앞에서도 정작 박해일은 끄떡도 하지 않았다. 그는 오히려 태연했고, 턱을 끌어당기고 앉아 거드름을 피웠다. 그리고 그는 통역관이란 신분에 전혀 어울리지 않게 옷 속에 권총을 휴대하고 다닌다는 사실이 밝혀졌다. 전혀 반성할 줄을 모르는 그의 태도에 분개한 몇 학생들이 길목을 지키고 있다가 그를 에워싸게 되었다. 그런데 그는 대뜸 옷 속에서 권총을 꺼내 겨냥하며, "요런 빨갱이새끼들, 당장 쏴죽이기 전에 썩 물러서!" 하며 곧 방아쇠를 당길 기세였다. 학생들은 혼비백산했고, 그 소문은 금방 퍼지게 되었다. 사람들은 누구나 혀를 내두르며 기가 막혀했다. 그가 왜 전혀 기죽지 않고 거만을 부릴 수 있었는지를 사람들은 그때서야 깨닫기도 했다. 자신의 신변 위험을 막기 위해서 권총을 감추고 다니는 박해일이나, 자기네들이 필요한 사람이면 그게 민간인이든 경찰이든 가리지 않고 총을 차게 하는 미군이나 다 똑같다고 사람들은 입을 모았다. 미군의 그러한 처사는 또 하나의 불신을 쌓는 계기가 되었다. 순천을 점령한 미군이 제일 먼저 시작한 일은 일정시대 경찰 근무자들을 찾아내는 것이었다. 자신들이 저지른 죄를 미리 알아 어딘가로 도망을 간 그들을 찾아내려고 미군들은 소란을 피워댔다. 삐라를 뿌리고, 다른 지방으로 피한 사람을 지프차로 실어오고, 산속에 숨어 있는 사람을 찾으려고 미군들이 산으로 들어가고 하는 소란들이 그들을 처벌하기 위해서가 아니라 다시 채용하기 위해서라는 사실을 알게 된 사람들은 그런 미군의 처사에 반발하는 한편 심한 불신을 갖게 되었다.

김범우가 학교에 부임했을 즈음 박해일은 통역관으로서 한창 위세를 떨치고 있었다. 그때 이미 '통역정치'라는 말이 유행되고 있을 정도로 군정의 행정 전반에 걸쳐 통역이 행사하는 영향력은 막대했다. 통역관들은 주어진 앵무새의 역할을 넘어서 새로운 권력층을 형성해 가고 있었던 것이다. 그들을 통하면 안 되는 일이 없고, 그들을 안 통하면 되는 일이 없다는 말이 공공연하게 나돌았다. 동척의 그 많은 토지를 비롯해서 모든 적산을 장악한 군정의 주위에는 그 재산을 노리는 자들이 맴돌았고, 통역관들은 그 틈바구니에서 권력을 행사하고 이권을 취득하는 양수겸장을 치고 있었던 것이다.

남쪽 단독선거로 정부가 세워지면서 형식적이나마 군정이 끝나게 되자 박해일의 호시절도 끝나는 줄 알았다. 그런데 그는 도 장학관으로 모습을 바꾸어 또다시 사람들을 놀라게 만들었다. 그러고는 마치 출세한 자신의 모습을 과시하기라도 하려는 것처럼 그는 순천에 교육시찰을 내려왔다. 그는 교감과 교무주임을 대동하고 교실마다 수업참관을 하러 다녔다. 그런데 강원봉의 국어시간에 들어갔다가 망신을 당하게 되었다. 그가 교실 뒷문을 들어서자마자 강원봉은 수업을 중단하고 교실을 나가버렸던 것이다. 물론 선생들 중에 그런 행동을 한 것은 강원봉 한 사람뿐이었다. 김범우는 강원봉 선생의 그 속 후련한 행동에 갈채를 보냈다. 자신의 수업시간이 없었던 것을 아쉬워하면서. 박해일이 장학관이고 강원봉 선생이 평교사라는 것도 당치 않은 일인데, 거기다가 감독이 목적인 수업참관까지 한다는 것은 고등계형사 출신이 독립투사를 새로운 사상범으로 몰아 고문취조하는 것이나 똑같은 현실이 아닐 수 없었다.

예상했던 대로 강원봉 선생에게 전근발령이 떨어졌다. 전교생들은 즉각적으로 동맹휴학을 벌였다. 강원봉 선생도 전혀 동요의 빛을 보이지 않았다. 그 싸움은 결국 박해일의 패배로 끝났다.

강원봉 선생은 그저 묵묵히 학생들을 가르치는 것으로 학교생활을 해나갔다. 나이가 좀 많은 탓도 있었지만, 선생들 사이에서도 어떤 의견충돌 같은 것도 전혀 빚지 않았다. 몇몇씩 모여앉으면 세상 돌아가는 이야기고, 그러다 보면 정치 이야기로 변해 말다툼이 생기고는 했지만 강원봉 선생은 아예 그런 자리에 끼지를 않았다.

그리고 학생들에게도 그 어떤 사상적 언행을 하는 일도 없었다. 그런데 그분이 이번에 총살을 당해 세상을 떠난 것이다. 김범우가 충격을 받은 것은 강원봉 선생이 그동안 완전히 은폐된 존재로 사상활동을 했다는 것이 아니라 그분이 아무런 성취도 하지 못한 채 허망하게 세상을 떠났다는 사실에 있었다. 그분이 사상적으로 좌익이었다는 것은 삶의 궤적을 통해서 얼마든지 감지할 수 있었고, 그 누구의 눈에도 드러나지 않았다는 것은 그만큼 비중이 큰 인물이었다는 반증일 수도 있었다. 그런데 이번 사건으로 그분이 죽어버린 것은 한 개인의 죽음이 아니라 공산당이 미군을 상대로 벌이고 있는 싸움의 방법적 실패가 낳은 무모한 희생으로 여겨졌다. 선우진의 말에 따르면 강원봉 선생은 여지껏 감추어왔던 자신의 존재를 노출시킨 모양이었다. 김범우는, 그분은 이번을 그렇게도 결정적 시기로 생각했던 것일까, 하는 의문이 생겼다. 대답처럼 떠오르는 염상진의 말이 있었다. "마침내 혁명의 날이 왔네. 이번에는 먼젓번 같은 것이 아니라 군인들과 힘이 합쳐진 결정적인 것이네." 그런데, 그 결과는 무엇인가. 또다시 미군들의 힘에 밀려 강원봉 같은 사람까지 죽어야 하는 수많은 희생만 낸 것이 아닌가. 전체적으로 7일, 염상진은 5일 만에 물러가면서 무슨 생각을 했을까. 그는 무슨 근거로 이번이 '결정적'이라고 그렇게 단언할 수 있었을까.

　미군정이 공산당활동을 불법시하면서 폭력탄압을 감행하기 시작하자 그에 맞서게 된 공산당의 사상정치투쟁은 번번이 좌절을 거듭했다. 대구 10·1항쟁, 제주도 4·3사건, 5·10선거 저지투쟁, 이번 사태까지 좌절은 연속적이었다. 그때마다 공산당의 조직이 파괴 와해되어 약해지는 것이야 자기네 사정이니까 말할 것 없는 일이지만, 그때마다 정치적 기대를 걸고 호응한 민중들의 수많은 희생을 어떻게 책임질 것인지 묻고 싶었다. 군정은 그런 사건이 일어날 때마다 경찰과 군인을 앞세워 가차 없는 폭력진압을 감행했던 것이다. 공산당과 그 지지세력을 하루라도 빨리 뿌리 뽑기 위해 미군정은 그런 정면도전을 오히려 고대하고 있었는지도 모른다. 사건조작·폭력유도·분열책동은 일찍이 영국과 프랑스를 비롯한 서유럽 제국주의 국가들이 식민지의 저항세력들을 분쇄 제거하는 데 즐겨 사용한 지배방법이었다. 남로당이 지금까지 군정에 대응해 온 것을 보면 꼭 군정이 파놓고 기다리는 함정에 빠지는 식으로 결과가 뻔한 정면도전을 시도했고, 그 답답한 무모성은 마치 불나방이 무작정 불로 달려드는 것만 같았다.

남로당은 어쩌면 남쪽 전역에 걸친 민중들의 '열렬한 지지'를 믿었는지도 모른다. 그러나 그건 그들의 입장에서 볼 때 열렬한 지지였지 민중들의 입장에서는 미군정의 경제정책에 대한 생존보호와 불만표현이 먼저였다. 그러니까 남로당은 군정과 정치투쟁을 하고 있는 것이고, 민중들은 군정과 경제투쟁을 하고 있었다. 그런데 남로당은 민중들의 경제투쟁을 조직화하여 정치투쟁으로 확산시키려고 했다. 그러나 교활할 만큼 영리한 군정이 그것을 좌시할 리 없었다. 미리 준비해 둔 무력을 동원해 무자비하게 박살을 내고는 한 것이다.

그동안 거듭된 좌절이 사건마다 그 나름으로 일어나지 않을 수 없는 필연성이 있었다고 하더라도 이번 사건은 왜 일으켜야 했는지 김범우는 도무지 이해가 되지 않았다. '우리는 같은 민족을 죽이러 갈 수 없다'는 것이 14연대의 제주도 출동 거부인 동시에 이번 사건을 일으킨 이유인 모양이었다. 그 이유는 얼마나 선명하고도 감동적인가. 그러나 결과적으로 그 행동은 즉흥적이고 충동적인 것밖에는 되지 않았다. 전투력이 빈약하기 짝이 없는 지방당들이 호응했을 뿐 그 이상의 지원도 호응도 없는 채 '반란'이란 봉건사회적 이름으로 규정되어 고작 1주일 만에 막을 내린 것이다. 염상진은 앞으로 투쟁이 계속될 테니까 좌절도 실패도 아니라고 할지도 모른다. 그러나 그건 억지다. 그동안 사건이 일어날 때마다 미군들이 보인 무자비한 무력행사와, 이번에 보인 기동성과 무력동원을 제대로 파악한다면 그런 말은 공염불일 뿐이다. 남로당이 그들의 정치이념을 실현하고자 한다면 지금부터라도 전략전술을 바꿔야 한다. 적을 알고 싸움의 방법을 선택하지 않는 한 강원봉 선생 같은 사람들은 계속 죽어갈 것이고, 박해일 같은 사람들은 계속 건재해서 결국은 그런 부류들의 세상을 만들어주는 데 이용되고, 협력하는 결과가 될 뿐이었다.

신문들은 이번 사건을 '여순반란사건'이라고 이름 붙이고 있었다. 제주도에서 지난 4월 3일 공산주의자들이 일으킨 '4·3폭동'을 진압하기 위해 파견될 예정이었던 여수 주둔 14연대에서 소수의 빨갱이들이 지휘관을 총살하고 부대의 지휘권을 장악함으로써 일어난 군부 내의 반란이라고 경위를 밝히고 있었다. 소위 김지회가 주동이 된 반란은 여수·순천지구에서 1주일 만에 '완전 진압'되었으며, 군부 내에서는 본 반란사건에 관련된 자들은 광범위하게 수사하는 한편 군부 내에 침투해 있는 공산세력의 완전 소탕을 위해 본격적인 수사를 전개하고 있다는 보도였다.

신문들의 보도는 이번 사건을 '군부 내의 사건'으로 그 범위를 축소시키고 있었고, 1주일 만에 '완전 진압'되었음을 강조하는 인상이 짙었다. 여수·순천지역에서 다수의 민간인들이 살해되었다는 사실을 보도함으로써 공산주의자들의 만행을 강조했을 뿐, 기타 지역의 상황 같은 것에 대해서는 언급이 없었다. 그럴 수밖에 없는 것이 좌익계 신문들은 오래전에 다 폐간되었고, 남아 있는 신문들은 모두 우익계였다.

김범우가 무거운 머리로 벌교에 도착한 것은 오후 4시경이었다. 그 길로 바로 손승호를 만나러 갔다.

"어서 오게."

책을 읽고 있었던 모양으로, 마루로 나온 손승호의 손에는 책이 들려 있었다.

"앉게. 순천에 갔던 일은 잘되었나?"

손승호는 책 중간쯤에 끼워넣었던 검지손가락을 빼고 그 페이지를 접으며 물었다. 그 물음에는, 김범우가 순천을 갔던 것이 예삿일이 아니었으리라는 염려가 내포되어 있었다.

"그저…… 독서에 방해가 되지 않았나?"

김범우는 방바닥에 놓인 책에다 눈길을 주었다. 일어판 셰익스피어였다.

"방해는 무슨, 자넬 기다리면서 시간을 때운 건데."

손승호는 책을 책상 쪽으로 더 밀었다. 사범학교 시절부터 드러냄 없이 문학을 지망해 온 그가 아직 셰익스피어를 못 읽었을 리는 없었다. 그가 읽고 있는 책이 일어판이라는 데는 별다른 거부감이 없었다. 그 책은 일찍이 학생시절에 샀던 것일 게고, 해방 3년을 거쳐오는 동안 외국서적의 신뢰할 만한 번역본이 출판되지 못하고 있는 실정이었다. 고작 발간되는 신간이라고 해야 이광수식의 삼각관계 연애사건을 다루고 있는 삼류 통속소설이 주류를 이루는 형편이었다. 김범우의 관심은, 사회적 사건이 소용돌이치고 있는 현재와 같은 상황 속에서, 한때 좌익사상에 경도되었던 문학 지망생인 손승호가 다시 읽고 있었을 작품이 셰익스피어의 어떤 작품이었을까 하는 점이었다.

"셰익스피어는 역시 인도하고도 안 바꿀 만큼 위대한 모양이네, 자네의 시간 때움을 해줄 수 있으니 말야. 그 작품이 어떤 것이었나?"

김범우는 친근한 웃음을 띠어 보였다.

"햄릿을 그냥 뒤적이던 중이네." 손승호는 무언가 신경에 거슬리는 것이라도 있는 듯 미간을 찡그리며 심드렁하게 대꾸하고는, 그런 자신의 태도가 상대방에게 어떻게 보일지 또 신경에 거슬리기라도 한 듯, "셰익스피어가 위대한지는 몰라도 그런 비유법을 쓴 영국인들은 한심한 종자들이야. 그 과장의 정도야 아무래도 상관할

게 없지만, 비유의 대상을 한 나라로 잡았다는 건 용서할 수가 없는 일이야. 셰익스피어가 제아무리 불후의 명작들을 남겼다 한들 어찌 인도보다 더 위대할 수 있느냔 말야. 인도라는 거대한 땅덩어리는 차치하고라도 거기엔 4억을 헤아리는 인간들이 엄연히 생존하고 있어. 그 생명들의 존엄성보다 셰익스피어가 더 위대하다니, 그따위 발상법을 가진 영국인들은 일본놈들과 하나도 다를 게 없는 식민주의자들이야. 물론 어떤 유식한 자가 무심코 쓴 비유법이라고 간주할 수도 있겠지. 그런데 문제는 바로 그 '무심코'에 있어. 영국인들은 자기네 자존심을 세워주는 그 비유에 '무심코' 만족을 느낀 것이고, 자기네 민족의 우월감을 과시하는 한 방법으로 셰익스피어를 세계화시키면서 또 그 비유를 '무심코' 써먹은 거야. 셰익스피어가 분명 봉건 왕조시대의 작가지만 자기의 작가정신이 그처럼 수없이 많은 인간들의 존엄성을 짓밟는 것으로 비유되기를 결코 원하지 않았을 거야. 오히려 그 반대였겠지. 만약 그렇지 않았다면 아예 그런 좋은 작품들을 써내지 못했을 테니까. 셰익스피어는 후대를 잘못 둔 셈이지."

손승호는 경멸적인 웃음을 입가에 물고 있었다.

김범우는 놀라운 눈으로 손승호를 바라보고 있었다. 자신이 그야말로 무심코 던진, 그 예사가 된 한마디를 붙들고 그처럼 긴 이야기를 하는 데 놀랐고, 자신으로서는 미치지 못했던 그 논리추출의 예리한 시각과 논리개진의 완벽한 방법에 놀랐다. 손승호의 그런 논리는 그가 왜 좌익의 테러화와 함께 사상적 전향을 하지 않을 수 없었는지를 증명하는 것이기도 했다. 그건 문학적 인도주의를 사고의 바탕으로 마련하고 있는 손승호의 필연적 귀결인지도 몰랐다.

"우연찮게 참 좋은 말을 들었네. 난 거기까지는 생각이 미치지 못했네."

김범우는 숨김없이 자신의 심중을 토로했다.

"좋은 말은 무슨, 지금 후회하고 있는 중이네."

"그건 무슨 말인가?"

"말이 많으면 못 쓸 말이 많은 법 아닌가. 다 부질없는 소리야."

어떤 허망감에 몰리는지 손승호의 얼굴은 평소보다 더한 무게의 우울로 덮였다. 김범우는 그의 감정상태를 이해할 수 있을 것 같았다. 어떤 사실의 모순이나 왜곡에 대해서 아무리 논리적 비판을 가하고 이론적 규명을 한다 한들 현실적으로 아무런 영향력을 미칠 수 없을 때 허망감에 빠지는 것은 피할 수 없는 일일 것이었다. 그 논리가 명징하면 할수록, 그 이론이 명확하면 할수록 그 정도는 심해질 터였다. 더구나 손승호의 경우 문학적 허무주의까지 감안한다면 그는 그런 논리적인 말을 하는 도중에 벌써 부질없음을 느껴버리는 감정적 굴절을 겪을지도 모를 일이었다.

"부질없기는 이 사람아. 자네의 말을 듣고 나 같은 우생(愚生)은 깨달음을 갖게 되지 않았나. 물론 종교적 관점에서 보자면 인생만큼 허무한 것이 어디 또 있겠나. 그렇다고 우리의 삶 전체가 종교적일 수는 없잖은가. 남들에게 인생의 허무를 깨우쳐주고, 그러니까

죄짓지 말고 좋은 일 하며 살라고 가르치는 종교인에게도 현실적 삶은 있는 법이네. 하물며 평범한 사람들이야 말해 뭘 해. 그 누가 감히 그 현실적 삶을 거부하거나 기피할 수 있겠는가. 역사 비판이라는 것도 따지고 보면 얼마나 부질없는 일이겠나. 다 지나가버린 세월, 아무리 열 올리며 비판한다고 해봤자 이미 그르쳐진 일이 바로잡힐 리가 있겠나. 그런데도 그게 계속이거든. 왜 그러겠는가. 인간은 현실을 살 수밖에 없는 동물이고, 그 과거적 삶 속에는 우리의 현재와 미래를 비춰주는 거울이 있기 때문이 아니겠나. 자네가 이미 다 알고 있는 소릴 나야말로 부질없이 지껄여대고 있구면."

김범우는 담배를 빼들었다.

"사람 참, 별소릴……."

손승호는 김범우 앞으로 통성냥을 밀어놓으며 고개를 보일 듯 말 듯 끄덕이고 있었다. 김범우는 담배에 불을 붙여 깊게깊게 빨아들였다. 그러면서 손승호에게 찾아온 용건을 말해야 된다고 생각했다.

"내가 자넬 만나려고 한 건 다름이 아니라…… 지극히 현실적인 문제 때문이네. 아까 자네도 얼핏 스친 염상구의 말로는 지금까지 확인된 피살자가 100명을 넘는다는데, 그게 사실일까?"

"아마…… 과장은 아닐 거네."

손승호는 시선을 방바닥에 떨군 채 대답했다.

"도대체 염 선배는 뭘 어떻게 하려고……."

김범우는 약간 격하게 터져나온 말을 여기서 중단했다. 지금까지 염상구의 말이 과장일 거라고 생각하고 있었고, 과장이길 바라고 있었는데 막상 손승호의 말을 듣게 되자 감정이 솟구친 것이었다. 그건 염상진에 대한 안타까운 원망이었다.

"그래도 염 선배는 그건 읍민의 200분의 1도 안 된다고 생각할 것이네."

손승호는 냉소를 머금고 있었다.

"참 야단났군. 그래서 염상구의 말로는 좌익이나 그 용의자들을 북국민학교가 다 찰 만큼 잡아들였고, 어젯밤에 벌써 한 차례 처형을 했다더구만."

"어쩌겠는가, 당연한 순서 아니겠나."

손승호는 계속 냉소를 머금은 채 담배를 빼들었다. 그는 평소에 담배를 피우지 않았다.

"자넬 찾아온 건 다름이 아니라, 그 당연한 순서에서 저질러질지도 모를 실수를 막아보자는 것이네."

그때 비로소 손승호는 방바닥에 떨구고 있던 눈길을 들어 김범우를 쳐다보았다. 그러나 그 눈빛은 김범우의 말에 관심을 나타내는 것이 아니라 의아함을 품고 있었다.

"자네도 알겠지만, 핵심 좌익들은 벌써 다 도망을 쳐버렸네. 물론 붙들려온 사람들 중에는 미처 피하지 못한 자들도 있긴 있을 것이고, 세포들도 끼여 있겠지. 그런 것을 가려내는 거야 경찰의 업무니까 말할 바 못 되고, 그 과정에서 피해자 가족 등의 감정이 개입돼 무고한 사람들이 다칠 염려가 있네. 그 피해를 최소한 막아보자는 거네."

"범우 자네의 뜻은 좋지만 그건 짚단 짊어지고 불속으로 뛰어드는 격일세."

손승호는 그만 고개를 저어버렸다.

"이 사람아, 용이한 일이 아니란 걸 난들 왜 모르겠나. 그러니까 자네한테 협조를 구하는 것이고, 여러 친구들을 모아 수습위원회 같은 걸 임시로 만들면 효과를 나타낼 수 있지 않겠느냔 말야."

"수습위원회는 이미 어제 만들어졌네."

손승호는 담배를 신경질적으로 비벼 껐다. 김범우는 무슨 수습위원회냐고 묻지 않았다. 그건 자신이 생각하는 것과는 상치된 모임으로 여겨졌던 것이다.

"범우, 난 아무 말도 하고 싶지 않고, 할 자격도 없다고 생각하네. 허나, 자네가 그런 제안을 했으니 내 생각을 말하려네. 이건 내 겸손이 아니라, 자네의 전공을 보더라도 자네는 나보다 사회나 역사를 보는 눈이 밝고 넓을 것이네. 그래 하는 말인데, 지금 우리가 처한 상황이 역사적으로 무슨 의미가 있겠는가. 좀더 좁혀서 얘기하세. 자네나 나나 염상진 선배가 애초에 사회주의에 경도되었던 것은 오늘 같은 날을 위해서는 아니잖은가. 그런데 해방이 되면서 정치상황의 변화에 따라 그것도 변질되기 시작했네. 금년에 남북 양쪽에서 서로 다른 주의를 앞세워 서로 다른 이름의 나라를 세우면서 우리 모두는 인간적으로 민족적으로 우리 스스로를 살해하는 어리석기 짝이 없는 죄를 저질렀네. 그리고 나타난 현상이 뭐였나. 서로의 사상을 정치적으로 실현시키기 위해 인간을 폭력의 대상으로 삼는 극렬적 충돌이었네. 그런 야만적 행위가 또 어디 있겠나. 난 완전히 환멸하고 절망했네. 물론 좌익이나 염 선배의 입장에서는 자기네들이 먼저 폭력을 행사한 것이 아니라고 말하겠지. 군정이 폭력을 사용하니까 맞서는 것뿐이라고 할 거야. 그렇다 하더라도 결과는 마찬가지네. 범우 자네의 뜻을 이해하면서도 행동적 동의를 할 수 없는 것은, 그런 경직된 상황 속에서 자네와 같은 뜻이 용납될 수 없기 때문이고, 자칫 잘못하다간 그 어느 한쪽으로 기울어지는 실수를 범할 것이기 때문이네. 날 비겁자라고 해도 어쩔 수 없네. 난 모든 것에 선행해 인간이고 싶네. 난 그걸 지키기 위해서 사회주의를 버렸고, 총을 들이댄 염상진의 위협에도 굽히지 않았네. 자네의 뜻이 바로 순수한 인간적인 것임을 아네만 현실은 그걸 순수하게 받아들여주지 않을 것이네. 자네가 좌익학생들을 위해 분투했던 때와는 상황이 너무나 다르네. 협조를 할 수 없어 미안하네."

김범우는 뭐라고 더 할 말이 없었다. 손승호가 명백히 거절을 함으로써 대화의 통로에 붉은 차단기가 내려진 것이다. 토론을 하는 것도 아니고 더구나 설득을 하는 것도 아니므로 이야기는 더 진전될 수가 없었다. 김범우는 손승호의 거절을 아무런 감정의 서운함 없이 받아들였다. 한마디로 거절할 수도 있었는데, 자신의 생각을 긴말로 피력해 준 손승호의 노력에 오히려 고마움을 느꼈다.

"자네 생각 잘 알겠네. 내 생각에도 도움이 됐어."

김범우는 손승호가 거북해할까 봐 그의 손 위에다 손을 포갰다.

"범우, 참으로 미안하네. 우리가……."

손승호의 얼굴이 일그러졌다. 그 우울한 얼굴과 그가 삼켜버린 말이 김범우의 가슴을 울려왔다.

"나 그만 가봐야겠네."

김범우는 일어서며 방을 둘러보았다. 천장이 낮은 좁은 방에는 예전 그대로 책들이 빽빽하게 차 있었다. 그 책들을 보자 한줄기 슬픔 같은 감회와 함께 웃음이 떠올랐다. 책탐 많던 손승호의 기억 탓이었다. 그가 책을 모으는 노력은 눈물겨울 지경이었다.

"거기 자네 책도 몇 권 있을걸세."

김범우가 무슨 생각을 하고 있는지 안다는 듯 손승호가 말했다. 그 목소리가 한결 탄력 있게 느껴졌다.

"주인이 바뀌었는데 내 책일 리가 있나."

김범우는 허리를 굽히고 방문을 나서며 말했다. 처음에는 엄연히 빌려주었고 결국에는 받기를 포기해 버린 책들이었다.

"범우, 날 이해해 주게."

사립까지 따라나온 손승호가 말했다.

"전혀 마음 쓰지 말게. 나도 좀더 신중하게 생각해 봐야 할 문제네."

손승호의 부담을 덜어주려고 김범우는 이렇게 말하고 돌아섰다.

손승호는 염상진만큼이나 어려운 형편에서 학교를 다녔다. 그의 아버지는 재래식 무쇠솥 공장 노동자였고, 그의 어머니는 순전히 그를 사범학교에 보낼 욕심으로 생선 행상을 시작했다. 그의 어머니는 어찌나 억척스러웠던지 하루에 100리 길을 걷는다는 소문이었다. 읍을 동서로 나눠 이틀 걸러 한 차례씩 동분서주한 것을 보면 발 빠르기가 예사는 아니었던 게 사실이었다. 그의 어머니는 그렇게 열심히 행상을 해 그의 뒷바라지를 하는 한편으로 2년 만에 남국민학교 건너편에 있는 공설시장 구석에 전을 차릴 만큼 돈을 모으기도 했다. 그 2년 동안에 그의 어머니의 정수리 머리칼은 거의 다 빠져 맨살이 훤히 드러나 보였다. 손승호는 어머니의 그 훤한 정수리를 대할 때마다 죄스럽고 목이 메어 밤잠을 줄여가며 공부를 하지 않을 수가 없었다. 그의 책상 서랍에는 어머니에 대해 쓴 시(詩)만도 수십 편을 헤아렸다. 그는 책벌레라는 소문이 날 정도로 책을 많이 읽었는데, 책을 모으는 방법으로 심심찮은 화제를 뿌렸다. 선배나 친구들의 책은 말할 것도 없고, 선생의 책마저도 일단 빌리기만 하면 무슨 수를 써서든지 돌려주지 않으려고 했다. 그런 몰염치한 방법이 처음에는 통했을 리가 없었다. 말썽이 생기고, 오해를 받고 하는 과정을 거치면서 그의 끈덕진 책탐은 '타고난 팔자' '죽어야 고칠 병'으로 주위의 인정을 받기에 이르렀다. 그가 탐한 책은 문학서적만이 아니었다. 역사·철학·사회에 걸친 소장할 가치가 있는 모든 책이 대상이었다. 그가 돈을 내고 책을 구입하는 방법이라는 것도 희한했다. 그 자신이 책값의 반을 내고, 나머지 반값은 5등분으로 나눠 주주를 모집하는 것이었다. 그 다섯 명의 주주는 이틀 동안에 1회 완독의 기회를 갖고, 그 다음부터는 필요한 경우에 당일 대출로 그 권리를 영원히 누린다는 조건이었다. 물론 책 소유권은 그가 갖는 것이었다. 처음 얼마 동안 그런 일방적

조건의 단골주주 노릇을 해준 것은 부자 친구들이었다. 그는 전혀 비굴함이 없이 부자 친구들에게 주주가 될 것을 권유했고, 부자 친구들은 반장난 삼아 주주가 되고는 했다. 그렇게 구입된 책의 뒤표지 안쪽에는 주주들의 이름과 구입날짜가 명시된 별지가 붙었다. 그런 다음 이틀씩의 돌려읽기가 시작되는데, 완독을 하지 않은 주주는 뒤표지 안쪽에 붙은 별지에 자필사인을 할 자격이 없었다. "책 앞에서 양심을 속이는 자는 거울 속의 자기 얼굴을 바라보며 양심을 속이는 자보다 더 추악하다. 아직 다 못 읽었으면 언제라도 다 읽고 나서 싸인을 하라." 그의 되풀이하는 이 말 앞에서 미처 다 읽지 못한 주주는 사인을 할 도리가 없었다. 그가 행하고 있는 방법은 책을 싸게 구입함과 동시에 동료들에게 책을 읽히고자 하는 독서운동이었던 것이다. 이 소문이 차츰 퍼지자 그는 굳이 주주 모집을 권유할 필요가 없게 되었다. 책을 읽고 싶어하는 돈 없는 하급생들이 주주를 결성해서 그를 찾아오기 시작한 것이다. 그런데 하급생들이 읽고자 하는 책 중에는 이미 그가 읽어버린 것들이 있었다. 그럴 때는 그들은 해당 책의 주주로 추가시키고, 그들이 모아온 돈으로는 다른 책을 구입하는 방법을 택했다. 그러므로 그들은 두 권의 주주 노릇을 할 수 있게 되었다. 그는 절대로 책을 빌려주는 일이 없었고, 집으로 찾아가면 누구든 가리지 않고 그 자리에서는 아무 책이나 읽게 해주었다. 그는 사범학교 졸업 임시에는 2천 권을 헤아리는 장서가가 되어 있었다. "육당 최남선이 친일만 한 건 아니거든. 나한테 책 모으는 방법을 깨우쳐줬어." 친구들 앞에서 그가 능청스럽게 한 말이었다.

염상진도 그의 앞에서는 사회주의 이론이 달릴 지경이었다. 그는 인간의 인간다운 삶의 길을 위하여 사회주의를 택했었다. 그런데 결국 그가 만난 것은 인간부재의 현실일 뿐이었다. "너를 죽이기는 아깝다. 나는 너를 포기하지 않을 것이다." 염상진이 총을 거두며 한 말이었다. 그 순간에도 손승호는 인간이라는 존재가 지니고 있는 비인간성에 환멸과 혐오를 느꼈을 뿐 살아나게 되었다는 기쁨을 느끼지는 않았다.

저물어가는 10월의 한기 속을 어스름이 내리고 있었다. 어스름의 미세한 입자들이 한기에 떨며 부유하고 있었다. 어스름의 부유는 바람의 흔적과도 다르고 안개의 자취와도 다르다. 바람은 일정한 방향으로만 흐르는 단조로운 질서를 지키고, 안개는 잠긴 듯한 무거운 꿈틀거림 속에서 농도가 다른 층을 이룬다. 그런데 어스름은 어느 방향으로 흘러가지 않고 땅 넓이만큼 내리는 것이며, 농도가 다른 층을 이루는 것이 아니라 전체가 서서히 변색해 가는 것이었다. 벌교의 어스름은 언제나 두 곳의 하늘로부터 내려 하나로 어우러졌다. 제석산·징광산·금산이 있는 하늘에서 내려오는 것과 긴 포구를 짓고 있는 바다 쪽 하늘에서 내려오는 어스름이 땅과 물의 경계 그 어디쯤에서 포옹을 하는 것 같았다. 그래서 벌교의 어스름녘은 환상적인지도 몰랐다.

김범우는 그 어스름 속을 걸어가며 어떻게 해야 할 것인가를 골똘히 생각하고 있었다. 손승호의 말이 새로울 것은 없었다. 주의가 정치적 대결장의 무기로 변한 것도, 그 속에서 한 인간의 힘이 얼마나 미약한가 하는 것도, 터무니없는 오해를 야기시킬 위험성도, 김범우는 이미 생각했던 바였다. 그러나 김범우가 주목하지 않을 수 없었던 것은 주의가 정치 폭력화했다는 점이었다. 미군정이 공산당 활동의 불법화 조치를 취하면서 본격적으로 시작된 폭력대결은 정부수립을 기점으로 남쪽에서 공산주의라는 것은 절대 용납이 안 되는 것이고, 마찬가지로 북쪽에서의 자본주의라는 것은 절대 용납불가가 된 것이다. 그 결과의 표현이 바로 이번 사건이었다. 염상진이 겨우 5일 동안에 100명 이상의 인명 살상을 자행할 줄 상상이나 했던가. 그건 염상진이라는 개인의 뜻이 아니라 정치 폭력화한 주의의 충돌이었던 것이다. 염상진은 이미 주의를 지배하는 이성적 인간이 아니라 주의의 정치적 실현을 위한 하나의 도구로 변신한 것이었다. 정치라는 것만큼 본질을 전도하는 것도 없을 것이고, 염상진은 그 전도된 목적을 달성하기 위해서 100명쯤은 의당 죽일 수 있는 타당성을 마련했을 것이다. 그러나 염상진이 그러했다면, 그 상대적인 힘은 두 배 이상의 가격을 할 권리를 얻게 되는 것이다. 정치 폭력의 역학이라는 것은 별것이 아닌 것이다. 일본 교사들이 조선인 학생들에게 즐겨 써먹었던 '서로 따귀 갈기기'의 처벌법이 갖는 가해성과 마찬가지였다. 횟수가 거듭될수록 점점 더 상대방을 세게 갈길 수밖에 없는 가해성, 그때 내가 때리고 있는 것이 내 친구라는 사실은 이미 망각해 버린다. 상대는 오직 나를 아프게 하는 적일 뿐이고, 내가 아프지 않기 위해서는 적을 물리쳐야 한다는 공격성만 가속화하는 것이다. 김범우는 그 정치적 가해성은 외면하고 있었다. 그건 비탈길을 굴러내리기 시작한 수레바퀴의 불가항력적인 힘이었기 때문이다. 김범우의 관심은 그 수레바퀴 아래 멋모르고 깔려 압사해야 하는 민중들의 억울에만 쏠려 있었던 것이다. "참말로 순사가 들었다 허먼 몽딩이찜질당헐 소리제만 서방님 앞이니께 허는디, 사람덜이 워째서 공산당 허는지 아시요? 나라에서는 농지개혁헌다고 말대포만 펑펑 쏴질렀지 차일피일 밀치기만 허지, 지주는 지주대로 고런 짓거리 허지, 가난허고 무식헌 것덜이 믿고 의지헐 디 읎는 판에 빨갱이 시상 되면 지주 다 쳐읎애고 그 전답 노놔준다는디 공산당 안 헐 사람이 워디 있겄는가요. 못헐 말로 나라가 공산당 맹글고, 지주덜이 빨갱이 맹근당께요." 문 서방의 말이 더할 수 없는 웅변으로 김범우의 가슴을 치고 있었다. 그 말은 민중으로서 위선적 정치현실에 대한 통렬한 비판이었고, 왜곡되어 가고 있는 사회현실에 대한 정확한 증언이었고, 최소한의 생존권을 요구하고 있는 정당한 발언이었다.

김범우는 경찰서로 갔다. 염상구는 없었다. 하나뿐인 경찰도, 급사도 모르겠다고 고개를 저어버렸다. 다방으로 가보았다. 그는 거기에도 없었다.

"어마, 낮에 오셨던 분이군요? 그이 요새 바빠 밤에는 볼 수도 없어요. 청년단에 갔나, 학교에 갔나. 그래요, 청년단으로 한번 가보세요."

아가씨는 생글거리며 친절하게 말했다.

"청년단이 어디던가……."

김범우는 머리칼 속으로 손가락들을 넣어 머리를 잡으며 혼잣말을 했다.

"어쩜, 벌교 사시면서 청년단을 모르세요? 나같이 타향살이하는 사람도 아는데, 공원 아래 목욕탕 2층이잖아요."

아가씨는 타향살이의 풍파를 재주껏 넘을 수 있을 만큼 계속 친절했고, 김범우는 그때서야 청년단의 위치가 선명하게 잡혔다. 정치활동과 무관하게 사회를 바라보는 생각 있는 사람들 대부분이 그렇듯 김범우도 청년단을 달갑지 않게 여기고 있었다. 그래서 그곳에 발길을 한 일이 없었다.

"고맙소."

김범우는 바삐 다방을 나왔다.

염상구는 청년단에도 없었다.

"누구럴 찾는다고라?"

안에 있던 세 명 중의 한 사내가 불량스러운 눈으로 김범우의 위아래를 훑었다.

"염상구를 찾는다니까!"

김범우는 버럭 소리를 질렀다. 예상했던 대로 세 사내가 벌떡 일어서며 긴장했다.

"혹시 누, 누구신가요?"

태도가 돌변한 아까의 사내가 말까지 더듬으며 물었다.

"내가 누군지 알아 뭘 해. 염상구가 지금 어디 있는지 그것만 대라니까."

김범우는 고삐를 늦추지 않고 몰아쳤다. 난세일수록 직효를 나타내는 사람 다루는 익명술이었다.

"부, 북국민학교에 기실 거구만요."

"알았어!"

김범우는 곧 염상구를 체포라도 할 것 같은 기세로 청년단을 나왔다. 김범우는 북국민학교로 발길을 서두르면서 자꾸만 서글픈 헛웃음이 나오려고 했다.

어두워지기 시작한 북국민학교 정문에는 두 명의 보초가 집총을 하고 서 있었다. 김범우가 가까이 가자 그쪽에서 먼저 소리쳤다.

"정지, 누구냐!"

"염상구를 만나러 왔다."

김범우는 맞서 소리치며 접근했다.

"당신 누군디 건방구지게 우리 감찰부장님 맨이름을 부르는겨?"

사복을 입은 사내가 총을 겨누었고, 전투복을 입은 사내가 따라서 총구를 돌렸다.

"혼나기 전에 총들 치워. 자네, 염상구한테 가서 김범우란 사람이 왔다고 전해."

김범우는 호통 치듯 하며 사복 입은 사내를 손가락으로 겨냥했다.

"워메, 범우 서방님이라고라?"

사내가 겨누고 있던 총을 빠른 동작으로 세워 들었다.

"안녕허셨어요. 지는 들몰 방찬돌이 아들 방만복이구만요. 지는 서방님을 알제만 서방님이사 지를 모를 것이구만이라. 날이 침침혀서 얼렁 서방님을 몰라뵙고 총 딜이댄 거 죄송시럽구만요."

바로 앞으로 다가와 꾸벅 인사까지 하는 두툼한 얼굴의 방만복이란 사내를 김범우는 알 수가 없었다. 그러나 들몰에 사는 작인 방찬돌은 알고 있었다.

"그래, 자네가 바로 방찬돌 영감님 아들이구먼. 그러고 보니 아버님을 많이 닮았네. 밤에도 수고가 많구먼."

김범우는 자상한 관심을 표하면서 방만복의 어깨를 두들겨주었다.

"수고는 무신 수고라. 지가 얼렁 가서 감찰부장님 모시고 올 것잉게 쬐끔만 기둘리시씨요."

방만복은 총을 거추장스럽게 흔들어대며 어둠 속을 뛰어갔다.

교사(校舍) 왼쪽으로부터 사람들이 줄지어 나오기 시작한 것은 잠시 후였다. 그 사람들의 행렬은 짙어져가는 어둠 속에서 흐린 형체로 어릿거렸다. 그들이 이번 사건으로 잡혀와 있는 사람들임을 김범우는 직감했다.

"저 사람들이 왜 운동장으로 나오고 있소?"

김범우는 보초에게 물었다.

"심사를 받어야 헝께요."

김범우의 음성에 비해 보초의 목소리는 한결 느긋했다.

"이 어두운데 무슨 심사를?"

"불이야 키면 될 일이고, 헌디, 누구신지 모르겠지만 워찌 그리 꼬치꼬치 물어싼다요? 여그 요러고 있는 것이 위법이란 말이오."

보초가 이상한 생각이 들었던지 태도를 바꾸었다. 운동장 가운데를 가로질러 이쪽으로 똑바로 뛰어오는 두 개의 그림자가 있었다.

"성님, 여그꺼지 워쩐 일이시요?"

염상구가 숨을 몰아쉬었다.

"자네한테 급히 알아볼 게 있어서 왔네."

"을매나 급헌 일인디 여그꺼지 오시고 그러요. 싸게 뜨십시다. 여그넌 성님 기실 디가 못 된께."

염상구가 김범우의 팔을 잡아끌었다.

"자리를 옮길 것까지 없네. 간단한 이야기니까."

김범우는 운동장 쪽으로 신경을 쓰며 자리를 뜨지 않으려 했다. 먼저 나온 사람들은 도열을 하고 있었고, 행렬은 계속 뒤를 이었다.

"성님, 이 시간에 민간인이 여그 있는 것은 위법이랑께요. 요건 경찰서장 명령도, 도지사 명령도 아니고 장관님 명령이란 말이요. 싸게 갑시다."

염상구가 아까와는 강도가 다른 힘으로 김범우를 끌었다. 김범우는 걸음을 옮길 수밖에 없었다.

"정신 똑똑허니 채리고 근무혀!"

염상구가 두 보초를 향해 바락 소리쳤다.

"쩌그 남국민핵교 길목꺼지 바래다디릴 것잉께 싸게 집으로 가시요. 25일부텀 여순지구 일대에 계엄령이 선포되얏는디, 밤중에 댕기다가 큰탈난께요. 암호 못 대먼 무조건 발포해 뿌요. 요새 죽으먼 개값만도 못헌께요."

염상구는 겁을 주자는 것인지 새로울 것도 없는 사실을 지껄여 대고 있었다.

"수습위원회가 생겼다는데, 대표가 누군가?"

"워째 그러시요? 성님도 들어가시게라?"

염상구의 얼굴은 어둠 속에서 반색을 했다.

"대표가 누군가!"

김범우의 음성에 짜증이 섞였다.

"최익승 의원님이구만요."

"최익승, 그자가 왜 대표를 해. 서울에 앉아서 무슨 놈의 대표야."

김범우는 치솟는 화를 그대로 내뱉고 있었다. 국회의원 최익승, 그는 한민당 계열의 전형적인 모리배였다.

"의원님은 오늘 도착하셨구만요."

염상구는 김범우의 기분을 아는지 모르는지 안면 복배(伏拜)하듯 말마다 의원님이었다. 염상구가 지난 선거 때 최익승의 행동대원으로 설쳤던 것은 김범우도 알고 있는 일이었다. 기호는 둘, 최익승. 작대기는 둘, 최익승. 눈도 둘이요, 귀도 둘이요, 콧구녕도 둘이요, 팔도 둘이요, 다리도 둘이라. 기호는 둘, 작대기는 둘, 둘 밑에 꾹 눌러, 눌러놓고 봐. 고것이 누구냐, 바로바로 최익승, 우리 일꾼 최익승, 애국지사 최익승. 이승만은 남한 단독선거를 유리하게 치르기 위해 경찰력을 보조할 수 있는 향보단(鄕保團)을 전국적으로 조직화했고, 그 단원으로 둔갑한 염상구와 그의 졸개들은 장타령도 아니고 육자배기도 아닌 가락에다 이런 말을 붙여가지고 실성한 놈들처럼 외치고 다녔었다. 가락이 쉬워서 그랬는지 어느 틈에 아이들까지 그것을 익혀 골목골목에서 소리쳐댈 정도였다. 입후보자의 이름조차 읽을 수 없도록 문맹이 태반인 유권자들을 위해 기호라는 것이 마련된 것이고, 선거운동원들은 무슨 수를 써서라도 그기호를 유권자들의 머릿속에 주입시켜야 했으므로 벌어진 현상이었다. 민주주의라는 것이 시작되는 그 어설픈 모습을 바라보며 김범우는 형용할 수 없는 서글픔을 느끼지 않을 수 없었던 것이다.

최익승이 굳이 벌교에 내려왔다는 사실은 적잖은 충격이었다. 김범우는 갑자기 말할 기운마저 다 빠져나가버리는 것 같은 암담한 기분에 사로잡혔다.

"최익승이 오늘 몇 시에 도착했지? 그자가 한 일은 뭐 없었나?"

김범우는 최익승에 대한 역겨움을 애써 누르려고 했지만 흔들리고 있는 감정은 두 가지 질문을 한꺼번에 하게 했다.

"긍께, 의원님은 오정 때가 지내서, 오후 1시 가차이 도착허셨는다……."

국회의원 최익승을 마중하기 위해서 10여 명의 사람들은 광주발 기차시간에 맞추어 노천 플랫폼에 한 줄로 도열해 있었다. 그들은 읍내에서 몇 개 안 되는 장(長) 자리를 차지하고 앉아 있는 사람들이거나, 읍 행정에 영향력을 행사하고 있는 유지급들이었다. 그런데 이런 자리에 응당 있어야 할 몇몇 사람들의 모습이 보이지 않았다. 세무서장, 금융조합장, 청년단장 그리고 유지급으로는 술도가 정현동 사장, 윤 부자 등이었다. 경찰서에 갇혀 있는 정 사장을 제외한 그들 모두는 이번 사건으로 저승객이 된 사람들이었다.

한 줄로 늘어선 사람들은 하나같이 침울하고 기죽은 모습들이었다. 그중에서도 경찰서장의 몰골은 말이 아니었다. 경찰서를 빼앗기고 도망을 쳤다가 겨우 목숨을 부지해서 돌아와보니 불타버린 경찰서는 콘크리트 뼈대만 흉측하게 드러내고 있었고, 궁여지책으로 읍사무소 구석에 경찰서를 차려놓고 있는 그는 마침내 국회의원 앞에 자신의 무능과 죄상을 드러내지 않을 수 없게 된 것이었다. 줄의 맨 끝자리에 서 있는 염상구의 마음도 편치가 않았다. 청년단의 책임이야 경찰에 비하면 아무것도 아닌 것이지만 그래도 '의원 각하'를 대할 면목이 없기는 매일반이었다. 최 의원이 도착해서, 난리통에 어디서 무엇을 했느냐고 따져 묻는다면 대답할 말이 없었다. 염상구는 그런 찜찜한 생각은 떨쳐버리고 최 의원 앞에서 당당했던 기억만을 머리에 담으려고 애썼다. "자네 공은 내 잊지 않음세. 우선 이거나 받아두게." 국회의원 당선이 확정되던 날 최 의원은 염상구를 따로 불러 돈봉투를 쥐어주며 감격적인 어조로 말했던 것이다. 염상구는 굽신거리며 돈봉투를 받기는 했지만 내심으로는 당연히 받을 것을 받는 것이라고 치부하고 있었다. 그의 마음속에는 자신이 바로 최익승을 국회의원에 당선시킨 것이라는 자만이 차 있었다. 그는 최익승을 당선시키기 위해서 그야말로 물불을 가리지 않고 뛰었던 것이다. 경찰이 체면 때문에 차마 내놓고 할 수 없는 일을 염상구는 부하들을 이끌고 도맡아 처리했던 것이다. 그런데 최익승은 국회의원이 되어 서울로 올라간 뒤로는 코빼기도 비추지 않았다. 변심을 해버렸나 싶어 은근히 화가 치밀기도 했지만, 나랏법을 새로 만들고 어쩌고 하느라고 국회의원은 몸을 열로 쪼개서 써야 할 만큼 바쁘다는 소문을 듣고 상면의 적당한 시기가 오기를 기다리기로 했던 것이다. 최 의원으로서는 결코 기분 좋은 고향걸음은 아닐 것이었다. 그러나 마침 청년단장 자리가 비어 있었다. 빨갱이 소탕과 치안유지가 시급한 마당에 이번에야말로 그 자리를 차고앉을 절호의 기회일 수가 있었다. 염상구는 어떤 일이 있어도 이번 기회를 놓치지 않으리라고 작정하고 있었다. "자네 공은 내 잊지 않음세." 최 의원 한마디면 단장자리를 차지할 수 있는 것이고, 국회의원을 한 번만 해먹고 그만두지 않는 한 최 의원은 청년단이 필요할 수밖에 없는 처지였다. 염상구는 내밀한 웃음을 흘리고 서 있었다.

예상했던 대로 기차에서 내린 최 의원은 도열해 있는 그 누구와도 악수를 하지 않았다.

"갑시다!"

도열한 사람들을 한눈길로 싸잡아 노려보고 있던 최 의원이 내뱉은 말이었다. 앞서 걷기 시작한 최 의원한테서 사람들은 살벌한 공포를 느끼고 있었다. 아무 일이 없을 때라도 국회의원 앞에서 읍장이나 경찰서장의 직함은 날파리 같은 목숨일 수밖에 없었다. 그런데 그들은 빨갱이들에게 읍 전체를 5일 동안이나 빼앗긴 죄인들이었다. 그들은 한층 주눅 들고 후줄근해진 몰골로 최 의원의 뒤를 따라 걸음을 옮겼다.

미리 점심 준비를 시켜둔 남원장에 자리를 잡았다.

"썩 물러나거라. 시국이 어떤 시국인데 시뻘건 대낮부터 기집들이 술잔을 들고 설쳐!"

최 의원은 눈을 치뜨며 호통을 쳤다. 모처럼 큰손님을 맞기 위해 진솔 한복을 받쳐입고 나선 서너 명의 아가씨들은 혼비백산 자취를 감추었고, 좌석은 얼음덩이처럼 얼어붙어버렸다. 최 의원의 호통이 아가씨들을 향한 것이 아니라 바로 자신들을 향해 떨어지고 있음을 모르는 좌중은 한 사람도 없었다. 밥상머리에는 공포스런 침묵만이 겹겹이 쌓이고 있었다.

"다들 들으시오!"

마침내 최 의원이 입을 열었다. 고개를 떨구고 앉았던 좌중들은 하나같이 자세를 고쳐잡았다.

"다망한 국사에도 불구하고 내가 왜 여기까지 왕림했는지는 여러분이 더 잘 알 것이오. 나는 현시점에서 국록을 먹고 일하는 관리가 자기 책무를 다 완수하지 못하고 저지른 과오를 문책하진 않겠소. 그러나 그 대신 다른 책무 하나를 시달하겠소. 그것이 무엇이냐! 바로 공산당 좌익 빨갱이들을 하나도 남김없이 소탕하는 일인 것이오. 만약 이 일을 철두철미 완수하지 못하는 경우에는, 그때 가서는 지금 덮어둔 죄까지 합쳐서 처벌받게 된다는 사실을 골수에 명심해야만 할 것이오."

정견발표 단상에서처럼 목청을 돋우어 말을 해나가던 최 의원이 잠시 말을 중단하고 물컵을 들어 입을 축였다. 서로의 숨소리가 들릴 만큼 방 안은 조용했다.

"바야흐로 대한민국은 헌법을 만방에 공포하고 그 양양한 앞길을 향하여 출발하고 있는 참이오. 그런데 좌익 빨갱이들이 그 앞길을 가로막으려 하다니, 그것을 어찌 좌시할 수 있으며 방관할 수 있는 일이겠소. 빨갱이는 우리의 적이오. 국법으로 다스리도록 되어 있는 우리의 적이오. 이번 기회에 남로당 빨갱이들의 뿌리를 도려내고, 씨를 말려야 할 것이오. 이건 국가의 시책임과 동시에 이승만 대통령 각하의 엄중한 지시인 것이오. 이번 기회에 그 일을 완수하지 못한다면 국가 백년대계에 우환을 남기게 되는 것이오. 군부는 군부대로 색출작업을 단행하기 시작했으니 경찰도 이에 발맞추어 추호도 실수가 없도록 전력투구하여 만전을 기해야 할 것이오. 전화위복이란 말이 있소. 이번 기회에 공을 세우면 포상을 받을 것이요, 그렇지 못하고 또 실수를 저지르면 민족반역자로 처벌을 면치 못하게 된다는 사실을 다시 한 번 강조하는 바이오."

상기된 얼굴로 말을 마친 최 의원은 술주전자를 번쩍 치켜들었다.

"자아, 읍장! 내 술을 받으시오."

최 의원이 말했고, 이 느닷없는 말에 읍장은 자리를 박차고 벌떡 일어나서도 잠시 어리둥절한 표정이었다. 최 의원은 좌중 모두에게 한 잔씩 술을 따라주었다.

"자아, 앞으로의 일에 매진하는 뜻으로 다 함께 술을 듭시다."

최 의원의 말에 따라 좌중은 모두 옆으로 고개를 돌려 최 의원에 대한 예를 차려가며 술로 입술만을 축였다.

밥을 먹으면서 오간 이야기는 대부분 거물 피살자들에 대해서였다. 읍장이나 경찰서장이 번갈아가며 보고하듯 말하고 있었고, 최 의원은 잔뜩 화가 난 것 같은 얼굴로 듣는 쪽이었다.

"워쨌거나 빨갱이놈덜언 소탕허게 되야 있는디다가 최 의원님꺼정 그리 야단잉께 빨갱이 뿌랑구럴 뽑자면 야물딱지게 일을 혀야지라. 안 그러요, 성님?"

"알았네. 그만 돌아가보게."

"딴 것은 또 머 없으시요?"

"다 됐네."

"차암, 성님도 에진간히 싱겁소. 넬 아칙에 알아도 될 고런 시시헌 일로 핵교꺼정 걸음허실 필요 머 있소. 난 무신 큰일 터져뿐지 알았소. 조심혀서 펭허니 집으로 가시씨요이."

"잘 가게."

김범우는 맥을 놓고 천천히 걸었다. 현직 국회의원인 수습위원장, 그건 자신의 적수일 수가 없었다. 거대한 산이었다. 상대가 최익승이어서 산은 한층 더 거대해지는 것이었다. 운동장으로 끌어낸 사람들을 어떤 식으로 심사를 하는지 물으려고 했었다. 그러나 최익승의 출현을 알게 된 순간 그 생각은 자취를 감추어버렸다.

최익승은 낙안벌의 지주 최씨 문중을 대표하는 인물이었다. 경성제대 법학부를 나온 그는 고등고시를 네 번인가 떨어진 다음에 마음을 고쳐먹고 서울에서 사업을 시작했다. 자본이야 물론 작인들의 타작마당까지 눈 부릅뜨고 지켜 모은 집안 돈을 끌어간 것이었다. 동업이란 이름으로 일본인을 앞세운 그의 사업은 안정된 번창을 누렸다. 사업을 해서 번 돈으로 그는 고향의 땅을 사들였다. 최씨네가 다른 성씨의 지주들을 누르고 낙안벌의 제일가는 지주가 된 것은 최익승에 의한 것이었다. 그의 땅에 대한 집착은 해방이 되기까지 거의 15년에 걸쳐 계속되었다. 김사용이 처분해야 했던 상당한 땅도 바로 최익승에게 넘어간 것이었다. 해방의 소식이 전해진 그날 그는 사무실의 책상을 치며 통곡했다는 소문이 벌교에까지 퍼질 정도였다. 그러나 그는 해방이 되고서도 망하지 않았고, 사업을 계속하는 한편으로 정치에 관심을 쓰기 시작했다. 그는 마침내 한민당의 공천을 받아 보성·벌교지구 국회의원으로 출마하기에 이르렀다. 그 어떤 입후보자든 가릴 것 없이 공통적으로 부르짖는 두 가지 사항이 있었다. 첫째가 자신들이 얼마나 애국자인가 하는 것이었고, 둘째가 자신들이 국회의원이 되면 그날로 농지개혁법을 만들어 농지개혁을 조속히 실시함으로써 유권자 절대다수의 숙원을 풀겠다는 것이었다. 최익승도 선거 막바지에 목이 거의 잠겨버릴 정도로 그 두 가지를 남들보다 큰 목소리로 부르짖고 또 부르짖었던 것이다. 그뿐만 아니라 한쪽으로는 경찰과 향보단을 이용해서 반공갈 반협박의 회유책을 썼고, 다른 한편으로는 동리 단위로 술판을 돌아가며 벌였다. 유사 이래 최초로 실시된 투표라는 것에서 남한 전역의 유권자는 95퍼센트의 참여율을 보였고, 최익승은 그야말로 민의에 의한, 민의를 위한, 민의를 대표하는 국회의원으로 뽑힌 것이었다.

그 투표에서 기권을 할 수밖에 없었던 김범우는 먼발치에서 선거운동기간을 지켜보며 어이없는 헛웃음을 물고는 했을 뿐이다. 그리고 최익승을 뽑은 유권자들을 결코 어리석게 여기지도 않았다. 그들의 선택은 어찌할 수 없는 것이었다. 후보자들은 하나같이 때묻은 걸레였고, 선거를 감시한 유엔 한국위원회는 '관권이 개입된 강압적 부정선거'였다는 보고서를 유엔에 보낼 정도였으므로 한민당의 공천자 최익승의 당선은 너무나 당연한 결과였던 것이다. 유권자의 절대다수를 차지하는 가난한 농민들은 그저 두 번째의 공약이 하루빨리 실현되기를 바랐을 것이다. 그러나 국회가 열리고 5개월이 지나도록 농지개혁 실시는커녕 농지개혁법조차 상정이 안되고 있는 형편이었다. 최익승은 당선이 되어 떠난 후로 얼굴 한번 비추지 않다가 이번에야 나타난 것이었다.

김범우는 제재소를 지나 병원 앞에 이르렀다. 자애병원이라는 세모꼴의 입간판이 동구 앞의 비석처럼 언제나 같은 자리를 지키고 서 있었다. 한지를 접어 네모나 마름모의 연속무늬가 되도록 오려내어 붙인 유리창에는 전등불빛이 밝게 배어 있었다. 불투명유리는 구하기가 어렵고, 투명유리의 불편스런 노출을 막기 위해 한지를 붙인 것이었다. 그런데 네모나 마름모의 그 단조로운 무늬가 한지를 붙인 차단감을 용케도 없애주고 있었다. 김범우의 마음은 전명환 원장을 잠깐 만나고 갈까 말까 하는 생각으로 망설이고 있었다. 그냥 지나치자니 뭔가 서운하고, 만나자니 용건이 없었다. 소화다리를 건너가기가 싫어 길을 잡다 보니 병원을 거치지 않을 수가 없었다. 물론 전부터 전 원장을 만나오면서 용건이 없을 때가 태반이었다. 김범우는 내심으로 전명환 원장을 존경하고 있는 터였다. 자애병원이라는 이름의 뜻과 전명환 원장의 의료행위와는 그렇게 잘 어울릴 수가 없었다. 그는 돈을 탐하지 않는 사람이었다. 사람으로서 가장 하기 어렵다는 일을 그는 한결같은 태도로 지켜왔고, 김범우는 그 변함없는 인품에 머리를 숙이지 않을 수 없었다. 김범우는 전 원장을 대하는 것만으로 마음이 푸근하고 넉넉해지는 것이었다. 김범우는 어느덧 병원 유리문을 옆으로 밀고 있었다.

"어서 오세요, 김 선생님."

낯익은 간호원이 허리를 깊이 굽혀 인사를 했다. 그녀의 깊은 허리굽힘을 따라오기라도 한 것처럼 병원 특유의 소독냄새가 끼쳐왔다. 그 크레졸 냄새를 김범우는 아침공기만큼이나 좋아했다. 그건 곧 전 원장의 냄새이기도 해서였다.

"선생님 계신가요?"

"네, 올라오셔서 잠시 기다리십시오."

간호원이 날렵한 동작으로 슬리퍼를 놓고 돌아섰다.

김범우는 원장실을 겸한 진찰실로 들어서서 한 바퀴 둘러보았다. 아무런 치장이라고는 없는 방은 항시 그대로의 모습이었다. 왼쪽 벽에 붙은 히포크라테스 선서, 그 아래로 의사자격증, 원장의 것으로는 너무 작다 싶은 낡은 책상, 다소 초라한 느낌이 들기도 했지만 그건 전 원장의 욕심 없는 생활태도가 그대로 드러나 있는 장소여서 오히려 숙연한 느낌마저 들었다. 나무의자에 앉은 김범우의 눈길은 문득 한곳에 고정되었다. 기본 진찰을 위한 의료기구나 간단한 치료에 쓰이는 약품들을 넣어둔다는 유리문 달린 삼층장은 분명히 창가의 제자리를 지키고 있었는데, 바로 그 위에 놀라운 변화가 일어나 있었던 것이다. 유백색의 둥근 항아리에 연보랏빛 들국화가 항아리보다 큰 머리를 하고 탐스럽게 꽂혀 있었다. 아까는 건성으로 지나친 변화였다. 여태껏 한 번도 보지 못했던 치장인 데다가, 젖빛으로 흰 둥근 항아리와 넘치게 꽂은 연보랏빛 들국화의 예사롭지 않은 조화미에 김범우의 눈은 놀라고 있었다. 이 양반이 마음이 변해가나, 생각하며 김범우는 미간을 좁혀 눈을 가늘게 뜨고는 항아리를 유심히 살폈다. 꼭 달덩이 같은 그 생김새며 희뿌연 색깔이 예사 항아리 같지는 않았다. 김범우는 도자기에 대해서는 아는 것이 아무것도 없으면서도 그것이 값비싼 것인지 모른다는 생각과 함께 그쪽으로 다가갔다. 김범우가 가까이 오기를 기다리고 있었다는 듯 항아리는 유백색 몸체에 두 개의 가늘고 긴 금을 머리카락처럼 박고 있었다.

"김 선생, 어서 오시오."

등 뒤에서 들리는 소리에 김범우는 흠칫 놀랐다. 잠시나마 의심스러워했던 자신의 생각을 들킨 것만 같아 죄스럽고 민망했다.

"안녕하십니까, 원장님."

"앉읍시다. 못 보던 항아리가 갑자기 나타나 김 선생 눈도 놀란 모양이지요?"

전 원장의 안경 낀 얼굴이 언제나처럼 안온하게 웃고 있었다. 그는 10년 이상 연상이면서도 늘 존대를 썼다.

"예, 항아리하고 꽃이 어쩌나 잘 어울리는지……."

김범우는 갑자기 심미주의자라도 된 것처럼 감상 쪽으로 말머리를 어물거려 돌렸다.

"저 항아리가 금이 가긴 했지만 여기에 놓인 사연이 있어요. 장암리 어떤 사람이 발목에 고질이 된 종기를 앓고 있어 수술을 해줬는데, 그 사람이 치료비가 없다면서 쌀 한 말하고 저 항아리를 가져오지 않았겠소. 저 항아리가 금이 가긴 했지만 대대로 소중하게 물려오던 것이라고 하더군요. 그런 귀한 것이라면 쌀만 받을 테니 그냥 가져가라 해도 말을 들어야지요. 어쩌는 수가 없어 받아두긴 했는데 마땅히 쓸모가 있어야 말이지요. 그런데 마침 강 양이 꽃병으로 이용하자는 의견을 내놓았고, 산에서 구절초를 꺾어다가 꽂은 게 아니겠소. 저리 놓고 보니 없는 것보다 낫고, 진찰실이 팔자에 없는 치장을 한 셈이 됐소."

"또 그러셨군요."

김범우는 전 원장의 눈을 피한 채 고개를 끄덕였다. 전 원장의 치료비가 순천에 있는 도립병원보다 싸다는 것은 널리 알려진 사실인데, 그 치료비마저 제대로 받지 못하는 일이 한두 번, 한두 해에 걸친 것이 아니었다. "그래도 난 농부들보다는 호의호식하며 살지 않소. 약이나 기구 사고 남은 돈으로 세끼 밥 굶지 않고 먹고, 자식들 가르치는데 뭘 더 바라겠소. 김 선생, 염려 말아요. 병원도 사람 병을 고치는 장사니까 이문은 남아야 하는 거고, 김 선생 같이 생활 어렵지 않은 사람들한테 많이 받아 손해를 채우고 있단 말이오. 내 요령이 어떻소." 전 원장은 그런 사람이었다. 보성·조성·고흥까지 그의 후덕함은 퍼져 있었고, 그는 난데없는 고구마 가마니나 참기름병을 받기도 했다. 그가 이미 잊어버리고 있는 보은이고 빚갚음이었다. 지난 국회의원 선거 때 그가 치른 고역은 그가 살아온 삶의 보람을 입증한 것이었다. '국회의원 할 사람은 전 원장밖에 없다'는 말이 입에서 입으로 전해졌고, 후보자 등록마감을 며칠 앞두고는 본인에게 직접 출마 종용을 하게 된 것이다. "내가 국회의원이 되어 서울로 가버리면 여러분은 어쩔 겁니까." 그는 난처한 얼굴로 이 말을 되풀이해야 했다. 사람들은 국회의 기능을 따지기보다 먼저 국사에 참여해야 할 사람의 제일의 조건으로써 청렴결백을 꼽았다는 증거이기도 했다.

"어쨌든 무사하게 만나게 되어 반갑구료."

전 원장이 스산하게 느껴지는 웃음을 지으며 말했다.

"담배 태우시겠어요?"

별로 즐기지 않는다는 것을 알면서도 김범우는 담뱃갑을 내밀었다. 무언가 많은 의미를 내포하고 있는 것 같은 전 원장의 음울한 표정을 보자 김범우는 불현듯 흡연욕구를 느꼈던 것이다.

"한 대 피워볼까요."

전 원장이 담배를 빼들었다.

"저는 멀찍하게 피해 있는 동안 지루한 것밖에 느낀 게 없지만,

원장님께서는 난리 한가운데서 어려운 일이나 겪지 않으셨는지 궁금하군요."

"원래 의사라는 직업이 그런 일이 벌어질수록 필요한 것이 돼놔서 달리 어려운 일이야 겪지 않았지요."

전 원장은 담배연기를 삼키지 않고 입 안에 머금었다가 천천히 뿜어내며 염상진을 생각하고 있었다.

"김 선생하고 염상진이란 사람하고는 친구 사이지요?"

"학교는 2년이 선밴데, 그런 셈이지요."

김범우는 전 원장의 얼굴을 주시했다. 전 원장은 반들반들 손질이 잘된 진찰실의 마룻바닥 그 어딘가에 시선을 던진 채 한동안 말이 없었다.

"그 사람, 어딘가 좀 다른 데가 있는 사람이더군요."

전 원장은 독백을 하듯 말했다. 김범우는 묵묵히 다음 말을 기다리고 있었다.

"장 순경이라고, 아시는지 모르겠는데, 그 사람이 소화다리 위에서 총을 맞고 도주해서 우리 집으로 뛰어들었어요. 온몸이 피투성이였는데, 옷을 벗기고 보니 복부에 총을 세 방이나 맞았어요. 그 사람이 몸집이 크고 건강하긴 했지만, 어떻게 총을 세 방씩이나 맞고 소화다리서부터 우리 집까지 도망쳐올 수 있었는지, 도무지 믿을 수가 없는 일이었어요. 밤도 아닌 대낮이었으니까 곧 사람들이 뒤쫓아올 것을 알면서도 난 수술 준비를 서둘렀어요. 그게 의사가 할 일이었으니까요. 막 수술실로 들어가려는 참이었어요. 세 사람이 병원으로 뛰어들더군요. 그들은 순경을 찾았고, 나는 혼수상태에 빠진 장 순경을 그들 앞에 내보일 수밖에 없었지요. 그들은 장 순경이 총을 세 방 맞은 것을 확인했고, 그중 한 사람이 나더러 어떻게 할 작정이냐고 묻더군요. 그 사람이 염상진이었어요. 나는 수술을 할 참이었다고 솔직히 말했지요. 그랬더니 염상진 그 사람 하는 말이, 어서 수술을 해서 살려내라는 것이었어요. 왜 그러는지 이유를 말하지도 않고 그 사람은 부하들을 데리고 돌아섰는데, 나는 그 말을 믿을 수가 없어서 한참이나 멍하니 서 있었어요. 나는 그 사람이 장 순경을 향해 총질을 해버릴 줄 알았었지요. 그리고 나도 어떤 보복을 당하게 되리라고 각오하고 있었거든요."

"그래, 장 순경은 어찌 됐습니까?"

김범우는 염치 불구하고 결론부터 알고 싶은 마음에 불쑥 물었다.

"마치 기적처럼 목숨을 건졌습니다. 지금 회복단계에 있지요."

"원장님 의술이 워낙 뛰어나셔서…… 참으로 좋은 일 하셨습니다."

김범우는 전 원장의 인품에 진정으로 외경심을 느꼈다. 총을 맞고 뛰어든 사람이 누구였건 간에 전 원장은 똑같은 행위를 했으리라 싶었다.

"나야 병 고치는 기술을 터득하고 있다뿐이지 세상 보는 눈이 영 어두운데, 김 선생이 보시기에는 앞으로 어찌 될 것 같은가요?"

"전들 뭘 알겠습니까마는……, 끝없이 불행한 사태가 벌어지지 않을까 싶습니다."

김범우의 머리에는 운동장의 어둠 속에서 어릿거리던 사람들의 행렬이 떠올랐다. 그는 미간을 일그러뜨리며 담배를 깊이 빨아들였다.

　"참으로 큰일입니다. 같은 민족끼리 이리 살아서 되겠습니까. 해방이 되면 모든 게 다 잘될 줄 알았는데……."

　"답답한 일이지요."

　김범우의 가슴은 정말 돌덩이에라도 눌리는 것처럼 답답했다. 그건 심리적인 압박감이 아니라 신체적으로 여실하게 느껴지는 통증이었다. 피곤한 하루였다. 김범우는 담배를 비벼 껐다.

　"전 그만 가보겠습니다. 잘 쉬었습니다."

　김범우는 의자에서 일어섰다. 부하들을 이끌고 말없이 병원을 나가는 염상진의 모습이 보이는 듯싶었다. 그는 손승호에게 들이댄 권총의 방아쇠도 당기지 않았다.

　"찬은 없지만 저와 함께 저녁이나 들고 가시지요. 밥때가 다 되었는데."

　"아닙니다, 곧 통금도 될 것이고, 집에서 나온 지도 너무 오래됐습니다."

　전 원장은 문밖까지 전송을 나왔다. 두 사람은 어설픈 웃음을 나누고 헤어졌다.

　예기치 않게 염상진의 이야기를 들은 탓인지 김범우의 마음은 더욱 어둡게 가라앉아가고 있었다. 극장도 어둠 속에 문을 굳게 닫고 있었다. 항시 확성기의 팽창된 소음과 구경꾼들의 들뜬 소란으로 출렁거리던 그 시끌벅적함은 자취를 감추고 없었다. 약간쯤 유치하고 약간쯤 짜증스러웠던 그 북적거림이 김범우는 불현듯 그리워짐을 느꼈다. 그건 그나마 안정된 삶의 생기 있는 모습이었던 것이다. 장터거리 상점들도 거의가 문을 닫은 상태였다. 장터의 넓은 마당에 드높은 천막을 치고는 했던 서커스도 당분간 볼 수가 없게 될 것이다.

김범우는 홍교를 건너다가 중간쯤에서 멈추어섰다. 그리고 북쪽을 망연히 바라보고 있었다. 드넓은 낙안벌은 어둠 속에 그 자취를 숨기고 있었다. 징광산도 금산도 그리고 조계산으로 뻗어나가고 있는 산줄기들도 농밀한 어둠의 장막에 가려 보이지 않았다. 무수하게 뻗은 산줄기들은 모두 북으로 북으로 치달아가고 있었다. 조계산 줄기는 무등산 줄기와 손을 맞잡으며 섬진강에 이르고, 그지맥은 섬진강을 뛰어넘어 지리산으로 이어졌다. 산속에 산을 품은 지리산의 준령들은 북으로 치달아오르다가 덕유산을 만나고, 덕유산은 가쁜 숨을 몰아 추풍령에 다다라선 속리산으로 건너뛰는 것이다. 그 줄기가 소백산에 이르러, 원줄기인 태백산맥이 거느린 네 개의 실한 가지 중에서 최남단으로 뻗어내린 소백산맥을 형성하고 있는 것이다. 그러니까 낙안벌을 보듬듯이 하고 있는 징광산이나 금산은 태백산맥이란 거대한 나무의 맨 끝가지에 붙어 있는 하나씩의 잎사귀인 셈이었다.

산맥을 중심으로 한 지형구조를 손금을 들여다보듯 샅샅이 익혔던 것은 산타카탈리나에서 첩보훈련을 받으면서였다. 자신의 활동무대는 전라남도 일원으로 예정되어 있었고, 산과 강·시·읍·면·리의 위치와 도로망을 백지도 위에 빈틈없이 적어넣을 수 있도록 숙달을 마친 다음에 교관은 활동거점을 작성하라는 지시를 내렸다. 오래 생각할 것도 없이, 지리산을 본부로 삼아 부챗살처럼 무등산·조계산·백운산을 중간거점으로 잡고, 전초기지는 그 산줄기들을 따라 산재해 있는 작은 산들을 이용하되 상황의 변동에 따라 거점을 이동하도록 계획서를 작성했다. 지리산을 본부로 삼은 것은 여러 가지 이유가 있었다. 첫째, 지리산은 커다란 우산처럼 그 줄기가 전남·전북·경남에 걸쳐져 있어서 인접 요원들과 접선이나 협조가 용이했다. 둘째, 산의 높이에 비해 해안과의 거리가 가깝기 때문에 사령부와 송수신이 편리했다. 셋째, 만일의 사태에 대비해서 산의 규모와 험난도가 피신에 절대적 도움을 줄 수 있었다. 넷째, 산줄기만을 따라 전국의 어느 핵심지역에나 침투할 수 있도록 기동성을 발휘할 수 있는 시발점이었다. 이런 이유 설명이 붙은 계획서를 받아든 교관은 너무나 놀라워했다. 자기들이 미리 세워둔 작전계획과 거의 일치하고 있었기 때문이다. 전북 일대를 활동무대로 삼을 박두병의 계획서도 마찬가지로 교관을 놀라게 만들었다. 교관은 크게 만족을 표시하며, "역시 한국인은 아시아에서 제일 두뇌가 우수한 민족입니다" 하는 칭찬을 아끼지 않았다. 농담하기를 즐기는 박두병이, "교관님, 그건 잘못된 것 같은데요. 아시아가 아니라 세계에서 제일 우수할 텐데요" 하고 능청스럽게 말했다. "글쎄요. 세계에서요? 한민족이 유태민족보다 더 우수하단 말인가요? 그런

통계가 어디 있지요?" 교관은 정색이 지나쳐 당황기마저 보이고 있었다. 박두병은 거침없이 웃어젖혔다. "교관님이 바로 유태민족이죠? 그렇지요?" 박두병이 웃음을 추스르며 야무지게 물었다. 교관은 그때서야 웃는 이유를 알았다는 듯 어색하게 웃으며 그렇다고 대답했다. "세계에서 제일 우수한 민족끼리 잘 만났소. 자아, 악수합시다." 박두병은 넉살 좋게 손을 내밀었고, 교관도 기분 좋은 얼굴로 그 손을 잡았다. "그런데, 왜 하필이면 머리 좋은 두 민족의 꼴이 이 모양이오?" 박두병이 어이없다는 표정이었다. "미스터 박, 이건 하늘이 내리는 일시적 시련이오. 유태민족이나 한민족은 반드시 잃은 나라를 찾게 될 겁니다. 그리고 영광의 빛을 창조하게 될 겁니다. 그건 신념의 문제입니다. 우리가 여기 있음도 그 신념을 실천하기 위해섭니다. 우리 믿도록 합시다. 하늘이 허락하는 그날이 온다는 것을." 교관은 사뭇 진지하고 엄숙한 얼굴로 말했고, 김범우 앞에 그는 왼손을 내밀었다. 김범우는 그 손을 잡지 않을 수 없었고, 세 사람은 손을 포개어 예기치 못했던 동일감정의 숙연함에 젖어야 했다. 일본의 항복이 6개월, 아니 3개월만 늦어졌더라도 자신들은 미군의 지휘를 받는 OSS요원으로 전국 각지에 침투했을 것이다. 자살용 극약까지 상비하고 벌이기로 되어 있었던 첩보활동에서 요행히 살아남았다면 해방은 조국땅에서 맞았을 것이다. 그렇게 되었다면 하룻밤 사이에 동지에서 포로로 취급당하는 배신은 겪지 않았을 것이고, 그 과정을 겪지 않은 자신의 의식이 어느 쪽으로 방향을 잡았을지는 자명한 일이었다. 활동계획서를 작성하기 오래전에 벌써 자신은 염상진을 포섭 제1호로 꼽고 있었던 것이다.

사회주의 사상, 그 달콤한 논리. 프롤레타리아 혁명, 그 자극적 최면. 무산자 혁명의 영웅, 그 충동적 칭호. 이런 것에 이끌려 첩보 활동의 경험을 십분 활용해 가며 지금쯤 염상진과 함께 저 어둠에 묻힌 어느 산줄기에 박혀 있었을 것이다. 사람의 운명이란 예기할 수가 없는 것이다. 자신은 그 사건을 계기로 완전한 의식변화를 일으켰고, 연합국으로서의 미국에 대한 불신은 물론, 공산주의가 내세우는 국제성의 허구와 그 속에 도사린 위험스런 덫을 볼 수 있는 눈을 갖게 되었다. 그러나 그 점을 염상진에게 납득시킬 수는 없었다. 신념화된 의식이 변화를 일으키려면 그만한 강도의 체험을 통하지 않고는 불가능한 일이었다. 그래서 자신의 의식변화를 염상진에게 설명할 엄두를 내지 못했고, 염상진은 학병 나가기 전과는 판이하게 달라진 자신을 이해하지 못한 채 서로 다른 길을 걷기 시작한 것이다.

김범우는 북쪽의 어둠에서 눈길을 거두고 천천히 걷기 시작했다. 자기 자신이 독립을 위한 첩보활동 무대로 삼으려 했던 산악지대를 이제 염상진은 사회주의 혁명을 달성하기 위한 은신처로 삼고 있었다. 김범우는 쓸쓸한 웃음을 흘렸다.

밤이 깊어가는데도 김범우는 잠을 이룰 수가 없었다. 오늘 하루를 지낸 일이 길고 긴 터널을 지나온 것 같기도 했고, 무릎이 넘게 푹푹 빠지는 뻘밭을 한정도 없이 걸어온 것 같기도 한, 어둡고 끈끈한 감정의 찌꺼기들이 잠을 거부하고 있었다.

자정이 가까웠을 무렵이었다. 예리한 금속성이 밤공기를 찢고 있었다. 김범우는 반사적으로 몸을 일으켰다. 금속성은 잇달아 울려왔다. 총소리였다. 김범우는 벌컥 방문을 열고 마루로 나섰다.

"여보, 위험헌디 어딜 나가시요?"

자는 줄 알았던 아내의 다급한 음성이 망연히 서 있는 김범우의 뒷덜미를 잡았다.

총성은 소화다리 쪽에서 울려오고 있었다. 김범우의 눈앞에는 운동장으로 끌려나오던 사람들의 모습과 국회의원 최익승의 얼굴이 뒤범벅이 되고 있었다. 김범우는 신음을 씹으며, 날이 밝는 대로 최익승을 찾아가리라고 마음 굳히고 있었다.

9

문딩이 가시내, 팔자도 참 험허게 변했다

들몰댁은 사흘 만에 풀려났다.

어떻게 해서 학교 운동장을 벗어나고, 샛길을 빠져나왔는지 알수가 없었다. 정신을 차리고 보니 공원 아랫길, 사진관 앞에 이르러 있었다. 거기는 칠동의 집과는 반대방향인 친정이 있는 들몰로 가는 길목이었다.

들몰댁은 부르르 진저리를 치며 학교가 있는 뒤쪽을 두려운 눈으로 쳐다보았다. 뒤따라온 사람은 아무도 없었다. 아직까지도 다리가 후들후들 떨리고 있었다. 누군가가 금방 뒷덜미를 낚아채서 다시 학교로 끌고 들어갈 것만 같은 공포에 쫓기며 여기까지 온 것이었다.

헌디, 아부님은 워찌 됐을꼬. 들몰댁은 한숨을 돌리고 나서야 겨우 시아버지를 떠올릴 수 있었다. 그러나 시아버지의 안부를 알아

보기 위해서 다시 학교로 가볼 마음은 생기지 않았다. 죄 될 일이지만 다시 학교로 갈 용기를 도저히 낼 수가 없었고, 시아버지의 안부보다는 친정에 가 있을 두 자식에게로 마음은 달음박질치고 있었다. 그래서는 안 된다고 생각하면서도 그녀는 어느덧 들몰 쪽 길로 걸음을 옮겨놓고 있었다.

들몰댁은 자신이 살아났다는 사실이 꿈만 같았다. 시아버지와 함께 잡혀가면서 그 길로 이승의 명줄이 끊어지는 줄 알았었다. 남편 쪽 사람들이 한 일이 경찰들의 눈으로 볼 때는 얼마나 큰 잘못인지를 들몰댁은 알고 있었던 것이다. 읍내에서 한다하는 사람들을 골라 거침없이 죽였으니 그 마누라 된 몸으로 살아날 가망이란 바늘구멍보다도 작았다.

"내 새끼덜이 불쌍혀서 워쩔끄나와."

시아버지가 사립 밖으로 등을 떠밀려나가며 통곡하듯 했다. 시아버지도 살아 돌아오지 못하리라는 생각을 하고 있음이 분명했다. 시아버지의 말을 듣자 들몰댁은 더욱 앞이 캄캄해지고 말았다.

"구룡댁, 우리 새끼덜 들몰 친정으로 잠 델다주씨요. 구룡대액, 알겠제라?"

들몰댁은 등을 떠밀리며 애타게 소리쳐댔다. 작은아들의 겁 질린 울부짖음이 칡덩굴처럼 그녀의 발목을 감아왔다. 허청거리는 걸음을 옮기며 그녀는 처음으로 남편을 원망하고 있었다. 그녀는 남편을 하늘보다 높은 지체로 여기며 살아왔다. 그래서 남정네가 하는 일은 다 옳고 바른 것이라고 믿었다. 시집와서 10년 가까운 세월 동안 태반을 홀로 지내면서도 억척스럽게 살림을 꾸려왔던 것은 다 그런 믿음이 있어서였다. "냄편이 무신 뜻인고 허니, 고것이 한문으로는 지애비 부(夫)자여. 지애비 부자가 무신 뜻이냐 허면, 하늘 천(天)자 우에 꼭지가 하나 더 붙은 글자다 고런 말이다. 그렁께로 냄편이란 것은 하늘보담도 더 높은 사람이다 허는 뜻인 거이다. 애비가 무식허다만 요것만은 영축읎는 말잉께 니 평상 맘속 깊이 새기고 살아야 쓸 거이다. 무신 말인지 알겄제?" 시집오기 전날 친정 아버지가 힘 꽁꽁 쓰며 훈계했던 말이었다. 그러나 남편이 하는 일이 아무리 옳고 바르다 한들 그 일로 철없는 자식들의 앞날이 캄캄하게 된다면 그것이 어찌 옳고 바른 일일 수 있는가. 그런 옳고 바른 일 해서 무슨 소용이 있을 것인가. 내가 죽어 없어지면 어린 새끼들은 어찌 될 것인가. 그녀는 생각할수록 기가 막혀 주체할 수 없는 눈물을 흘리며 자꾸만 발을 헛디뎠던 것이다.

"음마, 요것이 뉘기여? 순심이 아니다냐?"

땅바닥만 내려다보며 잰걸음을 치고 있는 들몰댁의 어깨를 툭 치며 한 여자가 알은체했다.

"워메!"

들몰댁은 두 팔을 치켜들 정도로 질겁을 하며 소리쳤다.

"음마, 뺄건 대낮에 사람을 보고 워째 요리 놀래분당가? 순심아, 나여, 나."

여자가 들몰댁 앞에 얼굴을 디밀며 자신의 가슴을 손바닥으로 두어 번 토닥였다. 그때서야 들몰댁의 희게 질린 얼굴에서는 공포의 빛이 걷혀갔고, 눈도 제대로 사람을 알아보는 것 같았다.

"아, 니 점례구나."

들몰댁이 탈진한 것처럼 겨우 말했다. 얼굴에는 힘겹게 만들어 낸 웃음이 조화(造花)처럼 어색하게 엉겨붙어 있었다.

"요 무정헌 가시내야, 우리가 못 만낸 것이 폴세 멫년인디 니는 반갑지도 않냐? 위째 요리 사람을 뜨광허니 대허냐?"

점례가 불만스런 얼굴로 들몰댁의 몰골을 훑었다.

"뜨광허기는, 딴 디 정신 폴다 봉께 그리 된 것이제."

들몰댁은 헝클어진 머리칼을 쓸어넘기며 웃어 보였다. 그러나 그 웃음도 반가움과는 거리가 멀었다.

"니 집안에 무신 속 썩는 일 생겼는갑구나? 니 요런 꼴로 읍내꺼정 나온 거 봉께로 무신 큰일인 모양이제?"

점례는 염려보다는 호기심이 더 강하게 드러난 표정으로 물었다. 친정 나들이를 한 탓이겠지만 점례의 주황색 모본단 치마저고리 차림은 화사하기 이를 데 없었다. 광목저고리에다 검정 몸뻬를 입은 자신은 사흘 동안 낯도 한 번 씻지 못한 형편이었다. 그런 자신의 몰골이 점례의 눈에 얼마나 가난하고 초라하게 보일 것인가. 그러나 들몰댁은 그런 것에는 아무런 신경이 쓰이지 않았다. 다만 점례를 몇 년 만에 만나게 되자 반가움보다는 자신이 확실히 살아났다는 사실을 실감하고 있었다. 그건 참으로 무엇으로도 표현할 길 없는 감동이요 고마움이었다.

"순심아, 무신 일 났냐니께."

점례가 다시 물었을 때 들몰댁은 빗나가 있는 정신을 수습했다.

"아녀, 벨일 아녀."

들몰댁은 아이들을 생각하며, 아무 말도 하기 싫다는 듯 완강하게 고개를 저었다.

"날도 썰렁허고, 오랜만에 만내기도 혔응께 젠사이에 모찌떡 묶음시로 이약이나 잠 헐끄나?"

"아녀, 나 배불러. 싸게 친정에 갈 일이 있응께 담에 만내."

들몰댁은 벌써 돌아서고 있었다.

"문딩이 가시내, 팔자도 참 험허게 변했다."

점례는 멀어져가는 옛 친구 순심이의 모습을 바라보며 중얼거리고 있었다. 차마 입 밖에 내지는 않았지만 순심이가 저리 경황이 없는 것은 남편 탓일 거라고 점례는 짐작하고 있었다. 순심이 남편이 좌익에 미쳐서 순심이의 시집살이 고생이 말이 아니라는 것을 친정을 통해서 진작부터 듣고 있었던 것이다.

무정하리만큼 점례를 떼치고 돌아서긴 했지만 들몰댁의 눈앞에는 점례의 모습이 어릿거리고 있었다. 점례와는 동갑내기였고, 시집을 가기 전까지는 그림자처럼 붙어 지낸 사이였다. 감정의 어느 굽이에서는 동기간보다 더 가깝고 따스한 정을 간직하고 있었다. 부모에게 감추고 싶고 동기간에게 말할 수 없는 처녀의 은밀한 감정을 서로 마음 놓고 털어놓았고, 그런 비밀을 서로 덮고 지킨 사이였다. 그런데 시집을 가고부터 두 사람의 신세는 눈에 띄게 달라지기 시작했다. 그 차이는 모본단저고리와 광목저고리 바로 그것이었다. 점례는 화순으로 시집을 갔다. 남편은 자동차 운전수였다. 일정 때부터 조수 노릇을 시작해서 해방이 되자 운전수가 되었는데, 위험한 것을 빼면 세상 소문대로 운전수의 벌이는 톡톡한 모양이었다. 시집을 가자 동네사람들이 점례를 '벌교댁'이라고 불렀다고 했다. 그런데 점례는 친정동네 들몰을 잊을 수가 없고, 벌교보다는 들몰이란 이름이 더 좋아서 자신을 '들몰댁'이라 불러달라고 했다는 것이다. 그래서 점례나 순심이는 똑같이 '들몰댁'이란 호칭을 갖게 되었다. 그런데 사는 형편은 하늘과 땅 차이였다.

다 지 타고난 팔자소관이제…… 더욱 기운을 까라지게 하는 그 부질없는 생각을 들몰댁은 떨치려고 했다. 그건 하나도 어려운 일이 아니었다. 이렇듯 목숨이 붙어 있다는 사실 앞에서는 그까짓 잘살고 못살고의 차이는 그야말로 종잇장 두께도 못 되는 것이었다.

가슴을 겨누는 빤히 뚫린 총구멍이 그리도 무서운 것인 줄은 몰랐었다. 그 구멍 앞에서는 발가락 하나 꼼지락할 수 없게 전신이 뻣뻣하게 굳어버렸고, 갑자기 멍청이가 되는 것처럼 머릿속도 텅 비는 것이었다. 아니, 그것이 아니었다. 텅 빈 머릿속에는 살고 싶다는 생각만이, 고름 질질 흘리는 문둥이로든, 똥통의 구더기로든, 살고 싶다는 생각만이 피가 마르게 절절했다.

들몰댁은 풀려나는 그 순간까지 사흘 동안 오로지 살고 싶다는 생각만을 수없이 되풀이했다. 한겨울에 거적을 쓰고 토담 아래 앉아 동냥해 온 밥을 자식에게 먹이고 있던 문둥이 여자, 눈썹도 없고 코는 썰그러지고 손가락은 오그라붙은 그 문둥이 여자가 그렇게도 부러울 수가 없었다. 그 여자처럼 문둥이가 되더라도 두 자식을 데리고 살아갈 수 있다면 더 바랄 것이 없었다. 심사를 받기 위해 이틀 밤을 운동장으로 끌려나가면서 문둥이로, 그것도 안 된다면 똥통의 구더기로라도 살아날 수 있게 해달라고 얼마나 빌었던가. 손을 뒤로 묶인 채 땅바닥에 무릎 꿇고 앉아 심사를 받는 그 시간, 손전등 불빛이 얼굴에 쏟아지는 그 순간, 생사는 결정되는 것이었다. 피해자 가족과 경찰과 청년단, 세 손가락이 똑같이 겨누어지는 얼굴은 죽음을 면할 수가 없었다. 사람의 손가락이 바로 총구멍이었다. 저벅거리는 발소리, 이동하는 불빛…… 다시 교실로 끌려들어오면 온몸은 식은땀으로 흠뻑 젖어 있었다.

"남편이 나타났다 허먼 지체 읎이 알려야 써. 알겄어?"

"하먼이라, 하먼이라."

"다른 빨갱이놈덜이 틀림읎이 무신 연락을 취헐라고 나타날 것잉게 고때도 지체 없이 알려야 써!"

"하먼이라, 하먼이라."

"우리가 밤낮없이 감시허고 있응게, 속인 거 발각났다 허먼 워찌 되는지 알겄지? 총살이여, 총살!"

"하먼이라, 하먼이라."

"당신이 이뻐서 살려보내는 것이 아닝게 똑똑허니 처신혀!"

"하먼이라, 하먼이라."

무슨 내용이 적힌지도 모르는 종이에 시키는 대로 손도장을 찍고 풀려나오면서도 들몰댁은 실성한 것처럼 '하먼이라'를 되풀이하고 있었다. 살아났다는 사실 앞에서 경찰이 그보다 더한 명령을 했더라도 '하먼이라'라고 대답했을 것이다.

쇠머리를 지나 홍태거리에 이르자 질펀하게 트인 고읍들이 한눈에 들어왔다. 친정 들몰은 그 첫머리에 금방 잡힐 듯이 옹기종기 자리 잡고 있었다.

"엄니이……."

들몰댁은 엉겁결에 어머니를 부르고는 손으로 입을 가렸다. 들몰을 보자 알 수 없는 서러움이 울컥 솟았던 것이다. 언제나 홍태거리에만 다다르면 어디에선지 어머니 냄새가 물씬 풍겨왔다. 이상스럽게도 그 냄새는 언제나 싱싱했고 언제나 슬픔이었다. 자식을 낳아 기르고 나이가 들어갈수록 그 냄새는 진한 그리움이었다. 가난을 이기고 살아온 어머니의 고생을, 가난 속에서 자식들을 기르며 겪었을 어머니의 마음 아픔을 깨달아가면서 그 그리움은 진해져가는 것이었다. 넓고 넓은 고읍들은 들몰댁에게 어머니만큼 그리운 땅이었다. 그 넓은 땅 구석구석에 자신의 처녀 적의 부끄러운 소망과 설레던 꿈이 그대로 남아 있는 것만 같았다. 제석산 봉우리에서 떠오른 달이 징광산 마루로 넘어갈 때까지 그 긴 추석의 밤은 얼마나 풍성했던가. 드넓은 고읍들은 달빛을 넘치게 담아 커다란 호수처럼 출렁이고, 그 넓은 들판에 자기네 땅이 한 뙈기도 없는 소작인들도 그날 밤만은 흥겨워했다.

친정 고샅으로 접어들면서 들몰댁은 머리칼을 쓸어올리고 옷을 털었다. 자신의 의사는 개입될 틈도 없이 부모의 뜻에 따라 중매로 한 결혼이었으면서도 들몰댁은 친정에 올 때마다 꼭 죄를 진 것 같은 기분이었다. 어머니 아버지가 마음 쓰지 않게 편안히 살지 못하는 것이 자기 잘못처럼 여겨지는 것이었다. "니 고상이 은제나 끝날끄나와. 아가, 사람팔자가 음지만은 읎는 법이니라. 참고 살다 보면 양지도 오는 벱이여." 아버지가 돌아가시기 전에 남긴 말이었다. 평소에는 전혀 내색을 하지 않았지만 속으로 아파온 마음을 아버지는 돌아가시면서 내보인 것이었다. 사십구재에 갔을 때 어머니는 헛간에서 대두병을 하나 가지고 나왔다. 그 병 속에는 징상스럽게도 뱀이 들어 있었다. "아나, 이따가 갈 적에 갖고 가그라. 느그 아부지가 고 잘난 하 서방 징역살이허고 나오면 믹인다고 담군 뱀술이란다. 영감탱이가 요 뱀술 묵고 기운 채레 빨갱이질 더 잘허라고 그랬는갑다."

어머니의 옹골찬 말은 진심이 아니었다. 아버지가 뱀술을 담았듯 어머니의 마음도 사위가 제발 마음을 고쳐먹고 처자식 건사하기만을 바랄 것이었다. 그런데 남편은 공산당에 미쳐 감옥살이를 하느라고 아버지의 임종도 못 지켰다. 어머니는 이래저래 사위에 대한 겉미움이 창창해 있는 판이었다. 들몰댁은 술병을 받아들고 목이 메었다. 남편은 사위로서 아버지한테 담배 한 쌈지 사다드리기는커녕 설이라고 세배 한번 제대로 올린 적이 없었다.

"워메, 워메, 니가 누구냐!"

들몰댁이 사립을 들어서자 마당을 쓸고 있던 어머니가 빗자루를 내던지며 달려나왔다.

"엄니이⋯⋯."

"워메, 니가 살아왔구나, 요게 꿈이냐 생시냐."

구산댁은 딸을 붙들고 부들부들 떨었다. 들몰댁은 어머니를 함께 붙들고 눈물을 쏟았다.

"신령님, 산신님, 고맙십니다. 고맙십니다. 내 새끼 살려 보내줘서 고맙십니다."

구산댁은 합장을 하고 장독대 쪽에다 대고 연신 허리를 꾸벅였다. 그러는 사이에 눈물을 훔친 들몰댁은 집안 여기저기를 살폈다. 어디에도 아이들의 기척은 느껴지지 않았다.

"니 꼴이 워찌 이러냐. 싸게 들어가자, 배도 고플 것인디."

구산댁은 딸의 팔을 어기차게 끌어당겼다.

"엄니, 아그덜은 워딨소?"

들몰댁은 끌려가며 사립 밖을 두리번거렸다.

"새끼덜 걱정은 말그라. 묵을 만치 묵고 놀러나갔응께."

들몰댁은 그때서야 안심을 했다.

"식은 밥뎅이라도 얼렁 챙길 것잉께 니는 낯이라도 잠 씻거라와."

구산댁은 꾀죄죄한 치맛자락을 걷어잡으며 부산하게 부엌으로 들어갔다. 어머니가 움푹한 오지그릇에 떠내온 물을 받아 들몰댁은 수챗가로 가 앉았다. 물을 내려다보았다. 거기에 자신의 모습이 얼비치고 있었다. 헝클어진 머리칼만이 두드러져 보였다. 그것이 차라리 다행이다 싶었다. 들몰댁은 자신의 모습을 거울에 비춰 확실하게 보는 것이 겁이 났다. 얼비치는 모습마저 지우려는 듯 그녀는 두 손을 물속에 집어넣었다.

"급헌 대로 요기혀라. 얼렁 물 따끈허게 디워 올 것잉께."

거무튀튀하게 색깔이 변한 보리밥 한 덩이와 고춧가루도 넉넉하게 뿌리지 못한 김치 한 보시기가 전부였다. 몰골로 보아 모진 고생을 치른 게 분명한 딸 앞에 그런 밥상을 내놓기가 구산댁은 너무 면목 없고 안쓰러웠다. 그러나 한편으로 생각하면 보리밥덩이라도 남아 있는 것이 요행스럽기도 했다.

들몰댁은 숟가락을 들지 않고 벽에 등을 기댔다. 허리가 접힐 만큼 허기를 느꼈지만 식욕은 전혀 없었다. 따끈한 물이나 한 사발 마시고 눕고 싶었다. 눈을 감고 두 다리를 뻗었다. 어지러움과 함께 몸이 무겁게 내려앉아갔다. 남편의 모습과 아이들의 얼굴과 총구멍과 손전등의 불빛과…… 그런 것들이 뒤죽박죽 엉키고 있었다.

"야아, 야 순심아, 밥 안 묵고 자냐?"

어머니의 말을 들으며 들몰댁은 눈을 뜨려고 안간힘을 썼다.

"야가 고상을 혀도 억씨게 혔는갑다. 워찌 요리 갱신을 못헌다냐와."

어머니가 몸을 부축해서야 들몰댁은 가까스로 정신을 수습했다. 말소리는 다 들리는데 몸은 뜻대로 움직여지지 않는 묘한 증상이었다.

"뜨건 물에 밥 몰아서 억지로라도 묵어야 쓴다. 그래야 살아징께."

구산댁은 식은 보리밥을 뜨거운 물에 말아 숟가락을 딸의 손에 들려주었다. 들몰댁은 물을 한 숟가락 떠서 천천히 불어 식혔다. 물을 입에 머금자 따스한 감촉이 전신으로 퍼지는 것 같았다. 내가 정말 살아났구나, 하는 생각이 물의 따스한 감촉만큼 생생하게 떠올랐다.

"워쨌드냐, 많이 뚜둘겨 맞었지야?"

묻지 않으려고 하면서도 구산댁은 기어이 이 말을 입 밖에 내고 말았다.

"아니여, 엄니, 그냥 조사만 받었어라."

들몰댁은 어머니가 믿게 하려고 어머니를 똑바로 쳐다보며 고개까지 저어 보였다. 작대기로 어깻죽지를 네댓 차례 얻어맞고, 구둣발로 허벅지며 정강이를 채이고 한 것은 운동장에 꿇어앉혀져 심사를 받는 것에 비하면 아무것도 아니었다. 손전등의 불빛이 얼굴로 쏟아지는 순간 피가 바짝바짝 타들고 숨이 딱 멎는 그 환장할 것 같은 기분에 비하면 작대기로 얻어맞고 구둣발로 채이는 것은 아픔이 아니라 차라리 시원함이었다.

"워쨌거나 요리 살아왔으니 을매나 좋냐. 소문이 워찌나 험허든지 똑 니럴 못 볼 줄 알었다."

구산댁은 치마 속을 걷어올려 눈물을 찍어내고는 그 자리에 코를 풀었다.

험한 소문이 거짓말은 아니었을 것이다. 여자들은 대개 풀려나는 눈치였지만 남자들은 그렇지 못했다. 복도 끝 교실에서는 남자들의 숨 넘어가는 비명이 밤낮없이 들려왔고, 하룻밤이 지나고 나면 그 수가 표나게 줄어들고는 했었다. 웅크려박고 앉아 있는 여자들은 서로 말은 하지 않았지만 그 남자들이 살아서 돌아갔다고 생각하는 것 같지는 않았다. 남자들의 수가 줄어들수록 여자들은 더 겁 질린 얼굴들이 되었고, 서로 교실 구석으로 파고들려고 자리다툼을 벌였다.

"야야, 느그 시아부님은 워찌 되셨다냐?"

들몰댁은 입에 물을 떠넣다 말고 고개를 수그린 채로 가로저었다.

"일 당허셨단 것이여?"

구산댁이 밥상머리로 바짝 다가앉았다.

"아니요. 어찌 되셨는지 몰르겄구만이라."

들몰댁은 그만 목이 메었다. 아무래도 마음이 놓이지 않았다. 운동장에 끌려나올 때마다 시아버지를 찾아보려고 애를 썼지만 허사였다. 남녀를 분리시킨 데다가 날이 어두웠고, 꿇어앉자마자 눈을 감으라고 불호령을 해대서 시아버지를 찾을 수가 없었다. 자신이 그렇듯 시아버지도 아무 죄가 없었다. 죄가 있다면 공산당 하는 아들을 둔 것뿐이었다. 시아버지는 틈만 생기면 아들을 붙들고 나무라기도 했고 타이르기도 했다. "이놈아, 요런 무정헌 놈아, 애비 말 잠 들어라. 니는 인자 혼자 몸이 아니라 처자석이 딸린 몸이여. 니가 그리 날뛰고 댕겨도 사람 한평상 천년만년 사는 것이 아닌 거시여. 젊은 나이 허송 말고 맘잡으란 말이다. 처자석이 니 눈에는 불쌍허지도 않냐." 시아버지의 아무리 간곡한 말도 남편의 마음을 돌리지는 못했다. "느그 남편 하대치란 놈은 염상진 다음가는 악질 빨갱이야. 그놈이 사람을 얼마나 많이 죽였는지 알지?" 시아버지는 그런 남편의 아버지였다. 한 가지 희망을 건다면 늙었다는 점이었다.

"문딩이 겉은 시상, 그 나이 잡순 양반이 끝팔자가 징허게 험허기도 허다."

어머니의 한숨소리를 들으며 들몰댁은 밥상을 물렸다.

"워째 요리 물만 묵고 마냐. 찬이 읎어서 그러냐?"

"엄니, 나 뉘야 쓰겄소."

"그려, 고단헐 것인디 한숨 푹 자. 그새 아그덜도 불러오고, 따순 밥도 해놀 것잉께."

들몰댁은 자리에 눕자마자 어지러움과 함께 몰려드는 잠 속으로 빠져들어갔다. 그러나 그 잠은 곧 험악한 꿈으로 이어졌다. 가슴에 총을 맞은 시아버지가 피를 철철 흘리며 쫓아오고 있었다. 그녀는 도망을 치려 했지만 발은 푹푹 빠져들었다. 뻘밭이었던 것이다. "요런 몹쓸 것아, 니만 가, 날 두고 니만 가." 시아버지는 소리치며 점점 가까이 다가오고 있었다.

들몰댁은 어머니가 깨워서야 일어났다. 방 안에는 남동생네 식구들과 함께 두 자식이 오도카니 앉아 있었다.

"엄니!"

작은아들이 와락 안겨왔다. 여덟 살 먹은 큰아들은 그래도 나잇값을 하느라고 그러는지 눈만 껌벅이며 앉아 있었다.

"길남이 니도 이리 오니라."

들몰댁이 불러서야 큰아들은 미적미적 가까이 다가앉았다. 들몰댁은 두 아들을 양쪽에 끼고 안았다. 양쪽 팔에 그득하게 차는 그 부피감과 함께 텅 비었던 가슴도 뿌듯하게 차오는 것을 느끼고 있었다. 그것은 무언가 새롭게 솟음하는 힘이었다.

"누님, 몸은 잠 어떠시오?"

남동생이 인사를 겸해 물어왔다.

"괜찮허네. 무담씨 동상헌테 폐가 많네."

들몰댁은 그때서야 인사치레를 했다.

"폐는 무슨 폐라. 요렇게 만낸께 더 존 것이 읎소."

"동상댁, 미안허시."

들몰댁은 올케에게도 인사를 했다.

"성님, 무신 말씸이다요. 다 성제간 일인디라."

"그려, 그려. 얼렁 밥 묵자, 다 식는디."

구산댁은 시큰해진 콧등을 문지르고는 윗목에 놓인 밥상을 끌어당겼다.

"엄니, 인자 암디도 가지 말어."

작은아들이 가슴으로 파고들며 말했고, 들몰댁은 작은아들을 꼭 껴안으며, 내일은 집으로 돌아가야 된다고 생각했다.

고읍들에는 아침안개가 자욱하니 퍼져 있었다. 변소를 다녀나온 들몰댁은 낮게 드리워진 안갯발을 망연히 바라보고 서 있었다. 고읍들에 내리는 안개는 언제나 무릎 높이로만 잠겨 있다가 제석산의 긴 등성이에서 햇살이 곧게 뻗어내리기 시작하면 어디론지 홀홀히 자취를 감추고는 했다. 이맘때 서리는 안개는 봄안개와는 달리 얇고 맑은 것이 이상스럽게 슬펐다. 들몰댁은 처녀 적부터 가을안개를 좋아했었다. 그러나 지금 안개를 바라보고 있는 들몰댁의 마음에는 처녀 적의 얄궂은 슬픔 대신 두꺼운 근심이 쌓이고 있었다.

"성님, 더 푹 주무시제 머 헐라고 요리 일찍 일어나셨소."

올케가 보리쌀이 담긴 함지박을 들고 옆에 와 있었다.

"많이 잤네. 햇살 퍼지면 가봐야제."

"아니어라. 몸도 성치 않을 것인디 며칠 푹 쉬었다 가시씨요."

"말만이라도 고맙네. 자네 집 살림 내 뻔히 아는디, 지금꺼정 축낸 양석도 솔찮을 것이네."

"참 성님도……."

올케는 함지박으로 눈길을 떨구었다. 아버지가 남긴 재산이라고는 오두막 한 채뿐인데, 소작을 부치고 사는 남동생네 살림살이도 물으나마나 한 것이었다. 아버지를 닮아 남동생이 워낙 실하고 올케가 일손이 엽렵해서 그나마 살림을 꾸려가고 있는 처지였다. 모두가 군입 하나 늘어나는 것이 가슴 철렁하는 아슬아슬한 살림살이들이었다.

"어이 나헌테 맘 쓰지 말고 얼렁 가서 밥허소. 또 들일 나가야 헐 것인디."

"야아, 성님도 방에 들어가시씨요. 인자 아칙바람이 쌀쌀헌디."

"어이, 고맙네."

올케는 절구통 쪽으로 종종걸음을 쳤고, 들몰댁은 올케의 뒷모습을 지켜보다가 한기를 느끼며 팔짱을 끼었다. 몸이 부르르 떨려왔다. 10월이 다 가고 있었다. 가을이 감빛으로 여물고, 아침저녁으로 첫추위가 비치기 시작할 때였다. 부자들에겐 더없이 느긋한 계절이지만 가난뱅이들에겐 추위가 먼저 문안하는 계절이었다. 다리가 몽톡한 갈빛의 재래종 암탉이 절구통 쪽으로 뒤뚱거리며 달려가고 그 뒤를 서너 마리의 병아리가 쪼르르 따라가고 있었다. 절구질을 할 때 튕겨나오는 보리알을 쪼으려는 것이었다. 올케는 허리힘 좋게 절구질에 열심이었고, 암탉과 병아리들은 절구통을 분주하게 맴돌고 있었다. 들몰댁은 그 광경을 하염없이 바라보고 있었다. 수탉은 보이지 않았다. 어디로 간 것일까. 들몰댁은 자신이나 두 자식의 신세가 저 암탉과 병아리들 같다고 생각하고 있었다. 그리고 기운차게 절구질을 하고 있는 올케가 그지없이 행복해 보이는 것이었다. 많든 적든 남편이 땀 흘리고 여자가 뒤에서 거들어 장만한 양식으로 식구들의 끼니를 준비하는 것은 어느 집이나 마찬가지의 예사스런 일이었다. 그러나 들몰댁에겐 그 예사스런 일이 새삼스럽게 부러움이 되고 있었다. 여태껏 그런 일이 없었던 탓만이 아니었다. 지난 일이야 잊어버리면 그만이지만, 앞으로도 그런 일이 있기란 어려울 것 같은 예감으로 마음은 춥고 신세가 서글프게 느껴지는 것이었다. 남편이 미친 바람처럼 떠돌아도 시아버지 모시고 자식들을 키워내며 꿋꿋할 수 있었던 것은 언젠가 남편이 제자리로 돌아오리라는 기약과 믿음이 있어서였다. 그러나 들몰댁의 마음속에서는 그 기약과 믿음이 조각조각 금이 가고 있었다. 남편은 너무나 큰 죄를 저질렀고, 경찰의 서슬은 언제까지고 그 죄를 용서할 것 같지가 않았다. 설령 남편이 생각을 고쳐먹는다 해도 경찰이 남편의 죄를 용서하지 않는다면 자신이나 자식들의 신세는 천생 수탉 없이 절구통을 맴도는 암탉과 병아리들의 꼴일 수밖에 없었다. 들몰댁이 이렇게 마음이 슬퍼지고 앞길이 막막하게 느껴지기는 결혼 후 처음이었다.

가을 농가의 이른 아침밥을 아이들에게 먹인 들몰댁은 곧 떠날 채비를 했다. 시아버지 안부가 조급해서도 더 뭉그적일 수가 없었다.

"누님, 앞으로 고상이 더 심해져도 맘 독허게 묵고 살아야 쓸 것이요. 나가 머 알까마는, 나라에서 공산당은 역적 다루대끼 헐 꺼라는 소문이 짜허요. 자형의 앞길도 앞길이지만 내 맘으로는 누님이나 어린 조카덜 앞날이 더 걱정시럽소. 나나 좀 잘살면 몰르겄는디, 참말로 속만 타요."

아버지가 없는 친정에 어른은 역시 남자인 동생이었다. 말만이라도 고마워 들몰댁은 목이 메었다.

"동상, 고맙네. 언제라고 그 넋 빠진 인종 믿고 살았드랑가. 워디서 총을 맞어 죽든 굶어서 죽든 내 모를 일이네. 내사 사대육신 성헌께 무신 짓얼 혀서라도 새끼덜 굶기기야 허겄능가."

들몰댁의 입에서는 마음보다 몇 갑절 더 심한 말이 나왔다. 자신도 모를 일이었다.

"갈라먼 어여 일어나그라."

구산댁은 먼저 일어서며 말했다. 딸의 마음을 그나마 상하지 않게 하려면 어서 보내는 길밖에 없었다.

"종남아, 엄니 업자."

토방에 내려선 들몰댁은 작은아들에게 등을 내밀었다. 종남이는 햇쭉 웃으면서 업혀왔다.

"엄니 기운 읎는디 걸어가그라. 다 큰 놈이 염치읎이 업히기는."

구산댁은 외손자의 볼기를 철썩 갈기며 정색을 하고 야단쳤다.

"엄니, 냅두씨요. 그냥 업고 갈라요."

들몰댁이 말했고, 구산댁은 딸의 마음을 알아차리고는 얼굴에 그늘이 스쳐갔다. 자식에 대한 안쓰러움을 그렇게라도 풀려는 어미의 마음을 어찌하랴.

들길에 아침햇살이 퍼지고 있었다. 변색해 가는 가을풀잎에 맺힌 이슬방울에 햇빛이 반짝였다. 그 이슬들은 머지않아 무서리로 내릴 것이고, 그러면 겨울이 시작될 것이다. 이슬을 차며 걷고 있는 들몰댁의 가슴은 이미 겨울이었다.

"엄니……."

옆에서 묵묵히 따라 걷고 있던 큰아들 길남이가 입을 열었다. 그 목소리가 어린애답지 않게 착 가라져 있었다.

"워쩌?"

들몰댁은 왠지 켕기는 마음으로 대꾸했다.

"아부지가 허는 일이 워째 나쁘다요?"

길남이가 불쑥 한 말이었다. 들몰댁은 얼른 대답할 말이 없었다. 어린것의 물음이 엉뚱하기도 했고, 어린 소견에 제 아버지가 하는 일이 옳다고 생각하는 모양이었다.

"니 지끔 무신 소리 허는겨? 사람덜얼 그리 많이 쥑였응게 나쁘고, 나라가 금허는 일얼 헝게 나쁘제."

"엄니 생각에도 아부지가 그리 나뻐요?"

큰아들의 목소리는 퉁명스러웠다. 들몰댁의 가슴은 섬뜩해졌다.

"참말로 쥐방울만 헌 것이 못허는 소리가 읊네. 니가 고런 소리 자꼬 허먼 우리 식구 워치케 되는지 알기나 허냐? 또 그런 소리 헐껴, 안 헐껴?"

들몰댁은 걸음을 멈춰서며 눈을 부라렸다. 그러나 아들은 전혀 겁을 내지도 않고 자신을 말뚱하니 올려다보고 있었다.

"아 싸게 대답혀. 그런 소리 또 헐껴, 안 헐껴!"

들몰댁은 발까지 굴렀다.

"긍께 아무도 안 듣는 디서 말혔제라."

아들은 풀 죽은 목소리로 말하며 고개를 떨구었다. 눈에 눈물이 핑 도는 것을 들몰댁은 보았다. 큰아들 길남이는 어제부터 그 말을 참아온 모양이었다. 국민학교 2학년인 길남이는 철부지만은 아니었던 것이다. 눈치로 소문으로 알 만큼은 다 알고 있는 것 같았다. 평소에 별로 말이 없는 애가 굳이 그 말을 꺼낸 것을 보면 며칠 전부터 별러온 모양이었다. 길남이는 아버지의 정을 거의 모르고 자랐다. 그러면서도 제 아버지 편을 드는 것이었다. 들몰댁은 그런 아들이 가엾기도 했고 대견하기도 했으며, 핏줄이라는 것은 역시 이런 것인가 싶기도 했다.

"길남아, 니넌 공부만 열심히 혀. 어런덜이 허는 일에 아는 척 말고 그저 공부만 열심히 혀. 고것이 니가 헐 일인께. 알아듣겠냐?"

큰아들은 대답을 하지 않고 느리게 고개만 끄덕였다. 들몰댁은 한 손으로 큰아들의 머리를 쓰다듬었다. 작은아들은 등에 엎드려 잠이 들어 있었다.

사립문이 열린 채로 집 안은 썰렁하게 비어 있었다. 장독대 옆에 서 있는 붉은 볏의 맨드라미가 집을 지키고 있었다. 시아버지가 돌아와 계실지도 모른다는 희미한 기대는 역시 이루어지지 않았다. 시아버지가 변을 당하셨으면 어쩌나 하는 절망감이 집 안을 에워싸고 있는 적막으로 더욱 강해졌다.

뒷집 구룡댁에게 아이들 점심요기를 부탁하고 읍내로 나갈까 하다가 들몰댁은 부엌으로 들어갔다. 구룡댁네가 점심을 거를지도 모를 일이었다. 고구마 네 개를 꺼내다가 씻었다. 톡톡 소리를 내며 타는 솔가지의 불꽃을 하염없이 바라보며 들몰댁은, 나이 많은 영감님인디, 하는 한 가닥 기대를 되씹고 있었다. 그러나 여태껏 시아버지가 돌아와 있지 않다는 불안감은 그 기대를 비웃는 듯 자꾸만 커져가고 있었다.

"워메, 들몰댁! 살아왔소잉."

구룡댁이 휘적휘적 마당을 가로질러오며 소리치고 있었다.

"구룡댁……."

들몰댁은 엉거주춤 일어나며 더 말을 잇지 못했다.

"을매나 고상혔소. 얼굴이 반쪽이 되야부렀소. 빨래럴 널다 봉께로 굴뚝에 내가 나딜 않겄소. 그래서 빨래고 머고 뒷전치고 미친년맹키로 건너왔소."

"고맙구만이라. 요번에 구룡댁이 너무 애 많이 썼소."

"애는 무신 애. 근디, 시아부님은 워찌케 되얐소?"

구룡댁이 목소리를 낮추었다.

"나도 어지께 풀려나 친정서 아그덜 데꼬 오는 질인디, 워찌 되셨는지 몰르고 있구만요."

"참말로 애간장 녹을 일이요. 소문에 듣자니께 소화다리허고 철다리 중간 방죽에서 총살을 시키는디, 그 아래 갈밭에 시체가 질펀허니 뉬다고 헙디다. 밤에 총살시킨 시체를 찾을라고 낮이먼 사람덜이 벌떼 모이데끼 헌답디다. 들몰댁도 싸게 가보씨요."

들몰댁은 아무 말도 못하고 바들바들 떨고만 있었다. 총 맞은 가슴에서 피를 철철 흘리며 뻘밭을 쫓아오던 꿈속에서의 시아버지. 시아버지는 정말 갈대숲 속에 죽어 있을 것만 같았다.

"솥에 고구마 들었응께 이따가 두 개썩 갈라 묵어라. 동상헌테 물 믹여감스로 꼭꼭 씹어묵어야 써. 안 그러면 얹힌께. 알겄지야?"

들몰댁은 큰아들 길남이에게 이르고 총총히 집을 나섰다.

들몰댁으로서는 시아버지가 계시지 않는 집은 상상할 수가 없었다. 시아버지는 남편을 대신하는 마음의 기둥이었다. 남편이 돌보지 않는 살림을 10년 가까이나 혼자 꾸려왔다고 하지만 그건 분명자신의 혼자 힘이 아니었던 것이다. 시아버지가 계시지 않았더라면 어림도 없었을 일이었다. 시아버지는 나이를 생각하지 않고 농사일에 몸을 던졌을 뿐만 아니라 깊은 마음으로 자신을 감싸주었다. 시아버지는 아들이 못하는 바를 당신이 대신 해내려고 심신을 아끼지 않았다. 그런 시아버지를 대하기가 가슴 아파 들몰댁은 들몰댁대로 시아버지를 모시는 데 쏟을 수 있는 정성을 다 쏟으려고 노력하며 살아왔다.

들몰댁이 역전에 이르렀을 때는 서늘한 날씨는 아랑곳없이 전신은 땀으로 젖어 있었다. 역전에서 선창까지는 곧바른 길이었다. 거기서부터 들몰댁은 뛰기 시작했다.

선창에 다다른 들몰댁은 숨을 헉헉거렸다. 머리에 두르고 있었던 삼베수건이 어디로 벗겨져나가고 없었다. 들몰댁은 숨길을 돌릴 사이도 없이 소화다리 쪽으로 뻗은 방죽을 타고 뛰었다. 말 들었던 대로 방죽의 중간쯤에는 웅성거리는 사람들이 보였고, 들몰댁의 뜀박질은 더욱 거세어졌다.

방죽 위에는 관들이 즐비하게 놓여 있었다. 그리고 관들의 수효만큼 여러 음색의 곡성이 뒤엉키고 있었다. 들몰댁은 숨을 헐떡이며 질린 눈으로 관들을 바라보고 있었다. 그러다가 소스라쳐 놀라 돌아섰다. 들몰댁은 방죽의 비탈을 구르듯이 내려갔다. 갈숲은 흰 꽃술을 달고 무성했다. 들몰댁은 갈숲을 휘젓기 시작했다. 파리떼들이 어지럽게 날아오르고는 했다. 대개 갈대줄기들이 부러져 있는 자리에서였다. 그 자리들은 방죽에서 총을 맞고 비탈을 굴러내린 시체들이 누웠던 곳일 것이다. 파리떼들은 거기에 괴었을 피를 빨기 위해서 몰려들었을 것이다.

"저 여자 왜 저러는겨?"

"보면 모르남? 뻔허제."

"몰라서가 아니라 갈밭에는 인자 시체가 하나또 읎다는 말이시."

"냅두소. 말해 줘도 소양읎을 것잉께. 지 눈으로 읎다는 것을 확인헐 때꺼정 저러고 댕겨야 허네."

방죽 위에서 두 남자가 들몰댁을 내려다보며 하는 말이었다.

들몰댁은 억센 갈잎에 손등이 찢겨 피가 맺히고 얼굴이 긁히고 하면서도 정신없이 갈숲을 헤치고 다녔다. 그러나 어디에도 시아버지의 모습은 없었다. 시아버지는 아직 살아 계실지도 모른다. 어둠 속에서 반짝 하는 불빛처럼 떠오른 생각이었다. 누가 잘못 알고 시신을 거둬갔으면 어쩌나. 먼저의 불빛을 꺼버리는 생각이 잇따랐다. 들몰댁은 무엇을 어떻게 해야 좋을지 알 수가 없었다. 우선 방죽으로 올라가야 했다. 들몰댁은 휘적휘적 갈숲을 헤쳤다.

방죽 위에 즐비하게 놓인 관들은 하나같이 나무의 하얀 맨살을 그대로 드러내고 있었다. 옻칠은 아니더라도 먹칠이 된 관마저 하나도 끼여 있지 않았다. 옻칠이 비단옷이라면 먹칠은 광목옷이었고, 나무의 속살 그대로인 흰색은 옷을 입지 못한 발가숭이 모습이나 다를 것이 없었다. 부자들은 죽음을 담는 집까지 옻칠로 치장을 했다. 그러나 가난한 사람들은 값싼 송판만으로 하얀 죽음의 집을 마련할 수밖에 없는 것이다. 하얀 관들 위에 스산한 가을햇살이 하얗게 내려덮였고, 관들을 에워싸는 여인들의 곡성도 하얗게 증발하고 있었다.

들몰댁은 헝클어진 머리칼과 흐트러진 매무새로 넋을 놓고 서 있었다. 눈물이 흐르고 있는 그녀의 눈에는 하얀 관들도, 비통하게 울고 있는 여인들도 보이지 않았다. 꿈에서 본 시아버지의 모습만이 어릿거리고 있었다.

관 하나가 지게에 지워져 떠나갔다. 그 뒤를 서너 사람이 흔들리며 따라갔다. 갈대가 서로 몸을 비벼대는 서걱거림이 햇살만큼 투명하게 울리고, 그 소리에 놀란 것처럼 갈꽃들이 흰 물결을 이루며 떨었다. 또 관 하나가 지게에 지워져 떠나갔다. 그 뒤를 아이까지 낀 서너 사람이 어지럽게 따라갔다. 밀물지고 있는 위를 조그만 물새가 긴 부리를 햇살에 반짝이며 돌팔매처럼 빠르게 날아갔다가 되돌아오고는 했다. 다시 관 하나가 지게에 올려져 방죽을 따라갔다. 그 뒤를 젊은 여자 하나가 흐느끼며 따르고 있었다. 관이 하나하나 떠나고, 밀물이 썰물로 바뀌어 있을 때 방죽 위에는 머리에 해를 인 들몰댁만이 오두마니 서 있었다.

들몰댁은 휘청거리는 걸음으로 그곳을 떠나고 있었다. 검정 고무신에는 진흙이 말라붙어 있었다. 그녀는 소화다리 쪽으로 걸었다.

들몰댁은 경찰서를 찾아갔다. 하판석 영감님을 무수히 뇌었지만 그 누구도 그녀의 말을 귀담아듣지 않고 떠밀어냈다. 그녀는 북국민학교를 찾아갔다. 거기서도 마찬가지로 그녀를 떠밀어냈다. 어디에서도 시아버지의 생사를 확인할 길이 없었다. 들몰댁은 무엇에 끌리기라도 하듯 다시 방죽을 향해 걸었다. 방죽과 갈숲에는 가을의 하루가 저무는 스산한 적막만이 가득 차 있었다. 들몰댁은 다시 갈숲을 헤치기 시작했다. 꼭 미친 것 같은 몸짓이었다. 갈숲을 헤치다 헤치다 들몰댁이 방죽의 비탈에 지쳐 쓰러졌을 때는 해가 뉘엿뉘엿했다. 물결이 일렁이는 바다처럼 하늘이 출렁이는 것을 느끼며 들몰댁은 잊고 있었던 아이들을 생각했다. 집으로 돌아가야 할 시간이었다. 고구마 두 개씩으로 점심을 때운 새끼들이 배가 고파 목이 빠지게 기다리고 있을 거였다.

들몰댁은 풀포기를 움켜잡으며 몸을 일으키려 힘을 모았다.

들몰댁이 동구에 들어선 것은 어둑어둑해서였다. 그녀는 비척거리며 고샅을 돌았다.

"엄니이!"

소리치며 뛰어오는 것은 길남이었다. 들몰댁은 대답할 기운조차 없었다.

"엄니, 워디 갔다 인자 와. 할아부지가 오셨는디."

"머시여?"

그녀는 왈칵 소리치며 아들을 붙들었다. 도저히 믿어지지 않는 말이었다.

"참말이여? 은제여?"

그녀는 목멘 소리로 외쳤다.

"아까 점심때 지내서."

"워메, 내년이 넋 빠진 년이다, 넋 빠진 년."

들몰댁은 아들을 제치고 집으로 뛰고 있었다. 그건 예사 기운이 아니었다.

"아부님, 아부님."

들몰댁은 쪽마루로 오르며 숨이 턱에 닿고 있었다. 방 안에서는 아무 기척이 없었다. 들몰댁은 다급함 속에서도 방문을 조심스레 열었다. 시아버지는 아랫목에 반듯이 누워 잠이 들어 있었다. 꿈만 같았다. 광대뼈가 솟아 보일 만큼 시아버지는 수척해져 있었지만 살아서 숨을 쉬고 있었다. 들몰댁은 울음이 터지려는 것을 한 손으로 막으며 다른 손으로는 이불 밑의 방바닥을 짚어보았다. 온기가 남아 있을 리가 없었다.

들몰댁은 서둘러 보리쌀을 안치고 불을 지피면서야 맘 놓고 눈물을 흘렸다. 누구에겐지 모를 고마움과 감격이 눈물을 쏟게 했다. 자신을 안고 어머니가 그랬던 것처럼 들몰댁도 신령님과 산신님을 부를 수밖에 없었다.

"아가, 을매나 고상혔냐. 나야 명색이 남잔디 까짓 고상 암것도 아니다. 워쨌거나 고상은 혔어도 요리 살아서 상면혔으니 멀 더 바래겄냐. 아가, 니가 참말로 고상혔다."

시아버지가 목이 메어 한 말이었다. 시아버지의 생각도 자신의 생각과 같았다. 살아 있다는 것, 그것 이상 바랄 것이 없었다.

설거지를 끝낸 들몰댁은 일찌감치 잠자리를 폈다. 전신이 가눌 수가 없도록 무겁고 아팠다. 두 아들을 양옆에 끼고 누웠다. 더 바랄 것이 없을 정도로 뿌듯하고 흡족했다. 며칠 만에 되찾은 잠자리였다. 들몰댁은 이내 깊은 잠 속으로 빠져들어갔다.

처음 그 소리를 어렴풋이 들었을 때는 꿈인가 했다. 그러나 두 번째 그 소리를 듣고 들몰댁은 번쩍 잠이 깼다.

"이봐, 문 열어, 문!"

거친 목소리와 함께 방문이 심하게 흔들렸다. 몸을 바짝 오그려 붙인 들몰댁은 아무 소리도 낼 수가 없었다.

"이까짓 지게문 발로 걷어차버려."

밖에서 들리는 소리였고, 들몰댁은 더욱 몸을 오그리며 벽 쪽으로 붙었다.

"이봐, 문 열라니까!"

목소리가 더 거칠어지며 방문을 걷어찼다. 대오리를 엮어 창호지 한 장을 발랐을 뿐인 지게문 망가지는 소리가 요란했다.

"누, 누구요, 누구……."

마침내 아랫방에서 시아버지의 목소리가 울렸다.

"빨리 문 열어!"

"누군지 알고 싶으면 문 열고 봐!"

각기 다른 목소리가 소리쳤다.

"아가, 자냐?"

"아, 아니요, 아부님."

들몰댁은 어둠 속에서 몸뻬를 더듬어 찾으며 대답했다.

"아가, 문 열어라."

시아버지의 말이었다. 순간, 이제 정말 죽는구나, 하는 생각이 머리를 쳤다.

"야아, 아부님."

들몰댁은 대답하며 그때까지도 세상 모르고 자고 있는 두 아이를 구석으로 밀어붙였다. 그리고 푸들푸들 떨리는 손으로 문고리를 벗겼다. 문이 벌컥 열림과 동시에 사람이 뛰어들었다. 그때 아이들이 엄마를 부르며 울음을 터뜨렸고, 아랫방에서는 '아이고메' 하는 시아버지의 비명이 터졌다.

"시끄럿! 죽이기 전에 울지 마!"

어둠 속에서 남자가 아이들에게 소리치며 들몰댁의 머리채를 낚아챘다. 들몰댁은 끄는 대로 끌려 마루로 나왔고, 토방으로 굴러떨어졌다. 눈에서 불꽃이 번쩍 하며 가슴이 컥 막혔다.

"경찰에서 풀려났다고 너희들 죄가 다 끝난 줄 알았다간 천만의 말씀이야. 우리가 누군 줄 알어? 하대치, 바로 그 악질 빨갱이새끼한테 아버지를 잃은 사람들이다. 지금부턴 우리가 내리는 벌을 받아야 된다 그런 말씀이야. 알아들어?"

마당에 버티고 섰던 다섯 개의 그림자가 몽둥이를 치켜들며 일제히 몰려왔다. 들몰댁은 반사적으로 몸을 웅크려박았다. 몽둥이가 날아들기 시작했다. 들몰댁은 이빨을 뿌득뿌득 갈다가 결국 비명을 지르기 시작했고, 애들의 자지러지는 울음소리를 아슴푸레하게 들으며 끝내 까무러치고 말았다.

들몰댁이 깨어났을 때는 먼동이 터오고 있었다.

"엄니, 엄니, 할아부지가 죽었어."

아직도 시야가 뿌옇게 흐려 있는 들몰댁을 흔들며 큰아들 길남이가 울먹였다.

"머, 머여? 머시여?"

들몰댁은 벌떡 몸을 일으켰다. 그러나 그건 생각뿐이었다. 옆구리가 결리고 허리가 아파 신음을 물며 땅바닥을 기었다.

시아버지는 댓돌 옆에 머리를 박은 채 숨이 끊어져 있었다. 머리가 닿은 토방에는 검붉은 피가 맥질이 되어 있었다.

"아부님, 아부님……."

들몰댁은 넋 나간 얼굴로 시아버지를 흔들었다.

"집집마다 댕김서 우리 할아부지, 엄니 잠 살려도라고 사정사정 했는디도 아무도 안 왔어."

길남이가 울음을 추스르며 말했고, 비로소 들몰댁은 '아부님'을 섧게 부르며 통곡하기 시작했다.

그들은 밤참으로 잘 고아진 닭을 한 마리씩 뜯고는 상을 물렸다.

"오늘도 수고들 많이 했어. 뜻이 맞으니까 일이 계획대로 착착 자알 진행되는구만."

제일 나이 들어 보이는 사내가 끄윽 트림을 섞어 말하고는 담배를 뽑아들었다. 미간이 좁고 양쪽의 턱뼈가 유난히 불거져서 얼굴이 네모나 보이는 사내는 완력깨나 쓸 것 같은 데다가 잔인한 인상을 풍겼다. 솥공장과 정미소를 가지고 있는 윤영춘의 아들 윤태주였다. 그는 광주에 있는 대학 2학년인데 염상진네가 후퇴한 이후 벌교에 머물러 있었다.

"니기미 헐 것, 고것들을 싹 죽이지 못허고 몽둥이찜질만 허잔께 영 간에 안 차 못살겠네."

거무튀튀한 얼굴에 불량기가 느적이는 사내가 팔을 휘두르며 내뱉었다. 남국민학교 앞의 제일 번화가에 있는 포목상 '광주상회'의 아들 양효석이었다. 순천 매산중학교 졸업반인 그는 통학열차를 주름잡는 주먹을 가지고 있었다.

"저새낀 또 죽이는 타령이군."

길쯤한 얼굴에 유난히 눈빛이 날카로워 보이는 사내가 픽 웃음을 흘렸다. 세무서장 최익현의 아들 최서학이었다. 최익현은 국회의원 최익승의 사촌동생이었고, 최씨 문중의 중심을 이루는 장년세대들이었다. 최서학은 양효석과 국민학교 동창이었고, 순천중학교 졸업반이었다. 최서학은 양효석과는 달리 주먹과는 거리가 멀었다. 그러나 양효석은 최서학한테 꼼짝을 못했다. 국민학교시절 양효석은 시험을 치를 때마다 최서학의 시험지를 보고 베꼈던 것이다. 그 열등감과 우월감은 주먹의 세기로 바뀌는 것이 아니었다. 어쩌면 그 열등감과 우월감 속에는 세금을 내야 하는 포목상 주인과 세금을 거둬들이는 세무서의 장이라는 부모들의 사회적 지위까지 암암리에 작용되었던 것인지도 몰랐다.

"효석이 형 말도 영 틀린 건 아니네. 나는 생각할수록 분해서 밤마다 잠을 잘 수가 없네."

펑퍼짐한 얼굴에 주먹코를 한 사내가 말했다. 읍내에 하나뿐인 '남도여관' 주인 현준배의 아들 현오봉이었다. 무개성한 생김처럼 성격도 모난 데 없이 무덤덤한 편이었지만 한번 화를 냈다 하면 그의 황소기운은 꼭 일을 벌이고야 말았다. 양효석의 주먹도 정작 현오봉의 기운과 맞붙고 보면 어떻게 될지 모를 정도로 그의 뚝심은 대단했다. 그는 공부도 어지간히 해서 순천중학교 4학년에 다니고 있었다.

"성일이 니는 멀 그리 생각허고 있냐? 숙자하고 빠구리 틀 생각 허고 있냐?"

양효석의 말에 쿡쿡 웃음소리가 흘러나왔다. 성일이라고 불린 사내는 그 놀림은 전혀 개의치 않는 듯한 태도로 천천히 고개를 들었다.

"아무리 생각해도 아까 그 노인네가 죽었을 것만 같단 말야."

사내는 침울한 얼굴로 중얼거리듯 말했다. 그는 금융조합장 송기 묵의 아들 송성일이었다. 흰 바탕의 얼굴에 먹물 묻은 붓을 붙여놓 은 듯 눈썹이 짙었고, 쪽 곧은 코에 입술 윤곽이 뚜렷했다. 다섯 중 에 제일 돋보이는 인물이었는데, 꿈틀거리는 짙은 눈썹이나 꽉 다 물린 입술은 한가닥 성깔이 있어 보였다. 그는 현오봉과 동창이었 고, 잘하는 공부에 인물이 그만하여 통학열차의 여학생 인기를 독 차지하고 있었다. 그래서 그에게는 '빠구리'란 은어(隱語)가 무슨 훈장처럼 붙어다녔다.

"그런 영감탱이 하나쯤 죽어도 상관없다. 우리 아부지는 마흔세 살인데 그놈들 손에 돌아가셨으니까."

현오봉이 부르르 떨며 말했다. 송성일은 아무런 대꾸를 하지 않 고 시선을 방바닥으로 옮겼다. 현오봉의 아버지만 죽기에 너무 억 울한 나이가 아니었다. 자신의 아버지도 마흔일곱, 팔씨름을 하면 열여덟 살 자신의 기운이 달릴 정도로 건장한 분이었다.

금융조합장 송기묵, 세무서장 최익현, 솥공장 사장 윤영춘, 남도 여관 주인 현준배, 포목점 광주상회 주인 양병갑, 이들 모두는 염상진네에게 죽임을 당했던 것이다.

그 사건이 일어나던 날 밤 금융조합장 송기묵은 세무서장 최익현과 함께 서울말씨를 쓰는 나긋나긋한 아가씨들을 끌어안고 흔쾌한 술판을 벌이고 있었다. 그 자리를 마련한 것은 최익현이었다. 최익현은 언젠가는 실시하게 될 농지개혁에 대비해서 미리미리 농토를 처분해 다른 사업을 벌일 계획을 세워왔었다. 사업이란 뭐니 뭐니 해도 높은 수익성의 보장과 튼튼한 안전성의 유지가 절대조건이었다. 오랜 세무공무원 생활의 경험으로 보아 그런 조건을 갖춘 것은 양조장뿐이었다. 그런 땅 짚고 헤엄치기 장사가 달리 있을 수 없었다. 그러나 그 허가가 문제였다. 최익현은 동업이란 명목으로 국회의원인 사촌형 최익승을 끌어들였다. 최익승도 농지개혁에 대한 공포를 가지고 있기는 사촌동생 익현과 매일반이었고, 양조장 사업이 또 얼마나 꿀맛인지는 익히 알고 있는 터였다. 그래서 두 사람은 여지없이 손바닥을 맞췄고, 국회의원의 힘이 그까짓 양조장 허가 하나 내는 것쯤 선하품하기였다. 양조장 허가를 받아놓고 보니 최익현은 슬그머니 욕심이 동했다. 나날이 인플레는 극심해져가고 물가는 뛰는데 농지를 처분할 일이 아니었던 것이다. 돈가치가 없는 때일수록 남의 돈을 빌려쓰는 것이 돈을 버는 첩경이었다. 그래서 금융조합장을 만났다. 최익현의 한마디에 송기묵은 흔쾌하게 융자 약속을 했고, 최익현도 흔쾌한 술자리를 마련하지 않을 수 없었다. 두 사람은 술이 만취한 상태로 각자의 대문 앞에서 끌려갔다.

송기묵은 일정 때부터 금융조합에 근무해 온 사람이었다. 인물이 준수한 편인 데다가 호사가였다. 앞가르마를 탄 머리에는 언제나 반지르르하게 기름이 발라져 있었고, 검정 양복에 흰 와이셔츠를 받쳐입은 그의 단정한 멋은 읍내에서 따라갈 사람이 없었다. 세련되게 멋을 부릴 줄 아는 것만큼 그는 이재(理財)에도 능란한 솜씨를 발휘했다. 금융조합이라는 것이 결국은 돈장사이고 보면 그의 이재 솜씨는 멋 부리는 것보다 한 수가 더 앞질러 있는 것인지도 몰랐다. 그는 금융인답게 토지소유욕은 갖지 않았다. 그 대신 현찰신봉자였다. 그는 현찰을 가지고 은밀하게 고리대금업을 하고 있었다. 돈이라면 마누라도 팔아먹을 놈이라고 소문이 난 윤 부자의 공공연한 고리대금업의 일부 돈줄이 송기묵과 연결되어 있었고, 처남을 앞세워 순천과 여수 지역에서 돈놀이를 하고 있었다. 그의 그런 은밀한 방법도 언제까지나 비밀로 감춰져 있지는 않았다. 알 만한 사람은 거의 다 알고 있는 사실이었다. 그는 큰딸을 서울의 이화여대에 유학시킬 정도로 탄탄한 재력을 가지고 있었다. 물론 아들도 중학교를 졸업하면 서울로 보낼 작정이었다. 아들 송성일은 아버지의 권유대로 상과대학을 지망하고 있었다. 송성일은 사상운동 같은 것에는 별 관심이 없었다. 빈부의 차이란 인간사회에서 필연적으로 발생할 수밖에 없는 현상이라고 인식하고 있었다.

세무서장 최익현은 최씨 문중 사람답게 토지소유욕이 강했다. 선대로부터 물려받은 토지가 적잖은 데다 치부욕이 치열해서 계속 재산을 늘려갔다. 그는 벌교에 살 땅이 없으면 인접한 조성면의 땅을 사는 것도 서슴지 않았다. 그는 송기묵과 대조적이어서 몸치장에는 거의 신경을 쓰지 않았다. 성격이 날카롭고 머리가 뛰어난 그는 세무서장의 자리를 치부의 수단으로 십분 활용하고 있었다. 그런데 사촌형 최익승이 국회의원이 되자 그는 날개 하나를 더 단 셈이 되었다. 최익승의 선거운동에 그가 발벗고 나선 것은 말할 것도 없었고, 다소의 자금도 기부했던 것이다. 최씨 문중에서는 최익현 말고도 상한 사람이 다섯이나 더 있었다. 최익승이 굳이 귀향을 한 것도, 강력한 소탕을 지시하는 것도 결코 예사로운 일만은 아니었다. 아들 최서학은 아버지를 닮아 머리가 좋았다. 그는 법관이 되거나 정치가가 될 꿈을 가지고 있었다. 그건 오촌 당숙 최익승을 부러워해서 생긴 꿈인지도 모른다. 그는 사회주의라는 것을 아예 정나미 떨어져했다. 어렸을 때부터 많은 작인을 눈 아래로 대해온 그는 지주와 작인이 평등해져야 한다는 그 맹랑한 논리를 도저히 납득할 수가 없었다.

솥공장 사장 윤영춘은 윤 부자로 불리는 윤영부와 친형제였다. 그는 정미소까지 가지고 있었는데, 모두 해방과 함께 소유한 적산이었다. 땅을 탐내는 형과는 달리 그는 사업에 열을 올렸다. 형제가 닮은 것이 있다면, 내놓고 고리대금업을 하는 것과 체면 불구하고 여색을 밝히는 것이었다. 형 윤영부는 돈을 갚을 수 없게 된 소작인들의 딸을 예사로 범했고, 동생 윤영춘은 공장 직공 중에서 반반한 여자는 두고 보지 못했다. 아들 윤태주도 상과대학을 다닌다고는 했으나 공부보다도 운동과 여자에 더 정신을 팔고 있었다. 사업이란 공부로 되는 것이 아니고 수완이 좋아야 된다고 주장하는 터였고, 운동과 여자가 바로 그 수완을 기르는 방법이라는 좀 황당한 이론을 펴는 인물이었다. 그는 이번 모임을 주도하고 있었는데 다른 사람들보다 두 배의 보복심에 불타고 있었다. 왜냐하면 큰아버지 윤영부의 몫까지 스스로 떠맡은 것이었다. 윤영부는 첫아들을 갖지 못했다. 아들 갖기를 소망하여 자식을 낳아댔지만 줄줄이 나오느니 딸이었다. 딸 여섯을 낳고 일곱 번째에야 기적적으로 아들을 낳았다. 그 아들이 이제 겨우 국민학교 3학년이었다. "니미럴, 내 좆대가리가 녹아내릴 때꺼정 새끼를 깔 것잉게, 워디 누가 이기나 보자." 딸이 불거져나올 때마다 윤영부가 놋재떨이를 마당에 패대기치며 외쳤다는 이 말은 읍내에 널리 퍼진 우스갯소리였다. 누가 이기나 보자는 그 창창한 오기가 마누라의 조갑지를 보고 하는 소린지 아니면 삼신할메를 보고 하는 소린지 모르겠다고 여자들은 우물가에서 킥킥거리고는 했다. 그가 일곱 번째로 아들을 낳아버렸을 때 실망하고 분해한 것은 바로 킥킥거리던 부류의 사람들이었다. 그리고 그 아들이 윤 부자의 씨가 아닐 거라는 소문이 파다하게 퍼졌다. 윤 부자의 씨는 아예 아들을 낳을 수 없는 씨고, 그 마누라가 불공을 빙자해서 절을 드나들며 어느 중과 배를 맞춘 것이라고 했다. 사실 윤 부자는 소실을 보았는데 거기서도 딸만 둘을 낳자 쌀을 열 가마닌가 줘서 멀리 쫓아버린 일이 있었고, 윤 부자 마누라는 아들 점지를 빌기 위해서 절을 뻔질나게 오갔던 것이다. 사실이야 어찌 되었든 간에 윤 부자는 대부분의 사람들에게 그만큼 인심을 잃고 있었다.

남도여관 주인 현준배는 바로 무당 월녀네가 살고 있는 그 크고도 멋진 별장을 지은 현 부자의 집안이었다. 거드름 피우기를 좋아하는 그는 대동청년단 단장 직함을 손써가며 따냈고, 헛기침하며 유지 행세를 하다가 염상진의 표적이 된 것이다. 그의 아들 현오봉은 한때 좌익사상에 솔깃해서 학생지하운동에 발을 넣은 적이 있었다. 그러나 그 사실을 눈치 챈 현준배가 아들을 묶어놓고 몽둥이 찜질을 가했던 것이다. 사실 대동청년단 단장 아드님이 빨갱이라면 날아가던 새도 웃을 일이었다. 말끝마다 체면을 내세우기 좋아하는 몸집 큰 현준배의 매질은 가혹했고, 아들 현오봉은 죽는 것이 바로 이런 것이로구나, 실감을 하고 나서 좌익으로부터 깨끗하게 발을 끊고 말았다. 그런데 그 좌익이 아버지를 죽인 것이다. 좀체로 화를 안 내는 그였지만 한번 성질이 돋았다 하면 끝장을 내고 마는 성미에 마침내 불이 붙은 것이다. 그는 아직 양효석처럼 빨갱이의 원수를 두고두고 갚기 위해 사관학교를 갈 결심은 굳히지 않았지만, 그것도 괜찮은 방법이라고 수긍하는 쪽으로 마음이 기울어 있었다.

읍내에서 제일 큰 포목상을 경영해 온 양병갑은 원래 대를 물린 보부상 집안 출신이었다. 그는 돈을 모으는 데는 땅벌처럼 악착스러운 사람이었다. 포목장수 자 눈금 속여 돈 벌고, 쌀장수 됫박 속여 돈 번다는 말은 바로 그 사람을 두고 하는 말이었다. 그는 포목상만이 아니라 싸전도 크게 벌이고 있었는데, 포목상의 야박스런 자질이나 싸전의 속 뻔히 들여다보이는 되질은 수많은 사람들의 입질에 오르내렸다. 세끼 밥을 근근이 먹고 사는 가난한 사람들의 입장에서는 포목상은 일단 관심 밖이었다. 포목상의 호화롭고 값비싼 비단이란 자식 혼사나 치를 때 필요한 것이어서 자질이 야박하다 해도 별문제는 아니었다. 그러나 농사꾼에게, 특히 소작인에게 쌀이란 생활의 모든 수단이었다. 쌀은 생명을 지키는 주식일 뿐만 아니라 돈을 구할 수 있는 유일한 가치물이었다. 그래서 '돈 산다'는 말이 나온 것이다. 농사꾼들은 쌀을 장에 내가면서 '팔러 간다'고 하지 않고 '돈 사러 간다'고 말하는 것이다. 돈만 모든 물건을 살 수 있는 것이 아니고 그들의 입장에서는 쌀이 주체가 되어 '돈 사들이는 능력을 발휘하는 것'이 바로 쌀인 것이다. 그런 쌀을 사들이면서 양병갑은 내놓고 되질 장난을 치는 것이었다. 말에다가 쌀을 퍼담을 때부터 재빠른 손놀림으로 눌러댔고, 뉘었던 말을 세울 때는 한 번도 아니고 두 번씩이나 쿵쿵 소리가 나도록 말을 들었다 놓는 것이다. 그때 농사꾼들의 가슴에서는 말 다지는 소리보다 더 큰 소리가 쿵쿵 울렸다. 쌀을 팔 때는 양병갑의 되질 장난이 반대가 된다는 사실은 더 말할 필요가 없었다. 쌀을 퍼담는 손놀림이 재빠르기는 마찬가지인데, 검불이 날아가듯 손놀림이 가벼워 쌀알을 세우는 묘술을 부렸고, 뉘었던 말을 세울 때도 나비가 꽃에 앉듯 살포시 하여 소리라고는 들을 수가 없었다. 그런 양병갑에게 쌀을 내지 않으면 그만이었지만 세상살이라는 것이 꼭 그렇게만은 되는 것이 아니었다. 5일장까지 기다릴 수 없이 급전이 필요한 때가 허다했고, 다른 싸전을 찾아가보면 자본이 짧아 쌀을 사들이지 못하기 일쑤였다. 그러나 양병갑은 언제 어느 때나 쌀을 사들였다. 그는 여기서 그친 것이 아니라 윤 부자 찜쪄먹을 만큼 높은 이자놀이를 했다. 그는 의심이 많고 배짱이 없어서 많은 돈을 풀지는 않았지만 그의 돈을 쓴 사람은 하나같이 담보물을 날릴 수밖에 없었다. 외상이면 소도 잡아먹고, 공짜라면 양잿물도 먹는다는데, 아무리 이자가 높다 하나 도저히 피할 수 없이 급전이 필요한 경우 사람들은 양병갑을 찾아가지 않을 수가 없었다. 양병갑은 현준배처럼 헛기침하는 유지 노릇 같은 것은 아예 바라지도 않았다. 그저 돈, 돈, 돈만을 움켜쥐기 위해서 항상 허기진 눈초리를 번뜩였다. 그의 아들 양효석은 일찍부터 공부와는 담을 쌓고 불량한 짓을 일삼았다. 그는 돈에 정신이 팔려 그러는지 그런 아들을 별로 개의하지도 않았다. 양효석은 아버지가 변을 당한 것을 계기로 공산당에게 두고두고 원한을 갚기 위해 사관학교에 진학하기로 작심을 했다. "워메, 워메 내 새끼 장허고 또 장허다. 열 분 백 분 사관핵교고 군대핵교고 가서 아부지 웬수럴 갚아야 써. 하면, 웬수를 갚아야 쓰고말고." 그의 어머니마저 그를 응원하고 나서서 그의 기분은 벌써 장교가 다 된 것처럼 들떠 있었다.

대장격인 윤태주를 제외한 나머지 네 명은 아직 스무 살을 한두 해씩 남겨놓고 있는 나이들이었다. 그들은 하루아침에 아버지를 잃은 슬픔과 좌익의 공포 속에서 며칠을 보내야 했다. 그런데 갑자기 좌익이 패주를 하고 다시 경찰이 돌아왔다. 때를 같이해서 그들이 품고 있었던 슬픔과 공포는 정반대의 증오와 원한으로 바뀌었다. 각자가 동일한 감정의 고통을 앓고 있을 때 윤태주가 손을 뻗쳤던 것이다. 그들은 윤태주를 중심으로 쉽게 뭉쳐졌다. 윤태주는 그들에게만 손을 뻗친 것이 아니었다. 서너 명이 더 있었지만, 그들은 보복을 가한다는 것마저 겁이 났는지 가담을 기피했다. 그들의 보복행위는 벌써 사흘 밤째 감행된 것이었다. 처형을 당한 집들을 제외한 나머지 집들이 보복대상이었다. 그 정보는 쉽게 그들의 손에 들어왔다. 윤태주가 청년단장 아들 현오봉을 앞세워 염상구를 만났던 것이다.

"죽이지는 않겠다 그 말이제?"

그들의 이야기를 다 듣고 난 염상구가 다짐하듯이 물었다. 옆으로 째진 작은 눈이, 거짓말하면 재미없어, 하는 듯 날카롭게 빛났다.

"그렇구만요."

윤태주가 분명하게 대답했다.

"고것덜이 이뻐서가 아니고 다 쓸 디가 있어서 그냥 내보낸 것잉께 만약 죽으면 느그덜이 당혀. 그 약속만 지킨다면 나가 도와줄껴."

염상구는 독기 서린 찬 웃음을 입가에 물었다.

"저어…… 염상진은 감찰부장님 형님 아니십니까."

윤태주가 머뭇거리면서 물었다.

"근디?"

염상구는 치뜬 눈길로 윤태주를 빤히 쳐다보고 있었다. 윤태주가 난색이 되며 다음 말을 잇지 못했다.

"아, 싸게 말혀 봐! 좆 달린 사내새끼가 워찌 그려."

염상구가 콧방귀를 뀌며 비웃었다.

"그 집부터 시작해야 하는데……."

윤태주는 말끝을 흐리고 말았다.

"헌디, 나 땀세 곤란허다 고런 말이여, 시방?"

"그런 셈이지요."

"요것 잠 보드라고 대학상 양반, 워째 하나는 알고 둘은 몰르는가 그래. 공은 공이고 사는 사다, 고런 말씸이시. 알아들으시겠능가?"

염상구는 윤태주를 마치 어린애 다루듯 하고 있었다.

"잘 알겠습니다."

윤태주가 자리를 고쳐 앉았다. 그는 염상구의 냉정한 태도에 한 편으로 놀라고 다른 한편으로 감격하고 있었다.

"나 바쁜게 그만들 가보드라고. 죽이지만 말고."

염상구는 먼저 자리에서 일어섰다.

그들은 염상진의 집부터 시작해서 오늘 밤 하대치의 집까지, 사흘 밤 동안 일곱 집을 쓸었다. 밤마다 일을 마치고는 윤태주의 집에 모여 밤참을 먹고 다음날 일을 계획하고는 했다. 횟수가 거듭될수록 그들의 젊은 핏속에는 쾌락적인 승리감과 함께 보복감이 더 강하게 작용하고 있었다.

그러나 송성일은 오늘 밤의 일이 신경에 걸려 방 안의 분위기 밖으로 떨어져나와 있었다. 만약 그 노인이 죽었으면……. 그의 의식은 한사코 불길한 쪽으로만 기울어지고 있었다. 아니라고, 그럴 리가 없다고 완강하게 부정을 하는 것이었지만 그 불길한 생각은 떨칠 수가 없었다. 만약 그 노인이 죽었으면…… 내가 사람을 죽인 것이 된다……. 그는 전신에 소름이 끼쳐오는 것을 느꼈다.

그 노인은 다른 집 사람들과 마찬가지로 아무런 저항을 못하고 몽둥이질을 당하고 있었다. 고통을 못 견뎌하는 신음만 토했을 뿐 엄살 섞인 비명은 지르지 않았다. 바짝 오그려붙였던 몸이 풀려가기 시작했다. 몽둥이질을 그만할 때가 된 것이었다. 그때였다. 노인이 무슨 소린가를 지르며 벌떡 일어섰다. 송성일은 너무 놀란 나머지 노인의 가슴팍을 있는 힘껏 떠다밀었다. 노인은 그대로 벌렁 나가떨어졌다. 그때 몸 어느 부분이 무엇인가에 부딪히는 소리가 퍽하며 둔하게 들렸다. 그런데 넘어진 노인은 더는 움직이지 않았다. 문득 이상한 생각이 머리를 치고 지나갔다. 그렇게 사정없이 나가떨어진 사람이 위장을 하기 위해 꼼짝을 하지 않을 수는 없는 일이었기 때문이다. 넘어진 아픔을 못 견뎌 몸을 꿈틀거릴 수밖에 없을 것이었다. 그때 그의 눈에는 토방에 박혀 있는 댓돌이 들어왔다.

"가자, 그만."

여자 쪽에 가세해 있던 윤태주의 말에 따라 그는 서둘러 마당을 벗어났다. 그때 여자는 분명 신음소리를 내고 있었다.

"야, 성일아, 너 어디 아프냐?"

최서학이 나직하게 물었다.

"글쎄, 아까부터 아무리 생각을 해봐도 그 노인네가 죽은 것만 같아서……."

"저새끼 저건 재수 없게 아직까지 그 생각이야. 그까짓 영감탱이 죽어도 상관없다니까."

현오봉이 버럭 소리를 질렀다.

"저새끼, 내가 밀었는데 만약 그 영감이 죽게 되면 내가 죽인 거지 뭐냐. 그런데 어째서 상관이 없냐? 상관이 없는 건 너고, 난 살인자가 되는 거야."

송성일이 짙은 눈썹을 세우며 매섭게 내쏘았다.

"살인자? 하, 저새끼 배부른 문자 쓰네. 그게 바로 느네 아부지를 죽인 원수놈의 애비다. 그따위 늙은이 하나쯤 죽였다고 치자. 넌 살인자로서 양심의 가책을 받는다, 그런 말이냐? 그게 아니면, 살인자로 체포될까 봐 겁이 나서 그러냐? 요런 못난 새끼야!"

현오봉이 펑퍼짐한 얼굴을 일그러뜨리며 비웃었다.

"저새끼가……."

송성일이 아랫입술을 깨물었다.

"됐어, 그만들 해. 죽었는지 살았는지는 내일 알게 될 거고, 만일 죽었다 하더라도 성일이 넌 걱정할 거 하나도 없어. 내가 다 책임질 테니까. 넌 지금처럼 미련하게 굴지 말고 입 봉하고 조용히 있기만 해. 자아, 그만들 자기로 하자."

윤태주가 주도인물답게 장내정리를 해치웠다. 송성일도 현오봉도 더 할 말이 없었다.

10

암약(暗躍)

솔가리 나뭇짐을 높게 진 하대치는 쌍암 장터로 들어서고 있었다. 물빛 냉기가 싸늘하게 깔린 이른 장터에는 벌써 전자리를 펴는 사람들이 부산하게 움직이고 있었다. 그 부산스런 움직임과는 달리 장터는 조용하기만 했다. 손님 맞을 채비에 바쁜 그들은 잠시도 입을 놀릴 짬이 없는 것이리라.

"여그다가 지게 받쳐."

하대치는 무거운 걸음을 멈추며 말했다.

"나무전은 저짝 끝인디요?"

뒤따라오던 남자가 등짐의 무게 때문에 목을 앞으로 뻣뻣하게 빼낸 채 대꾸했다. 그 목소리가 숨이 가빴다.

"장 스자먼 당아 멀었응께 여그서 담배나 한 대씩 꼬실리세."

하대치는 벌써 지겟작대기를 받치고 있었다.

"염병허고, 아칙을 안 묵어서 그런가 어쩐가, 워찌 요리 쎄가 빠질 것맹키로 심드는지 몰르겄네."

지겟다리를 땅에 붙이며 앞으로 쏠리는 짐의 무게를 지겟작대기로 버팅긴 남자가 혼잣말을 씨부렁거렸다.

"아칙을 안 묵어서 그런 것만은 아니시. 등짐 20리 길이면 쎄가 빠질 만도 허네."

하대치가 담배쌈지를 꺼내며 말을 받았다.

"하 동무, 아니, 저어……."

남자는 말을 잇지 못하고는 당황함과 두려움이 엇갈리는 얼굴이 되었다.

"워쩨, 참말로 그놈에 쎄가 빠지고 잡아 그러능감?"

하대치의 목소리는 낮았지만 그 속에는 독이 서려 있었고, 남자를 노려보고 있는 눈초리에서는 불꽃이 튕겨나고 있었다.

"명심허겄구만이라……."

남자가 고개를 떨구며 얼버무렸다.

"실수헐 말이 따로 있제, 고 말 한마디는 목심허고 맞바꾸는 것 잉께 알아서 혀!"

하대치가 남자 앞으로 담배쌈지를 던져주며 차갑게 말했다.

남자는 담배쌈지로 손을 뻗치며 가늘게 한숨을 내쉬었다. 간절하던 담배맛이 싹 가셔지고 없었다. '동무'라는 한마디와 하나뿐인 목숨과 맞바꿔야 한다는 하대치의 말을 되씹고 있었다. 그건 틀린 말도 아니었고 심한 말도 아니었다. 사람 많은 장터거리에서 만약 그 말이 튀어나왔더라면, 나는 빨갱이요, 하고 광고하는 것이나 다를 바가 없었다. 사람들 속에 사복형사나 순경이 섞여 있지 말라는 법이 없었고, 그래서 잡히는 날에는 살아나지 못할 것이 뻔한 노릇이었다. 형사나 순경이 섞여 있지 않다 하더라도 사람들 중에 그 누가 경찰에 연락을 취할지 모를 일이었다. 이번 일로 공산당에 원한을 품은 사람들이 어느 골에나 있을 것이다. 그는 대장의 다짐을 지키지 못한 자신의 야무지지 못한 마음이 한심스러웠고, 부대장격인 하대치의 미움을 산 것만 같아 사지에 맥이 빠졌다.

그는 진트재 아랫마을 장양리에 사는 지필구였다. 장양리는 논보다 밭이 더 많은 야산 마을이었다. 그나마의 농지도 다른 마을에 비해 적은 편이었다. 가구 수도 자연히 농지에 맞게 조절되어 30여 호에 지나지 않았다. 그러나 그중에서 배곯지 않고 사는 집은 서너 가구에 불과했다. 나머지 사람들은 그 서너 집의 소작을 얻어부치거나 품팔이로 근근이 살아갔다. 지필구도 그런 사람들 중의 하나였다. 아이들 셋을 달고 소작으로 다섯 목구멍이 살아가자니 1년의 반을 죽을 끓이고도 견뎌내기가 어려운 살림이었다. 이밥이란 명절이나 부모님 제사 때 겨우 맛보게 되는 소중한 음식이었다. 지필구는 부모가 살아 있던 총각 때 그 지긋지긋한 가난을 면해보겠다고 여수로 나가 배를 탄 일도 있었다. 그러나 풍랑에 죽을 고비를 가까스로 넘기고는 반년이 조금 넘어 빈손으로 돌아오고야 말았다. 그는 무학이었다. 한글로 이름 석 자를 겨우 읽고 쓸 수 있을 뿐인 그가 사회주의 물을 먹기 시작한 것은 해방이 된 뒤부터였다. 인접한 회정리의 총책이며, 염상진으로부터는 중간책인 강동식에 의해서 포섭된 것이다. 강동식은 별의별 말을 다 했지만 지필구의 귀를 활짝 열리게 하고 마음을 동하게 만든 건 딱 한마디였다. 지주나 부자들을 다 처없애고 누구나 똑같이 잘살게 된다—이 한마디는 행동을 결정하기에 너무나 충분한 이유였다. 그런 세상에 대한 소망은 어렸을 때부터 막연하게나마 가졌던 것이고, 나이 들면서는 잘사는 자들에 대한 앙심과 함께 절망 속에서 그리던 세상이었다. 그런 세상만 와준다면 무슨 짓인들 못하랴, 지필구는 마음을 정하자 맹렬세포로 변해갔다.

지금은 비록 쫓기는 형편에 있지만 지필구는 좌익이 된 것을 내심으로 만족스럽고도 자랑스럽게 여기고 있었다. 꼭 꿈을 꾼 것처럼 지나간 읍내의 며칠 동안을 생각하면 손끝, 발끝, 아니 자지끝까지 짜릿짜릿해 오는 것이었다. 좌익이 되지 않았던들 어찌 감히 경찰들하고 맞대거리로 싸울 생각을 했을 것이며, 또 어찌 경찰을 물리치고 읍내의 주인이 될 수 있었을 것인가. 그건 평생을 두고 잊을 수 없는 가슴 벌떡이는 기억이 될 것이었다. 그뿐이 아니라, 좌익은 모두가 차등 없이 잘살게 만든다는 주장대로 서로를 부르는데도 똑같이 '동무'였다. 지필구는 그것이 그렇게 좋을 수가 없었다. 국민학교 선생님을 지낸 안창민 같은 사람을 맞대놓고 '안 동무'라고 부를 수 있고, 그 사람도 자신을 '지 동무'라고 부르며 상대해 줄 때는 도무지 생시 같지가 않았다. 선생님과 맞먹다니……. 좌익을 하지 않았더라면 감히 상상이나 할 수 있었던 일인가. 그래서 그는 '동무'라는 호칭을 될 수 있는 대로 많이 쓰려고 했고, 그 말을 할 때마다 위원장 염상진도, 선생님 안창민도 다 자신의 동무라는 사실에 황홀해지고는 했었다. 그러나 그 말이 너무나 입에 붙어버려 장터에서는 절대로 사용하지 말라는 명령을 어기고 불쑥 내뱉는 실수를 저지르고 만 것이다.

"필구 자네, 내 말이 뻐시게 딛긴가?"

"아, 아, 아니구만요, 아니어라."

지필구는 당황한 몸짓으로 일어나며 고개까지 세차게 저었다.

"헌디, 먼 생각얼 그리 허는겨?"

"쎗바닥 방정맞게 놀린 지 잘못을 생각허고 있었구만요."

"참말이여?"

"하면이라. 죽을죄럴 졌당께라."

"잘못 알았으면 되얐네. 가세, 가서 자리 잡아놓고 아칙 묵세."

지겟작대기를 빼낸 하대치가 날랜 동작으로 지게를 받치며 한쪽 팔을 멜빵에 끼웠다.

나무전 구석에 지게를 받쳐놓은 두 사람은 밥집으로 들어섰다.

"웜메, 홀애비 붕알 얼어붙게 춥네웨."

하대치가 부르르 떠는 시늉까지 하며 목청을 돋우었다.

"음마, 아칙보텀 걸직하니 나오요이. 여그가 홀엄씨 집인지 워찌 알고 홀애비가 딱 찾아들께라?"

삼십줄의 개기름이 번들거리는 주모가 넉살 좋게 받아넘겼다.

"금메 말이시, 홀엄씨 암내야 원래 홀애비가 맡는 것 아니드라고? 자네가 풍기는 암내가 10리 밖에서도 내 코럴 찌르르 찔르드란 말이시. 그래 코 쿵쿵거림스로 와봉께, 와따메, 성춘향이 뺨치게 쌈빡허니 잘생긴 자네였든 것이여."

"음마, 음마, 키는 쪼깐허고 젊다나젊은 양반이 입심 한분 치렁치렁 칡넝쿨이시. 늙기도 전에 양기가 다 입으로 올라붙어뿐 모양인디, 참 안되얐소이."

주모가 살살 녹아내리는 웃음을 질질 흘리며 걸게 맞받고 나섰다.

"모른 장작이 불땀 씨대끼 키 작은 사람이 물건 크다는 말은 알 것제?"

"아이고메 시장시러라. 고 키에 크면 을매나 클랍디여."

주모가 킥킥거리고 웃었다.

"허, 옛말에 남대문 본 놈허고 안 본 놈이 우김질혀서 안 본 놈이 이겼다는 말이 꼭 자네 두고 허는 말이시. 자아, 자네가 묵을 만헌가 안 헌가 속 씨언허게 봐뿔드라고."

하대치가 벌떡 일어서더니 곧 바지를 까내릴 것처럼 했고, "와따메, 크요, 커. 늦여름 늙은 가지맹키로 크요."

주모가 팔을 내저으며 솥이 걸린 쪽으로 내달았다.

"국밥 두 그럭 시키소."

표정이 돌변한 하대치가 지필구에게 말했다. 하대치는 일부러 손님이 없는 밥집을 찾아들었던 것이고, 계획적으로 던진 농담에 주모는 의외로 쉽게 감겨들었던 것이다. 소문을 얻어듣기로는 밥집이나 술집만큼 손쉬운 데도 없었다.

"무담씨 아척보텀 사람 맘 요상시리 맹글지 말고 싸게 밥이나 묵으씨요. 헌디, 첨 보는 얼굴인디 무신 장사다요?"

주모가 두 사람 앞에 국밥그릇을 옮겨놓으며 물었다. 지필구가 약간 긴장된 얼굴로 하대치를 건너다보았고, 하대치는 그릇에 숟가락을 푹 집어넣으며 입을 열었다.

"빨갱이놈덜 땀세 시상은 시끌시끌허지, 남으 땅만 파묵고 살자니께 황천이 눈앞이제. 그려서 나무 한 짐썩 해갖고 나와보긴 혔는디, 고것이 돈이 될라는지 시장시럽구만."

지필구는 하대치의 그 태연한 태도와 미리 준비라도 해둔 것처럼 술술 풀어대는 거짓말에 그만 기가 질리고 있었다. 진작부터 다부진 사람인 줄은 알고 있었지만 사람 홀리는 것까지 이렇게 빈틈이 없을 줄은 몰랐던 것이다. 지필구는 그때서야 하대치가 왜 상스러운 객소리를 늘어놓았는지 깨달을 수 있었다.

"나무면 무신 나무다요?"

주모가 허리를 굽히며 관심을 나타냈다.

"참나무 장작 한 지게허고, 솔가리가 한 지게구만."

하대치는 여자를 거들떠보지도 않고 밥만 퍼넣으며 대꾸했다.

"참나무 장작이면 마침 잘되얐소. 우리 집에 넘기면 되겄소."

"장작만 사고 솔가리는 안 사겄다, 고런 말이당가?"

여전히 고개를 들지 않은 채 하대치가 퉁명스럽게 말했다. 지필구는 가슴이 덜컥 했다. 장작만이라도 빨리 팔아치워야 하는데 하대치는 무슨 배짱으로 그런 말을 하는지 알 수가 없었다.

"솔가리야 불쏘시개로만 쓴께 한 지게 사면 오래 안 쓰요."

주모의 말에 지필구는 또 놀라고 있었다. 하대치의 하는 품으로 보아 장작마저 안 사겠다고 돌아서버릴 줄 알았는데 주모는 의외로 나긋거리는 목소리로 사정 이야기를 하는 것이 아닌가.

"둘이 항꾼에 와서 혼자만 먼첨 갈 수도 읎는 일이고, 싸게 줄 팅께 들여놓소. 미리 사둔다고 썩어질 물건 아니겄고, 뽀짝 몰르먼 불땀이사 더 좋아질 것잉께."

"싸게만 준담사 못 살 것도 읎는디. 을마에 줄라요?"

"아까 말혔디끼 우리가 이골난 나무장시도 아니겄고, 시세야 장바닥에 붙어사는 자네가 더 훤헐 것잉께 양심껏 줘보소."

지필구는 다시 안도의 숨을 가늘게 내쉬었다. 나뭇금이 얼마인지 전혀 모르는데 엉뚱한 값을 말했다가 신분이 들통날까 봐 불안했던 참이었다. 너무 비싸도 의심받고 너무 싸도 의심을 받을 일이었다. 어쨌든 하대치는 눈썹 끝 하나 까딱하지 않고 구렁이 담 넘듯 슬슬 잘도 넘어가고 있었다.

"어지께 밤에 존 꿈도 안 꿨는디, 워쨌거나 서로 존 일잉께 사고 팔고 혀봅씨다."

그때서야 하대치는 천천히 고개를 들어올렸다.

"자네 큰 횡재 혔네."

주모의 얼굴을 빤히 쳐다보며 하대치는 엉뚱하게 점잖은 어조로 말했다.

"워메, 나무 두 짐 쪼께 싸게 사는 것이 머가 그리 횡재요, 횡재는.

열 짐 싸게 줬다가는 집 한 채 샀다고 소문내겄네웨."

주모가 입을 삐죽하며 눈을 흘겼다.

"어허, 사람 말귀 어둡기는. 겨울은 닥치제, 국밥장시 지철 만내제, 나무는 더 많이 써야제, 우리가 겨울 한철 내내 싼값으로 나무 대주면 고것이 횡재가 아니고 머시여. 워째, 요래도 내 말을 못 알아묵겄어?"

"아니 그라면 올겨울 내내 오늘 금으로 나무럴 대주겄다 고런 말이당게라?"

주모가 반색을 하고 들었다.

"안직도 무신 말인지 못 알아묵어 그 말 묻는 것이당가?"

"워메, 워메, 고마운거. 그리만 됨사 횡재란 말 혀도 되제라. 아니여, 요러고 있을 거이 아니라 술 한잔썩 드시씨요. 술값은 안 받을 팅께."

주모가 황급하게 돌아섰다.

"가서 지게럴 하나썩 지고 오소."

하대치가 담배쌈지를 꺼내며 지필구에게 말했다. 그 얼굴에 의미를 해득하기 어려운 웃음이 엷게 번져가고 있었다.

"나 하점생이라고 허는디, 거그넌 워처케 불러야 쓸랑가?"

하대치는 비릿한 눈길을 주모에게 보내며 통성명을 하자고 했다.

"무신 똑별난 이름 있간디요. 넘덜이 불르는 대로 장터댁이라고 허씨요."

주모가 하대치의 그런 눈길을 싫지 않은 눈치로 끈적하게 받아내며 말했다.

"장터댁이라, 얼렁 알아묵기 편해 존 이름이시. 근디, 장터댁언 참말로 혼자몸이당가?"

하대치는 한결 진한 남자냄새를 풍겨내며 나긋하게 물었다.

"음마, 아칙부텀 참말로 요상허요이."

술사발 두 개를 나무쟁반에 받쳐들고 오던 주모가 눈을 희게 흘 겼다. 그러나 눈흘김과는 달리 얼굴에는 발그스름한 웃음이 피어 났다.

"요상허기는 머시가 요상혀. 나비가 꽃 보고 내려앉을라고 허는 것이사 하늘이 정헌 이친디."

하대치는 아주 태연하고도 점잖게 말했다.

"음마, 문자 쓰지 마씨요. 나비도 나비 같애야 허고, 꽃도 꽃 같애 야 고런 문자가 어울리제라. 인자 다 시장시럽소."

술사발을 상으로 옮겨놓으며 주모가 폭 한숨을 쉬었다. 다소 과 장기가 섞인 한숨이었다.

"장터댁, 아 장난으로라도 고런 소리 허덜 말어. 장터댁이사 시든 꽃인지 몰라도 내사 안직 기운 펄펄헌 나빈께. 육십에도 새 장개럴 가는 시상인디, 내 나이면 처녀장개 열 분도 가제. 하면, 열 분도 가 고말고."

"워메, 누구 복장 긁니라고 고런 소리 골라서 허요, 시방?"

주모가 눈꼬리에 파르르 화를 돋우었다.

"어허, 먼첨 복장 긁은 사람이 누군디?"

하대치가 벌컥 화를 내듯이 하며 목청을 돋우었고, 주모가 지는 척 피식 웃음을 흘렸다.

"근디…… 참말로 홀애비는 홀애빌께라?"

주모가 주저하는 목소리로 그러나 넌지시 물었다.

"머 묵자고 고런 거짓말얼 혀. 못 믿겄으면 아까 그 사람이 나뭇짐 지고 오는 대로 물어보면 될 일이겄구만."

하대치는 짐짓 퉁명스럽게 말했다.

"워메 넘세시러라."

주모는 낯을 붉히며 밥상머리에서 돌아섰다.

"나뭇짐 워디다 부릴께라?"

때마침 지필구의 목소리가 밖에서 울렸다.

"나가요, 나가."

주모가 필요 이상으로 허둥거리며 밖으로 나갔다. 그런 주모의 뒷모습을 지그시 바라보며 하대치는 입꼬리가 돌아가는 묘한 웃음을 피워올리고 있었다.

하대치는 막걸리를 들이켤까 하다가 지필구가 돌아올 때까지 기다리기로 했다. 두 지게의 나뭇짐을 혼자 옮기고 있는 수고에 대한 예의가 아니었고, 윗사람으로서의 체신도 지킬 필요가 있었다.

하대치는 다시 담배쌈지를 꺼냈다. 손으로 알맞게 찢어낸 종이 위에 한 대 분량이 되도록 담뱃가루를 어림해서 옮겨놓았다. 그것을 유연한 손놀림으로 도르르 말았다. 혀를 쑥 빼 종이 끝에 침을 발랐다. 배가 약간 불룩한 담배 한 개비가 만들어졌다. 그 담배가 입 속으로 쏙 들어갔다가 나왔다. 담배에는 침이 촉촉하게 묻어 있었다. 쩝쩝 입맛을 다신 하대치는 비로소 담배를 입꼬리에 물고 성냥을 득 그었다.

담배를 말면서 하대치는 대장 염상진을 생각하고 있었다.

"하 동무, 주력부대가 어떻게 움직이고 있는지 눈치껏 수소문해 오시오. 순천서 불리하게 밀리기 시작했으니 1차로 백운산, 거기서도 버티기 어려워지면 2차로 지리산으로 물러설 수밖에 없을 것이오. 도당의 선과는 별도로 우리가 직접 파악해 둘 필요가 있소. 그래야 우리 행동이 더 기민해질 테니까."

염상진은 눈앞에 지도라도 펼쳐놓고 있는 것처럼 이렇게 부대이동을 점쳤다. 그러나 그건 어디까지나 예상에 불과할 뿐 주력부대가 어디서 무엇을 하고 있는지 알 수가 없었다. 도당이 선을 통해서 내리는 지시는 앞으로의 활동지침일 뿐이어서 염상진은 나름대로 전체적인 상황파악이 필요했던 것이다.

"쌍암 장터에서 알아낸다고 멀 을매나 알아내겄는가요? 이왕 나선 질인디 순천꺼정 가보는 것이 워쩔께라?"

하대치는 갑갑한 마음을 있는 그대로 표현했다.

"하 동무 마음 내가 잘 알고 있소. 그러나 그건 안 되오. 지금 순천 가까이 접근하는 것은 용기가 아니라 어리석음이오. 현재로서 우리가 해야 할 가장 중요한 일은 적과 맞서 싸우는 일이 아니라 적으로부터 안전하게 피하는 것이오. 주력부대의 소식을 알고자 하는 것은 주력부대와 합쳐 적을 무찌르려는 것이 아니고 판세가 어떻게 돌아가고 있는지 알려는 것뿐이오. 우리에겐 앞으로 전개해야 할 투쟁이 따로 남아 있다는 사실을 잊어선 안 되오."

대장 염상진은 엄한 얼굴로 또박또박 말했다. 안창민은 옆에 앉아 흘러내리지도 않은 안경만 밀어올리고 있었다.

"나뭇짐이 실혀서 좋소."

손바닥을 탁탁 털며 들어오는 주모의 얼굴이 만족스러웠다.

"이골난 장사꾼 나뭇짐이 아닝께 당연지사 아니라고? 나뭇짐 실헌디다가 싸게 샀승께 장터댁 운이 알짜로 튄 것이구만."

"금메, 운이 튄 것인지 아닌지는 쪼깨 더 두고 봐야 안 쓰겄소?"

"거 무신 소리당가?"

하대치는 못 알아들은 척 되물었다.

"아, 두고두고 나뭇짐이 실해야 요 박복헌 년 운이 바늘구녕맨치라도 틔든지 뚫리든지 헐 것인디, 사람 맘 워쩌크름 알 것이요."

"옜끼 순 못된 사람!"

하대치가 느닷없이 소리치며 밥상을 내리쳤다. 그때 막 문지방을 넘어서고 있던 지필구의 입에서 '하' 소리가 나왔고, 그는 황급히 손바닥으로 입을 막았다. 하마터면 '동무' 소리가 튀어나올 뻔한 위기를 넘기고 있었다.

"워메, 사람 간 떨어지겄소. 워쨌다고 기차 화통 삶아묵은 소리럴 질르고 그요."

주모가 놀란 표정으로 말했고, 지필구한테서 눈길을 돌리고 있는 하대치는, 간 떨어질 사람은 니년이 아니고 저 지필구놈이여, 속

말을 씹고 있었다.

"장터댁, 말이라고 다 허면 말이 되는 법이 아니시. 험헌 시상 살다 봉께 사람 못 믿게 된 것이사 장터댁 죄가 아니지만서도, 사람이 워찌 다 도적놈이고 사기꾼이간디. 장터댁이 나꺼정 한통속으로 몰아때레 뿐께 소리 안 질르고 워쩔 것이여."

하대치는 착 가라앉은 어조로 말했다.

"그러셨구만이라. 나가 사람 잘못 보고 저질른 실순께 용서허시씨요. 음마, 여적지 술도 안 드셨구만이라. 얼렁 쭈욱 드시고 그럭 비우시씨요. 사람 잘못 본 내 실수 씻어내는 턱으로 한 사발씩 더 디릴 팅께요."

주모는 몸짓도 살랑살랑, 목소리도 나긋나긋하게 말했다. 그러나 속으로는, 오냐 요런 촌것들아, 닥치는 겨울 한철만이라도 나뭇짐 실허게 져내라, 어디 촌놈들 덕이나 좀 보자, 쾌재를 부르고 있었다.

"고상혔네. 술 드소."

새끼손가락을 사발에 담가 막걸리를 저으며 하대치가 말했다. 주눅 든 표정으로 말없이 앉은 지필구도 손가락으로 술을 천천히 저었다.

"커어어, 술맛 쪼오타!"

단숨에 술을 비운 하대치가 사발을 소리나게 내려놓으며 기분을 돋우었다.

"한 사발씩 더 허시씨요."

"아니시, 아녀. 술 잘 못헌께 애꼈다가 담에 헐라네."

하대치가 손을 저었다. 그리고 손가락으로 김치를 집어 입에 밀어넣었다. 그 손가락을 바지에 썩썩 문질러 닦았다.

"워메, 워메, 짐칫국물 묻은 손꾸락얼 워다다 닦는다요. 참말로 누가 홀애비 아니라고 헐성불러 티내는갑소이."

주모는 말을 하면서 '홀애비'라는 자신의 목소리가 야릇한 느낌으로 가슴을 감아오는 것을 느꼈다. 다부지게 생긴 작달막한 키에 아무리 흠을 잡아도 못생겼다고 할 수가 없는 얼굴, 마음씨도 나쁜 것 같지 않은 데다 술도 한 사발이면 족한 홀아비. 주모는 불두덩이 찌릿 당기는 걸 느끼며, 미친년아 넋 빼지 말어, 사내놈덜언다 화적떼니께, 자신을 나무라고 있었다.

"밥값 제허고 싸게 돈 주소."

하대치가 늘어지게 기지개를 켰다. 지필구가 손등으로 입가를 문지르며 엉거주춤 일어섰다.

"장이 어울러지자면 당아 멀었는디, 워디 갈 디가 마땅찮으면 여그서 그냥 더 쉬시지 그러요."

주모가 돈을 내밀며 말했다.

"요 돈으로 소금 말이나 사질란지 몰르겄다."

하대치는 돈을 대충 세어넘기며 중얼거리듯 했다.

"그나저나 시상은 시끌시끌헌디 국밥장시넌 해묵을 만헌가?"

하대치는 돈을 반으로 접어 주머니에 넣으며 말머리를 돌렸다.

"말도 마씨요. 시상 시끌시끌혀서 되야묵는 장시 없지만도 그중에서도 밥장시, 술장시가 질로 고랑탕 묵는 것 아니겠소."

"다 빨갱이놈덜이 웬수여. 근디, 우리야 촌구석에 처백혔응께 통 소식얼 몰르겄는디, 난리럴 일으킨 빨갱이덜이 쫓긴다는 소문이든 디, 워찌 돼가는 판굿인지 아는가?"

"금메 말이요, 입 달린 사람이면 다 그 이약을 해쌓는디, 말이 다 지각각잉께 누구 말이 옳은지 모르겄드만이라. 워쨌거나 빨갱이가 백운산으로 지리산으로 뽕빠지게 달아나고 있다는 말은 참말인 것 같드만요. 쌍암 순사덜도 반은 그 빨갱이 뒤쫓으로 나갔응께요."

"여그 면에도 빨갱이질 헌 사람이 많다든디, 그 사람덜언 워쩔라 고 순사덜 반이 떠났을까?"

"여그서 빨갱이질 헌 사람덜언 폴세 끝장내부렀소. 눈치 싸게 도 망간 사람덜이야 목심 부지혔지만 밍기적이다가 잽힌 사람덜언 다 총살당해 뿌렀소."

떠돌이 장꾼으로 보이는 세 사람이 몸을 웅숭거리고 들어섰다.

"가세."

하대치가 일어났다. 지필구가 재빨리 따라 일어섰다.

"가시게라?"

손님을 맞다 말고 주모가 말했다.

"담 장날 또 보세."

하대치는 나직하게 말을 해주고 돌아섰다. 주모가 사르르 눈웃 음을 쳤다.

밖으로 나온 두 사람은 흙벽에 기대놓은 빈 지게를 제각기 짊어 졌다. 장터의 난전 좌판들은 제각기 모습을 갖추었지만 장판이 어우러지기는 아직도 이른 시간이었다. 하대치는 옷깃에 스며드는 냉기를 느끼며 하늘을 올려다보았다. 눈이 시리도록 맑고 푸른 하늘이 끝이 없었다. 하늘은 어느새 높을 대로 높고 깊을 대로 깊어져 있었다. 하늘에서는 겨울이 시작되고 있었다.

서른한 식구…… 대장 염상진의 얼굴이 떠올랐다. 대장은 자세한 이야기는 하지 않았지만 장정 서른한 명이 겨울을 날 것이 걱정스러운 모양이었다. 앞으로의 형편이 어떻게 될지 전혀 예측할 수 없는 불안과 함께 그건 중대한 문제가 아닐 수 없었다. 먹을 것, 입을 것, 잠자는 것, 어느 것 하나 걱정 아닌 것이 없었다.

하대치는 엄지손가락으로 콧구멍을 번갈아 막으며 코를 탱탱 풀었다. 니미럴, 누가 이기나 끝꺼정 혀볼 것이여. 무산자혁명의 날이 오면 나도 이름맹키로 깃발을 날릴 것잉께. 하대치는 큰 대에 다스릴 치자인 자신의 이름을 혁명완수의 신념과 함께 또 가슴에 심었다.

"쩌짝에 가서 소금 한 말 사서 져. 나는 이짝으로 한 바쿠 돌아볼 것잉께."

하대치는 지필구에게 돈을 꺼내주었다.

"자네는 입 딱 봉허고 사람덜이 허는 소리만 귀담아듣도록 혀. 무신 요긴헌 소식이 있을란지도 몰릉께."

하대치는 지필구의 눈을 똑바로 쏘아보며 지시했다.

"명심허겄구만요."

지필구가 돌아서자 하대치는 지겟작대기를 겨드랑이 사이에 끼

워 팔짱을 끼고는 어슬렁거리며 걷기 시작했다. 목에 두른 때에 전
광목수건이며, 팔짱을 낀 웅숭그린 작은 체구며가 천생 구질스러
운 농사꾼이었다.

하대치는 끄윽 트림을 했다. 시금털털한 막걸리냄새가 솟아올랐
다. 입맛만 버린 한 사발의 막걸리가 되잖게 냄새만 요란하다 싶었
다. 거저인 두 번째의 술잔을 사양하기란 하대치로서는 여자의 젖
만 만지다가 정작 그 일을 참아내야 하는 것만큼이나 어려운 일
이었다. 그는 말술도 마다하지 않는 주량이었다. 그러나 중대한 임
무를 띠고 행동하면서 더 이상 술을 마실 수는 없었다. 혼자였다
면 또 모른다. 주량을 알 수 없는 지필구가 막걸리 두 사발에 정신
이 알큰해져 '동무, 동무'를 연발해 버릴지도 모를 일이었다. 그리
고 아무리 공짜 술이라고 초면인 여자한테 넙죽넙죽 받아마신다
는 것도 남자 체신으로 할 일이 아니었다. 더구나 내심으로 주모
장터댁을 벼르게 된 입장으로서는 남자 체면 깎는 일은 추호도 해
서는 안 되었다. 나무 흥정이 이루어졌을 때 하대치는 국밥집에 터
를 잡을 수 있는 가능성을 감지했다. 장터의 국밥집과 주모, 하대
치는 가슴이 뻐근하도록 기분이 좋았다. 장터댁을 이용할 수 있는
것은 다 된 일이나 마찬가지라는 생각이 들었던 것이다. 나무를 단
골로 대기로 한 것으로 반은 성사된 일이었고, 나머지는 남자 행세
를 얼마나 야무지게 해내느냐에 달려 있다고 믿었다. 그러나 그 일
도 이미 반은 이루어져 있었다. 홀아비라고 착 밑자락을 깔아놓은
것이다. 밥집 주모의 입장에서 통정을 하는 데 마누라 있는 남자보

다 홀아비가 한결 편한 깔개인 것은 더 말할 필요가 없었다. 나머지 반이 바로 연장이 얼마나 실하냐 하는 것이었다. 연장에 관한 한 하대치는 주량보다 더 자신이 있었다. 키가 작은 사람이라고 해서 얼굴까지 작은 법이 아니듯이 하대치의 연장의 크기도 보통 사람의 것보다 컸으면 컸지 결코 작지가 않았다. 거기다가 씨름판을 누볐던 타고난 기운이 연장에까지 뻗쳐 한바탕 샘을 팠다 하면 하룻밤에 대여섯 차례의 공사를 치러야 했다. 그것도 한 차례씩의 시간이 길고 길어 대여섯 차례의 공사를 마치고 나면 부옇게 먼동이 터오기 일쑤였다. 밉지 않은 생김에 눈자위가 가무스름하고 입술이 붉은 데다 개기름 번들거리는 얼굴이 불그레한 기운으로 덮여 있는 것으로 보아 장터댁은 색깨나 밝힐 것이 분명했다. 그놈의 구멍파기에 미치면 녹아내리지 않을 삭신 없다고 했지만, 하대치는 그 지경이 되도록 그 구멍을 파보는 것이 소원이었다. 하대치의 첫 번째 소원은 누가 뭐래도 무산자혁명 완수였고, 두 번째 소원이 바로 그것이었다. 그는 기운이 남다른 데다가 자식을 둘이나 두었지만 사실은 성(性)과 멀리 떨어져 살아야 했다. 결혼을 하자마자 징용을 끌려가 5년을 보냈고, 해방이 되자 공산당에 가담해 1년 징역살이를 했고, 풀려나고서도 숨어다니는 생활의 연속이었으니 그런 소원이 생길 만도 했다. 그러나 하대치는 장터댁을 포섭대상으로 생각하지는 않았다. 자연스럽게 정이 오가서 통정이 이루어지고, 그래서 어떤 도움을 받는 정도로만 생각했다. 조직의 확대란 신중해야 했고, 자신의 계획은 어디까지나 개인적인 편법이었다.

워디, 한분 붙기만 혀봐라. 지년이 쌕을 을매나 찰지게 쓸지는 몰라도, 지년 두 눈깔이 핑핑 돌게, 방구 뽕뽕 뀌게, 숨 꼴딱꼴딱 넘어가게 맹글고 말 팅께. 누님 좋고 매부 좋고, 꽁 묵고 알 묵고가 먼디. 하대치는 입 안에 괸 침을 소리가 나게 삼켰다. 그리고 오늘의 암행은 그것만으로도 큰 성과를 올린 것이라고 자평하고 있었다.

"인자 반란군은 끝장나뿐 것이시."

"구례꺼정 밀려갔음사 볼장 다 본 것이구마. 지리산 골짝으로 들어가 무신 심얼 쓰겄는가."

하대치는 소리나는 쪽으로 재빨리 고개를 돌렸다. 팥죽과 순대를 파는 차일 밑에서 두 남자가 목청 높여 말하고 있었다.

"심언 무신 심얼 써. 지리산 짚은 산중에서 공산당 허먼 참말로 꼴 좋을 것이네."

"그나저나 담 구례장 보기넌 또 글러묵었제?"

"허나마나 헌 소리 아닌가."

"참말로 고래 싸움에 새우 등 터지는 격이랑께. 그놈에 빨갱이 땀세 워디 장사 해묵고 살겄능가? 장마동 망쳐놓고 댕기니."

"빨갱이는 인자 두 손 번쩍 들어야 써. 애시당초 안 될 싸움이었응께 인자 살고 보는 것이 상책이제. 반란군이란 것들도 억씨게 미련헌 종자들이여. 아, 서울도 아닌 전라도 끝 여수·순천서 나라 전부럴 차지혀 보겄다고 총질해 댐서 반란얼 일으켰으니 말이시."

"긍께 몇 조금 못 가 그 꼬라지 되얐제. 헌디, 이승만 대통령이 무작허니 화가 났담시로?"

"거야 당연지사 아니겠어? 반란군이 때레잡을라고 헌 것이 바로 자긘께."

"화가 나도 무작허니 나게 생겨뿌렀네."

"긍께 빨갱이 뿌랑구를 뽑겄다고 그리 무작시럽게 총살시키고 난리판 굿이제."

"죽이고 죽고 안 허고 편헌 시상 될라면 빨갱이 뿌랑구를 싹싹 도리긴 도려야 헐 것이네."

하대치는, 요런 반동새끼들아, 외쳐대며 당장 땅바닥에다 개구리 패대기치듯 해버리고 싶은 충동을 가까스로 참아내고 있었다. 주력부대가 구례까지 밀린 모양이었다. 장터댁이나 이 사람들의 말을 합해보면 대장 염상진의 예상이 그대로 들어맞고 있는 셈이었다. 하대치는 사지에 맥이 빠졌다. 느리게 걸음을 옮겨놓았다.

"소금 샀구만이라."

지필구가 옆으로 붙어서며 낮게 말했다. 하대치는 무슨 정보가 없느냐고 물으려다가 그만두었다. 별로 색다른 사실이 없을 것 같았던 것이다. 그리고 남들의 눈에 표가 나게 수군대는 것도 좋을 것 같지가 않았다. 장터에는 제법 사람들이 붙어나 있었다.

"근디 말이요……."

"헐 이약 있으면 이따가 혀."

하대치는 지필구의 말을 매정스럽다 싶게 막았다. 지필구가 찔끔 해져서 입을 다물었다.

하대치는 사람들의 말에 온 신경을 쓰며 좌판들을 그저 건성으로 보아넘기고 있었다. 그러다가 한곳에 눈길이 머물렀다. 놋그릇을 파는 전 한쪽에 바리때가 놓여 있었던 것이다. 적갈색의 칠을 입힌 바리때는 햇빛을 받아 반달 모양의 생김이 유별나게 예쁘게 보였다. 나무로 깎은 그릇 같지가 않았다. 대장은 사기그릇이 무겁고 깨지기 쉬우니 참나무를 깎아 밥그릇을 만들자고 했던 것이다. 그 말이 백번 옳다고 생각하면서도 무슨 재주로 참나무를 깎을 것인지 난감했었다. 머리 잘 돌아가는 대장도 스님들의 밥그릇인 바리때를 생각해 내지 못한 것이 분명했다.

"요 바리때 폴 것이제라?"

뻗지르는 지겟다리 때문에 하대치는 거북살스럽게 전 앞에 쪼그려앉으며 물었다.

"하먼이라. 전에 내논 것이면 마누래고 딸이고 다 폴아묵을 물건잉께요."

주인이 누런 이빨을 드러내며 징글맞게 웃었다. 하대치는 바리때를 두 손으로 받쳐 집어들었다. 큰 것에서부터 작은 것까지 층층이 포개져 있는 그것은 보기보다 훨씬 가벼웠다. 꼭 사야겠구나, 하대치는 순간적으로 결정했다.

"절에 시주헐랑갑제라?"

주인이 아는 체를 하고 들었다.

"그려요. 죽은 우리 엄니 극락 보내도라고."

하대치는 층을 이루고 있는 바리때 수를 세며 대꾸했다.

"참말로 효자요이. 고런 축원임사 바리때 시주가 질이요. 시님네덜이 그 바리때에 밥 담아 묵을 때마동 빌어줄 것잉께.”

썩을놈, 누가 물건 안 살랑가 싶어 둘러붙이기는, 하대치는 속으로 욕질을 해댔다.

“을매요?”

“쌀 닷 되 값만 내씨요.”

“값 톡톡허니 불름시로 말은 영 싸게 주는 디끼 허는구만?”

하대치는 안 살 것처럼 바리때를 놓아버렸다.

“워째 그요? 아, 불전에 시주헐 물건값얼 깎을라고 허요, 시방?”

“비싼 물건 깎는다고 부처님이 나무래기라도 허고, 줄 복을 안 준다고 그럽디여? 흥정은 흥정이고 시주는 시주제.”

하대치는 이렇게 내지르고 돌아섰다.

“봇씨요, 봇씨요. 넉 되 반 값만 내씨요. 워째 그리 성미가 불 같으요.”

주인이 다급하게 소리쳤다.

“나 없이 사는 살림이제만 워찌 바리때 한 축만 달랑 시주럴 험시로 우리 엄니 극락 보내도라고 허겄소. 다섯 축을 살 것잉께 한 축에 석 되 반 값썩만 험씨다.”

“어허, 머리도 안 까진 양반이 워째 넘 물건값얼 그리 몰악시럽게 휘려때린당가. 많이 산당께로 한 축에 넉 되 값만 내씨요.”

“바리때가 여그만 있는 것이 아니겄고, 딴 사람헌테 많이 폿씨요.”

하대치는 다시 돌아섰다.

“봇씨요, 갖고 가씨요, 갖고 가.”

주인의 목소리가 한결 다급했다.

"마수걸이만 아님사 그 값에 못 포는 물건이요. 폴아봤자 남는 것이 있어야 말이제."

주인 남자는 바리때를 싸면서 투덜거렸다. 그러나 하대치의 귀에는 그런 투덜거림이 하나도 들리지 않았다. 바리때 한 축에 네 개, 서른한 식구니까 열한 개가 모자라지만 수중에 든 돈이 넉넉하지 못하니까…… 머리로는 그릇 수를 계산하고, 주머니에 넣은 손가락으로는 대장한테 받은 돈을 필요한 만큼 세어넘기고 있었다. 돈뭉치를 그대로 꺼냈다가는 의심받기가 십상일 것이었다.

이제 장터거리는 사람들로 붐비고 있었다. 그 시끌거림과 부산스러움이 장날맛을 제대로 나게 했다. 하대치는 바쁠 것 없이 사람들 사이를 어슬렁거리며 걸어 장터 끝머리에 있는 대장간을 찾아갔다. 지필구는 먼발치에서 기다리게 했다. 도끼와 낫을 두 개씩 샀다. 지필구에게는 낫과 괭이를 두 개씩 사오라고 시켰다.

다시 장터로 들어와 전을 기웃거리고 다녔다. 귀를 열어놓고 있었지만 신통한 소식은 잡히지 않았다. 시끌거리는 소리만 왁자하게 정신을 어지럽히고 있었다.

"저놈 잡아라! 빨갱이다, 저놈 잡아!"

어디선가 터져나온 소리였다. 갑자기 장터의 시끌거림이 뚝 멎는 것 같았다. 하대치는 가슴이 덜컹 내려앉는 충격을 느꼈다. 재빨리 지필구를 살폈다. 얼굴이 하얗게 질린 지필구는 허둥대고 있었다.

"서라! 쏜다!"

또 외침이 들렸고, 장터 저쪽으로 한 남자가 날쌔게 도망치고 있었다. 하대치는 지필구의 팔을 꼭 붙잡았다. 지필구의 몸이 떨리고 있는 파장을 하대치는 역력하게 느낄 수 있었다. 하대치는 빠르게 손아귀를 놀려 지필구의 팔을 잡았다 놓았다 하여 걱정하지 말라는 말을 대신하고 있었다.

사복을 한 남자가 '빨갱이'라는 말을 외쳐대며 뒤쫓아갔다. 뒤쫓는 남자의 모습이 사라지고도 장터에는 한참 동안이나 서늘한 정적이 감돌고 있었다.

하대치는 그만 기분이 싹 잡쳐버렸다. 더 이상 얻을 정보도 없는데다가 그 꼴을 목격하고 나니 한시도 장터에 머물러 있고 싶지 않았다. 벌교 장터에 숨어들었다가 자신이 당하는 꼴인 것만 같았다. 지필구도 마찬가지 심정일 터였다.

"싸게 가세."

하대치가 지필구를 툭 쳤다.

"고맙구만이라."

지필구가 한 말이었다. 하대치는 어처구니가 없어 헛김 빠지는 웃음이 나오려고 했다. 반면에 그 겁 질린 꼴이 역겨워 볼때기를 한 대 쥐어지르고 싶은 역정이 솟았다. 니놈도 몸집만 컸지 간이 그리 콩알만 해갖고 빨갱이질 해묵기 심들겄다. 하대치는 앞서 걸으며 카악 가래를 돋워올렸다.

염상진과 안창민의 의견은 차이를 보이고 있었다. 염상진은 당장 읍내 조직을 재구성하자는 것이었고, 안창민은 좀더 시간을 두고 읍내의 분위기가 가라앉을 때까지 기다리자는 쪽이었다. 읍내에 잠입해 들어갔다 온 강동식의 보고만으로도 그 상황은 충분히 상상할 수 있었다.

"우리만이 아니라 다른 군당들도 이번에 조직이 다 노출되어 버렸소. 그리고 당에서 군당을 야산대로 개편하라는 지시요. 그건 곧 군당의 전투병력화인 동시에 투쟁의 장기화를 의미하는 거요. 그런 급박한 상황을 놓고 문제를 생각해야 할 것이오. 물론 안 동무의 생각도 옳소. 첫째 조직을 재구성할 만한 능력자가 마땅찮고, 둘째 위험부담이 너무 크고, 셋째 검거의 공포 때문에 미온적인 세포의 결속도 어려운데 새로운 세포의 포섭은 더욱 어려울 것이라는 점 나도 동감이오. 그러나……."

염상진은 담배꽁초를 천천히 집어들었다. 안창민은 묵묵히 앉아 있었다. 숯막의 조그만 창에 색종이를 발라놓은 것처럼 파아란 하늘이 가득 담겨 있었다. 어디서든지 그 하늘빛처럼 맑은 새소리가 일직선을 긋듯이 예리한 단음을 뿌렸다. 염상진은 느리게 담배를 빨았고, 두 사람 사이에는 진한 침묵이 흘렀다.

"그러나, 그 어려운 조건들을 역으로 생각해 볼 필요도 있소. 첫째, 흥분된 검거 분위기 속에는 허점이 있고 우리가 활동을 못하리라는 방심이 있소. 둘째, 미온적인 세포들을 검거 공포 속에 방치해 둔다면 그들은 더욱 공포감에 빠지고 우리한테 배신감을 느끼게 될 것이오. 셋째, 상당 기간 동안 상황은 점점 어려워질 것이오.

적군의 손아귀에 승세가 잡혀 있는 한 우리는 계속 쫓기는 형편을 면하지 못하게 될 거요. 우리의 상황이 더 악화되면 읍내 조직에 손을 쓸 기회마저 상실하게 되오. 넷째, 이상의 일을 수행하는 데 위험이 따르지 않을 수는 없는 일이오. 어차피 혁명투쟁은 위험의 연속 속에서 전개되는 일이고, 그 위험을 극복하고 성취하는 데 더 큰 보람과 의미가 있는 것 아니겠소."

안창민은 위압을 느끼고 있었다. 이제 의논의 단계를 지나 결정의 단계에 이르러 있었다. 의논을 하는 것 같으면서 결정을 내리고 마는 염상진 특유의 방법이었다. 어감이나 말 마디마디의 맺음은 분명 의논 같은데 말의 내용을 따져보면 결정을 내리고 있고는 했다. 그런데 그 결정이 독단적이거나 일방적인 것이 아니어서 안창민으로서도 더 할 말이 없는 것이었다. 지금도 네 번째의, 모든 위험을 무릅써야 하고 그런 속에서 얻어지는 투쟁의 결과가 더 빛난다는 내용의 명분 앞에서 무슨 말이 더 필요할 것인가.

"대장님 의견에 찬동합니다."

안창민은 선선하게 동의를 표했다. 자신은 참모일 수는 있어도 지휘관은 아니라는 사실을 다시 떠올리는 순간이기도 했다.

"고맙소, 안 동무. 그럼 다음 문제를 의논합시다."

염상진이 담배를 비벼 껐다.

"조직 재구성을 목표로 할 때 부족한 대로 누구한테 임무를 맡겼으면 좋겠소?"

"글쎄요……."

이런 모호한 반응을 염상진이 싫어할 것임을 알면서도 안창민은 마땅한 얼굴을 떠올릴 수가 없었다.

"책방의 문기수는 어떻소?"

"글쎄요……."

무심코 말을 흘리고 나서 이번의 '글쎄요'는 실수라는 것을 안창민은 깨달았다.

"문기수에 대해서는 나보다 안 동무가 더 잘 알 거 아뇨."

그런데 왜 모호하고 애매하게 '글쎄요'라고 하느냐고 제때에 가해져오는 염상진의 공박이었다. 그 재빠름에 안창민은 속으로 웃었다.

"아시다시피 조직적인 머리가 없는 데다가 또 사상적인 바탕도 빈약해서……."

말이 좋아 사상적 바탕의 빈약이었지 그걸 솔직하게 말해 버리면 문기수가 가지고 있는 인간성의 회색적인 면을 신뢰할 수가 없는 것이었다. 그 기회주의적인 성격은 장사에는 어울릴 수 있어도 혁명적 사상무장에는 어울리지 않았다. 공포 분위기 속에서 그의 마음은 이미 흔들렸는지도 모를 일이었다.

"문기수의 그 점은 나도 알고 있소. 그런데, 그 사람의 딸은 어떻소?"

"무슨 말씀인지……."

염상진의 물음이 너무 갑작스럽고 엉뚱해서 안창민은 결코 내키지 않는 어정쩡한 말을 어물거렸다.

"정하섭 동무와 어떤 관계가 있는 모양인데, 사상적 영향은 어느 정도 미쳤느냐 하는 걸 알고 싶은 거요."

"정하섭 동무와 이성적 관계를 맺어온 사실은 알고 있지만, 정 동무가 사상적 영향을 끼쳤는지에 대해선 저로서는 전혀 아는 바가 없습니다. 만약 정 동무가 그런 영향을 끼쳤다면 저에게 그 사실을 알리고 우리 조직에 가담시키지 않았을까 싶습니다."

안창민은 염상진의 판단을 흐리게 하지 않기 위해서 분명하게 말했다.

"정 동무가 청춘사업에만 열을 올렸었군." 염상진은 쩝쩝 입맛을 다시고는, "근래에 두 사람 관계는 어떻소?" 떫은 표정으로 물었다.

"제가 알고 있기로는, 처음에는 정 동무가 먼저 접근을 했었는데 서울로 대학을 가고부터는 입장이 반대가 된 모양이더군요."

"그럼, 정 동무가 시들해지고 정님이 쪽이 적극적이 되었단 말이오?"

"그런 셈이지요."

대답을 하며 안창민은 놀라고 있었다. 두 사람의 관계를 알고 있는 것은 그렇다 하더라도 염상진은 여자의 이름까지 알고 있는 것이었다. 그 여자의 이름이 정님이라고 하니까 '그렇지' 할 정도였을 뿐이지 막상 이름이 뭐냐고 물으면 선뜻 '정님이'라고 대답할 수 있게끔 자신의 기억 속에 박혀 있는 이름이 아니었다. 안창민은 그때서야 염상진이 노골적으로 표시하고 있는 언짢은 기색이 정하섭한테만 국한된 것이 아니고 자신에게까지 미치고 있다는 것을 느꼈다. 읍내의 조직운영과 확장을 책임지고 있었으면서 정하섭의 애인인 문정님이라는 존재에 대해서 무관심했다는 것은 실책 중의 실책이었다.

"입장이 바뀌었다니 차라리 잘됐소."

안창민은 무슨 뜻으로 하는 말인지를 몰라 염상진의 얼굴만 멀뚱하게 쳐다보았다.

"이번 기회에 문기수를 열성분자로 변신시키는 거요."

염상진은 단호한 어조로 말했고, 안창민은 더욱 의아한 얼굴이 되었다.

"정님이를 입산시키도록 하시오. 정 동무가 원하고 있다는 미끼를 던지시오."

염상진의 말은 어느새 명령으로 바뀌어 있었다. 서슴없이 사용한 '미끼'라는 말이 차가운 쇠붙이로 가슴에 와 박히는 것을 안창민은 명령의 싸늘함과 함께 느꼈다. 정하섭을 미끼로 문정님을 입산시키고, 문정님을 미끼로 문기수를 열성분자로 활동하게 만들겠다는 계획이었다. 조직 재구성이 시급한 형편에 해볼 만한 방법이었다. 그러나 염상진은 한 가지 놓치고 있는 점이 있었다. 정님이라는 여자가 좋아한 것은 서울서 대학을 다니는 부잣집 아들 정하섭이지 빨갱이로 쫓겨 산속에 박혀 있는 정하섭이 아닐지도 모른다는 점이었다. 그러나 안창민은 그 점을 지적하지는 않았다. 자신의 생각도 예측에 불과한 것이었고, 일단 명령대로 시행해 보는 것이 좋을 것 같았다.

"그런데…… 입산 유도가 실패할 위험성도 없지가 않소."

염상진은 생각에 잠긴 얼굴로 느릿느릿하게 말했다. 안창민은 아무 대꾸 없이 속으로 웃었다.

"아무런 사상무장 없이 사랑만으론 입산 유도에 걸려들지 않을 수도 있는 일이오. 정하섭이 직접 유도하는 것도 아니니까."

"저도 그 점을 생각했습니다만, 일단 계획대로 시행해 보는 것이 어떨는지요."

"물론 시행은 하겠소만 만약 문기수가 적극행동을 기피하고, 딸의 입산 유도도 실패하게 되는 경우에 대비해서 그 다음 방안을 강구해야 되지 않겠소?"

안창민은 자신을 주시하고 있는 염상진의 눈길을 피할 수도 없었고 그대로 견디기도 곤혹스러웠다. 그 눈길은 분명 그 다음 방안은 네가 알고 있지 않느냐 하는 말을 대신하고 있었는데, 안창민으로서는 뾰족한 대안이 떠오르지 않고 있었다.

"안 동무, 이지숙 선생과는 어떤 사이요?"

이 말을 듣는 순간 안창민은 가슴이 쿵 울리는 소리를 들었다. 너무 큰 놀라움이었다. 그러나 안창민은 염상진의 눈길을 피하지 않은 채 씨익 웃어 보였다.

"좀 가깝게 지내기 시작한 사입니다."

"그냥 남녀관계로만 말이오?"

염상진이 물음을 서둘렀다.

"꼭 그런 것만은 아닙니다. 이 선생의 의식이 꽤 사회주의적인 면이 있어서 대화가 열리기 시작했지요. 그러나 저의 신분을 노출시

커서는 안 되는 형편이었고, 이 선생의 의식 전체를 파악할 수 있을 만큼 사귐이 깊어지지 못했던 탓으로 사상적인 면은 거의 침투가 안 된 상탭니다. 사귄 시간이 짧았던 것이 결정적 원인이라고 할 수 있습니다."

그때서야 염상진은 안창민의 눈에서 시선을 거두며 보일 듯 말 듯 고개를 끄덕였다. 그 얼굴이 심각하고도 침울했다.

안창민은 그때까지도 가슴이 쿵 울렸던 여음을 느끼고 있었다. 이지숙과의 관계를 염상진이 알고 있으리라고는 상상도 못했던 것이다. 그 놀라움은 이지숙과의 관계를 알고 있다는 데서 생긴 것이 아니라, 염상진은 필요한 것이면 무엇이든 샅샅이 알고 있다는 사실에서 생긴 것이었다. 안창민은 '조직'의 주도면밀성과 투시성에 이상한 한기를 느꼈다. 염상진은 계속 어디론가 피해 다니면서도 사적인 움직임까지 살피는 눈을 가지고 있었던 것이다.

"그런데…… 사랑의 농도라는 건 꼭 사귀는 시간과 비례하는 건 아니라고 생각하는데…… 어떻소, 좀 뭐한 질문이긴 하지만, 이 선생이 안 동무를 대하는 사랑이라는 것이……."

염상진은 그답지 않게 어눌한 느낌이 들도록 느리게 말을 했다. 안창민은 염상진의 심중을 충분히 헤아릴 수 있었다. 그러나 자신을 향하고 있는 이지숙의 마음을 헤아리기란 난감한 일이었다.

"글쎄요, 뭐라고 말씀드려야 할지……."

"알겠소. 그럼, 이번에 안 동무가 신분을 노출시켰을 때 이 선생의 반응은 어땠소?"

그때 안창민의 머리에 확실히 잡히는 것이 있었다. "참 놀랍네요. 아녜요, 그럴 가능성이 있었어요." 붉은 완장을 찬 자신을 보고 이지숙은 분명히 놀라워했다. 그러나 그 놀라움은 한 발짝 뒤로 물러서는 놀라움이 아니라 한 발짝 앞으로 다가서는 놀라움이었다. "멋있군요. 안 선생한테 전혀 어울릴 것 같지 않은 붉은 완장이 안 선생 팔에 끼워져 있다는 것이 멋있어요." 아무도 없는 자리에서 이지숙이 한 말이었다.

"그 정도였다면 됐소."

염상진은 그런대로 만족을 표시했다.

"1차는 문기수를 목표로 정해 행동을 개시합시다. 강동식 동무를 부르시오."

염상진이 메마른 목소리로 말했다.

안창민은 밖으로 나왔다. 햇빛으로 눈이 부셨다. 무심코 하늘을 올려다보았다. 하늘은 더 눈이 부셨다. 빛이 아닌 색깔이, 그것도 빨간색이 아닌 파란색이 눈이 부시다는 사실은 모처럼의 경험이었다. 야릇한 경이감이 일어났다. 안창민은 이마에 손차양을 만들어 대고 햇빛 속 여기저기를 살폈다. 강동식은 바위 옆 헤성한 나무그늘에 앉아 무슨 일엔가 골몰해 있었다. 안창민은 그쪽으로 천천히 걸어갔다. 건장한 강동식은 어디서 구했는지 끌을 가지고 통나무를 파내느라고 숨소리까지 씩씩거리며 열중해 있었다.

"강 동무, 뭘 그리 열심이시오?"

느리게 고개를 들어올린 강동식은 안창민을 알아보고 깜짝 놀랐다.

"아, 예, 여물통을 깎니라고…… 욜로 앉으시씨요."

강동식은 꾸밈없는 웃음에 어울리게 밥그릇을 여물통이라고
했다.

"대장님이 부르십니다."

"무신 일인디요?"

"빨리 갑시다."

"알겄구만이라. 싸게 가십씨다." 강동식은 벌떡 일어나 옷에 묻은
나무 부스러기들을 털어내며, "하 동무는 당아 안 왔능가." 혼잣말
을 중얼거렸다.

"강 동무, 책방 하는 문 동무 집을 아시오?"

"아느만요."

"읍내 중심인데, 오늘 밤에 침투할 수 있겠소?"

"쪼깐 위험시럽긴 혀도, 헐 일이 있음사 침투혀야제라."

강동식은 마른침까지 삼키며 말에 힘을 주었다. 염상진은 그런
강동식을 신뢰에 찬 눈길로 바라보았다.

"좋소, 가서 내 명령을 전하시오." 염상진은 잠시 말을 끊었다가,
"문 동무에게 앞으로 읍내 지하조직을 새로 꾸미고 세포확장의 임
무를 적극적으로 추진하라는 명령을 전하시오. 이게 강 동무가 수
행할 임무요."

"알겄습니다."

"오금재를 넘어야 하니까 곧 출발해야 할 거요."

"하먼이라. 댕겨오겠습니다."

"혼자서 위험하니 동행을……."

"하먼이라. 누구 하나 데꼬 가야제라."

강동식은 대장 염상진에게 거수경례를 올려붙였다. 긴장된 그 얼굴은 섬뜩할 만큼 사나워 보였다. 안창민은 밥그릇을 여물통이라고 하며 사람 좋게 웃던 강동식과는 전혀 다른 모습의 강동식을 보고 있었다. 그건 흡사 가면을 쓴 것 같은 변모였다. 평이한 감정상태의 얼굴과 사상적 감정상태의 얼굴은 그렇게도 현격한 차이를 보이고 있었던 것이다.

"딸 정님이 문제는 더 두고 생각합시다."

"앞으로 계획은 어떻게 돼 있습니까?"

"아까도 잠깐 말했다시피 당의 지시에 따라 야산대를 편성하고 무력투쟁으로 전환하게 되어 있소. 이건 전에 했던 지하투쟁과는 달리 본격적인 야산무력투쟁이고 공개투쟁이며 장기화투쟁이오. 우린 거기에 맞춰 군당을 전투병력화하기 위한 준비작업을 서둘러야 헐 것이오. 사상무장과 전투훈련을 병행해서 실시해야 하는데, 안 동무가 사상무장 교육을 책임 맡아줘야겠소. 난 하 동무와 강 동무를 독려해서 전투훈련을 맡도록 하겠소. 사상무장 교육은, 안 동무가 미리 알고 있겠지만, 기초적인 사상학습과 한글학습이 동시에 실시되어야 할 것이오. 혁명과 투쟁의 필요성이 자각되지 않고서는 전투력이 발생될 수 없고, 한글을 깨치지 않고서는 사상학습이 무용할 뿐만 아니라 혁명적 정신력도 신장되지 않는 것 아니겠소. 그리고, 당규에 따라 한글을 깨쳐야만 당원이 될 수 있으니, 전 동지의 당원화를 목표로 교육을 실시했으면 좋겠소. 모든 동지들이 당원이 되었을 때 우리의 투쟁력이 그만큼 배가된다는 사실을 안 동무도 잘 알 거요."

"알겠습니다. 곧 계획을 세우도록 하겠습니다. 그런데……." 안창민은 잠시 뜸을 들이고는, "이러한 투쟁의 전환이 올바른 방향으로 가고 있는 것일까요? 다시 말해, 현재와 같은 무장상태로 야산대 결성과 공개투쟁이라는 것이 얼마나 효과를 낼 수 있을지에 대해 신중한 검토를 해야 하는 것 아닙니까? 우리의 무장이라는 것은 소총이 겨우 3할 정도밖에 안 되고 나머지는 전부 대창이나 농기구에 의존한 원시무장 아닙니까? 소총도 탄알 확보가 문제고요." 그는 어느새 염상진을 똑바로 쳐다보며 말하고 있었다.

염상진은 안창민다운 지적이라고 생각했다. 그는 대답하기가 곤혹스러웠지만, 한 번쯤 짚고 넘어가지 않을 수 없는 대목인 것을 알고 있었다.

"정확하게 지적했소. 적에 비해 우리의 무장상태는 형편없이 빈약한 게 사실이오. 무장상태로만 따지자면 우리의 투쟁은 전혀 가망이 없소. 그러나 투쟁은 무기로만 하는 게 아닌 것 또한 사실이오. 무기에 앞서 정신력, 여건, 환경 등등이 복합적으로 작용해서 투쟁결과는 나타나게 되어 있소. 그 좋은 예가 바로 제주도에서 전개되고 있는 투쟁이오. 그들은 고립된 섬인데도 불구하고 벌써 7개월째 투쟁을 계속하고 있소. 양키들이 발악적으로 비행기며 군함을 동원해 최신무기를 사용하고, 서청이고 군·경을 그렇게 투입해 무자비한 학살을 감행해도 투쟁은 계속되고 있다 그 말이오. 왜 그렇겠소? 그건 알다시피 한라산이라는 자연적 환경 때문이오. 여건과 환경의 무기화에 정신력까지 뒷받침되면 무기의 강약에 따른 투쟁의 산술적 계산은 아무 의미가 없게 되는 거요. 제주도의 투쟁이 앞으로 얼마나 더 계속될 것이냐 하는 점에 대해서는 아무도 그 답을 낼 수가 없소. 상황이 불리한 것은 틀림없지만 적들이 동원하고 있는 최신무기만으로 그 투쟁을 단기간에 끝장내게 할 수 없다는 것 또한 틀림없는 사실이오. 거기에 비하면 우리의 자연적 환경과 여건은 너무나 좋소. 적이 우릴 절대로 고립시킬 수 없다는 사실 하나만으로도 우리의 투쟁은 얼마든지 효과를 거두면서 장기화를 꾀할 수 있다 그 말이오. 그리고 우리가 처한 상황으로 보아 야산대투쟁은 불가피하게 되어 있소."

염상진은 이번 일에 대해 자신의 마음속에 도사리고 있는 몇 가지 의문을 뭉개면서 신념에 찬 태도로 말했다.

"예, 그 점에 대해서는 이해가 갑니다. 그러나 이번의 투쟁에 대해서 근본적으로 풀리지 않는 의문이 있습니다. 위원장님은 분명 '결정적'이라고 말씀하셨고, 저까지 노출시켰습니다. 그 결과 읍내의 모든 조직은 노출되었고, 야산투쟁이 불가피한 상황까지 왔습니다. 위원장님의 그런 판단은 물론 개인적인 것이 아니라 도당의 지시에 따른 것임을 알고 있고, 그래서 조직의 노출은 우리 군당만이 아니라 이번에 투쟁을 전개한 다른 군당들도 마찬가지 형편인 것도 알고 있습니다. 그런데 이번 투쟁에서 다른 도당에서는 연대투쟁을 전혀 일으키지 않았습니다. 그 결과로 볼 때 이번 투쟁은 전남도당만의 것이고 당중앙과의 연계가 이루어지지 않은 것이 아닌가 하는 의문을 버릴 수가 없습니다. 따라서 도당만의 독자투쟁이었다면 이런 식의 투쟁이 현 상황에서 과연 바람직한 것일까 하는 의문이 또 생깁니다. 미군과 이승만 정권이 지하화된 우리 당조직을 캐내려고 혈안이 되어 있는 것은 주지의 사실입니다. 그런 마당에 이번 투쟁으로 도당 거의 전부의 조직을 노출시킨 것은 바로 그자들이 바라는 대로 해준 결과로서 심각한 문제가 아닐 수 없습니다. 더구나 우리 도당이 그 어떤 도당보다 조직세가 크다는 것을 감안하면, 이번에 입은 타격과 앞으로 피하기 어려운 타격이 당중앙에까지 미치지 않을까 우려됩니다. 이런 제 의문이나 우려가 잘못된 것입니까?"

안창민은 핏기 가신 얼굴로 염상진을 주시하고 있었다. 염상진은 무거운 얼굴로 담배를 빼들었다.

"안 동무는 정곡을 찌른 것이오. 나도 안 동무와 똑같은 의문을 품고 있소. 곧 도당에서 간부회의를 소집해 봐야 자세한 걸 알게 되고, 어떤 문제제기도 될 것 같소. 그러나 지금까지의 상황만으로 볼 때는 안 동무가 지적한 점들이 문제가 아닐 수 없소."

"10·1항쟁의 손실과 4·3투쟁의 고립화를 통해 모험주의가 반성되고, 지양되어야 한다는 건 당의 결론 아니었습니까? 그런 견지에서 보더라도 이번 투쟁은 문제가 있지 않습니까? 이런 식으로 미제국주의에 대응한다는 것은 똑같은 손실의 되풀이일 뿐입니다."

"그렇소. 당의 손실일 뿐 아니라 지지기반의 손실이기도 하오. 그러나 도당이 이번에 연대투쟁을 지시한 건 그 나름의 상황적 이유와 근거에 입각한 것이라고 생각하오. 우리가 알다시피 14연대 주력이 뱃길로 조성을 장악한 것이 20일이고, 육로로 진트재를 넘어 벌교로 들어온 것도 20일이 아니었소? 뿐만 아니라 같은 날 광양을, 또 학구와 구례를 장악해 나가는 비호 같은 기동성을 발휘하지 않았소? 그 3개 방향으로 펼쳐진 기민한 분진은 바로 전남 일대의 장악을 뜻하는 것이었소. 그런 상황전개 앞에서 나나 안 동무가 도당위원장이나 간부였다면 어떤 결정을 내렸을 것 같소? 그냥 좌시할 수 있었겠소? 연대투쟁은 필연적이고도 불가피하게 되어 있었소. 그 결과에 대한 책임도 중요하지만 그에 못지않게 그 행동을 결정하지 않을 수 없는 상황적 요인 또한 간과할 수 없을 것이오. 그리고 아직 구체적으로 확인이 안 된 이상 도당의 지령이 독자적인 것이었다고 단정하는 것도 금물이오. 정하섭 동무의 출현이 그 증거요. 어쨌거나 이번 일의 문제점은 14연대의 투쟁 시발에 있고, 우리가 얻은 것보다는 잃은 것이 더 많을 거라는 판단은 부정하기 어렵게 된 게 사실이오."

염상진은 괴로운 마음으로 또 김범우를 생각하고 있었다. 그의 말마따나 미군들의 화력은 막강했고, 그들은 또한 자기들의 목적을 달성시키기 위해 철저했고, 잔인했다.

안창민은 더 할 말이 없음을 느꼈다. 염상진의 마음속에 끓고 있을 여러 가지 괴로움을 생각하면 할 말이 더 있더라도 입을 다물어야 할 형편이었다. 자신에 비해 염상진의 마음이 얼마나 더 괴로울 것인지는 어려운 짐작이 아니었다.

"저는 바람 좀 쐬겠습니다."

"그러시오."

안창민은 숯막을 벗어났다. 천지에 가을이 진한 냄새로 가득 차 있었다. 그는 숨을 깊이 들이켜며 눈을 내리감았다. 해방에서 오늘에 이르기까지, 감추어진 신분으로 세상 돌아가는 것을 주시하고 분석하면서 쌓았던 수많은 생각들이 한꺼번에 소용돌이를 일으키고 있었다. 그 소용돌이 속에서 유난히 생생하게 들리는 소리들과 또렷하게 다가드는 모습들이 있었다. 그건 흰 무명옷을 입은 사람들이 기쁨의 소리를 지르며 떼지어 읍내로 몰려드는 생기 펄펄한 광경이었다.

그날 8월 15일은 얼떨결에 지나갔다. 16일도 어수선한 소문과 미심쩍은 눈치들이 오가는 속에 저물었다. 그런데 농악소리가 걸고도 치렁치렁하면서 신바람나게 울려퍼지기 시작한 것은 17일 아침나절부터였다. 어느 마을에선가 일어나기 시작한 농악소리는 늦가을 산에 붙은 산불처럼 마을마다 무서운 기세로 퍼져갔다. 당산나무 아래서 농악대를 겹겹으로 에워싸고 휘돌고 맴돌고 뒤엉켜 아름 돌던 사람들은 마침내 읍내로 읍내로 몰려들기 시작했다.

읍내의 큰길마다 여러 마을에서 몰려든 농악대와 사람들로 출렁거렸고, 읍내 안통의 사람들까지 그 신바람에 휩쓸려들어 덩실 덩실 춤을 추고 어허덜싸 기쁨의 소리를 맞추었다. 상쇠의 꽹과리는 한사코 자진모리만 치달아올랐고, 그에 질세라 징이며 장구며 북이며 소고도 숨길을 다잡으며 뒤쫓고 있었다. 농악대의 그 숨 가쁘고 달뜬 신명에 수많은 사람들은 한 덩어리가 되어 지칠 줄 모르고 신바람을 일으켰다. 그런 그들의 얼굴은 웃다가 울고, 울다가 웃으며 땀으로 번들거렸다. 낡은 무명옷들도 척척하게 젖어 번들거렸다.

무엇에 들린 것 같은 사람들의 그 모습을 바라보며 안창민은 가슴 먹먹해오는 서러운 기쁨을 함께 나누고 있었다. 읍내 전체가 그런 기쁨의 소용돌이를 일으킨 것은 일찍이 없었던 일이었다. 어느 해 어떤 명절에도 본 일이 없었던, 실로 자신의 생전에 처음으로 대하는 눈물겨운 광경이었다. 그건 해방의 얼굴이었다. 꾸밈없이 기쁜 얼굴이었다. 가식 없는 얼굴이었다. 그 누구의 지시도 받은 바 없이 한 무리를 이루고, 그 누구의 명령도 받은 바 없이 한 덩어리를 이룬 그 기쁨에 겨운 얼굴얼굴들은 그동안 얼마나 목 타게 해방을 기다렸으며, 얼마나 애태우며 해방을 고대했던가를 저마다 유감없이 나타내고 있었다. 땅 빼앗기며 산 기나긴 세월, 공출을 당하며 굶고 산 기나긴 세월, 견디다 못해 목숨을 내걸고 소작쟁의를 일으켜 얼병들며 산 기나긴 세월, 일정치하의 줄기찬 착취의 폭력을 온몸으로 받아내며 견뎌야 했던 가난한 민중들은 해방을 그리도 뜨겁고 사무치게 맞고 있었던 것이다.

저리도 뜨겁게 타오르고, 저리도 거세게 신바람을 일으킬 줄 아는 사람들이 그저께는 그렇다 하더라도 어제까지도 주의 깊은 침묵을 지켰다는 사실을 안창민은 새삼스럽게 떠올리고 있었다. 그건 탐색이었고, 확인이었고, 자제된 이성이었다. 그들은 핍박의 긴 세월을 사는 동안 끝없이 상처 받고 피해당하면서 그만큼 방어적이고 냉정해져 있었던 것이다. 그 확인 앞에서 안창민은 섬뜩한 긴장을 느꼈다.

그런데 안창민은 자신의 그런 느낌을 다음날부터 구체적으로 목격하게 되었다. 사람들은 해방을 하루 동안 농악의 장단에 맞추어 춤추고 눈물겨워한 것으로 끝내지 않았다. 마을마다 이장을 갈아치우는 일부터 벌이면서 사람들은 그 영향력을 읍내 안통에까지 뻗쳐왔다. 경찰서는 물론이고 모든 관공서에서 친일반역자들을 몰아내고 깨끗한 새 사람들이 맡아야 한다는 시위를 벌였다. 그리고 이 동네 저 동네에서 친일행위자나 악질지주들이 봉변을 당하기 시작했다.

사람들은 스스로 한 덩어리가 되어 해방의 기쁨을 나누었던 힘을 그냥 사장시키지 않고 새 세상 만들기와 새 나라 만들기의 힘으로 바꾼 것이었다. 안창민은 그 정확한 판단과 통일된 자발성과 신속한 실천력에 놀라지 않을 수 없었다. 그러나 그 사실에 놀라고 있는 자신에게 그는 경멸을 보냈다. 그 놀라움은 분명 민중들은 그런 사고력과 행동력을 가지고 있지 못한 대상으로 간주해 왔던 잠재의식의 발로에 지나지 않았기 때문이다. 민중들은 압제 속에 살면서 이미 그런 준비를 해왔음을 깨달아야 했다.

사람들의 그런 자발성에 따라 건준지부와 치안대가 탄생했다. 그리고 건준지부는 곧 인민위원회로 이름을 바꾸었다. 인민위원회의 여러 기구에 친일반역자들이 얼씬도 하지 못한 것은 더 말할 것도 없었다. 5만을 헤아리는 읍민들 중에 9할이 농민이고, 그 농민들 중에서 8할이 넘게 소작인인 그들이 인민위원회에 바라는 것이 무엇인가는 너무나 분명하고 확실했다. 신속한 토지문제의 해결이었다. 그 요구와 공산주의 혁명과는 한 치의 빈틈도 없이 맞아떨어졌다. 해방된 땅의 전체 분위기는 똑같았고, 그건 곧 혁명으로 치달아가는 길이었다. 인민은 곧 혁명 이데올로기의 거대한 연료로서 불꽃이 당겨지기만을 고대하고 있었다. 그런데 삼팔선 이남을 미군들이 점령했고, 그들은 군정을 선포하면서 마침내 10월 10일 조선인민공화국을 부인하고 나섰다. 그때부터 인민들의 욕구는 깨져나가기 시작했고, 공산당은 피나는 투쟁 속에서 세력의 약화를 거듭할 수밖에 없었다.

안창민은 먼 산줄기를 바라보았다. 그 억센 모습이 헤아릴 길 없는 무게와 함께 가슴을 눌러왔다. 그는 그 무게를 이겨내기라도 하려는 것처럼 다시 숨을 들이켰다. 그러면서, 앞으로의 길이 저 산줄기처럼 험난하다 하더라도 남자의 의지로 선택한 길을 저 산줄기 같은 억센 힘으로 이겨나가야 하리라고 마음 다지고 있었다.

강동식이 칠동리 과수원집 둘째아들 배성오와 함께 오금재를 넘어 고읍들이 멀리 내려다보이는 지점에 도달한 것은 어둑어둑해질 무렵이었다.

"여그서 꼴딱 어두워질 때꺼정 푹 쉬세. 주먹밥도 한 뎅이썩 묵음시로."

강동식이 바위 사이에 자리를 잡으면서 말했다.

"글안해도 붕알이 땡길라고 허요. 강 동무는 워찌 그리 나이 묵은 티도 안 내고 고러크름 날래게 걷는다요?"

배성오가 돌아서서 오줌을 깔겨대며 걸걸한 소리로 말했다.

"이 사람아, 그 나이에 붕알이 땡기먼 장개가긴넌 다 글른 것이네. 하룻밤에 대여섯 분썩 올라타는 기운이 100리럴 한걸음에 걷는 기운보담 더 쓰는 기운인디, 50리 걷고 땡기는 붕알로 워찌 신방얼 채리겄능가."

강동식이 히물히물 웃으며 종이에 담배를 말고 있었다.

"워따, 붕알이 땡길라고 헌다고 그랬제 땡게뿐다고 혔으면 참말로 큰일나겄소이. 들어봇씨요, 요 오짐발 뻗치는 소리가 워쩐가."

배성오는 일부러 오줌 줄기를 바위로 옮기며 아랫배에 힘을 주었다.

"어허, 지리산 폭포 쏟아지는 소리시. 씨언허네, 씨언혀."

두 사람은 허허거리며 웃었다.

"오늘 저녁은 무신 일이다요?"

배성오가 강동식 옆에 앉으며 나직하게 물었다. 강동식이 약간 옆으로 옮겨앉아 자리를 내주며 담배에 침을 발랐다.

"책방 허는 문기수헌테 읍내 지하조직을 새로 짜고 세포도 늘리는 적극활동을 허라는 대장님 명령이시."

"허먼, 문기수가 책임자가 된다 고런 말이다요?"

"그럴 것이네."

"택도 읎소, 문기수가 을매나 여시라고. 대장님이 워째 요상시런 명령얼 다 허요이!"

배성오의 언성이 높아졌다.

"대장님이 고것을 모르실 리가 읎네. 우리가 헐 일언 명령만 전허는 것이시."

강동식이 정색을 하고 말했다. 조금 전에 농담을 하던 얼굴이 아니었다.

"알겄구만이라."

배성오의 기가 금방 꺾였다.

"밥 묵어두소."

강동식이 주먹밥이 든 삼베보자기를 배성오에게 건넸다.

"문기수는 딸년 한나 이쁘게 뽑아논 것 말고는 볼 것이 읎응께……"

배성오는 보자기를 풀면서 중얼거렸다. 그런 배성오를 강동식은 빙그레 웃으며 건너다보고 있었다. 니도 문기수 딸년 이쁜 것은 욕 못허는구만. 당연허제, 니도 다 큰 붕알 달았응께. 이런 생각을 하고 있는 강동식은 배성오한테서 믿음직스러움과 함께 남다른 정을 느끼고 있었다. 그래서 동행이 필요할 때는 꼭 배성오를 뽑고는 했다.

"강 동무도 드시씨요."

배성오가 주먹밥을 내밀었다.

"자네나 얼렁 묵소. 나는 담배가 더 급허네."

강동식은 주먹밥을 받아들며 말했다.

"글먼 나 먼첨 묵을라요."

"어이, 얹힌디 꼭꼭 씹어서 묵소."

"야아."

벌써 입이 찢어지도록 밥을 베어문 배성오가 씽긋 웃었고, 강동식도 맞받아 웃음 지었다.

강동식은 하대치와 함께 그 투쟁경력이 화려한, 염상진 휘하조직의 중추이며 골수분자였다. 그는 벌교 토박이로 회정리에서만 대대로 살아온 소작인 집안 자식이었다. 그의 아버지는 하대치의 아버지와 마찬가지로 중도의 간척논 소작인이었다. 그런데 그가 소학교 4학년 때 아버지가 논에서 발을 찔렸는데 그것이 덧나기 시작해서 반년이 넘게 고생고생하다가 결국 세상을 떠나고 말았다. 변변히 치료를 하지도 못했으면서도 워낙 없는 살림이어서 아버지가 눈을 감고 나니 당장 끼니 끓일 것이 없을 지경이었다. 그는 5학년에서 학교를 그만두고 농사일을 익히기 시작했다. 그는 공부를 계속하고 싶은 꿈을 버릴 수가 없어서 혼자 힘으로 나머지 소학교 과정의 공부를 마쳤다. 하대치보다 두 살이 많은 그는 하대치와 같은 시기에 염상진과 인연을 맺었다. 그래서 징용을 끌려갔다 왔고, 바로 사회주의에 빠져들었다. 그가 하대치에 비해 경력이 모자라는 것은 1년 징역살이를 하지 않은 것이었다. 홀로 살아온 어머니가 중환을 앓고 있어서 적극적인 활동에 가담을 못했던 것이다. 그리고 신혼이기도 했다. 단 한 마지기의 논이라도 자작농이 되기 전에는 절대로 장가를 들지 않겠다고 결심을 굳히고 있었던 그는 징용을 끌려가는 바람에 정말 적령기를 놓치고 말았다. 징용에서 돌아와 결국 논 한 마지기도 갖지 못한 신세로 늦장가를 가게 되었다. 그나마 장가갈 마음이 생겼던 것은 색시감을 보고 나서였다. 드물게 잘생긴 얼굴이었다. 그의 어머니는 며느리가 임신 중인 것을 보고 눈을 감았고, 그는 딸을 낳았다. 그 딸이 이제 두 살이었다. 강동식은 보통 키에 근육질의 단단한 체구를 갖추고 있었다. 하대치가 뜨거운 기질이라면 그는 끈질긴 기질이었다. 그는 대장 염상진에 대해 절대적 존경심을 가지고 있었고, 그건 곧 절대적 복종심으로 나타났다.

"강 동무, 밥 안 잡숫고 멀 그리 생각허시요?"

주먹밥을 먹어치운 배성오가 무슨 생각엔가 빠져 있는 강동식을 일깨우듯이 말했다.

"어? 으응, 암것도 아니네."

강동식은 아내를 생각하고 있었던 것이다. 그 누구에게도 표를 내지 않은 채 그는 무시로 아내 생각에 빠져들고는 했다. 용맹스러운 투쟁을 위해, 불굴의 투지를 가진 혁명전사가 되기 위해서는 그런 마음 약하게 하고 정신 혼란스럽게 만드는 생각은 하지 말아야 된다고 다짐하면서도 뜻대로 되지가 않았다. 그 젊고 고운 아내가 자꾸만 눈앞에 밟히는 것이다.

"먹물맹키로 어두워져야 움직일 것잉께 한숨 자소."

강동식은 주먹밥 먹을 자세를 취하며 말했다.

"그럴께라?"

배성오는 반색을 하고는 그대로 벌렁 누웠다. 친형제간맹키로 맘이 따순 존 사람이여, 배성오는 생각하며 눈을 감았다. 해 떨어진 지 얼마 되지 않았는데 등판에 냉기가 느껴져왔다. 허기사 11월이 되었웅께…… 배성오는 다리를 쭉 뻗으며 잠을 청하려고 했다.

배성오는 칠동리에서 부자 축에 드는 과수원집 아들이었다. 그는 순천농업학교 출신이었다. 순천농업은 순천에 있는 학교들 중에서 좌익세가 제일 강한 학교였다. 공부가 별로 마음에 없었던 그는 운동에 열중하는 한편으로 좌익에 기울어졌다. 타고난 뼈대가 굵은 그는 유도에 남다른 솜씨를 보이면서 좌익학생세력의 중심부에서 움직였다. 그래서 졸업을 하고 나자 자연스럽게 염상진의 조직에 속하게 된 것이다. 그는 정하섭의 소학교 1년 후배였다. 그리고 같은 좌익활동을 할 뿐 아니라 염상진의 영향 아래 있었다. 그러면서도 그들은 별다른 친교가 없었다. 순천중학교와 농업학교 사이에 작용되고 있는 미묘한 감정적 마찰이 그들 두 사람에게도 암암리에 연막을 치고 있었다. 그 마찰의 원인이란 어느 지역에서나 공통적인 것으로, 인문학교와 실업학교의 각기 다른 특성이 학생들 사이에서 지적 우월감과 열등감으로 변질되면서 나타난 고질적인 것이었다. 그러나 그들의 소원한 관계의 원인은 그것뿐만이 아니었다. 정하섭은 전혀 의식하지 못하는 상태에서 배성오는 정하섭을 적대시하고 있었다. 책방집 딸 문정님 때문이었다. 그는 문정님에게 눈독을 들인 채 기회만 엿보며 시간을 소모하고 있었는데 정하섭과 그 여자가 그렇고 그런 사이라는 소문이 나돌게 되었다. 정하섭을 기운으로 해치울 수도 없는 일이었고, 그의 피해의식은 적대감으로 바뀌어갔다. 그는 좌익을 하면서 경찰로부터 받은 수난보다 아버지나 형에게 받은 수난이 더 크다고 할 수 있었다. 아버지는 신세 망칠 짓이라며 반대했고, 공무원인 형은 자신에게 끼칠 영향을 두려워해서 그를 대하기만 하면 눈에 불을 켰다. 그러나 그는 끝내 뜻을 굽히지 않은 열성분자였다. 유도로 단련된 그는 뚝심도 좋았고 몸 빠르기가 대단했다.

강동식과 배성오는 어둠이 완전히 내려서야 행동을 시작했다. 어둡다고는 했지만 고읍들을 가로지를 수는 없었다. 들녘 여기저기에는 마을이 흩어져 있었다. 민가들을 피해 산자락을 타고 읍내까지 접근할 수밖에 없었다. 그러자면 지동리와 낙성리를 돌아 고읍리 뒤편 산비탈을 타고 부용산에 이르러 읍내로 파고드는 길을 택해야 했다. 고읍들을 가로지르는 것보다 몇 배 힘이 드는 험로였고, 거리도 멀었다.

두 사람이 부용산 용연사 아랫마을 가까이에 접근한 것은 10시가 넘은 시각이었다. 그들의 몸은 땀으로 끈적하게 젖어 있었다.

"또 붕알이 땡길라고 헌가?"

강동식이 낮게 말하며 걸음을 멈추었다.

"참말로, 붕알도 체면이 있제 아무 때나 땡긴다요. 강 동무는 속도 편허요, 요런 때 농담이 다 나오고."

"농담은 요런 때 허라고 있는 것이여. 여그서 숨 잠 돌리세."

말을 하면서 강동식의 눈길은 읍내 쪽으로 쏠려 있었다. 지척을 분간할 수 없는 어둠 속에서 몇 개 안 되는 불빛이 유난히 또렷하게 빛을 발하고 있었다. 야간근무를 하고 있는 관공서의 불빛일 것이었다. 강동식은 어금니를 꾹 맞물었다. 여기서부터 문기수의 집까지 침투하는 것이 지금까지보다 몇 갑절 힘들리라 생각됐다. 총구멍의 감시 속으로 뛰어드는 일이었다. 강동식은 몹시 담배가 피우고 싶었다. 그러나 그럴 수는 없었다. 이런 어둠 속에서 담뱃불은 10리 밖에서도 보인다고 했다.

"숨 돌렸제? 가세."

강동식은 부르르 몸서리를 치며 걸음을 떼어놓았다. 그동안 땀이 식어 있었던 것이다.

두 사람은 집들의 담과 담을 타고 어둠 속을 헤쳐나갔다. 남국민학교 옆마을을 거의 벗어나고 있을 즈음이었다. 갑자기 여자의 비명 소리가 터지고, 남자들의 외침이 뒤를 이었다. 두 사람은 반사적으로 몸을 웅크려박으며 소리나는 쪽을 응시했다. 아주 가까운 거리였다. 비명도 외침도 아무런 거침이 없이 어둠을 흔들고 있었다. 어떤 여자가 몰매질을 당하고 있음을 강동식은 직감했다. 그의 뇌리에는 퍼뜩 아내가 떠올랐다. 그 여자가 아내일 리가 없었다. 그러나 꼭 아내가 당하고 있는 것만 같았다. 경비가 삼엄한 이 밤중에 맘 놓고 소리지르며 매질을 할 수 있는 것이 누구며, 그 매질을 당해야 하는 것이 누구인지 판단하는 데는 촌각의 시간도 걸리지 않았다.

얼마나 시간이 흘렀을까. 여자의 비명이 들리지 않았다. 그러나 강동식은 움직일 수가 없었다. 그 자리에 그대로 있는 것이 얼마나 위험한 일인가를 분명히 의식하면서도 피하고 싶지가 않았다. 아니 피해서는 안 된다는 생각이 대장 염상진의 명령처럼 그를 찍어 누르고 있었다. 알아들을 수 없는 남자들의 웅얼거림과 함께 그 형체가 나타났다. 어둠 속에서 어릿거리는 형체는 한둘이 아니었다. 강동식은 부득 이빨을 갈았다.

"해치웁씨다!"

배성오의 다급한 목소리가 강동식의 귓속에 뜨겁게 울렸다. 강동식은 반사적으로 배성오의 옷을 틀어잡았다. 어릿거리던 형체들이 완전히 어둠 속으로 묻혀버렸다. 그리고 어둠만 가득 찬 천지에는 아무 소리도 없었다.

"누구 집일께라?"

배성오가 물었다. 그도 벌써 강동식과 똑같은 판단을 내리고 있었던 것이다.

"가보세."

강동식은 형체들이 나타났던 지점을 응시하며 빠르게 이동했다. 그러나 어둠 때문에 그 거리감이 정확할 수가 없었다. 어느 집인지 찾아낼 수가 없었다.

"가만있어봇씨요."

배성오가 강동식의 팔을 잡아끌었다.

"워째, 짚이는 디가 있는가?"

"맞소, 안창민 선상, 아니 안 동무 집이 여그 어딜 것이요."

배성오는 어둠 속을 두리번거렸다.

"그럴란지도 모르네. 싸게 찾아보소."

강동식은 머리를 치고 지나가는 불길함을 느꼈다.

배성오는 두어 번 와봤던 기억을 더듬으며 어둠에 묻힌 집들을 향해 눈을 부릅떴다. 그리고 한 집, 한 집 살펴나갔다.

"보소, 먼 소리가 안 딛긴가?"

먼저 걸음을 멈춘 것은 강동식이었다.

"금메, 먼 소리가 나제라?"

배성오도 동의를 표해왔다. 두 사람은 귀를 모았다. 그건 분명 가느다란 신음소리였다. 두 사람은 소리를 따라 접근했다.

"맞소, 안 동무 집이요."

배성오가 말했다.

"경계 잘허소!"

강동식이 명령하며 담벽에 몸을 바싹 붙였다. 대문은 열려 있었다. 신음소리가 한결 분명하게 들렸다. 강동식은 안으로 몸을 디밀었다. 마당에 희끄무레한 형체가 드러나 보였다. 신음소리가 나지 않았다 해도 그것이 사람이 쓰러져 있는 것임을 금방 알 수 있었다.

"안 동무 엄닐 것이요."

배성오가 다급하게 말했다.

"알었네, 자네 경계 잘혀!"

강동식이 그쪽으로 기민하게 움직였다.

"으으으웅…… 창민아…… 으으웅…… 차앙민아이……"

여자 노인네는 신음 속에 안창민을 부르고 있었다.

"아짐씨, 정신 채리씨요, 아짐씨……"

강동식은 노인네를 흔들었다.

"워메, 누가 들겠소. 싸게 방으로 옮겨야제라."

배성오가 강동식을 일깨웠다.

"그려, 나가 방으로 뫼실 것잉께 자넨 경계혀."

강동식은 노인네를 안아올렸다. 두어 발짝 비척거렸다. 기운을 쓴 것에 비해 노인네가 너무 가벼워 몸의 중심이 흔들린 것이었다.

발에 밟히는 요 위에다 노인네를 내려놓았다. 그리고 잡히는 대로 이불을 끌어내렸다.

"아짐씨, 정신 채리씨요. 워디가 아프시요, 아짐씨?"

이불을 덮으며 강동식은 애가 탔다. 그러나 노인네는 말을 알아듣는 것 같지가 않았다. 어디를 얼마나 다쳤는지 알 수가 없었다. 그렇다고 불을 켤 수도 없는 일이었다.

"강 동무, 인자 싸게 떠야제라. 더 워쩔 수 읎는 일인디."

배성오의 숨죽인 말이 툇마루에서 들려왔다. 맞는 말이었다. 자신들의 처지로서는 더는 어쩌는 방법이 없었다. 강동식은 또 아내를 생각했다. 가슴이 펑 소리를 내며 터질 것만 같았다. 아, 내가 왜 좌익을 해가지고……. 아내에 대한 염려와 죄책감이 일순간 가슴을 꿰뚫고 지나갔다.

"아짐씨, 지발 무사허시요."

강동식은 이불을 좀더 끌어올리고는 방을 나섰다.

두 사람은 고샅의 어둠에 몸을 숨겼다. 남국민학교 정문으로 이어지는 큰길 가까이에서 일단 멈추었다. 그 길을 따라가면 공설시장 옆에 문기수네 책방이 있었다. 그 길은 읍내의 중심부로 그만큼 위험하기도 했다.

"그리 생난리를 쳤으면 앞뒷집 사람덜도 다 들었을 것인디 워찌 얼씬도 안 혔을께라. 누가 얼씬댔어도 성가시렀을 것잉만도."

배성오는 아까부터 마음에 담고 있던 말을 꺼냈다.

"고것이 다 시상인심인 것이네. 자아, 준비허소, 마지막 고비네."

강동식은 말을 마치자마자 큰길 쪽으로 방향을 잡았다.

두 사람은 별다른 위험에 부딪히지 않고 문기수네 담을 타넘을 수 있었다. 일단 집 안으로 들어선 그들은 거침없이 안방 문을 흔들었다.

"뉘여, 뉘귀여!"

문기수의 겁 질린 목소리가 이내 반응을 나타냈다.

"나 강동식이오. 얼렁 문 여씨요."

"누구여? 워메 이 밤중에. 쪼깐 기둘리소, 쪼깐."

"불 키지 마씨요."

강동식이 주의를 시켰다.

두 사람은 신을 신은 채 방으로 들어갔다. 그들은 문기수의 아내를 밖으로 내보내고 방문에 이부자리를 치게 한 다음 불을 켜게 했다. 등잔불이 켜졌다. 읍내 중심부에 있는 집이면서도 초저녁이 지나면 등잔불을 켤 수밖에 없었다. 남북협상이 결렬된 다음 남한 송전이 중단됨으로써 전기사정은 극도로 악화되었다. 그래서 특선과 일반선의 구분이 생겼고, 특선은 공공기관에 한해서만 허용되었다.

"이 밤중에 워쩐 일이당가?"

문기수는 완연히 불안에 떨고 있었다.

"또 갈 길이 급헌게 간단허게 전허겄소. 대장님 명령이신디, 문 동무가 앞으로 읍내 지하조직을 새로 꾸미고, 세포확장의 임무를 적극적으로 추진하라는 대장님 명령이오."

강동식은 일부러 '대장님 명령'을 앞뒤로 배치하여 한 마디, 한 마디에 힘을 주어 또박또박 말했다.

"머시여? 지끔이 워떤 땐디 고런 소리여? 아, 뻔히 알잖혀?"

문기수는 곧 울음이라도 터뜨릴 것처럼 얼굴이 구겨지고 목소리가 메었다.

"대장님 명령이오!"

강동식이 냉정하게 말했다.

"명령이먼 다여? 헐 때가 따로 있제."

"말조심혀!"

존대였던 말이 금방 하대로 바뀌며 강동식의 팔이 쭉 뻗쳤다. 곧게 뻗는 팔 그 끝에 붙은 빳빳한 검지손가락은 문기수의 눈을 겨냥하고 있었다.

"나 좀 살려주소. 지끔이 워떤 땐가."

문기수는 부들부들 떨고 있었다.

"대장님헌테 그리 전허겄소."

강동식은 증오에 찬 눈으로 문기수를 노려보며 느리게 팔을 내렸다.

"참, 아까 옴시로 봤는디, 안창민 동무 엄니럴 네댓 놈이 테러혔소. 그놈덜이 안 동무 집만 그렸을 리가 읎는디, 고것덜이 누구요, 문 동무!"

"긍께 고것이……."

"싸게싸게 말허씨요, 갈 길이 급헌께."

"긍께, 요번에 죽은 금융조합·세무서장·솥공장·포목점·남도여관 그 아들들이 애비 원수럴 갚는다고……."

"우리 동무덜 집얼 테러헌단 말이오?"

강동식은 부르르 떨며 이빨을 갈았고, 고개를 떨군 문기수는 말이 없었다.

"배 동무, 가세."

강동식은 벌떡 일어섰다.

왔던 길을 다시 되짚어 돌아가며 강동식의 마음은 한사코 집으로 뻗어가고 있었다. 아내가 꼭 봉변을 당했을 것만 같았다.

강동식의 보고에 염상진은 전혀 감정을 내보이지 않고 말했다.

"그럴 수도 있는 일이지."

〈2권에 계속〉